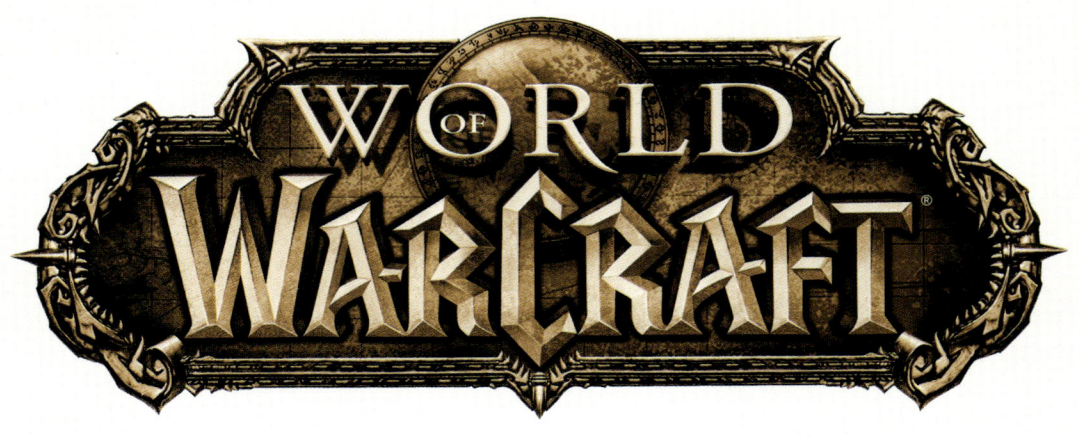

연대기

연대기 II

저자
크리스 멧젠, 맷 번즈, 로버트 브룩스

풀컬러 삽화
에밀리 첸
스탠튼 펑
알렉스 홀리
피터 C. 리
숀 시베스터
에이브 타라키
웨이 왕

추가 작화
조셉 라크루아

©2017 Blizzard Entertainment, Inc. All rights reserved. World of Warcraft is a registered trademark of Blizzard Entertainment, Inc. Dark Horse Books® and the Dark Horse logo are registered trademarks of Dark Horse Comics, Inc. All rights reserved. No portion of this publication may be reproduced or transmitted, in any form or by any means, without the express written permission of Dark Horse Comics, Inc.

Korean translation copyright ©2017 by Jeu Media CO. LTD.
Korean translation rights arranged with Dark Horse Books® through Shinwon Agency in Korea

이 책의 한국어판 저작권은 Shinwon Agency를 통해 독점 계약한 제우미디어에 있습니다. 저작권법에 의하여 한국 내에서 보호를 받는 저작물이므로 무단 전재와 복제를 금합니다.

BLIZZARD ENTERTAINMENT

Written by CHRIS METZEN, MATT BURNS, and ROBERT BROOKS
Additional Story ALEX AFRASIABI, CHRISTIE GOLDEN, JEFF GRUBB, RICHARD A. KNAAK, DAVE KOSAK, MICKY NEILSON, BILL ROPER, AARON S. ROSENBERG, JAMES WAUGH · *Creative Direction and Design* DOUG ALEXANDER, LOGAN LUBERA
· *Editors* CATE GARY, ROBERT SIMPSON
Lore SEAN COPELAND, EVELYN FREDERICKSEN, JUSTIN PARKER
Production RACHEL DE JONG, PHILLIP HILLENBRAND, BRIANNE LOFTIS, JEFFREY WONG · *Licensing* MATT BEECHER, BYRON PARNELL

Special thanks to: the *World of Warcraft* game team, Michael Bybee, Steve Danuser, Frank Mummert, Tommy Newcomer, Ian Saterdalen, Max Ximenez

Maps, cosmology chart, borders, and spot art by JOSEPH LACROIX
Paintings by EMILY CHEN 72 · STANTON FENG 27, 48, 110, 137, 196
ALEX HORLEY 23, 52, 65, 90, 194
PETER C. LEE 8-9, 34-35, 60-61, 86, 102-103, 144-145, 180-181
SEAN SEVESTRE 170, 199 · ABE TARAKY 15, 43, 122, 153
WEI WANG 80, 159

월드 오브 워크래프트 연대기 II

초판 1쇄 | 2017년 3월 28일
초판 8쇄 | 2024년 9월 30일

지은이 | 크리스 멧젠, 맷 번즈, 로버트 브룩스
옮긴이 | 고경훈

펴낸이 | 서인석
펴낸곳 | 제우미디어
출판등록 | 제 3-429호
등록일자 | 1992년 8월 17일
주소 | 서울시 마포구 독막로 76-1 한주빌딩 5층
전화 | 02-3142-6845
팩스 | 02-3142-0075
홈페이지 | www.jeumedia.com

ISBN 978-89-5952-550-8
　　　978-89-5952-505-8(set)
※ 파본은 본사나 구입하신 서점에서 교환해 드립니다.

제우미디어 소설 공식 카페 | cafe.naver.com/jeunovels
제우미디어 페이스북 | www.facebook.com/jeumedia
제우미디어 공식 블로그 | blog.naver.com/jeumediablog

만든 사람들
출판사업부 총괄 손대현 | **편집장** 전태준
책임 편집 최현준 | **기획** 홍지영, 이경인, 박건우, 장윤선
디자인 총괄 디자인 수 | **제작** 김금남 | **영업** 김영욱, 박임혜
도와주신 분 블리자드 코리아 현지화팀, 홍보팀, 커뮤니티팀, 마케팅팀, 웹서비스팀

BLIZZARD.COM

목 차

1부
드레노어의 파멸

1장: 원시 드레노어 10
2장: 바위의 후예 36
3장: 호드의 탄생 62

2부
호드와 얼라이언스

4장: 1차 대전쟁 104
5장: 2차 대전쟁 146
6장: 어둠의 문 너머 182

색인 200

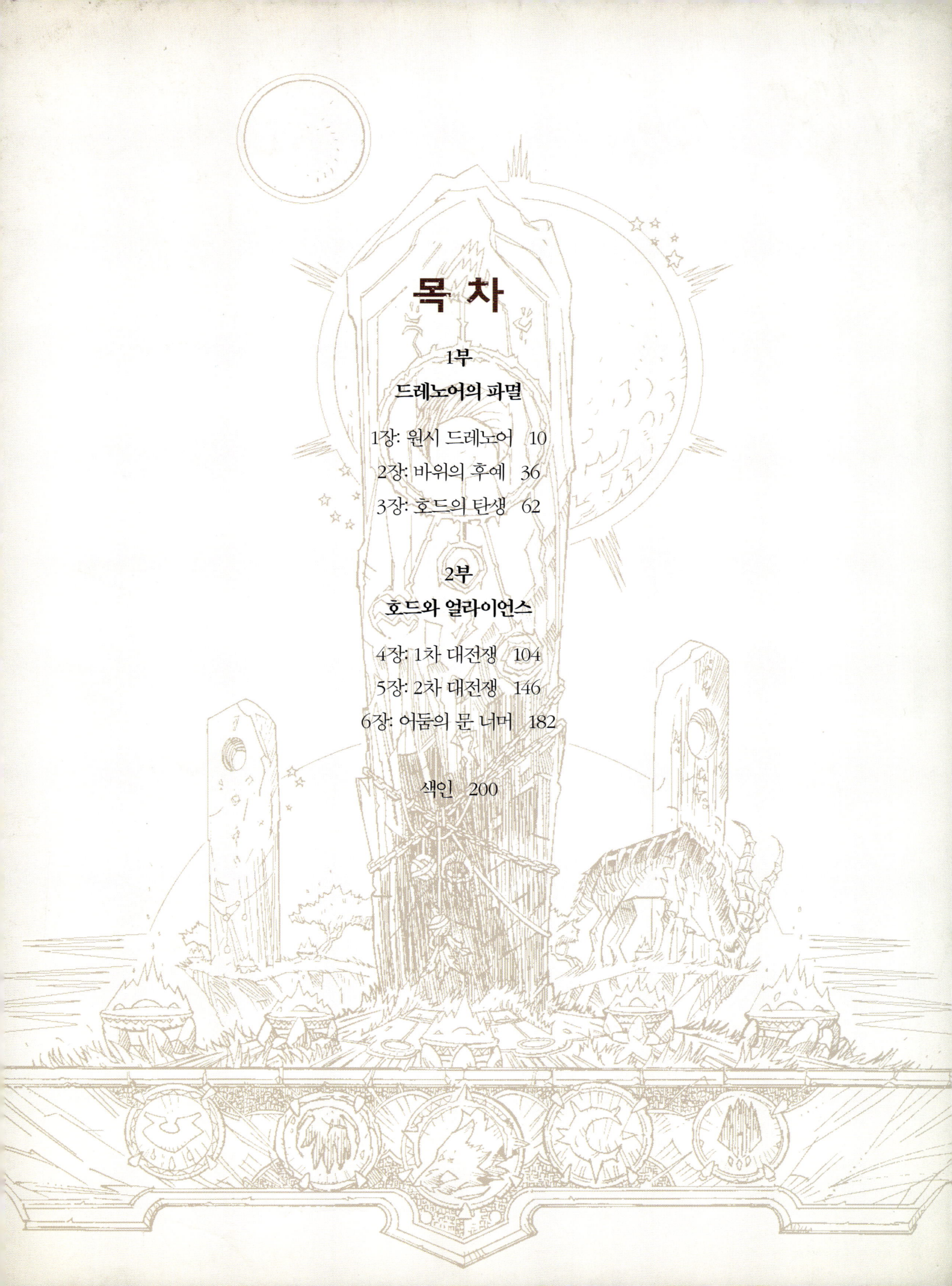

1부
드레노어의 파멸

1장
원시 드레노어

분쟁의 메아리

우주는 다정한 손길에 빚어진 것이 아니었다. 바로 빛과 공허의 충돌로 생겨났다. 태고의 두 힘이 끊임없이 부딪히며 대재앙과 같은 에너지의 폭발을 일으켰다. 파괴의 불길에서 현실이 빚어져 작동하기 시작했다.

이 새로운 존재의 영역에 빛과 공허가 벌이는 투쟁의 메아리가 스며들었다. 끝없는 어둠이라고 불리는 물리 우주에 서로 대립하는 에너지가 밀려들었다. 우주의 파괴적인 기원이 모든 행성과 세계, 마법의 티끌을 적셨다.

이것이 가장 분명하게 드러난 곳이 바로 뒤틀린 황천이었다. 그 천계의 차원은 끝없는 어둠에 결속되었지만 근본적으로는 다른 영역이었다. 황천 곳곳에서 불안정한 마법이 맹위를 떨쳤고 혼돈 상태가 지속되었다.

우주에서 발생한 필멸의 생명은 이러한 분쟁의 전통을 물려받았다. 대립하는 힘과 의지와 사상의 충돌은 우주에 존재하는 하나의 꾸준한 현상으로 자리 잡았다.

끝없는 어둠에 사는 일부 생명체가 질서와 희망과 생명의 용사로 나섰다. 신과 같은 존재, 티탄 역시 이러한 특성을 가지게 됐다. 세계혼이라고 알려진 그들의 영혼은 몇몇 행성의 녹아내리는 심장부에서 형태를 갖추었다.

수많은 시대 동안 잠들어 있었던 거대한 티탄은 살아 숨 쉬는 행성의 웅장한 모습으로 깨어났다. 티탄들은 끝없는 어둠을 떠돌며 잠든 세계혼을 찾아 깨웠다. 그 과정 중 접하게 된 행성에서 자신들의 막강한 능력을 발휘하여 형태를 빚고 질서를 수립했다.

티탄에 대립하는 힘들도 존재했다. 공허의 군주라고 알려진 사악한 존재도 그중 하나였다. 공허의 군주는 티탄이 어둠의 무기가 될 수 있는 강력한 잠재력을 지녔다고 판단했다. 그들은 단 한 명이라도 티탄을 타락시킬 수 있다면 그를 이용하여 우주의 종말을 불러올 수 있으리라 생각했다.

모든 것의 종말을.

티탄을 타락시키려는 공허의 군주의 은밀한 시도는 계속해서 실패했다. 완전히 성장한 티탄에게 영향을 주는 것은 불가능했다. 그러나 티탄이 깨어나기 전이라면 어떨까? 그것이 공허의 군주가 추구한 전략이었다. 그들은 잠든 세계혼을 타락시키기 위해 모든 사악하고 어두운 의도를 집중했다. 계획을 성공시키는 것은 시간문제였다.

고귀한 티탄은 공허의 군주가 꾸미는 계획에 대해 알지 못했다. 그들은 잠든 세계혼을 찾는 임무를 수행하면서 다른 어둠의 생명들을 상대해야 했다. 이 존재들은 파괴와 혼돈, 죽음의 깃발 아래에 결집했다. 그들은 여러 다른 형태로 나타났고 여러 다른 언어를 사용했다. 그러나 티탄은 그들을 하나의 이름으로 불렀다. 바로, 악마였다.

악마는 황천의 폭풍 속 무너진 폐허에서 발생했다. 많은 악마가 생명을 멸하여 힘을 얻는 지옥마력에 탐닉했다. 악마는 물리 우주로 뚫고 들어와 티탄이 질서를 수립한 행성에 파멸을 불러왔다.

우주에서 가장 위대한 전사인 살게라스와 아그라마르, 두 티탄이 이 골치 아픈 악마와 전쟁에 나섰다. 그들은 행성을 오가며 악마를 사냥했고, 그 과정에서 행성이 파괴되고 문명 전체가 잿더미로 불타는 모습을 목격했다. 이 말할 수 없는 공포는 살게라스와 아그라마르에게 그들의 행동이 옳다는 믿음을 더욱 굳건하게 만들어 주었다.

그러나 살게라스의 신념은 한계가 있었다. 결국, 그의 의지는 꺾였다. 악마에 의해서가 아니었다. 그보다 훨씬 더 끔찍한 것이었다.

살게라스의 타락

살게라스는 직접 악마를 사냥하는 동안 잠든 세계혼을 타락시키려는 공허의 군주의 계획을 알게 되었다. 그의 영혼에 의심이 밀려들었다. 공허의 군주는 이미 성공한 것인가? 설령 그렇지 않다고 해도 그것을 막을 수는 없었다. 아무리 티탄이라 해도 우주 전체를 동시에 감시하는 것은 불가능했기 때문이다.

살게라스는 공허의 군주를 막을 방법을 고심하면서 골치 아픈 결론에 도달했다. 존재 자체가 훼손되었다는 것이었다. 공허의 군주에게서 우주를 구할 방법은 모든 창조물을 태워서 없애는 것뿐이었다. 물론 과격한 생각이었으나 그것은 필요한 일이었다. 살게라스는 그러한 모습을 상상하는 것만으로도 고통스러웠다. 그렇지만 공허의 힘에 지배당하는 우주보다는 생명이 사라진 우주가 차라리 나으리라고 생각했다. 우주에서는 이전에도 생명이 발생했으며 또다시 생명이 발생할 수 있었다. 그것만이 유일한 위안이었다.

살게라스는 아그라마르를 비롯한 티탄 판테온의 다른 구성원들에게 자신이 발견한 사실을 알리고 그의 과감한 결론을 제안했다. 그의 제안은 받아들여지지 않았다. 다른 티탄들은 살게라스가 그러한 계획을 고려한 것을 책망했다. 가장 절친한 친구 아그라마르조차 그에게 반대했다. 그는 살게라스가 우주의 생명을 수호하고 질서를 유지하는 판테온의 의무를 저버렸다고 생각했다.

그 순간, 살게라스는 판테온에 대한 모든 신의를 잃었다. 다른 티탄들은 필요한 일을 수행할 의지가 부족했다. 그들의 비판을 들으며 시간을 낭비하고 싶지 않았다. 티탄의 용사 살게라스는 동료를 등지고 끝없는 어둠 속으로 사라졌다.

판테온은 살게라스의 일탈에 실망했으나 자신들의 위대한 조사를 중단하지는 않았다. 그들은 계속해서 창조의 머나먼 영역을 탐험하면서 잠든 티탄의 영혼을 찾았다.

한편으로 아그라마르는 악마를 혼자 상대하는 부담을 떠안았다. 그것은 끔찍한 일이었다. 아그라마르는 살게라스와 함께 어깨를 맞대고 악마를 처치하던 때를 그리워했다. 자신의 오랜 친구이자 스승이 언젠가는 이성을 되찾아 자신들에게 돌아오기를 바랐다.

그러한 재회는 일어나지 않았다. 살게라스는 결정을 내렸다. 그는 불로써 우주를 정화하고 공허의 군주의 계획을 무력화할 생각이었다. 그리고 모든 행성이 빛을 잃고 잿더미가 된 우주를 굽어보기 전까지는 그의 임무, 불타는 성전을 중단할 생각이 없었다.

살게라스의 힘은 막강했지만 불타는 성전을 홀로 이어나갈 수는 없었다. 파괴의 대리인 역할을 수행할 충성스러운 하수인이 필요했다. 한때 살게라스가 파멸시키겠다고 맹세했던 바로 그들이었다.

악마가 필요했다.

살게라스는 그 사악한 생명체를 규합하여 자신의 편으로 삼고 지옥 마법의 끔찍한 힘을 탐닉했다. 파괴적인 에너지가 그의 영혼을 집어삼켰고 고귀한 육신에 사라지지 않는 상처를 남겼다. 동시에 살게라스는 지금껏 상상조차 못 했던 힘을 얻었다.

타락한 티탄 살게라스는 새로 얻은 힘의 일부를 악마 추종자들에게 부여하고 지옥 마법의 에메랄드 불길 속에서 그들을 하나로 통합시켰다. 그는 점점 늘어나는 자신의 군대에 불타는 군단이라는 이름을 붙이고 무방비 상태의 우주에 공격을 시작했다.

시간이 지나면서 군단의 병력은 새로운 종류의 악마로 가득 찼다. 그들은 무자비한 맹공을 퍼부으며 행성들을 차례로 파괴했다. 일부 필멸의 문명은 멸망을 피하고자 기꺼이 군단에 합류하기도 했다. 일부 다른 문명은 강제로 타락해야 했다.

또 다른 몇몇 문명은 영원히 존재가 사라지는 운명을 맞이했다.

드레노어와 영원성장

불타는 군단이 성전을 시작하기 전에 끝없는 어둠의 머나먼 한쪽에서는 작은 행성이 형태를 갖추어가고 있었다. 이 행성은 후일 여러 이름으로 알려졌다. 강력한 오우거는 그곳을 자신들의 야만적인 언어로 '알려진 땅'을 의미하는 다우가르라는 이름으로 불렀다. 아라코아라 알려진 지적인 조류 종족은 후일 그곳을 '태양석'을 의미하는 라크샤라는 이름으로 불렀다.

현시대에서 그곳은 드레노어라는 이름으로 널리 알려졌다.

드레노어는 세계혼이 잠들어 있지 않았지만 다른 면에서 주목할 만한 행성이었다. 존재하는 거의 모든 행성에는 불, 바람, 대지, 물의 정령이 깃들어 있었다. 때때로 이 태고의 존재는 몹시 파괴적이었다. 그들은 물리적인 형태를 띠고 서로에게 전쟁을 일으키며 각 행성에서 지속적인 격변을 유발했다.

드레노어의 경우에는 그렇지 않았다. 다섯 번째 원소, 생명의 정기가 풍부했고 행성을 가득 채웠기 때문이다. 이 힘은 원소 정령을 진정시키는 자연적인 효과가 있었다. 생명의 정기는 그들의 폭력적인 본성을 누그러뜨렸고 그들이 물리적인 형태를 취하는 것을 방지했다.

다섯 번째 원소는 드레노어에서 또 다른 아주 특별한 효과를 냈다. 그 힘은 동식물의 성장을 촉진시켰다. 덕분에 드레노어는 활기 넘치는 자연 생명체의 요람이 되었다.

젊은 드레노어 행성에서 각양각색의 생명체가 등장하여 주도권을 다투었다. 강한 자는 약한 자를 먹이로 삼았고 교활한 자는 강한 자를 먹이로 삼았다. 잔혹성은 생존의 필수 요소가 되었다.

드레노어의 가장 강력한 포식자는 송곳니와 발톱이 아니라 뿌리와 가시로 사냥했다. 공격적이고 육식을 즐기는 식물 종이 드레노어에서 싹을 틔웠다. 이 생명체는 포자더미라는 이름으로 알려졌다. 촉수를 닮은 잎맥은 지면을 따라 기어가며 닿을 수 있는 모든 원시 동물의 숨통을 조였다. 포자더미는 성장을 거듭하면서 더 많은 동물을 잡아먹었다. 포자더미의 굶주림과 욕구에는 끝이 없었다. 그들은 만개하여 뒤얽힌 덤불과 위험한 깍지가 살아 움직이는 산맥을 이루었다.

포자더미의 촉수가 대지를 더듬는 곳마다 울창한 숲과 늪지의 진창이 자리를 잡았다. 얼마 되지 않아 미로처럼 복잡하고 무성한 야생의 신록이 세계의 외딴 구석까지 퍼져 나갔다.

포자더미 앞에서는 드레노어 정령의 힘조차 안전하지 않았다. 포자더미는 물을 찾아서 땅속 깊은 곳까지 뿌리를 내렸다. 그 공격적인 식물은 그 과정에서 드레노어의 바위와 토양에 충만했던 다섯 번째 원소를 이용했다. 포자더미와 주위의 생명체들은 이 태고의 에너지를 흡수하면서 원초적인 집단 감각을 얻었다. 드레노어의 식물들은 새롭게 획득한 이러한 지성을 활용하여 하나의 거대한 유기체로 활동했다. 포자더미와 식물들은 영원성장이라는 통칭으로 알려졌다.

영원성장은 어떤 중대한 위협에도 합심하여 대응할 수 있었다. 그러나 그러한 위협은 존재하지 않았다. 영원성장은 보이는 모든 것을 지배했고 그 무엇도 위협이 될 수 없었다.

드레노어 길들이기

포자더미가 번성하는 동안 아그라마르는 계속해서 악마를 사냥했다. 그는 위대한 임무를 수행하면서 결국 티탄이 아직 발견하지 못한 행성, 드레노어에 가까이 다가갔다.

아그라마르는 드레노어 너머의 거대한 공허에 머무르며 행성 중심부에 있을 세계혼의 꿈에 귀를 기울였다. 그는 아무런 소리를 들을 수 없었다. 그럼에도 드레노어는 그의 주의를 끌었다. 아그라마르는 그토록 게걸스럽고 다양한 식물이 가득한 야성 본연의 행성을 본 적이 없었다.

아그라마르는 영원성장을 자세히 관찰하면서 드레노어의 미래에 깃든 파멸을 예견했다. 그대로 방치한다면 그 식물은 행성의 원소 정령을 포함한 모든 것을 집어삼키고 결국 자기 자신마저 집어삼킬 것이 분명했다. 드레노어는 먼지만 휘날리는 폐허가 되어 가장 원시적인 형태의 생명체조차 사라질 운명이었다.

아그라마르는 악마와의 전투를 계속해서 수행해야 했지만 드레노어를 그러한 운명에 맡기고 떠날 수 없었다. 그는 본능적으로 질서를 선호했고 그것을 위해 행동에 나섰다.

티탄의 전사 아그라마르는 드레노어의 식물을 멸종시킬 생각은 없었다. 그는 식물의 세력을 누그러뜨리기를 원했다. 그러려면 영원성장의 위세와 무자비한 확장의 핵심 원인인 포자더미를 중화할 필요가 있었다.

아그라마르는 포자더미를 직접 제거하는 방법도 생각했지만 자신의 엄청난 힘 때문에 드레노어에 복구할 수 없는 피해를 주거나 행성 자체를 파괴하지 않을까 염려했다. 또한 자신이 그 행성을 영원히 지켜볼 수 없다는 사실도 잘 알고 있었다. 대신 그는 자신의 모습을 닮은 강력한 하수인을 포자더미에 심어 드레노어의 균형을 유지할 계획을 세웠다.

아그라마르는 행성 위로 거대한 손을 쓸어 불, 바람, 대지, 물 에너지를 거대한 정기의 폭풍으로 빚어냈다. 그리고 드레노어의 가장 큰 산에 그 울부짖는 폭풍을 내려놓았다. 에너지는 지면을 뚫고 들어가 행성 곳곳에 강력한 충격파를 일으켰다. 그러자 산이 생명의 기운을 얻고 굉음을 내지르며 거대한 두 다리로 일어섰다. 바위투성이 가죽에는 용암의 바위가 흘러내렸고 그 위로 원시의 정기가 굽이쳤다.

아그라마르는 자신의 창조물에게 그론드라는 이름을 붙였다. 드레노어에서 티탄 전사 아그라마르를 대신할 존재였다.

그론드는 아그라마르의 명령에 따라 영원성장을 단계적으로 정복하기 시작했다. 걸어 다니는 산 그론드는 호수와도 같은 정령의 불길을 만들며 드레노어의 땅을 떠돌았다. 그론드는 바다의 지형을 다지며 계곡을 깎고 산을 빚어 영원성장을 분리했다. 그런 다음 자신만큼이나 거대하게 솟은 근처 포자더미를 향해 나아갔다.

포자더미의 굽은 뿌리가 땅을 뚫고 나와 그론드를 휘감으며 그의 길을 막았다. 거대한 그론드는 손쉽게 뿌리를 물리쳤다. 그론드는 날카로운 손가락으로 포자더미를 쥐고서 한 차례 강력한 손짓으로 드레노어의 지면에서 그 생명체를 뜯어냈다.

동족의 최후에 다른 포자더미도 몸을 떨었다. 뿌리와 덩굴만으로는 그론드를 쓰러뜨릴 수 없었다. 포자더미는 새로운 무기가 필요했다. 그들은 적응해야 했다.

포자더미는 각자 주위 숲과 정글에서 생명의 정수를 흡수했다. 그 뒤에는 시든 땅만이 남았다. 에너지를 얻은 포자더미들은 일어나 땅 위를 걸었다.

포자더미는 모두 셋이었다. 그들은 영원성장에서 각자 다른 부분을 체화했다. 첫 번째는 장이라고 불렸다. 그의 피부에서는 늪지의 진창과 버섯 덤불이 번들거렸다. 두 번째는 보탄이라는 이름으로 불렸고 태고의 삼림지로 덮여 있었다. 마지막 포자더미는 나누라는 이름으로 알려졌으며 무성한 정글이 가득했다.

포자더미는 하나가 되어 그론드를 향해 다가왔고 드레노어는 거인들이 벌이는 전쟁의 무게에 비틀리고 찌그러졌다.

그론드의 최후

아그라마르는 드레노어의 하늘에서 포자더미가 그론드에게 다가가는 모습을 지켜보았다. 장과 보탄과 나누는 어떤 희생을 치르더라도 영원성장을 지키려 했다. 그들은 태고의 분노를 불러내어 다이아몬드보다 강력한 촉수로 그론드를 공격했다. 정령 거인의 피부에서 거대한 바위가 떨어져 내렸다. 바위는 엄청난 충격과 함께 지상에 떨어져 계곡을 만들고 산을 무너뜨렸다.

포자더미는 집단 감각을 통해서 완전한 하나가 되어 움직였다. 그들은 그론드를 거의 제압할 정도였으며 그론드는 금방이라도 쓰러질 위기에 처했다.

그러나 잠시뿐이었다. 그론드는 아그라마르와 마찬가지로 강철로 연마된 의지를 갖추고 있었다. 드레노어가 균형을 찾을 때까지, 그의 결의는 흔들릴 수 없었다.

정기의 폭풍이 그론드의 몸을 감쌌고 그는 기운을 모아 포자더미에게 뛰어들었다. 그리고 산처럼 무거운 주먹을 휘둘렀다. 주먹이 공기를 가를 때마다 신록의 거인들이 조각나며 부서졌다. 포자더미에서 부러진 뿌리와 씨앗이 땅으로 떨어져 나뒹굴었다.

그론드는 무자비하게 몰아쳤지만 포자더미도 물러서지 않았다. 그들은 정령 거인의 분노를 견디며 드레노어의 주도권을 두고 싸웠다. 전세가 뒤집힐 때마다 드레노어의 대지가 흔들렸고 그들의 발 아래에서 갈라졌다.

포자더미는 강인했지만 그론드의 공격을 계속 버틸 수는 없었다. 정령 거인 그론드의 공격에 가장 고통스러워한 것은 장이었다. 포자더미 중에서 가장 작았던 장이 그론드의 맹공에 가장 먼저 쓰러졌다.

그론드는 장을 붙잡고 그 괴물 같은 생명체를 반으로 찢었다. 포자더미의 찢긴 시체는 천둥과도 같은 굉음을 내며 드레노어의 지상에 떨어졌다. 이후 시대에서 그 썩은 시체는 버섯이 무성한 지역으로 변화했고 장가르 해라는 이름으로 알려졌다.

그론드는 나누에게 공격을 퍼부으며 불굴의 주먹으로 거대 포자더미를 제압했다. 나누는 생명을 잃고 땅에 쓰러졌다. 그의 부서진 몸통은 서서히 지면에 가라앉아 타나안 밀림이라는 이름으로 알려진 지역이 되었다.

두 포자더미가 쓰러졌으나 그론드의 강력한 육신도 기나긴 전투를 치르며 망가지고 말았다. 몸이

마지막 포자더미와 싸우는 그론드

갈라지고 부서진 그는 과거 자신의 그림자에 불과했다.

보탄은 적이 약해진 상태를 감지했으나 그론드를 무찌를 만한 힘이 부족했다. 보탄은 나누와 장의 시체에서 사라져 가는 생명의 정수를 흡수하고 에너지를 얻어 엄청난 크기로 성장했다.

보탄은 새로운 힘을 얻고도 서두르지 않았다. 보탄은 그론드의 직접적인 공격을 피하면서 수천 개의 작은 덩굴로 적을 휘감았다. 가시 촉수가 그론드를 뒤덮었고 피부의 벌어진 틈과 상처 속으로 서서히 파고들었다.

그론드는 덩굴을 귀찮게만 생각하여 무시해 버렸다. 그렇지만 촉수가 더욱 깊이 파고들었을 때 그 진정한 위험을 깨달았다. 그러나 이미 되돌릴 수 없었다.

덩굴은 그론드의 몸에 있던 상처를 비틀었고 몸 곳곳에서 새로운 틈을 벌렸다. 정령 거인은 자신의 무게를 버티지 못하고 쓰러져 부서졌다. 그의 거대한 시체는 후일 나그란드라는 이름으로 알려진 지역의 가장자리에서 산맥을 이루었다.

거인의 피

그론드와 포자더미의 전투 도중 괴수들의 몸에서 떨어져 나온 조각들은 새로운 유형의 생명체가 되었다.

장과 나누, 보탄에게서 떨어진 씨앗과 뿌리는 그들의 생명의 정수를 조금씩 담고 있었다. 이 식물에게서 많은 고유한 존재가 싹을 틔웠다. 가장 강력한 생명체는 제네사우루스라고 불리는 육중한 거인이었다. 네 발 달린 그 생명체의 가죽에는 잎으로 이루어진 무성한 갈기가 덮여 있었다. 그들은 거대했지만 놀랄 정도로 신속하고 민첩했다.

포자더미에서 떨어진 식물체와 마찬가지로 그론드에서 떨어진 바위에도 생명의 정수가 깃들어 있었다. 가장 큰 바위는 거대괴수라 불리는, 의식이 있는 존재가 되었다. 그론드만큼은 아니었지만 그들 역시 거대한 그림자를 대지에 드리웠다.

그론드에게서 떨어진 다수의 바위 파편에는 불과 바람, 대지, 물의 태고의 원소가 깃들어 있었다. 이 에너지는 점차 뭉쳐서 마력의 집합체가 되었고 그로부터 드레노어 역사상 처음으로 원소 정령이 물리적인 형체를 갖추었다. 포자더미가 없었다면 그런 일은 일어나지 않았을 것이다. 원소 정령은 다섯 번째 원소를 다량으로 집어삼키면서 강력한 힘을 키웠다.

정령의 수는 처음에는 많지 않았다. 그러나 그론드가 패배한 후 수가 급격히 증가했다. 그의 시신에서 흘러나오는 정기의 양은 실로 막대했다. 그 결과, 산처럼 거대한 그론드의 유해 주위로 수많은 정령이 물리적 형태를 띠고 생겨났다. 그중에는 격노의 존재도 있었다. 드레노어의 가장 강력한 원소 정령이었던 그들은 그론드의 유해 머리 주변에 머물렀다. 불의 격노 인시네라투스, 물의 격노 아보리우스, 대지의 격노 고르다우그, 바람의 격노 칼란드리오스가 그들이었다.

네 격노는 그론드의 죽음을 슬퍼하며 영원히 그 시신의 그림자 속에 머물기로 맹세했다. 그들이 자리를 잡은 곳은 후일 드레노어에 사는 필멸의 문명들에게 정령의 옥좌라는 이름으로 알려졌다.

그론드의 그림자에서

드레노어에 거대괴수가 등장했을 때 아그라마르는 희망에 부풀었다. 그 생명체들은 그론드만큼 강력하지는 않았지만 많은 수가 존재했다. 아그라마르는 그들이 보탄을 무찌르고 드레노어에 균형을 찾아줄 것으로 확신했다. 그러기 위해서는 아그라마르의 도움이 필요했다.

아그라마르는 그론드의 유해에서 거대한 바위 원반을 빚어내고 티탄의 마력 룬을 새겼다. 그리고 거대괴수의 갑옷과도 같은 바위투성이 피부에 결합했다. 태고의 에너지가 원반에서 거대괴수에게 흘러들며 강력한 힘과 끈기를 전했다.

이른 시점이 아니었다. 상대가 사라진 보탄과 제네사우루스는 아무런 제약도 없이 드레노어를 활보하고 있었다. 포자더미 보탄의 무리는 영원성장을 보살피며 그론드의 손에 무너진 영토를 복구했다.

아그라마르는 보탄이 영원성장을 완전히 복구하기 전에 거대괴수를 풀어놓았다. 그는 그론드와의 전투를 지켜보았던 덕분에 포자더미에 대해 많은 것을 깨달았고 거대괴수에게 그들의 강점과 약점을 비롯한 여러 지식을 전해 주었다.

거대괴수가 막 움직이기 시작했을 때 아그라마르는 끝없는 어둠에서 희미한 에너지의 파동을 감지했다. 별무리의 죽음으로 발생한 것이었다. 별무리는 티탄이 질서를 수립한 행성을 감시하는 존재였고 그의 죽음은 끔찍한 징조였다. 그것은 무언가가 별무리를 쓰러뜨렸다는 사실을 의미했다.

아그라마르는 드레노어에서의 일이 아직 한참이나 남았지만 그곳에 더 머물 수 없었다. 그는 별무리를 쓰러뜨린 것이 무엇인지 그리고 주변 행성이 위험에 처한 것은 아닌지 확인해야 했다.

아그라마르는 거대괴수에게 자기가 떠난 동안 영원성장을 파괴하라는 임무를 맡겼다. 그는 작별을 고하고 언젠가 다시 돌아오겠노라 맹세했다. 그런 다음 우주에 몸을 던졌다.

그리고 다시는 드레노어를 보지 못했다.

거대괴수의 희생

거대괴수는 아그라마르의 운명을 알 수 없었다. 그들은 티탄 주인이 돌아올 것이라고 확신했다. 거대괴수는 그에 앞서 드레노어에 균형을 찾아 주기로 결심했으나 그들의 앞에 놓인 임무는 엄청난 것이었다.

영원성장은 드레노어의 상당 부분을 집어삼켰다. 숲이 우거진 만큼 보탄의 힘도 커졌다. 포자더미 보탄의 괴물 같은 몸은 이제 그론드보다도 크게 성장했다. 보탄은 수백 마리의 사나운 제네사우루스를 대동하고 영원성장 심장부의 울창한 밀림을 거닐었다.

거대괴수는 아그라마르가 전해준 지식을 활용하여 포자더미 보탄을 무찌를 방법을 논의했다. 보탄의 힘이 가장 강력해지는 영원성장에서 싸우는 것은 자살 행위나 마찬가지였다. 조금이라도 성공할 가능성을 높이려면 보탄과 부하들을 숲에서 끌어내야 했다.

거대괴수는 영원성장 가장자리에 모여 숲을 훼손하기 시작했다. 그들은 보탄의 분노를 유도했다.

보탄은 제네사우루스를 규합하여 성가신 거대괴수를 향해 공격을 퍼부었다. 보탄의 그림자가 가까이에 드리우자 바위 거인들은 영원성장 뒤쪽의 황량한 협곡과 언덕으로 물러났다. 그들은 그곳의 지형을 활용할 생각이었다.

보탄은 거대괴수를 그론드의 시시한 복제물에 불과하다고 생각하여 망설이지 않고 그들을 뒤쫓

아그라마르의 운명

드레노어에서 떠난 아그라마르는 별무리를 쓰러뜨린 것이 불타는 군단이라는 사실을 확인했다. 그는 대규모 악마의 군대를 뒤쫓던 중 그들을 이끄는 존재가 자신의 친애하는 스승 살게라스임을 깨달았다. 아그라마르는 타락한 티탄 살게라스에게 해명을 요구했지만 들을 수 없었다.

살게라스는 우주에서 모든 생명을 제거할 때까지 불타는 성전을 포기할 생각이 없었다. 아그라마르도, 그 누구도 그를 막을 수 없었다.

스승과 제자는 결투를 벌였다. 아그라마르는 살게라스에게 상대가 되지 못했다. 그는 전투에서 후퇴하여 타락한 형제를 저지하기 위해 나머지 판테온 구성원을 규합했다.

아그라마르는 살게라스와 결투를 벌인 이후에도 친구 살게라스를 정의의 편으로 되돌릴 수 있다는 고집스러운 믿음을 버리지 않았다. 아그라마르는 마지막으로 살게라스에게 설득을 시도했다. 그는 스승의 영혼에 남아 있는 마지막 숭고함을 일깨우고자 했다. 살게라스는 아그라마르의 목숨을 거둠으로써 그에 회답했다.

충격에 휩싸인 판테온의 구성원들은 살게라스와 군단에 전쟁을 선포했다. 종말과도 같은 전쟁이 현실을 구부리고 우주에 어둠을 드리웠다.

결국 살게라스는 승리했다. 그는 지옥불의 폭풍으로 동족을 집어삼키고 그들의 육신을 산산이 조각냈다. 그 공격에서 살아남은 것은 육신을 잃은 티탄의 영혼뿐이었다. 그들은 살게라스의 분노를 피해 살아남았지만 다시는 전과 같을 수 없었다.

불타는 군단은 승리했다.

았다. 보탄이 영원성장의 경계 너머로 들어왔을 때 거대괴수가 반격을 시작했다. 병력의 규모를 숨기기 위해 바위투성이 지형 속에 숨어서 기다리고 있었던 수많은 거대괴수가 드디어 매복을 풀고서 보탄과 제네사우루스에게 온 힘을 쏟아부었다. 이후 발생한 전쟁은 수천 년 동안 드레노어에 영향을 끼쳤다. 거대괴수와 영원성장의 대리인은 끊임없이 드레노어의 주도권을 주고받기를 반복했다.

시간이 지나면서 전투는 거대괴수에게 타격을 주었다. 많은 거대괴수가 보탄과 제네사우루스에게 쓰러졌고 곳곳에서 그들의 부서진 육신이 나뒹굴었다. 그론드의 시체에서 바위 거인이 태어난 것처럼 거대괴수의 유해에서 마그나론이라고 불리는 새로운 생명체가 나타났다.

마그나론은 거대괴수처럼 덩치가 크거나 지능적이지 않았지만 막강한 힘을 쓸 수 있었다. 그들의 삐죽삐죽한 가죽 위로 불과 원시 정령의 에너지가 흘러내렸다.

거대괴수는 마그나론에게 영원성장과 맞서 싸울 것을 요청했지만 그들은 따르지 않았다. 용암거인 마그나론은 본능적으로 영원성장에 반감을 느꼈지만 선조에게도 충성심을 갖지 않았다. 일부 마그나론은 마주치는 제네사우루스와 전투를 벌이기도 했다. 그러나 대부분은 화산 활동이 활발한 지역을 찾아 드레노어의 황량한 대지를 떠돌았다.

규모가 감소한 거대괴수는 보탄이 영원성장을 키우는 것을 막을 방법이 거의 없었다. 과감한 조처를 하지 않는다면 거대괴수는 실패할 것이 분명했다.

대부분의 거대괴수가 최후의 전투를 위해 집결했다. 그들의 가죽은 수천 년 동안의 전투로 닳고 갈라졌지만 가죽에 장착된 티탄 유물은 아직 강력한 마력을 품고 있었다.

그들은 이 마력과 함께 자신을 희생하여 드레노어의 균형을 찾을 계획이었다.

거대괴수 무리는 영원성장으로 들어가 보탄을 덮쳤다. 그들은 거대한 포자더미에 바위 손을 파묻고 단단히 매달렸다. 그런 다음, 일제히 티탄 유물에 깃든 에너지를 방출해 보탄에게 흘려보냈다.

거대한 폭발이 일어나 포자더미 보탄과 거대괴수를 조각냈다. 폭발은 너무도 강력했고 산산이 부서진 그들의 육체는 드레노어 곳곳에 흩뿌려졌다.

보탄의 죽어가는 비명이 드레노어의 모든 뿌리와 잎을 타고 전해졌다. 무성한 숲 지대가 시들고 수백 마리의 제네사우루스가 제자리에서 생명을 잃고 쓰러졌다. 잠깐 동안 영원성장 전체가 보탄의 죽음이라는 고통을 함께 느끼며 전율했다.

그리고 침묵이 찾아왔다. 드레노어의 식물들 사이에서 아무런 생각이나 감정이 전해지지 않았다. 보탄의 최후와 함께 드레노어의 자연을 이어주었던 집단 감각도 파괴되고 말았다.

거대괴수는 승리를 거두었으나 끔찍한 대가를 치렀다. 그들의 유해에서는 아무런 생명체도 태어나지 않았다. 그들은 티탄 유물의 힘을 끌어내는 과정에서 모든 생명의 정수를 소진했고 시체는 불타버렸다. 시간이 지나면서 그들의 부서진 육체는 대지에 스며들어 검은바위 광석이라고 불리는 매우 단단한 금속의 광맥을 이루었다.

쓰러진 거대괴수와는 달리 보탄의 시체는 아직 강력한 생명의 에너지를 품고 있었다. 보탄의 일부가 대지에 떨어진 곳마다 숲과 밀림이 생겨났다. 거대한 시신은 후일 파랄론이라 알려진 생기 넘치는 지역을 형성했다.

제네사우루스와 다른 식물 생명체들은 이러한 생명의 안식처에서 계속해서 번성했지만 그들을 하나의 목적으로 규합하고 집단적 의지를 인도할 포자더미는 더 이상 존재하지 않았다.

영원성장은 사라졌다. 그러나 그것이 드레노어의 평화를 의미하지는 않았다.

파괴자와 원시생물

영원성장이 사라진 후 수 세기 동안 거대괴수와 포자더미의 후예들은 드레노어에서 주도권을 다투었다. 마그나론과 제네사우루스만이 이 분쟁의 유일한 계승자는 아니었다. 돌과 뿌리의 새로운 생명체가 등장하여 전쟁에 가담했다.

보탄이 폭발했을 때 그 육신에서 생명의 정기가 가득한 수많은 포자가 퍼져 나왔다. 포자들은 드레노어의 지면으로 흩어졌고 닿는 모든 것을 뒤틀었다. 마그나론의 가죽에 닿은 포자는 그들의 육신을 약화시켰다.

마그나론 중 일부는 살덩이와 돌로 이루어진 거인이 되었고 그론이라는 이름으로 불렸다. 그 거대한 포식자들은 숲의 언저리를 배회하며 작은 생명체들을 공포에 빠뜨렸고 눈에 띄는 것은 무엇이든 잡아먹었다. 그론의 지성은 평범한 수준이었으나 매우 뛰어난 사냥꾼이었다. 가죽에서 가시처럼 돌출한 쐐기는 사냥감의 목숨을 거두는 무기로 쓰였으며 바위 조각들은 다른 위험한 생명체에게서 그들의 몸을 보호하는 갑옷 역할을 했다.

남아 있던 포자의 효과 때문에 소수의 그론은 점차 약화되어 외눈박이 오그론이 되었다. 그들은 그론보다 뛰어난 지성을 갖추었으나 힘은 그에 미치지 못했다. 오그론은 그론을 두려워했으며 거대한 야수와 같은 그론을 신적인 존재라고 생각했다.

일부 그론이 진화한 것처럼 많은 오그론도 진화를 겪었다. 포자의 잔여물은 수천 년에 걸쳐 그들을 살덩이를 가진 오우거라는 이름의 생명체로 변화시켰다. 이 잔혹한 존재는 자신의 선조들보다 체구가 작았고 그중 다수는 오그론의 노예가 되었다.

오우거로부터 또 다른 종족이 발생했다. 오크라고 불리는 종족이었다. 그들은 그론드의 후예 중에서 가장 체격이 작았다. 오크는 체격이나 힘은 부족했지만 뛰어난 지성과 공동체 의식으로 그것을 보완했다. 그들은 함께 뭉쳐서 가혹한 환경 속에서 살아남았다.

마그나론, 그론, 오그론 등 바위에서 태어난 처음 수 세대의 생명체들은 파괴자라는 통칭으로 알려졌다. 그들은 드레노어의 황량한 산맥과 바위투성이 계곡을 터전으로 삼았다. 파괴자들은 여러 면에서 서로 달랐지만 모두 그론드의 후손이었다. 그들은 같은 조상을 두었으나 동맹이 되지는 않았다. 그러나 고대 거인은 마치 그림자를 드리우듯 그들에게 영향을 미쳤다. 파괴자는 각자 다양한 관습과 방식으로 살아갔다. 그러면서도 무성한 자연에 반감을 느꼈다.

파괴자는 제네사우루스 등 식물 생명체의 거센 저항에 직면했다. 포자더미까지 기원이 미치는 그 생명체들은 원시생물이라는 통칭으로 알려졌다.

파괴자와 마찬가지로, 보탄이 죽은 후 많은 원시생물이 생겨났다. 수많은 포자가 거대한 그의 시체에서 야생으로 퍼졌다. 포자는 바위의 생명체를 약화시켰지만 식물에게는 정반대의 효과를 나타냈다.

포자는 기존의 식물 생명체에게 지각을 선사했다. 수풀이 들썩이며 새로운 존재가 형태를 갖추고 대지를 활보했다. 포들링과 스포어링이라는 이름으로 불리는 작고 단순한 생명체도 그중 일부였다. 가장 지적인 능력을 갖추고 번창한 새로운 종족은 신록지기라고 불리는 존재였다.

나무껍질을 두른 신록지기는 드레노어의 야생에 퍼져 나갔다. 그들의 마음속에는 영원성장에 대한 희미한 기억이 깃들어 있었으나 포자더미나 그론드와 거대괴수와의 전투에 대한 온전한 진실은 알지 못했다.

그럼에도 신록지기가 간직한 영원성장에 대한 약간의 지식은 그들의 문화에 막대한 영향을 끼쳤다. 그들은 제네사우루스를 위대한 포자더미의 자취라고 생각하며 신으로 숭배했다. 또한 신록지기는 자신이라는 개념을 거부하며 각자의 영혼이 드레노어의 모든 식물체를 서로 연결했던 집단의식의 일부라고 생각했다.

신록지기는 제네사우루스와 다른 식물 생명체와 함께 헌신적으로 숲을 보호했다. 그러한 과정에서 파괴자와의 대립은 불가피했다.

거대괴수의 유해

전설에 따르면 소수의 거대괴수가 보탄과의 전투에서 살아남았다고 한다. 그러나 그들도 드레노어 곳곳에 퍼진 포자의 영향을 피하지 못했다. 그들의 몸은 수천 년 동안 쇠퇴하여 살덩이를 지닌 존재가 되었다.

거대괴수가 죽고 많은 시간이 지난 후 드레노어에서는 필멸의 문명이 번성했다. 거대괴수의 뼈를 발견한 오크와 같은 생명체들은 그것을 이용하여 무기와 거주지와 장신구를 만들었다. 그들은 거대괴수의 유해에 힘이 깃들어 있다고 믿었다.

두 진영은 오랜 시간 동안 산발적인 전투를 치렀으나 어느 쪽도 상대를 완전히 제압하지 못했다. 끝없는 분쟁이 이어지며 서서히 드레노어의 경계가 구축되었고 균형 상태가 찾아왔다. 시간이 지나면서 파괴자는 고르그론드, 서리불꽃 마루, 나그란드, 아라크 등의 지역을 완전히 장악했고 원시생물은 타나안 밀림, 장가르 해, 파랄론, 어둠달 골짜기, 탈라도르의 자연을 가꾸었다.

아라크의 신

원시 드레노어에 가득했던 생명의 정기는 다양한 종류의 동물을 낳았다. 이들 야수의 거의 대부분은 영원성장과 포자더미에게 잡아먹히고 말았다.

영원성장이 사라지자 동물들은 다시 드레노어를 차지할 기회를 얻었다. 보탄의 흩어진 유해는 생명의 정기가 가득한 숲이 되었다. 이 에너지는 대지를 변화시켰고 새로운 종족의 진화를 촉진했다.

새롭게 등장한 첫 번째 야수는 그 땅에 막대한 영향력을 가진 거대 생명체였다. 그중 일부는 신록지기나 다른 원시생명이 통달한 자연 마법에 본능적인 친화성을 느꼈다. 다른 생명체들은 드레노어의 원소 에너지에 친숙해졌다. 또 다른 이들은 현실의 장막을 넘어서서 우주에 가득한 빛과 공허의 힘을 접했다.

드레노어의 거대 동물은 강력한 힘을 지녔지만 생존을 위해 고군분투해야 했다. 신록지기는 그들을 붙잡아 숲에 양분을 공급하는 식량으로 사용하거나 곰팡이로 감염시켜 원시생물의 하수인으로 삼았다. 또 다른 곳에서는 그론과 오그론이 야수들을 사냥했다. 이 가혹한 세계에서 번영하기에 가장 적합한 동물은 원시생물과 파괴자의 공격을 피해서 하늘로 날아갈 수 있는 종족이었다.

대부분의 조류 종족은 드레노어의 아라크 지역에서 발생했다. 무성한 숲과 해안의 관목지 위로 거대한 바위 첨탑이 우뚝 솟은 그곳에서 세 명의 신적인 생명체가 형체를 갖추었다. 거대한 불새 루크마르, 사악한 천둥매 세드, 영리한 까마귀 안주가 그들이었다.

이 동물들은 각자의 방식으로 강력한 힘을 자랑했다. 루크마르의 영혼은 빛이라는 태고의 힘에 감화받았다. 루크마르는 이 에너지와의 연결을 통해서 마력의 불꽃을 소환함으로써 생명을 파괴하거나 살릴 수 있었다. 진홍빛 날개에서는 새하얀 불꽃이 끊임없이 타올랐지만 절대로 불에 그슬리는 일이 없었다.

세드의 날개는 짧았고 가죽으로 이루어져 있어서 루크마르만큼 높이 날 수 없었다. 그는 우주에 존재하는 어둠의 에너지인 공허에 친밀감을 느꼈다.

안주는 루크마르나 세드보다 훨씬 작았다. 안주는 육체적인 힘이 부족했지만 날카로운 지성으로 그것을 보완했다. 항상 호기심이 넘쳤던 안주는 드레노어를 가로지르는 마법의 지맥을 조사하여 비전 마법을 발견했다.

오랜 시간 동안 이 셋은 대부분의 시간을 홀로 지냈다. 그들은 아라크에서 원시생명과 파괴자의 끊임없는 공격을 물리치며 근근이 살아남았다. 오직 안주만이 자신과 날개 달린 동족을 위해 더 나은 미래를 꿈꾸었다.

안주는 루크마르와 세드에게 힘을 합하여 아라크를 모든 새들의 성지로 변화시키자고 제안했다. 스스로 땅을 지배할 수 있는데 어째서 원시생명이나 파괴자와 같은 원시 종족의 억압을 받아야 한다는 말인가?

안주와 그의 새로운 동료들은 합심하여 아라크에서 바위와 뿌리의 후손을 몰아냈다. 파괴자와 원시생물이 사라지자 아라크 지역은 날개 달린 생물의 안식처로 번창했다. 루크마르와 세드, 안주는 아라크 땅을 지키고 그곳의 다양한 종을 보호했다.

루크마르는 가장 아름다운 조류 종족인 칼리리와 긴밀한 유대를 형성했다. 그녀는 칼리리를 사랑스러운 자식처럼 대했다. 루크마르와 칼리리는 아라크의 첨탑 꼭대기에서 태양의 온기를 쬐며 많은 시간을 보냈다. 루크마르는 고귀하면서도 도도했고 자신을 세계의 생명체 중에서 가장 우아하고 아름다운 존재로 생각했다. 또한, 땅과 숲에 사는 생명체들을 경멸하여 갈퀴발톱을 지면에 대지 않았.

안주는 아라크 곳곳에 사는 다수의 평범한 까마귀들을 보살폈다. 그는 첨탑 아래 숲에 자주 모습을 드러냈다.

세드는 작은 천둥매들을 거느리며 첨탑 아래 그늘진 구석과 틈에서 그들과 함께 살았다. 세드는 안주처럼 부하들을 존중하지 않았다. 그는 잔혹하고 까다로운 천둥매의 지배자였다.

아라크는 모든 것이 안정되어 보였으나 첨탑 주위로 어둠이 꿈틀대고 있었다.

세드의 저주

세드는 시간이 지나면서 루크마르를 질시했다. 세드의 날개는 그렇게 크지 않았기에 루크마르처럼 구름 위 높은 곳까지 날 수 없었다. 세드는 첨탑 정상까지 오르는 것이 고작이었다. 그는 루크마르의 그림자를 벗어날 수 없는 운명이었다.

세드는 그런 운명을 받아들일 수 없었다. 세드는 루크마르를 쓰러뜨리고 그 능력을 훔칠 계략을 꾸몄다. 그러나 혼자서는 실행하기가 어렵다고 생각했다. 그는 결국 안주에게 접근하여 도움을 청했다. 루크마르를 쓰러뜨리고 세계의 지붕으로 날아올라 아라크의 쌍둥이 왕으로 군림하자는 제안이었다.

세드는 안주도 루크마르의 능력을 시기하고 있다고 짐작했다. 루크마르는 땅 가까이 사는 까마귀를 경멸했기 때문이다. 그러나 그것은 세드의 착각이었다. 안주는 루크마르를 싫어하기는커녕 흠모하고 있었다. 안주는 오랫동안 그녀에게 비밀스러운 애정을 품었지만 그러한 감정을 고백할 용기를 내지 못하고 있었다. 루크마르가 자신을 동등한 존재로 받아주지 않을 것이라고 생각했기 때문이다.

안주는 루크마르에게 세드의 계획을 알리며 주의를 주었다. 까마귀와 불새는 천둥매에게 대적하기로 약속했다. 세드가 공격을 감행했을 때 루크마르는 준비가 되어 있었다.

루크마르는 불타오르는 분노로 세드를 집어삼키고 날개를 잿더미로 불태웠다. 천둥매 세드가 땅에 처박히자 안주가 그를 덮쳤고 갈퀴발톱으로 눈을 파냈다. 세드는 죽어가는 마지막 숨결을 이용하여 루크마르와 안주에게 복수했다. 그는 자신의 육신과 피로 끔찍한 저주의 주문을 읊었고 저주는 그의 몸에서 흘러나와 땅으로 스며들었다.

안주는 그 저주 때문에 아라크가 파괴될까 염려하여 세드를 통째로 집어삼키고 그의 어두운 에너지를 자신의 몸속에 가두었다. 저주가 육체와 영혼을 뒤틀었고 소름 끼치는 고통이 그를 감쌌다. 안주는 몸이 쪼그라들고 뒤틀려 날 수 있는 능력을 잃고 말았다.

안주는 끔찍한 대가를 치르고 저주를 봉인했다. 세드의 피는 소량이 남아 그가 쓰러진 지역을 오염시켰으나 더 퍼지지는 않았다. 그 어두운 지역은 후일 세데크 골짜기라는 이름으로 알려졌다.

안주는 루크마르 앞에 모습을 드러낼 수 없었다. 예전에는 루크마르가 그를 가치 있게 생각했을지도 모르지만 지금의 혐오스러운 모습은 역겨울 것이라고 생각했기 때문이다. 안주는 깊은 숲으로 사라졌다. 그리고 루크마르가 자신을 부를 때마다 그녀의 목소리를 무시했다.

세드의 저주는 안주를 약화시켰지만 한편으로는 새로운 힘을 주었다. 안주는 천둥매 세드를 삼키고 암흑 마법을 사용할 수 있는 능력을 얻었다. 안주는 암흑 마법과 친숙해졌고 어둠의 영역에 은거

세드의 저주에 쓰러지는 안주

한 채 루크마르에게서 영원히 몸을 숨겼다.

루크마르는 안주를 찾았지만 아무런 소득이 없었고 결국 포기하기에 이르렀다. 루크마르는 안주의 고귀한 희생을 겸허히 받아들였으나 한편으로는 그녀의 땅에 어둠을 드리운 저주에 겁먹었다. 루크마르는 하늘로 날아올라 아라크를 떠났다. 그리고 고르그론드의 가장 높은 봉우리에 정착했다.

루크마르는 은둔한 안주에게 직접 고마움을 표현할 방법이 없었기에 그를 기리는 새로운 종족을 창조함으로써 희생에 보답하고자 했다. 루크마르는 자신의 생명력을 끌어내어 일부 칼리리 부하들을 아라코아, 즉 '아라크의 후예'를 뜻하는 날개 달린 종족으로 변화시켰다. 아라코아는 루크마르의 우아하고 당당한 육체와 안주의 지성과 책략을 지닌 존재였다.

루크마르는 아라코아가 언젠가는 아라크로 돌아가기를 바랐지만 아직은 아니었다. 그곳에는 세드의 저주가 남아 있었고 루크마르는 자신의 아이들이 그로 인해 고통받기를 원하지 않았다. 그녀는 아라코아가 성장하여 지혜를 갖추었을 때 고대의 고향으로 이끌어 줄 생각이었다.

루크마르는 자신이 그때까지 살 수 있을지 염려했다. 그녀는 아라코아를 창조하는 과정에서 상당한 생명의 정수를 소모했다. 이제는 예전처럼 강력한 존재가 아니었다. 루크마르는 자신이 결국 노쇠하여 세상을 떠날 것이라고 생각했다.

루크마르는 그 일이 일어나기 전에 아라코아의 문화를 형성하고 그들을 인도하리라 결심했다.

에펙시스의 여명
어둠의 문이 열리기 3,000년 전

수세대 동안, 루크마르는 멀리에서 아라코아가 발전하는 모습을 지켜보았다. 가끔씩은 어린 아라코아 종족과 이야기를 나누기도 했다. 루크마르는 아라크에 관하여, 세드의 사악함과 안주의 고결함에 관하여 이야기했다. 또한 아라코아에게 빛을 다루는 기본적인 방법을 가르쳤다.

아라코아는 빠르게 지식을 습득했다. 그들은 빛을 사용하는 방법에 통달하여 능숙한 치유사와 예언자가 되었다. 루크마르에 대한 숭배를 중심으로 많은 원시적인 관습이 생겨났다. 그들은 루크마르를 태양의 여신으로 숭배했고 빛의 마법의 원천이라고 여겼다.

아라코아는 빛의 힘을 이용하는 데에만 만족하지 않았다. 루크마르의 가르침을 받은 그들은 태양의 여신 루크마르와 마찬가지로 안주를 신적인 존재로 숭배했다. 많은 아라코아가 비전 마법을 발견하고 뛰어난 마술사가 되었다.

아라코아가 번영하는 가운데 루크마르는 생명이 꺼져 가는 것을 느꼈다. 루크마르는 마지막으로 자신의 아이들과 이야기를 나누었고 스스로 아라크를 되찾으라고 부탁했다. 루크마르는 바람을 타고 남쪽으로 향했고 아라코아도 그녀를 뒤따랐다. 그들이 아라크에 도착했을 때 루크마르는 마침내 숨을 거두었다. 불길이 그녀의 몸을 휘감았다. 그녀는 하늘의 두 번째 태양처럼 눈부시게 타올랐다.

아라코아는 루크마르의 죽음을 종족의 전성기를 여는 징조로 받아들였다. 그들은 루크마르를 기리기 위해 드레노어에서 가장 위대하고 뛰어난 문명을 창조하고 지식과 힘의 빛으로 루크마르처럼 하늘을 환하게 밝히겠다고 맹세했다.

아라코아는 자신을 에펙시스라고 칭하면서 아라크 첨탑의 가장 높은 곳에 자리잡았다. 그들은 주위 숲에서 목재를 얻고 산에서 광물을 캤다. 그렇게 해서 새로운 터전 주위로 거대한 활공 구조물을 지었다. 빛에 정통한 에펙시스는 거대한 등에 마력이 주입된 불꽃을 담아 높다란 첨탑에 매달았다.

아라코아 마술사들은 안주와 그의 숭고한 희생에 관한 신화를 쫓아 세데크 골짜기를 조사했다. 그리고 그곳에서 저주받은 에너지의 웅덩이를 면밀히 연구하여 암흑 마법의 신비를 풀었다. 이 마술사들은 세데크 골짜기에서 발견한 어둠의 마력에 자신의 비전 지식을 결합하는 고유한 능력을 개발했다.

에펙시스는 빛과 공허를 자연적인 삶의 일부라고 생각하여 모두 받아들였다. 서로 대립하는 힘에 특화한 두 진영이 형성되었다. 안하르 단은 신성 마법을 사용하는 기술을 연구했고 스칼락스 단은 암흑과 비전 마법을 연구하는 데 전념했다. 두 집단은 에펙시스 사회의 상류 계급으로 군림하며 나란히 명예를 누리고 영향력을 발휘했다.

아라코아는 아라크에서 세력을 다지면서 드레노어 세계를 탐험하기 시작했다. 확장을 좋아한다기보다는 호기심이 많았기 때문이다. 그들은 드레노어 곳곳에 전초 기지를 건설하고 지역의 동식물을 관찰했다. 아라코아는 숲과 그 형태를 연구하여 세계를 가로지르는 거대한 산맥의 지도를 완성했다. 그들은 이러한 장소 중 다수가 한때 드레노어 세계를 누볐던 고대 생명체의 유해라는 사실을 발견하고 경외감에 사로잡혔다. 에펙시스는 루크마르에게서 전해 들은 이야기를 통해 원시생물과 파괴자가 이 태고의 거인들의 자손이라는 것을 깨달았다. 아라코아는 흥미와 연민을 동시에 느끼며 그들의 끊임없는 전쟁을 지켜보았다. 그들은 루크마르의 자손답게 그녀의 고고한 성품을 얼마간 물려받았다. 땅에 사는 동물의 삶에 끼어드는 것은 에펙시스의 수준에 맞지 않는 행동이라고 생각했다.

영원성장의 전령
어둠의 문이 열리기 2,000년 전

아라코아의 발전은 드레노어의 다른 거주자들의 관심을 끌었다.

아라크 근처, 탈라도르의 울창한 숲에는 원시생물이 가득했다. 가장 강력한 원시생물 중 하나는 나알가르라고 알려진 나무정령이었다. 고도의 지성을 갖춘 이 살아 있는 나무는 루크마르와 그녀의 동족처럼 보탄의 죽음과 함께 등장했다. 나알가르는 야생에 넘치는 생명의 정기와 자연 마법의 막강한 힘을 사용했다.

나알가르는 고대에 관한 지식도 풍부했다. 그 나무정령은 제네사우루스에게서 영원성장과 포자더미, 한때 숲을 하나로 연결해 주었던 집단 감각에 대해 알아냈다.

수천 년 동안, 나알가르는 얽힌 뿌리를 다리 삼아 세계를 떠돌았다. 나알가르는 마법을 사용하여 파괴자와 전쟁을 치르는 다른 원시생물을 강화했다. 또한 자신의 능력을 연마하여 동료 식물의 마음에 영향을 주는 방법을 익혔다. 얼마 가지 않아 나알가르는 다른 원시생물을 조종하여 그들의 행동을 인도할 수 있는 능력을 갖추었다.

나알가르는 드레노어의 원시생물 중에서 신록지기를 가장 유망한 생명체로 생각했다. 잘만 기른다면 그들은 엄청난 힘을 지닌 군대가 될 수 있었다. 나알가르는 신록지기의 보호자를 자처하고 그들을 보살폈다. 그리고 신록지기에게 포자더미의 진실을 전하며 언젠가는 영원성장을 과거의 영광으로 복원해야 한다고 설득했다.

드레노어 전역의 신록지기 중에서도 탈라도르의 신록지기는 가장 수가 많았고 발전해 있었다. 그들은 종족 문화의 핵심이 되었다.

나알가르는 탈라도르의 신록지기에게 고유의 방식으로 자연 마법을 사용하는 방법을 가르쳤다. 그들은 강력한 자연 에너지의 웅덩이를 만들어 쓰러진 제네사우루스의 영혼을 새로운 육신으로 전달하는 데 사용했다.

신록지기가 파괴자와 싸우는 데 집중하는 동안 나알가르는 에펙시스의 존재를 알게 되었다. 아라코아는 세계에 속하지 않는 인공적인 존재였으며 그 자체로 자연에 대한 모욕이었다. 게다가 자연을 무분별하게 훼손했고, 숲을 통째로 없애더니 자연과 동떨어진 황금빛 사원과 도시를 건설했다.

나알가르는 이들 아라코아가 파괴자보다 훨씬 더 위험한 존재라고 생각했다. 그들의 끔찍한 마법은 자연을 잿더미처럼 불태우거나, 암흑의 에너지에 빠뜨릴 수 있었다. 나알가르는 누군가 그들을 막지 않는다면 아라코아가 곧 온 드레노어를 정복할 것이라고 생각했다.

나알가르는 그것을 받아들일 수 없었다. 그는 탈라도르를 떠나, 에펙시스를 상대할 때 무기로 사용할 태고시대의 유물을 찾아 나섰다. 얼마 후, 나알가르는 거대한 뿌리의 화석을 발견했다. 그것은 아직 세상에 남아 있었던 보탄의 온전한 몇 가지 조각 중 하나였다.

탈라도르로 돌아간 나알가르는 신록지기를 자신의 편으로 규합하고 영원성장을 되살리기 위해서는 먼저 불경스러운 에펙시스 문명을 물리쳐야 한다고 선언했다. 그런 다음 나알가르는 자신이 발견한 뿌리에 대해 밝혔다. 그리고 그 뿌리로 어떤 포자더미보다도 위대한 새 포자더미를 만들 것이며, 포자더미는 군대의 선봉에 서서 에펙시스의 높다란 첨탑에서 그들을 내쫓을 것이라고 말했다.

나알가르는 탈라도르 깊은 곳에 그 뿌리를 심은 다음 양분을 제공하기 위해 장대한 의식을 시작했다. 수천의 신록지기가 기꺼이 자신을 희생했고 나알가르는 그들의 영혼을 뿌리에 주입했다. 서서히 땅에서 잎과 가지가 자라났다. 잎과 가지는 다시 자라나 가시투성이 가지와 잎이 뒤얽힌 덤불이 되었다. 나알가르는 급성장하는 그 생명체에게 포자더미 타알라라는 이름을 붙였다.

타알라가 형태를 갖추어가자 원시생물은 전쟁 준비에 나섰다. 신록지기는 탄생의 웅덩이에서 새로운 제네사우루스를 깨웠다. 한편 나알가르는 생명의 정기를 숲에 집중하여 수천 그루의 나무에게 지성과 의지를 선사했다.

이 나무들은 옹이진 나무정령이라는 이름으로 알려졌다. 그들은 자신의 창조자처럼 뿌리를 들고 땅 위를 걸었다. 나알가르는 그들의 줄기와 가지에 아라코아의 불길과 어둠의 저주를 물리칠 수 있는 마법을 부여하고 군대의 최전방에 배치했다.

자연 마법과 가시 갑옷으로 무장한 수천, 수만의 원시생물이 탈라도르에 결집했다. 그리고 그곳에서 곧 깨어날 때를 맞이한 타알라를 지켜보며 기다렸다.

타알라의 탄생

초기에 에펙시스는 탈라도르에서 일어나는 움직임이 원시생물과 파괴자 간에 벌어지는 전쟁의 일부라고 생각하고 그것을 무시했다. 그러나 곧 아라크 가장자리의 숲이 빽빽해지기 시작했다. 덩굴이 첨탑을 향해 기어오르면서 씨앗을 퍼뜨렸고 순식간에 수백 그루의 나무가 싹을 틔웠다.

야생의 군대가 첨탑에 다가오자 안하르 단과 스칼락스 단의 구성원들은 탈라도르를 조사하기 시작했다. 살아서 돌아온 극소수의 정찰병들이 끔찍한 소식을 전했다.

살아 있는 나무들이 걸어서 다가왔고 수천의 신록지기와 제네사우루스가 전투를 준비하고 있었다. 그러나 가장 걱정스러운 것은 탈라도르 복판에서 생겨나고 있는 괴물 같은 생명체였다. 아라코아 정찰병의 보고에 따르면 그것은 이미 제네사우루스보다도 컸다.

에펙시스는 영원성장에 관한 지식으로 미루어 곧 모습을 드러낼 존재가 초기 세계를 형성했던 거인 중 하나일 수 있다며 두려워했다. 그러한 생명체가 깨어난다면 아라코아는 물론 드레노어조차 파

새로운 포자더미에 생명을 불어넣는 신록지기

멸을 맞이할 수 있었다.

안하르 단과 스칼락스 단의 지도자들은 행동에 나서야 했다. 종족의 명운이 걸린 일이었다. 두 집단은 에펙시스를 총동원해 침략군을 구성했다. 안하르 사제와 스칼락스 마술사가 아라코아 군대의 다수를 차지했다. 그들은 탈라도르의 하늘을 뒤덮고 나아갔다. 아라코아는 지도자들을 따르며 마주치는 원시생물을 무시하고 숲의 한가운데에서 자라고 있는 괴물 같은 생명체를 집중적으로 노렸다.

에펙시스 군대가 타알라를 찾아 탈라도르의 탁한 심연으로 내려가면서 아라코아와 원시생물 간에 격렬한 전투가 벌어졌다. 안하르 사제는 마력이 깃든 불꽃 칼날로 야생의 숲을 베어냈고 스칼락스 마술사는 저주를 걸어 적을 무력화했다. 그러나 아라코아는 그런 막강한 힘을 발휘하면서도 원시생물을 격파할 수 없었다.

나알가르는 정신 집중 상태에 들어가 원시생물들의 영혼과 교감하고 그들의 움직임을 조율했다. 모든 덩굴과 뿌리가 에펙시스를 노리며 움직였다. 원시생물은 완벽한 단결을 선보이면서 아라코아를 격퇴하여 하늘로 되돌려보냈다.

안하르 단과 스칼락스 단은 자신들의 패배에 충격을 받았다. 병력의 절반가량이 전투에서 쓰러졌다. 아라코아는 원시생물을 쓰러뜨릴 수단이 절실했다.

안하르 단이 해결책을 제안했다. 안하르 사제들은 루크마르의 숨결이라는 기발한 무기를 고안했다. 태양의 에너지를 집중하여 매우 파괴적인 에너지를 사용할 수 있게 해주는 기계장치였다. 안하르 기술자들은 첨탑 꼭대기에 그 장치를 건설하기 시작했다.

한편 나알가르는 타알라의 성장을 더욱 촉진시켰다. 나알가르는 아라코아가 전열을 정비하여 방어를 강화하기 전에 그들을 공격해야 한다는 것을 알고 있었다. 나알가르는 더 많은 신록지기에게 희생을 명령하며 그들의 영혼을 포자더미에게 전했다.

마침내, 타알라가 움직이기 시작했다. 거대한 잎이 주위로 펼쳐지더니 포자더미가 일어났고 똑바로 서서 주변의 숲을 내려보았다. 가시투성이 가죽을 지닌 괴물 같은 생명체가 첫걸음을 내딛자 온 숲이 경외감에 몸을 떨었다.

나알가르는 다시 정신을 집중하여 타알라와 다른 원시생물에게 자신의 정신을 연결했다. 나알가르의 명령에 따라 그들은 첨탑을 향해 나아갔다.

루크마르의 숨결

에펙시스는 서서히 접근하는 원시생물을 지켜보았다. 지평선에서, 깨어난 포자더미의 윤곽이 나타나기 시작했다. 안하르의 무기는 아직 완성되지 않은 상태였다. 그들은 적들이 첨탑에 다가오기 전까지 무기를 완성하지 못할 것이라는 두려움에 빠졌다. 아라코아는 파멸할 운명이었다.

불굴의 용기를 지닌 소수의 용감한 스칼락스 마술사가 나섰다. 그들은 자원하여 원시생물의 전진을 방해하고 안하르 동료가 루크마르의 숨결을 완성할 시간을 벌어주기로 했다. 이들 마술사는 탈라도르 전투의 패배를 통해서 나알가르의 존재를 알고 있었다. 또한 그가 신록지기와 다른 생명체를 인도하는 능력을 지녔다는 사실도 알게 되었다. 스칼락스 마술사는 만약 원시생물의 지도자를 암살한다면 적에게 큰 타격을 줄 것이라고 생각했다.

스칼락스 마술사는 어둠 속에 모습을 숨기고 첨탑을 향해 접근하는 원시생물의 군대를 피했다. 그들은 탈라도르에 도착한 다음 보이지 않게 숲속을 이동하여 나알가르를 찾아냈다.

나알가르는 마술사들이 공격을 감행하기 직전에 그들의 존재를 눈치챘다. 나알가르는 격분하며 집중 상태에서 깨어나 스칼락스 마술사를 빠르게 제압했다. 그러나 이미 마술사들이 나알가르에게 어둠의 힘을 쏟은 이후였다. 나알가르의 몸에서 저주가 꽃피웠다. 부패의 기운이 뿌리와 나뭇가지를 타고 퍼졌다. 나알가르는 검게 시든 껍데기가 되어 암살자들의 시체 옆에 쓰러졌다.

나알가르의 죽음은 원시생물의 단결을 깨뜨렸다. 타알라와 동료들 사이에서 혼란이 일었다. 원시생물은 잠시 아라크의 가장자리에 멈춰 서서 진격을 중단했다.

나알가르의 죽음은 원시생물의 움직임을 잠시 지연시켰을 뿐이지만 아라코아 사제들이 작업을 완료하기에는 충분한 시간이었다. 타알라가 첨탑에 다다른 순간 안하르는 그들의 무기에 불을 붙였다.

엄청난 에너지가 루크마르의 숨결을 통해 흘렀고 강력한 진동이 첨탑을 뒤흔들었다. 새하얗게 타오르는 불꽃의 광선이 기계장치에서 뿜어져 나와 타알라의 가슴팍을 꿰뚫었다. 안하르의 무기는 포자더미 타알라를 불덩이와 잿가루로 산산조각내고 말았다.

그런 다음 안하르는 자신들의 분노를 남은 원시생물에게 돌렸다. 루크마르의 숨결은 신록지기, 옹이진 나무정령, 제네사우루스를 조각내고 눈 깜박할 사이에 수천 그루의 원시생물을 불태웠다. 살아남은 소수의 원시생물은 공포에 질린 채 탈라도르로 도망갔다.

안하르에게 자비는 없었다. 그들은 도망치는 원시생물을 불길로 휘감으며 아라크까지 다가온 숲을 모조리 불태웠다. 아라코아가 공격을 중단했을 때 첨탑에서 볼 수 있는 것이라고는 검게 탄 대지와 연기를 내뿜는 뿌리뿐이었다.

에펙시스의 승리는 자연의 힘을 영구적으로 약화시켰다. 영원성장은 어떤 형태로든 다시 돌아올 수 없었다. 필멸의 문명이 드레노어의 새로운 황금시대를 열고 있었다.

에펙시스의 몰락

어둠의 문이 열리기 1,200년 전

에펙시스는 소생한 영원성장을 물리친 후 수백 년 동안 번영하며 제국을 건설했고 인구가 증가했다. 고결한 아라코아는 자신들이 세계에서 가장 강력한 힘을 지녔으며 아무리 강한 원시생물이라도 적수가 될 수 없다고 생각했다.

두려울 것이 없었던 아라코아는 과학과 마법의 발전에 힘썼다. 지식은 그들의 문화에서 가장 귀중한 자산이 되었다. 안하르 단과 스칼락스 단은 지혜의 보호자가 되었다. 역사와 마법, 세계와 다양한 생명체에 관한 정보를 체계적으로 기록하는 것은 그들의 의무였다.

에펙시스는 지식을 고서와 두루마리에 보존하기보다는 다른 방법을 고안했다. 안하르 사제와 스칼락스 마술사는 마법을 결합시켜 수정 저장 장치를 만들었다. 수정에 손을 대기만 해도 그 안에 저장된 모든 지식을 흡수할 수 있는 장치였다. 심지어 그 장치를 제작한 이의 기억까지도 경험할 수 있었다.

에펙시스는 마법을 응용하여 명령을 따르는 기계 피조물을 창조했다. 아라코아 종족은 언제나 거만했지만 승리를 거둔 이후에는 더욱 기고만장해졌다. 그들은 지상을 걷는 생명체들을 더럽게 생각했다. 에펙시스는 피조물을 이용하여 지하에서 광물을 채취하고 지상의 자원을 수집했다.

종교 역시 에펙시스와 그들의 일상에 큰 영향을 끼쳤다. 안하르 사제는 타알라를 쓰러뜨리는 데 사용했던 기계 주위로 빛나는 태양의 신전을 건설했다. 수백에 이르는 아라코아가 해마다 이 장소에 모여서 에펙시스의 승리를 기념하고 루크마르를 기렸다.

또 다른 아라코아들은 첨탑 하부 가까이에 있는 단단한 바위를 깎아 만든 사원을 방문했다. 스칼

락스 마술사는 그곳에서 까마귀 신 안주와 고대의 희생을 기리는 의식을 수행했다.

에펙시스 문화는 계속 발전할 듯했지만 그렇지 않았다. 안하르 단과 스칼락스 단은 더 많은 대중의 지지를 차지하기 위해 다투었고 경쟁심이 더욱 깊어졌다.

안하르는 종족의 지배권을 차지하려면 지식을 장악해야 한다는 사실을 알고 있었다. 안하르 단의 수장인 사제군주 벨트리크는 추종자들에게 에펙시스 수정을 최대한 많이 수집하라고 지시했다. 수년 동안 안하르는 비밀스럽게 그 명령을 수행했다. 그들은 수정을 모아서 첨탑 꼭대기에 있는 태양의 신전 내에 보관했다.

스칼락스와 그들의 지도자인 마술사 군주 살라바스도 결국 그 사실을 알게 되었다. 그들은 지식이 모든 아라코아의 기본권이며 아라코아 종족이라면 누구나 이용할 수 있어야 한다고 생각했다. 살라바스는 즉시 태양의 신전에서 지식의 수정을 내놓으라고 요구했다.

벨트리크는 그 요청을 무시했다. 그는 안하르가 에펙시스의 유일한 지배자이며 안하르가 수정과 지식에 접근할 수 있는 자들을 결정할 것이라고 선포했다. 또한, 자신과 안하르가 루크마르의 살아 있는 대리인이며 태양의 여신 루크마르의 은혜를 얻으려면 안하르의 가르침을 따라야만 한다고 주장했다.

교활한 아라코아 살라바스는 지금 행동하지 않으면 스칼락스 단에 무슨 일이 일어날지 예측할 수 있었다. 아라코아 사회에서 스칼락스의 위상은 축소되고 결국에는 점진적으로 영향력을 잃을 것이 분명했다. 마술사 군주 살라바스는 추종자들을 규합하여 태양의 신전을 공격했다. 안하르가 에펙시스 수정을 내놓지 않는다면 무력을 동원해서라도 빼앗을 작정이었.

태양의 신전 관문에서 두 진영의 끔찍한 전투가 벌어졌다. 전투는 첨탑의 하층까지 빠르게 번졌다. 일부 아라코아는 안하르의 편에 섰고 또 다른 아라코아는 스칼락스와 함께 싸웠다. 내전은 수개월 동안 이어지며 에펙시스 문명을 모두 집어삼켰다. 안하르는 전세를 바꾸기 위해 루크마르의 숨결을 가동했다. 그들은 스칼락스와 추종자들을 불태울 준비를 하면서 그 거대한 무기에 불을 붙였다.

살라바스는 루크마르의 숨결 앞에서 스칼락스도 파멸을 피할 수 없다는 사실을 알고 있었다. 그러나 포기할 생각은 없었다. 그는 소수의 뛰어난 마술사를 이끌고 첨탑 위로 향했다. 그들은 안하르 수호자들을 쓰러뜨리며 루크마르의 숨결까지 다가갔다.

안하르가 침입자들을 제거하는 동안 살라바스는 루크마르의 숨결을 파괴하기 위한 주문을 지었다. 주문은 효과가 있었으나 결과는 끔찍했다.

기계장치에서 엄청난 폭발이 발생했다. 첨탑에 있었던 아라코아는 거의 대부분이 즉사했고 대지가 산산이 조각났다. 폭발의 빛이 잦아든 후에는 모든 것이 어둠에 휩싸였다.

폭발은 아라크에 있었던 유일한 첨탑을 수많은 작은 바위 탑으로 조각냈다. 주위 지역은 척박한 황무지로 변모했다. 시간이 지나면서 그곳은 아라크 첨탑이라는 이름으로 알려졌다. 그 지역에서 다시 생명이 꽃피우기까지는 수 세대가 지나야 했고 살아남은 아라코아가 다시 일어서기까지는 더 긴 시간이 필요했다.

에펙시스 사회는 더는 존재하지 않았다. 그러나 그 잿더미에서 새로운 문화가 발생하고 있었다.

앞면: 고대 드레노어의 원시생물과 파괴자, 에펙시스 영토

루크마르의 부활

에펙시스 문화의 전성기에 소규모의 안하르 사제가 루크마르의 유해를 찾아 나섰다. 그들은 첨탑 근처에서 루크마르의 불타버린 뼈를 발견했고 마법을 이용하여 그 위대한 새를 부활시켰다. 안하르는 성공을 거두었으나 온전한 것은 아니었다. 새로운 루크마르는 원래의 신적인 능력과 지성의 극히 일부만을 가지고 있었다. 그럼에도 에펙시스는 새로 태어난 여신을 숭배했다. 안하르는 루크마르에게 빛의 마력을 주입하여 그 불새에게 수천 년 동안 하늘을 날 수 있는 긴 생명을 선사했다.

2장
바위의 후예

그론드의 후손
어둠의 문이 열리기 1,200년 전

에펙시스 제국은 전성기 시절에 영원성장의 힘을 영구적으로 파괴했다. 그 덕분에, 성장을 시작한 다른 종족의 집단은 원시생물에게 짓밟힐 위험 없이 발전할 기회를 얻었다. 새롭게 등장한 문명들은 아라코아와 좀처럼 분쟁을 일으키지 않았다. 삶의 터전도, 필요한 자원도 달랐기 때문이다. 아라코아는 공중을 누볐고 땅에서 사는 생명체들은 그들을 두려워할 필요가 없었다.

그러나 그론드의 후예들은 서로 평화롭게 살지 못했다.

아라코아 문명이 쇠락할 즈음 바위의 후예들은 세력이 증가하여 대지 곳곳에 퍼져 나갔다. 그론은 상대적으로 수가 적었지만 강력하고 거대한 몸집을 자랑했고 밀림과 숲을 뚫고 우뚝 솟은 채 드레노어의 땅 위를 걸었다. 그들은 고독한 삶을 살았다. 드레노어의 어떤 곳도 다수의 그론이 동시에 사냥할 만큼의 먹이를 제공할 수 없었다. 그론은 다른 그론을 만나면 영토를 차지하기 위해 목숨을 건 싸움을 펼쳤다.

그론보다 덩치가 작은 다른 생명체들은 함께 모여 기초적인 공동체를 형성했다. 잔혹하고 야만적인 오그론은 협력의 가치를 빠르게 배웠다. 수가 많다는 것은 경쟁자를 정복할 수 있는 능력을 의미했고 고립은 패배와 죽음을 뜻했다. 이들 초기 부족은 끊임없이 전쟁을 벌였다. 오그론은 자존심이 강했고 모욕을 당했을 때 오직 피로써만 그것을 갚아 주었다. 그들은 먹잇감이 되거나 노예로 부릴 수 있는 종족을 제외하고는 대부분의 다른 종족에게 관심을 두지 않았다.

오그론은 같은 조상을 둔 종족에게도 자비를 베풀지 않았다. 오우거와 오크는 거대한 오그론의 주의를 끌어서는 안 된다는 교훈을 빠르게 깨달았다. 정복당한 오우거 부족이 바랄 수 있는 최선의 운명은 다른 오그론 부족과의 전투를 위해 소모품으로 보내지는 것이었다. 병들거나 약하거나 늙은 오우거는 보통 살아 있는 제물로 그론에게 바쳐졌다. 그론을 달래어 오그론의 영토를 공격하지 않게 하기 위함이었다.

가장 체격이 작은 그론드의 후손은 오크였다. 그들은 오그론의 땅에서 아주 먼 곳에 살았다. 이 시기에 가장 규모가 컸던 오크 정착지는 고르그론드 지하의 거대 동굴이었다. 그 지역에는 먹을 것이 풍부하지는 않았다. 그러나 오크는 척박하더라도 오그론의 노예가 될 걱정이 없는 곳에서 살기를 원했다.

앞면: 오우거의 수도 고리아

고리안 제국
어둠의 문이 열리기 1,000년 전

에펙시스 사회가 무너진 후 수백 년 동안 아라코아 사제와 마술사는 종족의 귀중한 수정 조각을 들고 대륙의 곳곳으로 흩어졌다.

스칼락스 아라코아의 소규모 비밀결사가 그 지식과 마력이 깃든 조각들을 찾아 나섰다. 일부는 개인적인 영광을 바랐고 또 다른 일부는 쇠락한 종족의 보물을 보존하고자 했다. 또 어떤 이들은 그 고대의 지혜를 충분히 수집하고 사회를 새롭게 건설한다면 아라코아의 새로운 황금시대가 도래할 것이라고 믿었다.

스칼락스의 지도자 욘지는 탈라도르 해안에 위치한 에펙시스 도시의 폐허 아래에 막대한 지식의 보고가 묻혀 있다는 사실을 알게 되었다. 지금은 오그론이 그곳을 점령하고 있었다. 뇌물을 주고 오그론 지도자를 매수하거나 거래하려는 시도는 폭력적인 결과로 끝났다. 오그론의 지능은 매우 떨어졌지만 체격과 힘만은 가공할 만했다. 아라코아는 물러나서 때를 기다렸다.

욘지는 부하를 이끌고 하늘에서 오그론 부족을 관찰하면서 무력으로 그 난폭한 생명체들을 쓰러뜨릴 기회를 노렸다. 곧 가능성이 보였다. 바로 오그론의 노예였다. 오우거들은 야만적인 주인만큼 강력하지는 않았지만 지력은 상대적으로 나았다. 게다가 더 주목할 만한 사실은 그들이 노예의 삶에 분노하고 있었다는 것이었다. 그들의 저항을 막는 것은 두려움뿐이었다.

아라코아 마술사는 비밀리에 오우거에게 접근하여 비전 마법의 기술을 가르쳐 주겠다고 제안했다. 오우거 노예들은 뛰어난 학습자였다. 그들은 티탄 아그라마르가 마력을 부여한 그론드의 먼 후손이었으며 본능적으로 비전 마법에 동화되었다. 스칼락스는 이에 놀라며 기뻐했다. 그들은 새로운 주문의 기술을 그렇게 쉽게 익히는 모습을 본 적이 없었다. 대지에 특별한 친화력을 지닌 오우거들은 비전 마법을 이용하여 바위와 돌을 마음대로 빚어내고 구부릴 수 있었다.

이러한 새로운 능력에 통달한 첫 번째 오우거 중 하나가 고그였다. 스칼락스는 그가 전면적인 반란을 이끌 수 있는 완벽한 지도자라고 생각했다. 강력한 힘을 얻은 고그는 앞으로 나아갔다. 그러나 오그론과 싸우기 위해서가 아니었다. 그는 더욱 강력한 존재를 노리고 있었다. 모든 오우거가 신으로 숭배하고 두려워하는 거대 약탈자, 그론이었다.

고그의 야망에 아라코아마저 충격에 빠졌으나 결과는 반박할 수 없었다. 고그는 한 손으로 그론을 쓰러뜨렸다. 고그의 잔혹한 정복에 관한 이야기는 포로 오우거들 사이에서 들불처럼 번졌다. 고그는 또 다른 그론을 처치했다. 그리고 또 다른 그론을 제압했다. 다섯 번째 그론을 쓰러뜨렸을 때 고그의 무용담에 관한 이야기는 거의 모든 오우거 주둔지에 퍼졌다. 거대한 그론은 오우거에게 체격이나 힘에 있어서 사실상 신이나 다름없는 존재로 보였다. 그들은 오우거처럼 죽일 수 있는 존재가 아니었다. 최소한 노예들은 한때 그렇게 생각했다.

고그의 영웅담은 그 믿음을 깨뜨렸다. 그론도 쓰러뜨릴 수 있는데 오그론을 두려워할 이유가 무엇이겠는가?

동족에게 돌아온 '그론사냥꾼 고그'는 반란을 위해 다른 노예들을 설득하느라 시간을 보낼 필요가 없었다. 그들은 함께 일어서서 오그론 군주에게 맞섰고 피비린내 나는 전쟁을 일으켰다. 엄청난 수의 오우거와 오그론이 쓰러졌다. 아라코아는 멀리서 끈기 있게 지켜보며 오그론의 정착지에서 수정을 되찾을 때만을 기다렸다.

결국 거의 모든 오그론 부족이 포로들의 손에 쓰러지고 말았다. 복수를 향한 오우거의 열망과 새로 얻은 비전 마법의 위력은 오그론이 감당할 수 없는 것이었다. 사지가 찢기지 않고 살아남은 오그론들은 탈출하여 세계 곳곳으로 흩어졌다.

오우거가 노예의 사슬을 집어 던지자 스칼락스 마술사들은 에펙시스 유적과 유물을 찾기 위해 도시의 폐허 속으로 조용히 진입했다. 그론사냥꾼 고그가 그들을 신속하게 저지했다. 마술사였던 고그는 강력한 마력의 원천이라면 무엇이라도 그냥 내어줄 수 없었다. 오우거들은 피를 흘리며 그 땅을 차지했다. 고그는 자신을 고그 왕을 뜻하는 '고르고그'라는 이름으로 칭하며 그 도시의 지배자라고 선언했다. 그리고 '왕의 옥좌'를 의미하는 고리아라는 이름으로 도시를 개명했다. 고그는 욘지 무리에게 죽고 싶지 않거든 그곳을 떠나라고 명령했다.

아라코아는 그곳을 떠났지만 잠시뿐이었다. 욘지와 아라코아는 고그의 행동에 격분하며 강제로 그 땅을 빼앗기로 결심했다. 아라코아 마술사들은 밤의 어둠을 틈타 새롭게 태어난 고리아에 기습 공격을 감행했다. 고그와 그의 수습 비전술사들은 그에 맞서 싸웠다. 그들은 새로운 자유를 얻어 고그를 구원자로 여기는 수많은 오우거 병력을 믿고 용기백배했다. 고그는 아라코아를 격퇴했고 욘지를 붙잡았다. 스칼락스 지도자는 곧 죽음을 맞이했다.

욘지가 고그의 손에서 소름 끼치는 최후를 맞았다는 소식은 널리 퍼져 나갔다. 미발굴된 에펙시스 수정은 그대로 남아 있었으나, 이후 아라코아는 오우거의 요새 고리아에 거의 침입을 시도하지 않았다.

고리안 제국은 수 세대 동안 서서히 확장했다. 오우거는 정복에 집중하지 않았으나 넓은 지역이 그들의 지배권에 들어왔다. 오우거는 떠도는 그론과 오그론을 보이는 대로 사냥하며 새로운 정착지와 길을 개척했다. 대륙의 곳곳에서 도시가 생겨났다. 가장 큰 두 개의 도시는 나그란드 서부의 높은 망치와 서리불꽃 마루에 위치한 칼날첨탑 요새였다. 이 도시들은 강력한 군사 기지로 기능하며 오우거 제국의 경계를 끊임없이 확장했다. 대륙과 바다를 통과하는 선진 교역로가 구축되어 고리아와 외곽의 요새들을 연결했다.

수도 고리아는 비전 마법의 기술을 익히는 수습 마술사의 명소가 되었다. 아라코아 지식의 조각인 에펙시스 수정은 그곳에서 무척 귀한 취급을 받았고 대부분의 정통한 오우거 마술사가 열망하는 물건이 되었다.

오우거의 마법 연습과 비전 마법에 대한 직접적인 노출은 예상하지 못한 부작용을 일으켰다. 아주 드문 일이긴 했으나, 머리가 둘 달린 아이들이 태어나는 경우가 있었다. 그들은 매우 뛰어난 주문술사가 되었기에 곧 그들의 외모는 좋은 징조로 받아들여졌다. 시간이 지나자 고리아의 비전술사들은 이 현상을 재현하는 주문을 개발했고 이로써 평범한 오우거라도 누구든지 두 번째 머리를 길러서 지능과 마법에 대한 적성을 키울 수 있었다.

오크 부족의 형성
어둠의 문이 열리기 800년 전

오우거의 반란은 드레노어 곳곳에서 생존의 계층 구조를 급격하게 변화시켰다. 고리안 제국은 오그론과 그론의 힘을 무너뜨림으로써 고르그론드의 오크를 위협했던 가장 강력한 두 적을 제거해 주었다. 이제 지하 동굴에서 생활할 필요가 없어진 오크는 수 세대 만에 처음으로 지상 거주지를 건설했다.

오크의 인구는 폭발적으로 증가했다. 얼마 되지 않아 인구 증가는 심각한 문제가 되었고 고르그론드의 얼마 되지 않는 야생 동물들은 사냥으로 인해 멸종 위험에 처했다. 집단 갈등도 고조되었으나 끔찍한 전쟁으로 번지기 전에 많은 오크가 다른 곳으로 거처를 옮겼다. 그들은 안락한 생활을 원하지 않았다. 그저 정착할 새로운 땅이 필요했다. 지하에서의 거친 삶은 그들을 강하고 굳세게 만들었다.

고르그론드에 남은 오크는 서서히 몇 개의 다른 부족으로 갈라졌다. 검은바위 부족, 웃는 해골 부족, 번개칼날 부족, 용아귀 부족이 그들이었다. 검은바위 부족은 고르그론드의 상당 지역을 차지했다. 그들은 고대의 동굴에 머물며 주위의 땅을 연구했고 제련술과 대장기술을 발전시켰다. 그 지역에는 다른 곳에서는 볼 수 없는 검은바위 광맥이 흩어져 있었다. 검은바위 광석은 채굴하고 사용하기가 어려웠다. 그러나 오크는 그 비밀을 알아냈고 곧 놀라운 도구와 무기를 만들 수 있었다. 견고하고 내구성이 뛰어난 검은바위 칼날은 곧 모두의 부러움을 사는 무기가 되었다.

동쪽으로 이주한 오크는 타나안의 무성한 밀림에 이끌렸다. 그 지역은 원시생물이 가득했고 오크는 새로운 고향이 무척이나 위험하다는 것을 깨달았다. 그곳에는 야생의 사냥감이 부족하지 않았으나 독이 있는 식물과 위험한 동물이 밀림 곳곳에 포진해 있었다. 한 번이라도 실수한다면 고통스럽고 느린 죽음을 맞이할 수 있었다. 건장한 오크가 독사에게 물려 마비되고 보이지도 않는 생명체에게 야생의 숲으로 끌려갔다는 험악한 이야기는 흔한 것이 되었다. 게다가 사악한 힘이 고동치는 듯한 어두운 동굴과 골짜기가 있었다. 그 어둠의 정수를 접한 오크는 영광을 찾거나 광기에 빠져들었다.

타나안의 오크 주민은 야성적이고 미신적인 사고방식을 발전시켰다. 이성을 지킨 오크들은 자신을 피눈물 부족이라고 칭했다. 어두운 야생의 충동에 자신을 온전히 잃어버린 이들은 추방되었다. 시간이 지나고서 그들은 또 다른 소규모 부족인 해골이빨 부족을 형성했다. 어려운 시기가 닥치면 동족을 잡아먹는 것도 마다하지 않는 습성 때문에 붙여진 이름이었다. 두 부족은 절대로 동료가 되지 않았으나 그렇다고 전쟁을 벌이는 일도 드물었다. 두 부족에게는 밀림 그 자체도 충분히 위험했다.

고르그론드 서쪽으로 향한 오크들은 혹독한 추위와 화산 활동 때문에 서리불꽃 마루라는 이름을 얻은 동토의 황무지에 정착했다. 그중 일부는 환경에 적응해 나갔다. 서리늑대와 흰발톱, 두 부족은 그 지역의 야생 늑대를 친구로 길들이고 훈련시켜 함께 사냥하는 방법을 익혔다. 또 다른 일부 오크는 그 지역을 정복의 대상으로 여겼다. 천둥군주 부족은 거대한 무리를 이루어 얼어붙은 황무지를 떠돌며 종종 무시무시한 그론을 사냥하곤 했다. 한 차례 사냥에 성공하면 수 주 동안의 식량을 얻을 수 있었다. 그러나 사냥에 실패할 경우에는 더한 고통을 겪어야 했다.

남쪽으로 모험을 떠난 오크는 비옥하고 기름진 탈라도르 땅을 발견했다. 세 부족이 그 지역의 산악과 들판에 정착했다. 불타는 칼날 부족, 붉은걸음 부족, 칼바람 부족이 그들이었다.

네 번째 부족은 남쪽 더욱 멀리, 나그란드의 너른 대초원 깊은 곳까지 이동했다. 그 부족은 전쟁노래 부족이라는 이름으로 불렸다. 그 오크들은 한 장소에 수개월 이상 거의 머물지 않고 유목민처럼 초원을 떠돌았다. 전쟁노래 부족은 나그란드에서 삶을 유지하기 위해 고리안 제국의 오우거와 끊임

용아귀 부족

오크어로 용아귀 부족은 넬고르쇼마쉬, 즉 '야수의 비명'이라고 불린다. 용아귀 부족은 고르그론드 외곽에서 먹잇감을 사냥하는 날개 달린 생명체, 사나운 라일라크를 길들이는 방법을 익힌 후 그 이름을 얻었다. 용아귀 오크는 그들을 넬고르, 즉 '충직한 야수'라는 애칭으로 불렀다. 후일 용아귀 부족은 아제로스 행성에서 용을 발견하고서 그들에게도 이 이름을 사용했다. 결국 모든 오크가 용을 넬고르라고 칭하게 되었다. 용아귀라는 이름은 그대로였지만 그 의미는 분명 변한 셈이다.

없이 싸워야 했다. 어떤 세대는 다른 때보다 더 번영을 누리기도 했다. 전쟁노래 부족은 전투를 좋아했지만 오우거를 지나치게 도발했을 때는 끔찍한 결과가 따랐다.

남동쪽 어둠달 골짜기에서 또 다른 부족이 자리를 잡았다. 이 오크들은 고리안 제국의 주요 정착지에서 멀리 떨어진 곳에 살았기 때문에 비교적 평화롭게 살 수 있었다. 어둠달 부족은 하늘의 별에 매료되었고 별의 움직임에서 미래를 엿볼 수 있다고 믿었다. 그 지역의 오크는 몹시 신비주의적인 성향을 보이며 점성술과 조상 숭배를 중심으로 전통과 의식을 발전시켰다.

첫 번째 주술사

어둠달 비술사들은 신성한 존재의 의지를 듣기를 바라며 종종 세계 곳곳으로 순례를 떠났다. 이들 여행자 중에서 많은 이들이 나그란드 북서쪽 산맥 근처에서 기이한 꿈과 계시를 경험했다. 오크는 알지 못했지만 그곳은 그론드의 마지막 안식처였다. 그 고대 거인의 머리는 그곳의 고요한 호수의 중앙에서 작은 섬이 되어 있었다.

그곳을 찾은 첫 번째 어둠달 부족은 원시 드레노어부터 존재했던 불, 바람, 대지, 물의 정령에 대해 알게 되었다. 오크는 이 존재들에게 최대의 경의를 보이며 그들이 발견한 장소에 정령의 옥좌라는 이름을 붙였다.

주술은 오크들 사이에서 유연한 과정을 통해 생겨났다. 바위의 후손인 오크는 그론드의 유해에 모여 열린 마음과 조화로운 감각으로 원소 정령을 인도할 방법을 익혔다. 가차 없는 마법으로 대지를 가르고 형태를 바꾸는 오우거와는 달리 오크는 절대적인 경의 속에서 자신의 힘을 억제했다. 마침내 정령이 주술사에게 힘을 허락했을 때 그 결과는 놀라웠다. 홍수가 뒤집혔고 강풍은 뒤로 밀려나 아라코아 침략자들을 되돌려 보냈다. 어떤 오크도 그러한 기적을 본 적이 없었고, 어떤 오크도 자연 세계와 그러한 유대를 가진 적이 없었다.

어둠달 부족은 정령에게 헌신적으로 공을 들인 첫 번째 오크였다. 그들은 그론드의 머리를 조악한 사원으로 만들고 곧 다른 오크 부족에게 가르침을 전했다. 거의 모든 오크 부족이 주술을 받아들였다.

정령의 옥좌

오크 아이들은 태어날 때부터 원소 정령의 강건하고 변함없는 동맹이 되도록 길러졌다. 이 어린 주술사들은 일정한 나이가 되었을 때 정령의 옥좌를 찾아 정령의 축복을 구했다. 그들은 정신 집중 상태에 들어가 원소에 정신을 조율했다. 어떤 오크는 뛰어난 결과를 보였고 또 어떤 오크는 그렇지 않았다.

몇몇 오크는 물리 세계의 장막을 넘어서서 어두운 힘과 소통하기도 했다. 이 불쌍한 영혼들은 의도하지 않게 드레노어 너머의 영역, 즉 공허의 영역을 보고 말았다. 공허를 목격한 오크들은 이성을 잃었다. 살아남은 이들은 부족으로부터 추방당하여 나그란드의 지하 동굴에서 고립된 삶을 살아야 했다. 그들은 다른 이들에게 '죽은 것'처럼 보이도록 얼굴에 하얀 해골 문신을 새겼다.

정령에게 환대를 받은 오크는 부족으로 돌아가 존경받는 정신적 지도자가 되었다. 그들의 조언은 매우 가치 있게 여겨졌고 부족장의 발언 다음으로 귀한 취급을 받았다. 주술사 간의 결속은 부족의 경계를 넘어서서 갈등을 중재했고 분쟁의 평화적인 해결을 이끌었다.

어둠달 부족은 일 년에 두 번씩 코쉬하그 축제라고 불리는 주술사의 회합 행사를 열기 시작했다. 곧, 그 모임은 모든 오크가 참여하는 행사로 발전했다. 코쉬하그 축제는 오크 부족들이 경쟁심을 제쳐 두고서 소식을 나누고 유대감을 조성하며 우정을 즐기는 흔하지 않은 기회였다.

갈퀴대왕 테로크
어둠의 문이 열리기 600년 전

오우거와 오크가 확장과 이주를 거듭했지만 어떤 부족과 제국도 아라크 첨탑에 발을 디딜 엄두를 내지 못했다. 무너진 아라코아 문명의 폐허는 불길한 저주가 깃들었다고 여겨졌으며 날개 달린 생명체들이 열성적으로 자신의 땅을 지키고 있었기 때문이다.

그 지역을 여전히 고향으로 삼았던 아라코아는 어둡고 불안하며 미신적인 존재가 되었다. 그들은 자신을 '고위 아라코아'라고 불렀으나 과거 아라코아 종족의 흐린 그림자에 불과했다. 에펙시스 제국의 영광은 오래전에 퇴색했다. 에펙시스의 지식은 단편적으로만 남았으며 그중에서도 상당한 양이 부정확하게 구성되어 있었다.

여러 왕이 안하르 단의 생존자들과 함께 권력을 나누며 고위 아라코아를 지배했다. 안하르 단의 사제들은 아직도 루크마르를 숭배했다. 그러나 시간이 지나면서 루크마르의 가르침은 왜곡되고 변형되었다. 안주의 희생에 경의를 표했던 에펙시스 제국은 세데크 골짜기를 보존하고 조심스럽게 그곳을 연구하며 어둠의 힘을 익혔다. 그러한 존중은 이미 오래전에 사라졌다.

이제 고위 아라코아는 세데크 골짜기를 형벌과 처형의 장소로 사용했다. 안하르 사제의 의견에 동의하지 않는 자는 이단자로 취급되어 천둥매의 신, 세드의 피로 아직도 저주가 깃든 세데크 골짜기의 웅덩이에 던져졌다. 세데크 골짜기에 던져진 불운한 아라코아는 대부분 죽음을 맞이했다. 일부는 그 지역에 가득한 어둠의 에너지에 몸이 변형되어 날지 못하는 신세가 되었다. 그들은 추방자라는 이름으로 알려졌고 고위 아라코아의 모든 정착지에서 추방되었다.

추방자들은 지상에 갇힌 채 그 지역의 교활한 포식자인 서슬니와 싸워야 했다. 이 지능적인 고양잇과 종족은 드레노어 곳곳에서 활동했다. 에펙시스 제국이 몰락한 후 많은 서슬니 부족이 아라크 첨탑으로 이주했다. 그들은 하늘로 도망칠 수 없는 추방자를 사냥하는 것을 즐겼다. 한동안 서슬니의 위험은 이 저주받은 아라코아들에게만 유효했다.

그리고 마침내 비행하는 아라코아 사냥을 즐기는 서슬니 종족이 등장했다. 핏빛갈기 부족과 부족의 강력한 지도자 무리왕 카라쉬는 추방자 사냥에 싫증을 느꼈다. 카라쉬는 부하들에게 그물과 밧줄, 작살을 사용하는 훈련을 시켰다. 처음에는 아라크 첨탑 꼭대기에 사는 아라코아의 시선을 피하기 위해 홀로 고립된 고위 아라코아 정찰병을 노리며 기술을 연마했다.

카라쉬는 자신의 부족이 충분한 실력을 가졌다고 확신했을 때 고위 아라코아에게 전쟁을 선포했다. 핏빛갈기 전사들은 날개 달린 생명체의 대규모 무리를 습격하여 마지막 한 마리까지 학살했다. 고위 아라코아는 혼란에 빠졌다. 아주 오랫동안 그들은 '지상의 생명체'가 위협이 되리라고 상상조차 하지 못했다. 첨탑은 포위되었고 안하르 사제들은 루크마르가 은총을 거두어들인 이유만을 찾으려고 애썼다.

고위 아라코아의 왕, 테로크는 절망에 빠진 아라코아를 보면서 특단의 대책이 필요하다고 생각했다. 그는 자신의 병사들이 전투에 나서기 전에 스스로 습격대를 이끌고 핏빛갈기 야영지로 뛰어들어 한 명의 부하도 위험에 빠뜨리지 않고 적의 방어를 무너뜨렸다. 그는 혼자서 전세를 뒤집었고 그에 감화된 다른 뛰어난 아라코아 전사들도 목숨을 걸고 뛰어들었다.

수개월 동안 핏빛갈기 서슬니의 세력을 약화시킨 테로크는 무리왕 카라쉬를 붙잡아 처치하고 서슬니의 뛰어난 전략의 원천을 제거했다. 그는 전쟁에서 승리했다.

고위 아라코아는 살아 있는 전설이 된 왕을 찬양했다. 어떤 이들은 테로크가 루크마르의 화신이라고 주장하기도 했다. 안하르 사제들은 불안감을 느꼈다. 이제까지 태양의 여신 루크마르의 이름으로 말할 수 있는 것은 자신들뿐이었기 때문이다. 테로크는 강력한 지지를 바탕으로 구름 속에 새로운 도시를 건설했다. 고대 에펙시스의 위업을 기리기 위한 그 도시는 하늘탑이라는 이름으로 알려졌다. 테로크는 안하르 단의 권한을 제한하는 새로운 법을 도입하며 공포와 미신이 아닌 지식과 지혜의 갈망이 고위 아라코아 사회를 이끌어야 한다고 선언했다.

이에 안하르 단도 행동에 나섰다. 안하르 사제들은 밤의 정적을 틈타 테로크와 그의 딸 리디크를 납치하여 세데크 골짜기로 던져 버렸다. 다음날 사제들은 루크마르가 테로크에게서 은총을 거두었고 그의 혈족에게 저주를 내렸다고 말했다. 사제들은 자신을 루크마르의 신봉자라고 칭하며 고위 아라코아의 미래를 수호하겠노라고 선언했다. 이제 아라코아의 왕은 존재하지 않았다. 사제들은 수백 년 후 아라코아 문명이 불길과 유혈 사태 속에서 멸망할 때까지 공동체의 지배권을 철저하게 장악했다.

한편 테로크는 추방자라는 새로운 삶을 견디고 있었다. 그는 저주받은 웅덩이에 빠지지 않고 살아남았으나 리디크는 그렇지 못했다. 테로크는 그 시련으로 인해 육체와 정신이 뒤틀리고 말았다. 그는 괴로움과 분노, 고독에 사로잡힌 채 세데크 골짜기의 슬픔에 거의 굴복할 뻔했으나 어둠 속에서 누군가의 목소리를 듣고 재기의 발걸음을 내디뎠다.

테로크는 다른 추방자 아라코아들을 규합하여 그 신비로운 목소리의 근원을 찾아 나섰다. 얼마 후, 몰락한 왕 테로크는 목소리의 주인공이 무시무시한 까마귀 신 안주였다는 사실을 발견했다. 기형이 된 아라코아 테로크는 이를 깨닫고 놀라지 않을 수 없었다. 안주는 오래전에 죽은 생명체로서 존경을 받고 있었으며 지금까지 세상에 영향을 미칠 수 있는 존재가 아니었기 때문이다. 까마귀 신 안주는 테로크 일행에게 마술과 암흑 마법의 비밀을 가르쳐 주었다. 그렇게 해서 갈퀴사제라고 알려진 강력한 추방자가 탄생했다.

안주의 인도에 힘을 얻은 테로크는 추방자를 고대 에펙시스의 폐허로 이끌었고 그 위에 스케티스라는 도시를 건설했다. 이 소규모 피난처는 그들 영토의 기반으로 활용되었다. 시간이 지나면서 그들은 아라크 첨탑 근처의 숲에서 지배력을 행사했다. 그들의 땅은 테로카르 숲이라는 이름으로 알려졌다.

테로크는 어둡고 고통스러운 나날을 보냈다. 세데크 골짜기의 저주가 테로크의 정신을 찢었고 그를 완전한 광기의 직전까지 내몰았다. 절박해진 테로크는 고통에서 벗어날 치료제를 구하기 위해 잔혹한 방법을 동원했다. 테로크가 자신의 부하를 희생시키기 시작했을 때 갈퀴사제들은 슬픔을 머금고 지도자를 진압했다. 그들은 한때 안주가 숨었던 어둠의 영역에 테로크를 봉인했다. 테로크를 살려두면서도 그의 광기로부터 추방자들을 보호하기 위한 방법이었다.

이후 수백 년 동안 추방자는 고위 아라코아를 피했다. 루크마르의 신봉자가 반대자와 이단자를 내보낼 때마다 갈퀴사제는 그들을 기꺼이 일원으로 받아주었다. 추방자는 점차 수가 증가하여 고위 아라코아의 인구와 대등한 수준이 되었다.

정령의 지배
어둠의 문이 열리기 403년 전

수세대 동안 오크 부족은 고리안 제국의 주변부에 살면서 오우거와 영토를 두고 다투었지만 전면전을 벌이지는 않았다. 고리안 오우거는 오크에게 흥미를 보이거나 두려움을 느끼지 않았다. 오우거는 에펙시스 수정 조각과 드레노어의 다른 마력의 원천을 찾기 위해 힘을 집중했다. 오크 부족 중에서도 일부는 이러한 유물을 찾아 나섰으나 오우거 상인들에게 후한 값을 받고 팔아넘기기 위해서였다.

고리안의 마법은 새로운 경지의 힘과 형식을 갖추었다. 오우거의 전체적인 통치 및 규율 체계는 높은군주라 불리는 마술사 왕의 마법과 지혜를 지원하는 데 맞추어졌다.

오우거는 오크가 주술을 연마하는 모습에 즐거워했다. 오우거는 주술의 전통이 기이한 속임수이며 바람을 조금 더 세차게 만들거나 불을 조금 더 뜨겁게 피우는 것에 불과하다고 생각했다. 그들이 원소의 진정한 힘을 이해하기 시작한 때는 어느 장로 주술사가 오크 마을을 파괴하고도 남을 만큼 위력적인 홍수의 물길을 되돌려 보내는 것을 목격한 이후였다.

오우거는 이러한 힘을 오크처럼 겸손과 경의를 보이며 익히기보다는 힘으로 빼앗기로 결정했다. 오우거의 지도자였던 높은군주 몰로크는 오크의 영토로 군대를 보내어 정령의 옥좌를 자신의 제국에 편입했다. 오크 주술사는 오우거의 습격에 격분했지만 오크 부족은 아직 행동에 나서지 않았다. 고리안 오우거는 무지비한 학살을 자행하지 않았다. 그들은 그저 오크를 쫓아내 버렸다.

오우거는 비전 마법의 주문으로 정령의 옥좌 구석구석을 점검하며 면밀히 분석했다. 오우거는 알지 못했지만 그곳은 티탄 아그라마르의 마력을 주입받은 거인, 그론드의 최후 안식처였다.

고리안 마술사들은 그 고대 거인의 유해에 정령과 티탄의 원초적인 힘이 뒤섞여 있었다는 사실을 상상조차 하지 못했다. 어느 운명적인 날, 오우거의 마법과 그론드의 잔여 에너지가 서로 충돌하여 폭발했다. 오크가 거인의 두개골을 깎아 만든 사원은 조각이 되어 날아갔다. 폭발로 인해 구조물 안에 있던 모든 고리안 마술사가 목숨을 잃었고 그 자리에는 지금까지 전해지는 주춧돌 몇 개만이 남았다.

이러한 행동은 원소의 균형을 깨뜨렸고 그 결과는 오랫동안 영향을 끼쳤다. 거대한 폭풍이 세계 곳곳에서 몰아쳤으며 드레노어의 원시 정령들은 혼돈 속으로 빠져들었다

그러나 고리안 오우거들은 죽은 이들을 대신할 더 많은 마술사를 내보냈다. 높은군주 몰로크는 조금도 물러설 생각이 없었다. 그는 이제 정령의 진정한 힘에 대한 증거를 확보했기에 직접 그것을 빼앗을 작정이었다.

고통받는 정령들은 오크 주술사에게 도움을 요청했다. 마침내 부족들은 행동에 나섰다.

부족의 단결
어둠의 문이 열리기 402년 전

다음 코쉬하그 축제에서는 축하 의식도, 흥겨움도 찾아볼 수 없었다. 온통 정령의 옥좌에서 발생한 사건에 대한 애도뿐이었다. 부족 주술사들은 함께 드레노어의 토착 정령을 진정시키고 균형을 되찾기 위해 애썼으나 허사였다. 온 드레노어에서 파괴적인 폭풍이 몰아쳤고 정령들은 동요했다. 수 계절 만에 모든 부족은 지금껏 겪어 보지도, 끝날 것 같지도 않은 기근을 겪었다.

어둠달 부족의 장로 주술사 넬가름은 전 부족에게 행동에 나서기를 간청했다. 정령이 도움을 청하고 있었다. 무분별한 오우거 마술사들은 아직도 신성한 정령의 옥좌를 모독하고 있었다. 드레노어는 되돌릴 수조차 없는 피해를 겪을 위기였다.

부족들은 힘을 합치기로 뜻을 모았다. 넬가름은 정령의 축복을 요청하여 이 통합된 오크를 보호했다. 오크는 하나의 종족이 되어 전쟁에 나섰다.

부족들은 먼저 정령의 옥좌로 내려갔다. 고리안 마술사들은 완전한 기습 공격을 당하여 제대로 싸우지도 못하고 후퇴했다. 그러나 높은군주 몰로크는 빠르게 반격했다. 고리안 제국의 대규모 군대가 움직이며 오크 야영지를 공격했고 닥치는 대로 오크를 학살했다. 드레노어는 오크와 오우거의 전면전에 빠져들었다. 이제 모든 오크가 표적이었다. 모든 마을과 거주자, 남자와 여자는 물론 어린아이까지 전투 준비에 나섰다.

고리안 오우거는 이 무자비한 전략이 적의 가슴에 공포를 심어줄 것이라고 생각했다. 그들은 오크 부족이 이에 맞서리라고 생각하지 않았다. 그러나 기동성이 뛰어난 소규모 오크 습격대들이 고리안 제국의 요새와 교역 전초기지의 연결을 무너뜨리기 시작했고, 서서히 오우거의 군대를 그들의 수도, 고리아로 밀어냈다.

전쟁을 위해 집결하는 오크 부족들

고리아 공성전
어둠의 문이 열리기 400년 전

고리아의 방어는 강력했다. 오크는 방어를 무너뜨리기 위해 수많은 이의 목숨을 낭비할 이유가 없었다. 오크는 오우거의 도시, 고리아를 둘러싼 언덕에서 거리를 유지하며 적을 아사시키는 작전을 썼다. 오우거들은 포위를 이겨낼 수 있다고 생각했다. 오우거는 항구와 배를 보유하고 있었으며 오크가 할 수 있는 것이라곤 고통받는 정령의 도움으로 위협을 가하는 것뿐이었다. 정령은 혼란에 빠져 있었기 때문에 주술사도 예전처럼 정령의 힘을 효과적으로 사용할 수 없었다.

그러나 수개월이 지나자 오우거는 제국을 유지할 수 없다는 사실을 깨달았다. 그들은 해양 교역만으로 도시를 부양할 수 있다고 생각했으나 잘못된 판단이었다. 그것으로는 부족했다. 오우거는 지상의 교역로에 접근해야 했으나 오크에게 막혀 있었다. 높은군주 몰로크와 마술사들은 포위를 풀 방법을 고민하며 다시 에펙시스 수정을 찾았다. 그들은 시간이 지나면서 세드의 저주에 관한 고대 아라코아의 전설을 알게 되었고 오크 사이에 비슷한 고통을 유발할 방법을 실험하기 시작했다.

오우거들은 성공했다. 오크 야영지에서 '붉은 천연두'라고 불리는 새로운 고통이 들불처럼 퍼졌다. 이 파괴적인 질병은 매우 전염성이 높고 수개월 동안 지속되었으며 감염자 다수의 목숨을 앗아갔다. 오크는 건강한 전사의 숫자가 급격히 감소하고 있다는 것을 감지했다. 넬가름은 정령과 동료 주술사의 조언을 구한 후 그것이 자연적인 질병이 아니라는 사실을 알게 되었다. 그것은 오우거의 보이지 않는 공격이었다.

부족장들의 마음에 불확실성이 드리웠고 오크는 이제 공격이 실패할 수 있다는 것을 깨달았다. 고리아가 무너지기 전에 너무도 많은 오크가 죽을 상황이었다. 그렇게 많은 전사들이 병들어 있다면 고리아에 대한 전면 공격도 더는 불가능했다. 시간이 없었다.

넬가름 등 오크 주술사들은 확실한 승리를 위해 몹시 위험한 방법을 사용하기로 결정했다. 바로 정령들에게 청하여 고리아를 파괴하는 것이었다. 그전까지 어떤 주술사도 그러한 폭력을 요청한 적이 없었다. 그러나 부족의 전쟁이 실패한다면 높은군주 몰로크가 다시 정령의 옥좌에 손을 뻗칠 것은 너무도 자명했고 오크도, 원소 정령도 그것을 잘 알고 있었다.

주술사들은 고리아의 두꺼운 외벽 바깥에 모여서 정령의 진정한 분노를 목격했다. 그다음 일어난 일은 절대로 잊을 수 없는 것이었다.

맹렬한 폭풍이 고리아의 하늘을 휘저었다. 대지가 신음하며 흔들렸다. 몇 시간 동안, 번개가 치고 지진이 일어나 고리아의 모든 벽과 건물을 무너뜨렸다. 불길이 폐허를 집어삼키며 출구를 봉쇄하고 고리아의 항구에 정박해 있던 배를 불태웠다. 잿더미와 돌무더기만이 남았을 때 대지가 거대한 입을 벌려 높은군주 몰로크와 오우거의 위대한 도시의 폐허를 통째로 집어삼켰다.

그날 수천에 이르는 오우거가 죽음을 맞이했다. 누구도 살 수 없었다. 그 사건에 대한 소문이 고리안 제국의 다른 도시와 기지에 전해졌고 오우거는 다시 정령의 분노를 자극할 엄두를 내지 못했다.

오크는 승리했지만 기뻐할 수만은 없었다. 그들은 막대한 피해를 보았고 다시는 보고 싶지 않은 파괴적인 힘을 목격했기 때문이었다. 넬가름을 비롯한 주술사들은 정령의 분노에 특히 더 놀랐다. 그들은 통합된 부대의 필요성이 사라졌으므로 각 부족은 각자의 길을 가야 한다고 말했다.

이의를 제기한 이는 거의 없었다. 부족들은 자신의 땅으로 돌아왔지만 삶은 영원히 바뀌고 말았다. 붉은 천연두는 아주 사라진 것이 아니었다. 수 세대마다 다시 발병하여 부족들 사이에 재앙을 불러왔다.

고리안 제국은 다시 위세를 회복하지 못했다. 남은 오우거의 기지, 높은망치와 칼날첨탑 요새는 각자 영토를 구축했다. 그들은 통합된 국가라기보다는 개별 도시 국가에 가까운 상태가 되어 갔다. 고리안 오우거는 수도를 잃은 것에 대한 복수를 시도하지 않았다. 또 다른 대가를 치를 수 있다는 두려움 때문이었다.

고리아가 사라지고 오우거의 영토는 크게 줄어들었다. 많은 오크 부족이 오우거의 넓은 땅을 무력으로 점령했다. 오크는 오우거를 제치고 드레노어에서 가장 강력한 종족으로 거듭났다.

그것은 곧 변화를 맞이했다.

추방자의 은거처
어둠의 문이 열리기 200년 전

고리아가 파괴되기 훨씬 전부터, 어느 날 오크 종족의 미래를 바꿀 사건이 태동하고 있었다. 살게라스와 불타는 군단은 드레노어에서 아주 멀리 떨어진 곳에서 판테온을 물리쳤다. 이제 우주에서 모든 생명을 제거하기 위한 악마의 여정을 막을 것은 없었다. 그러나 살게라스는 일을 도울 동맹이 필요했다. 그가 지배하는 악마의 부대는 거칠고 다루기가 힘들었다. 살게라스는 그를 도와 제멋대로인 악마를 다스릴 부하가 필요했고 에레다르라고 하는 고도로 지능적인 종족 중에서 적임자를 찾았다.

아키몬드, 킬제덴, 벨렌이라는 세 지혜로운 지도자는 에레다르 종족을 이끌면서 아르거스 행성을 지식과 철학이 융성하는 천국으로 변모시켰다. 살게라스가 이들을 타락시켰을 때 대부분은 자진하여 그들의 운명을 받아들였다. 그들은 군단의 지배자로 활동할 수 있다는 것에 기뻐하며 악마의 군대와 보조를 맞추었다.

이에 저항한 다수의 에레다르도 있었다. 벨렌은 살게라스에게 굴복하지 않은 유일한 지도자였다. 그는 다른 반대자들을 이끌고 아르거스에서 대담하게 탈출했다. 그것은 나루라고 알려진 존재의 도움으로 가능했던 일이었다. 이 성스러운 빛의 존재는 우주와 생명체의 보호를 맹세했으며 에레다르의 타락을 예지하고 있었다.

수천 년 동안 벨렌과 대부분의 드레나이, 즉 에레다르의 언어로 '추방자들'은 불타는 군단을 따돌리고 은신처를 찾아 우주를 떠돌았다. 그들은 제네다르라고 불리는 차원의 요새를 타고 물리 우주와 뒤틀린 황천을 여행했다. 나루의 마력으로 움직이는 제네다르는 드레나이를 싣고서 방대한 거리를 이동할 수 있었다.

그것은 위험한 여행이었다. 벨렌의 드레나이는 불타는 군단의 접근을 거의 대부분 피했고 악마들은 좀처럼 그들의 흔적을 뒤쫓지 못했다. 드레나이는 크우레, 크아라, 도레라는 세 나루의 도움으로 추적자의 접근을 감지했기 때문이다. 추방당한 자들은 군단의 접근을 감지할 때마다 자리를 피해 별들 사이로 사라졌다.

벨렌은 드레나이가 정착할 행성을 찾기 전에는 불타는 군단에 맞서 싸울 수 없다고 생각했다. 그때까지는 제네다르만이 유일한 안식처였다.

그러나 우주를 여행하는 것은 엄청난 에너지를 필요로 했다. 여행이 장기화되면서 나루의 영혼은 더 큰 부담을 짊어졌고 점차 약해지고 있었다. 나루의 눈부신 에너지가 시들어가면서 제네다르는 분해될 위기에 처했다.

나루는 도피의 시간이 다했다는 사실을 직감하고 있었다. 그들은 아직 불타는 군단의 손길이 닿지 않은 행성을 발견했고 쇠퇴하는 힘을 필사적으로 끌어내어 그 행성에 도착했다.

벨렌과 드레나이는 이 행성을 드레노어, 즉 '추방자의 은거처'라는 이름으로 불렀다.

제네다르의 추락

드레노어로 향하는 마지막 여행은 재앙과도 같았다. 나루 중 하나인 크아라가 빛과의 연결을 잃고 공허에 잠식당하기 시작했다. 이 신성한 존재들 중 다수에게 그러한 운명이 기다리고 있었다. 빛과 공허는 상반된 힘이었으며 서로 긴밀하게 연결되어 있었다. 나루의 눈부신 에너지는 약해지거나 죽음의 문턱에 이르면 희미해졌다. 그리고 시들어 가는 빛은 반대되는 에너지, 공허에 자리를 내주었다.

크아라의 마지막 행동은 드레나이에게 제네다르에서 탈출하라고 설득하는 일이었다. 그것은 쉽지 않았다. 이제 공허의 에너지가 크아라의 몸을 타고 흘렀다. 본능적으로, 크아라는 다른 약해지는 나루와 싸웠다. 제네다르 내에서 그들의 에너지가 충돌했다. 혼란스러운 전투가 발생했다. 누구도 끼어들지 못할 정도로 강력했다. 그러나 벨렌이 나서서 빛의 힘을 발휘했다. 그는 타락한 나루 크아라에게서 다른 두 명의 나루를 지켰고 크아라를 제네다르 밖으로 내보냈다. 어둠에 타락한 크아라는 이후 수 세기 동안 어둠달 골짜기의 하늘을 떠다녔다.

벨렌의 영웅적인 행동은 드레나이를 구했으나 대가가 따랐다. 벨렌은 전투 도중 상처를 입었고 육체적으로 그리고 정신적으로 많은 힘을 소진했다. 미래의 사건을 예견하는 그의 능력도 신뢰하기 어려웠으며 온전히 회복하려면 수백 년의 시간이 걸릴 수도 있었다.

다른 두 나루의 힘이 너무 약해진 나머지 제네다르는 드레노어에 안전하게 착륙하지 못했다. 함선은 지상에 곤두박질쳤고 도레와 많은 드레나이 탑승자가 그 과정에서 사망했다. 추락 지점에서 연기가 걷혔을 때 함선의 남은 흔적이라고는 수정의 산뿐이었다.

생존한 드레나이들은 제네다르에서 나와 낯설고 새로운 세계에 발을 디뎠다. 크우레는 그들에게 난파한 함선을 즉시 떠나라고 말했다. 크우레는 크아라처럼 자신도 쇠락하고 있음을 알았고 드레나이를 공허에 노출시키고 싶지 않았다. 벨렌의 일행은 그들이 진정 홀로 남겨졌으며 드레노어가 자신들이 볼 수 있는 마지막 행성이라고 생각했다.

벨렌은 부상당한 몸으로 흔들림 없이 드레나이를 이끌었다. 그들이 도착한 곳은 생기가 넘치면서 위험했고 수많은 신비와 수수께끼가 가득한 세계였다. 벨렌의 첫 번째 행동은 랑가리라는 조직을 창설한 것이었다. 그들은 생존에 능한 정찰자였다. 그들은 낯선 세계를 탐험하며 드레나이의 미래에 영향을 줄 수 있는 자원과 위협을 발견하는 임무를 맡았다.

시간이 지나면서 그들은 많은 자원과 위협을 발견했다.

드레노어에 불시착하는 제네다르

총독의 의회

벨렌은 아르거스를 떠난 후 나루와 성스러운 빛으로부터 끊임없는 계시를 받으며 '예언자'라는 칭호를 얻었다. 벨렌은 많은 위협이 다가오는 것을 보고 그를 피하여 드레나이를 인도했다. 이제 나루는 드레나이를 이끌 수 없었으며 부상을 당한 벨렌의 예지력은 가능성과 확실함 사이에서 떠돌았다.

벨렌의 계시도 무시무시하게 변했다. 어둠에 휩싸인 크아라와 접촉한 벨렌은 공허 속에 도사리고 있는 혼란스럽고 사악한 생명체들의 마음을 들여다보았다. 벨렌은 이제 있을 수 있는 미래는 물론 공허가 원하는 미래도 볼 수 있었다. 공허가 꿈꾸는 타락한 우주와 진정한 재앙의 계시를 구분하기는 어려웠다.

벨렌은 혼자서 드레나이를 이끈다면 재앙이 될 수 있다는 결론에 이르렀다. 그의 판단이 더는 완전무결하지 않았기 때문이다.

벨렌은 드레나이 사회의 각자 다른 분야를 관할할 현자의 의회를 조직했다. 새로 만들어진 랑가리의 지도자 나이엘이 그중 첫 번째 '총독'이 되었다. 그녀는 솔선수범하면서 부하를 이끌었고 다른 정찰병과 함께 대부분의 시간을 야생에서 보냈다.

두 번째 총독 하타루는 드레나이 기술병을 이끌며 무기와 방어구를 제작하고 정착지를 건설했다. 하타루는 실력이 매우 뛰어났고 이미 드레노어의 원자재를 다루는 방법을 터득했다. 하타루가 처음으로 제작한 것 중 하나가 아코나이트 수정이었다. 아코나이트 수정은 비전 에너지의 도관으로 쓰이며 드레나이에게 빛과 마력을 제공했고 거주지를 위험에서 보호하는 구조물을 지을 수 있게 해주었다.

세 번째 총독 아카마는 드레나이 구원자를 이끄는 역할을 맡았다. 구원자는 빛의 전사로서 새로운 고향에 숨어 있는 어두운 힘으로부터 드레나이를 보호했다.

네 번째이자 마지막 총독은 오타르였다. 제네다르의 나루는 죽었거나 쇠퇴해 가는 중이었지만 아직 신성한 에너지가 어느 정도 깃들어 있었다. 또한 드레나이는 도레의 유해를 발견했다. 그들은 쓰러진 나루가 얼마나 위험한지, 나루가 공허의 에너지에 얼마나 잠식당했는지 정확히 알 수 없었다. 오타르의 임무는 도레와 나루를 연구하고 분석하여 지식을 습득하는 것이었다. 그들은 가능하다면 드레노어 너머의 다른 나루와 소통하기를 바랐다. 오타르는 이러한 대의를 위해 헌신하는 조직, 샤타리의 지도자가 되었다.

샤트라스 건설

어둠의 문이 열리기 195년 전

랑가리는 드레노어를 탐험하면서 영구 거주지를 건설할 장소를 물색했다. 그들은 다른 종족이 정착하지 않은 유력한 후보지를 발견했다. 산맥에 둘러싸이고 바다에 인접한 장소였다. 랑가리는 알지 못했지만 그곳은 오우거의 도시 고리아가 있던 자리였다. 드레노어의 다른 종족들은 고리아를 집어삼킨 정령의 분노를 기억했고 누구도 그곳에 다시 정착할 엄두를 내지 못했다. 드레나이는 그러한 기억이 없었기에 거리낌도 없었다. 벨렌은 드레나이를 이끌고 그곳에 도시를 건설해 샤트라스라고 이름 지었다. 드레나이 언어로 '빛이 거하는 곳'을 뜻하는 이름이었다. 기술병들은 밤낮으로 건물과 수정을 세우고 길을 내며 드레나이 문명이 성장하고 확장할 기반을 다졌다.

드레나이는 작업 도중 수상한 현상을 발견했다. 샤타리 중 한 명인 말라다르가 제네다르의 추락 장소에서 죽은 드레나이의 영혼에 어떤 일이 일어나고 있음을 감지했다. 나루 도레의 유해가 더욱 깊은 공허 속을 떠돌면서 이 영혼들을 끌어들이고 있었다. 무엇보다도 놀라운 것은 영혼들이 나루에게 이르면 살아 있는 드레나이들이 죽은 형제들과 소통할 수 있다는 사실이었다.

에레다르 사회의 역사에서는 이런 일이 일어나지 않았다. 벨렌은 즉시 말라다르에게 샤타리를 이끌고 도레의 유해를 눈에 띄지 않는 곳으로 옮기도록 지시했다. 그들은 다른 모든 종족에게서 충분히 떨어져 있는 테로카르 숲의 외곽에서 적당한 장소를 찾았다. 그런 다음 도레를 안치할 거대한 무덤을 건설했다. 그 무덤의 도시에 도레의 유해를 옮기자 드레나이의 영혼들도 따라 움직였다.

그곳은 '명예로운 망자의 거처'를 의미하는 아킨둔이라는 이름으로 알려졌고 말라다르는 드레나이 의회의 다섯 번째 총독으로 임명되었다. 말라다르는 아키나이라고 불리는 조직을 이끌었다. 말라다르와 아키나이는 죽은 드레나이와 소통하고 그들의 영혼을 보호하는 임무를 맡았다.

검은 별
어둠의 문이 열리기 180년 전

샤트라스가 번영하면서 벨렌은 드레나이에게 요새에서 너무 떨어진 곳에는 정착을 피하라고 권유했다. 벨렌은 오크와 오우거의 토착 문명을 방해하고 싶지 않았다.

그러나 수년 만에 생각이 바뀌었다. 랑가리는 드레노어를 수색하면서 제네다르의 추락으로 드레노어에 심각한 피해가 발생했다는 많은 징후를 발견했다. 충돌의 여파로 방출된 비전과 빛과 공허의 에너지가 뒤섞이며 토착 동식물을 뒤틀고 있었다. 원시생물과 파괴자는 거주지에서 나와 닥치는 대로 다른 생명체를 공격했다. 드레노어의 식물은 벨렌 일행이 경험했던 어느 행성에서보다 훨씬 공격적이었고 무시할 수 없을 정도로 위협적이었다.

벨렌은 자신들 때문에 망가진 것을 고쳐야 하며 그것이 드레나이의 책임이라고 생각했다. 기술병과 랑가리, 구원자의 무리는 드레노어 곳곳에 전진 기지와 도시를 구축하고 드레노어의 비전 지맥을 따라 기지를 연결했다. 이 새로운 정착지 중에서 가장 규모가 큰 곳이 카라보르 사원이었다. 어둠달 골짜기의 동쪽 끝에 위치한 카라보르 사원은 곧 드레나이의 가장 성스럽고 아름다운 도시로 자리매김했다.

시간이 지나면서 드레나이는 비전과 빛의 에너지를 이용하여 드레노어에 발생한 피해를 복구할 수 있었다. 원시생물과 파괴자는 수십 년에 걸쳐 차츰 잠잠해졌고 피해는 억제되는 듯했다.

드레나이는 이렇게 확장하는 과정에서 다른 종족들을 만났다. 벨렌은 토착 생명체와 분쟁을 일으키지 않는 것이 좋겠다며 총독들에게 자신의 뜻을 분명히 밝혔다. 그러나 오크와 오우거에게 드레나이의 도착으로 인한 피해를 주지 않으려는 벨렌의 희망은 빠르게 사라졌다.

어둠달 오크는 항상 신성한 힘의 징후에 민감했고 천체의 움직임에서 의미를 찾았다. 크아라의 유해가 하늘에 나타났을 때 부족의 점성술사는 그 존재를 '검은 별'이라고 부르며 신으로 숭배했.

소수의 대담한 주술사는 크아라의 어두운 마력에 접근했다. 타락한 나루의 공허 에너지는 그들의 정신을 산산이 조각냈다. 어둠달 오크는 곧 검은 별에 깃든 힘은 필멸의 존재가 사용할 수 없는 것이라는 결론에 이르렀다. 누구든 그것을 시도한 자는 매섭게 문책을 받았다. 그럼에도 중단하지 않는 자는 즉시 어둠달 골짜기에서 멀리 추방당하는 신세가 되었다.

오슈군: '영혼의 산'

제네다르의 수정 난파선에 갇힌 채 쇠퇴해 가던 나루는 오크 사회에도 영향을 끼쳤다. 도레의 유해가 죽은 드레나이의 영혼을 끌어들인 것처럼 크우레는 죽은 오크의 영혼을 끌어들이기 시작했다. 오크 부족은 이를 발견했고 주술사들은 조상과의 대화를 위해 그 수정의 산으로 끊임없이 순례를 떠났다. 오크는 그곳을 오슈군이라고 이름 지었다.

일부 오크 영혼은 제네다르에 남아 있던 빛의 에너지를 접하고 생전에 알지 못했던 깊은 지혜를 갖게 되었다. 이러한 조상들의 조언은 종종 사실로 드러났고 영혼의 조언을 따른 부족들은 결과에 몹시 만족했다.

드레나이는 이러한 일들이 벌어지자 몹시 곤혹스러웠다. 도레의 유해는 공허의 에너지를 발산하고 있었으나 원래 나루의 형태에서 남은 것은 작은 일부뿐이었다. 그러나 크우레는 아주 완전했다. 크우레에게서 흘러나오는 어둠의 힘은 믿을 수 없을 정도로 강력하게 느껴졌다. 드레나이는 이것이 장기화될 경우 드레노어와 오크에게 어떤 일이 일어날지 알지 못했다. 조용히 제네다르를 연구하는 임무를 맡은 샤타리도 아무런 답을 내놓지 못했다.

생각할 수 있는 모든 방안이 재앙을 유발할 가능성이 있었다. 오크는 조상과 단절될 경우 전쟁을 일으킬 수도 있었다. 크우레가 갑자기 더 깊은 공허로 빠져든다면 어떤 끔찍한 일이 벌어질지 몰랐다. 결국, 드레나이는 아무것도 하지 않았다.

드레나이가 우려한 대로 크우레가 내뿜는 공허의 에너지는 나중에 오크에게 해로운 영향을 미쳤다. 드레나이가 불시착했을 때 나그란드 지하에 거주하던 소수의 오크 무리가 그것을 알아챘다. 그들은 공허에 접근하고 그에 다가가기 위한 주술 의식 도중 자신을 잃고 광기에 빠져들었다는 이유로 부족에서 쫓겨난 추방자들이었다. 수 세기 동안 이러한 추방자들이 나그란드 지하의 동굴에 모여들었다. 그들은 얼굴에 백골 문신을 새겨 부족에게서 버림받은 신세임을 표시했다.

추방자들은 오슈군 지하까지 굴을 확장하여 새로 찾아온 신비스러운 존재를 조사했다. 이윽고, 그들은 크우레에게서 흘러나와 땅속으로 스며든 공허의 에너지를 접했다.

추방자들은 그 마력을 연구했고 공허의 군주와 소통하기 시작했다. 가공할 공허의 군주는 오크에게 응답했다. 그들은 대재앙의 계시를 집중적으로 전하며 암흑 마법의 비밀을 가르쳐 주었다. 공허 에너지의 유입으로 추방자의 피부색은 점차 창백한 흰색으로 바뀌었고 그들은 자신을 창백한 오크라고 불렀다.

창백한 오크의 탄생을 제외하면, 크우레의 암흑 에너지는 오크에게 거의 즉각적인 영향을 주지 않았다. 이후 수십 년 동안 일부 부족은 드레나이와 교역을 시작했지만 대부분은 거리를 두었다. 오크 정찰병, 특히 젊고 호기심이 많은 오크들은 멀리서 드레나이 정착지를 살피곤 했다.

일부 오크는 드레나이를 신성한 생명체라고 생각했고 또 다른 이들은 그렇게 생각하지 않았다. 어떤 오크도 그들을 실질적인 위협으로 여기지 않았다. 은둔의 삶을 사는 드레나이는 오크에게 잠깐의 호기심에 불과했다.

그러나 오우거는 드레나이의 고립된 생활이 나약함을 드러내는 증거라고 생각했다.

고리아의 재건
어둠의 문이 열리기 100년 전

오우거는 드레나이가 도착한 첫날부터 그 사실을 인지하고 있었다. 하늘에서 떨어진 불덩이는 오우거의 크나큰 관심을 끌었다. 높은망치의 정찰병들은 테로카르 숲에서 확장하는 드레나이를 주의 깊게 지켜보았다.

샤트라스가 처음 건설되었을 때 높은망치 내에서는 분노가 터져 나왔다. 드레나이는 새로운 존재였고 오우거보다 작고 약했다. 그리고 뻔뻔하게도 고리안 제국의 위대한 수도의 터에 도시를 건설했다. 그것은 용서할 수 없는 모욕이었다.

그러나 오우거는 샤트라스의 날렵한 구조물과 이계의 방어 체계 앞에서 걸음을 멈출 수밖에 없었다. 드레나이의 기술은 드레노어 세계에서 볼 수 없었던 것이었다. 드레나이의 가장 약한 수습생조차 최강의 오우거 마술사보다도 솜씨 좋고 효과적인 마법 기술을 구사했다.

새로 군림한 높은망치의 우두머리, 높은군주 호크론은 샤트라스를 정복하겠노라고 선포했다. 뛰어난 비전술사였던 그는 드레나이가 자신들의 마력을 훔쳤다고 믿었다. 어쩌면 원래부터 약간의 마법 기술을 익혔을 가능성도 있었다. 그러나 그들은 고리아의 터전에 그들의 도시를 건설했다. 그 고대의 수도 아래에 얼마나 많은 지식이 숨겨져 있었는지 누가 알겠는가? 그곳은 강력했던 고리안 제국의 위대한 중심지였고 모든 수습 마술사의 훈련장이었다.

호크론은 드레나이를 '강탈자'로 간주하고 공공연히 비웃으며 오우거에게 전쟁을 부추겼다. 그리고 드레나이를 학살하면 높은망치는 새롭고 더욱 발전된 고리안 제국의 중심지로 거듭날 것이라고 호언장담했다. 오우거는 그들의 도시를 재건할 필요도 없었다. 드레나이가 이미 그 일을 해주었다. 높은망치의 귀족들은 호크론에게 지지를 보내며 놀랍고도 새로운 도시, 샤트라스를 직접 되찾을 순간을 갈망했다.

샤트라스로 향하는 오우거 군대의 규모는 드레나이를 압도했으나 그것은 문제가 되지 않았다. 샤트라스는 손쉽게 높은망치의 첫 번째 공격을 격퇴했다. 그리고 두 번째 공격의 기회는 없었다.

오우거들이 전열을 정비하는 사이에 랑가리와 구원자가 여러 방향에서 기습 공격을 감행하여 오우거 병력의 폐부를 꿰뚫었다. 아카마는 신성한 전사들로 이루어진 정예 부대를 이끌었다. 걸출한 두 명의 부하, 마라아드와 노분도도 그 부대에서 활약했다. 그들은 호크론과 그의 장수들을 찾아서 처치했고 높은망치의 군대는 혼란에 빠져들었다. 드레나이는 나머지 오우거들을 학살하지 않고 즉시 공격을 거둔 다음 샤트라스로 복귀했다.

그리고 벨렌이 눈부신 빛에 둘러싸인 채 샤트라스의 성벽 위로 모습을 드러냈다. 그는 하늘까지 닿는 묵직한 목소리로 한마디 말을 전했다. "돌아가라. 그러면 해치지 않을 것이다." 오우거들은 더 많은 것이 필요하지 않았다. 그들은 도망쳤다. 고리안 제국의 재건을 위한 거창한 전쟁은 한 번의 공격과 함께, 예상하지 못한 소수의 희생만으로, 막을 내렸다. 높은망치 오우거는 다시 드레나이에게 전면전을 감행할 엄두를 내지 못했다.

아슬아슬한 균형
어둠의 문이 열리기 99년 전

오우거가 샤트라스를 공격하기 전에 오크는 대부분 드레나이를 무해한 존재라고 생각했다. 이제는 그렇지 않았다.

높은망치의 공격을 신속하게 퇴치했다는 소문은 빠르게 퍼졌다. 드레나이가 사용하는 비전 마법과 신성 마법은 오크에게는 전혀 새로운 것이었고 그러한 무지는 의심을 낳았다. 그해 오크 부족의 모임인 코쉬하그 축제는 긴장감이 감돌았다. 어떤 부족은 드레나이와의 모든 접촉을 피하기로 결정했다. 다른 부족은 그들을 적으로 취급하면서 오크의 영토에 들어올 경우 공격하겠다고 맹세했다. 오우거 희생자를 최소화한 드레나이의 행동은 나약함으로 여겨졌다. 소수의 오크 부족장은 드레나이가 싸움을 싫어하며 상대할 만한 적수가 아니라고 추측했다.

코쉬하그는 의견의 일치 없이 불안감만 남긴 채 끝이 났다. 어쨌거나 드레나이는 오크에게 적대감을 보인 적이 없었다. 대부분 부족은 그들에게서 거리를 두는 것에 만족했다.

그러나 칼바람 부족은 다른 방식을 취했다. 그들은 테로카르 숲과 나그란드 사이에 살았기 때문에 드레나이의 선호 교역로와 짐마차 일정을 잘 파악하고 있었다.

어느 날 다수의 짐마차가 사라지는 일이 발생했다. 벨렌과 총독은 확인에 나섰다. 곧, 상인들의 불타는 유해가 발견되었다. 드레나이의 시체 사이에서 칼바람 부족의 문신을 새긴 오크의 시체가 나타났다. 공격자가 누구인지는 자명했다. 그보다 심각한 문제는 일부 드레나이 상인이 행방불명이라는 것이었다. 오크의 포로로 잡혀간 것이 분명했다.

다수의 드레나이가 보복을 원했다. 무력도 불사하겠다는 주장이었다. 벨렌은 반대했다. 벨렌은 랑가리에게 포로를 구출하라는 비밀 작전을 지시했다. 그렇지만 칼바람 오크를 공격한다면 그 결과는 재앙뿐이었다. 칼바람 부족은 크지 않았다. 손쉽게 물리칠 수 있었다. 그러나 오크는 굴복하는 종족이 아니었다. 칼바람 오크를 거의 궤멸시킨다고 해도 전쟁은 끝나지 않을 것이다. 그다음은? 다른 오크 부족이 겁을 먹을 것인가? 오크의 본성은 그렇지 않았다.

벨렌은 전쟁을 원하지 않았으나 오크가 전투에서 용기를 존중한다는 사실을 알고 있었다. 그 후부터 구원자 분대가 성스러운 빛으로 반짝이는 무기로 무장하고서 짐마차를 엄중하게 호위했다. 상인들을 공격하는 오크 습격자들은 보통 패배하여 물러나곤 했다. 가끔은 짐마차가 넘어갔고 가끔은 더 많은 포로들이 잡혀가기도 했다.

랑가리는 많은 드레나이 포로를 구출했으나 모두를 구하지는 못했다. 소수의 불운한 영혼은 남은 생애 동안 노예 신세로 전락했다. 일부는 주인의 아이를 낳기도 했다. 혼혈로 태어난 아이들은 드레나이와 오크에게서 모두 멸시를 받았다.

칼바람은 곧 랑가리와 구원자의 실력을 인정했다. 특별히 대담하거나 어리석은 오크가 아니라면, 습격자들은 경비가 약한 짐마차만을 노렸다.

오그림과 듀로탄
어둠의 문이 열리기 13년 전

수십 년이 지나면서 드레노어의 오크와 드레나이 사이에서는 새로운 균형이 자리를 잡았다. 간헐적인 국지전이 벌어질 때면 두 진영 모두 피를 보기도 했으나 폭력을 수반하지 않은 교류도 있었다. 오그림 둠해머와 듀로탄이라는 두 오크 소년이 드레나이와 만났던 사건도 그러한 사례 중 하나였다.

후일, 두 오크는 위대한 지도자가 되었고, 각자의 방식으로 오크 종족의 운명을 바꾸었다.

검은바위 부족의 오그림과 서리늑대 부족의 듀로탄은 코쉬하그 축제에서 만났다. 부족장들이 작금의 상황과 무역 협정을 논의하는 동안 오그림과 듀로탄은 서로의 힘과 의지를 겨루었다. 그들의 경쟁심은 수십 년 동안 지속되는 우정으로 꽃피었다.

다른 부족 구성원 간의 우정은 오랜 전통에 위배되는 일이었지만 서리늑대와 검은바위 부족의 장로들은 오그림과 듀로탄의 우정을 허락해 주었다. 어느 여름, 두 소년은 서리불꽃 마루와 고르그론드의 경계에서 만났다. 그들은 그 지점을 넘어서지 말라는 주의를 받았지만 오그림과 듀로탄은 규칙을 잘 따르는 오크가 아니었다.

그들은 테로카르 숲의 우거진 안쪽으로 들어갔고 그곳에서 분노한 높은망치 오우거에게 공격을 받았다. 오그림과 듀로탄은 강했지만 오우거의 힘에 비할 바가 아니었다. 오우거는 두 오크 소년에게 다가왔다. 그러나 그들을 죽일 기회는 없었다.

드레나이 영토 깊이 들어온 그 오우거를 뒤쫓던 랑가리 정찰병들이 숲속에서 나타났고 화살을 쏘아 그 괴물을 쓰러뜨렸다. 드레나이 추격대의 지도자, 레스탈란은 오그림과 듀로탄의 용기를 인정하면서도 숲에서 떠도는 다른 오우거가 그들을 큰 위험에 빠뜨릴 수 있다고 생각했다. 레스탈란은 가까이에 있는 정착지 텔모어에 안전하게 몸을 피할 것을 제안했다.

오그림과 듀로탄은 드레나이를 경계했지만 제안을 수락했다. 그들은 드레나이의 정착지에 들어가 본 적이 없었다. 그러한 오크는 거의 없었다. 두 오크 소년은 드레나이의 환대에 깜짝 놀랐지만 도시를 건설한 놀라운 기술과 솜씨에 더욱 놀랐다.

오그림과 듀로탄의 텔모어 방문은 드레나이에게도 우연한 것이었다. 마침 그곳에 있던 벨렌은 레스탈란을 만났다. 그는 두 손님에 관한 말을 들은 후 만남을 요청했다. 최근 벨렌은 오크에 관한 특이한 꿈을 꾸었다. 바로 오크가 전쟁을 위해 단결하여 행군하는 모습이었다. 또한, 거대한 어둠이 드레노어를 서서히 잠식하는 계시를 몇 차례 경험하기도 했다.

벨렌은 부상의 후유증 때문에 그러한 계시가 진실이라고 확신할 수 없었다. 벨렌은 그것을 확인해 볼 생각이었다. 그는 오그림과 듀로탄을 만나 그들을 면밀하게 관찰했다. 벨렌은 그들의 마음속에 깃든 어둠을 발견하지 못했다. 그 소년들은 오히려 정직했고 자긍심에 차 있었다.

벨렌의 지시를 따라 랑가리 정찰병들은 오그림과 듀로탄을 고르그론드 경계 지역까지 호위해 주었다. 텔모어에 머무른 시간은 짧았지만 두 오크 소년은 드레나이에 대해 많은 것을 깨달았다. 그들은 집에 돌아와 드레나이가 베푼 친절을 전했고 직접 목격한 놀라운 광경에 관해 이야기했다.

그것은 오크와 드레나이 종족의 평화로웠던 마지막 교류였다.

3장
호드의 탄생

두 번째 아제로스 침공

드레나이가 아르거스에서 도망간 후 수천 년 동안, 살게라스와 그의 군단은 불타는 성전을 이어 갔다. 악마들은 수많은 행성을 황폐화했고 문명 전체를 불태우고 말살시켰다. 그러나 불타는 군단을 격퇴한 행성이 하나 있었다. 아제로스였다.

아제로스는 특별한 곳이었다. 아제로스는 초기 티탄의 영혼을 품고 있었다. 그 세계혼은 살게라스 보다도 강력한 잠재력을 지닌 존재였다. 불타는 군단의 지배자 살게라스는 만일 아제로스의 세계혼 이 공허의 군주에게 넘어간다면 자신도 상대할 수 없는 무기가 될 것이라고 생각했다.

살게라스는 공허의 군주가 어둠의 장막을 드리우기 전에, 아제로스를 정복해야 한다고 생각했다. 그리고 이를 위해 대규모 군대를 동원하여 아제로스를 침공했다. 온갖 종류의 악마들이 아제로스에 쏟아져 들어갔고 토착 생명체를 학살하고 지옥 마법으로 자연을 물들였다. 바로 고대의 전쟁이었다.

그리고 불가능한 일이 일어났다. 나이트 엘프라 불리는 고귀한 종족이 이끄는 아제로스의 토착 생 명체들은 불타는 군단의 침략을 이겨내고 그들을 다시 뒤틀린 황천으로 추방했다.

살게라스는 불타는 군단의 패배에 격노했다. 그는 아제로스에 집착하며 어떤 희생을 치르더라도 아제로스를 손에 넣겠다고 다짐했다. 그리고 두 번째 침공을 계획했다. 불타는 군단의 지배자 살게라 스는 해결해야 할 문제가 많았지만 그중에서도 까다로운 과정 중 하나가 악마들을 다시 아제로스로 데려가는 것이었다. 뒤틀린 황천과 물리 우주 사이에 군대가 지날 만큼 거대하고 안정적인 차원문을 여는 것은 쉬운 작업이 아니었다. 그것은 천문학적인 양의 에너지가 필요했다.

불타는 군단은 첫 번째 침공 당시 아제로스의 영원의 샘에 깃든 에너지를 이용했다. 악마들은 그 곳의 엄청난 비전 마력으로 황천까지 차원문을 열었다. 다른 방법을 찾아서 아제로스 세계에 틈을 내 는 것은 불가능하지는 않았지만 시간이 걸리고 막대한 노력이 들었다. 게다가 살게라스는 불타는 군 단이 침공을 감행할 때 별다른 저항을 받지 않기를 원했다. 그는 악마들이 도착하기 전에 아제로스 의 생명체들이 분열해 있기를 바랐다.

살게라스는 내심 묘수를 떠올렸다. 그는 악마 군대의 본진이 아제로스에 도착하기 전에 토착 세력 의 방어를 약화할 새로운 무기를 찾을 생각이었다. 살게라스는 부하들에게 우주를 뒤져서 적당한 종 족을 타락시킨 다음 불타는 군단으로 편입하라고 명령했다.

한편 살게라스는 아제로스에 주의를 집중했다. 그는 아제로스의 강력한 생명체를 찾고 있었다. 다 음 침공을 위해 그릇으로 사용할 존재가 필요했다.

앞면: 샤트라스 공성전

두 번째 영원의 샘

영원의 샘은 파괴되었지만 그 모든 에너지가 사라진 것은 아니었다. 일리단 스톰레이지라고 불리는 나이트 엘프가 영원의 샘에 있던 물을 훔쳤다. 그리고 그 물로 새로운 영원의 샘을 만들었다.

살게라스와 불타는 군단은 결국 두 번째 영원의 샘이 존재한다는 사실을 알게 되었다. 그러나 그들은 이 새로운 마력의 원천을 첫 번째 영원의 샘처럼 쉽게 이용할 수 없었다. 마법이 깃든 거대한 세계수 놀드랏실이 두 번째 영원의 샘을 감싼 채 보호하고 있었기 때문이다.

기나긴 추적
어둠의 문이 열리기 12년 전

불타는 군단이 아제로스 침공을 위해 힘을 모으는 동안 기만자 킬제덴은 탈가스라는 악마에게 드레나이를 추적하라는 임무를 맡겼다. 탈가스는 배신자들이 거쳐 간 행성을 수십 개나 찾았으나 항상 한발씩 뒤처졌다. 그는 수없이 드레나이를 놓친 끝에 드디어 중요한 단서를 확보했다.

제네다르가 드레노어에 추락했을 때 그 충격으로 신성한 에너지의 물결이 뒤틀린 황천에 흘러들었다. 탈가스는 마력의 흐름을 감지하고 그 수상한 현상을 조사했다. 그리고 그것이 벨렌 일행이 아르거스에서 탈출하는 것을 도운 나루의 에너지였다는 사실을 알고서 기대감에 부풀었다.

탈가스는 한 세기가 넘도록 신성한 마력의 흔적을 추적했고, 초목이 우거진 드레노어에 다다랐다. 그는 또다시 드레나이를 놓쳤을 것이라 예상하고 실망할 준비를 했다. 그러나 이번에는 달랐다.

탈가스는 드레노어를 관찰하면서 새로운 드레나이 문명을 지켜보았다. 드레나이는 그 세계에 정착했고 그들의 차원 요새는 망가져 있었다. 그들은 갇힌 상태였다.

탈가스는 킬제덴에게 새롭게 발견한 사실을 알렸다. 킬제덴은 드레나이를 찾았다는 소식에 크게 기뻐했다. 그는 한때 벨렌의 절친한 친구였다. 예언자 벨렌 일행이 아르거스에서 도망쳤을 때 킬제덴은 그것을 배신이자, 중대한 모욕이며 처벌로 갚아야 한다고 생각했다. 마침내, 킬제덴은 원하는 바를 이룰 수 있게 되었다.

킬제덴은 탈가스에게 드레노어에 숨어서 상황을 보고하라고 지시했다. 탈가스는 드레나이와 그들의 생활에 관한 정보를 킬제덴에게 전달했다. 그중에는 오크를 비롯한 드레노어의 다른 토착 종족에 관한 것도 포함되어 있었다.

킬제덴은 즉시 드레나이를 말살하고 싶었으나 손을 거두었다. 살게라스는 특별히 킬제덴과 불타는 군단의 사령관에게 군단의 일원이 될 새로운 후보 종족을 찾으라는 임무를 부여했다. 어쩌면 오크가 그 목적에 부합할 수 있었다.

킬제덴은 탈가스에게 드레노어와 그곳의 생명체들을 계속 지켜보라고 명령했다. 킬제덴은 아직 오크와 그들의 관습에 대해 많은 것을 파악해야 했다.

전설의 시대
어둠의 문이 열리기 11년 전

탈가스는 오크와 그들의 습성을 관찰하며 많은 시간을 보냈다. 그는 오크가 몹시 끈질기고 호전적이라는 사실을 발견했다. 탈가스는 모든 부족을 관찰했지만 그중에서 가장 강력하고 종족에 큰 영향력을 행사하는 부족들을 눈여겨보았다. 전쟁노래 부족, 검은바위 부족, 피눈물 부족, 어둠달 부족, 천둥군주 부족, 서리늑대 부족이 바로 그러했다.

나그란드에서는 전쟁노래 부족 오크가 높은망치 오우거와 지속적으로 전투를 벌이며 무시무시한 유목민으로 거듭났다. 그롬마쉬 헬스크림이라는 이름의 전사가 전쟁노래 부족을 이끌었다. 높은망치 오우거는 전쟁노래 오크보다 수적으로 우세했으나 전쟁노래 부족의 대담한 부족장은 굴하지 않고 공격을 이끌었다. 헬스크림은 기동력이 뛰어난 늑대 기수 부대를 이끌고 나그란드의 평원을 뒤덮으며 치고 빠지기 전략으로 오우거의 정착지를 습격했다. 그롬마쉬와 전쟁노래 부족은 결국 그 지역의 높은망치 세력을 격파하여 상당한 영토를 차지했다. 그들은 오우거를 원래 있던 소굴로 돌려보냈고 전쟁노래 부족장은 오크 부족 사이에서 전설적인 이름으로 칭송을 받았다.

그것은 높은망치 오우거에게 비극의 시작일 뿐이었다. 오우거는 오래전부터 오크를 노예로 부렸다. 또한 재미 삼아 투기장에서 포로끼리 싸움을 붙이기도 했다. 그러던 중 카르가스라는 노예가 높은망치에서 반란을 일으켰다. 그는 사슬에서 벗어나기 위해 자신의 손을 자르고 동료 노예들에게 자신을 따를 것을 요청했다. 그들은 카르가스와 함께 도시를 휩쓸고 오우거의 피로 땅을 물들였다.

카르가스와 해방된 노예들은 으스러진 손이라는 새로운 부족을 만들고 아라크 첨탑에 정착했다. 이 오크들은 노예 생활을 통해 고통과 고뇌밖에 모르는 뒤틀리고 괴로운 영혼으로 변했다. 그들은 자신의 몸을 자르고 변형하는 잔혹한 희생의 전통을 채택했다. 그들은 손을 잘라낸 자리에 무기를 장착했고, 이 전통을 창시한 카르가스는 '칼날주먹'을 뜻하는 블레이드피스트라는 이름을 얻었다.

으스러진 손 부족의 영토 북쪽으로는 검은바위 부족의 고향인 고르그론드가 위치해 있었다. 그들의 지도자인 블랙핸드 부족장은 드레노어 곳곳의 오크 부족에게서 매우 존경을 받았다. 블랙핸드는 거만하고 권력을 탐했지만 카리스마 있는 지도자이자 위대한 전사이기도 했다. 그의 막강한 부하들은 한 치의 주저함도 없이 드레노어 끝까지 부족장을 따를 준비가 되어 있었다.

검은바위 오크는 드레노어에서 가장 크고 조직적이며 뛰어난 장비를 보유한 오크 군대를 자랑했다. 부족의 주술사는 정령의 불길로 고르그론드에서만 발견되는 희귀한 금속인 검은바위 광석을 성형하는 기술에 완벽하게 통달했다. 검은바위 부족은 대장간에서 밤낮으로 일하며 거의 부서지지 않을 정도로 단단한 마력 깃든 무기와 갑옷을 제작했다.

검은바위 부족은 전쟁노래 부족처럼 그 지역의 오우거와 오랫동안 대립했다. 탈가스는 그들이 오우거 군대를 격파하고, 고르그론드에서 몰아냈을 때부터 블랙핸드와 추종자들을 관찰하기 시작했다.

피눈물 부족은 다른 부족과는 아주 달랐다. 매우 미신적인 성향을 띠었던 그들은 타나안 밀림의 외진 구석에 살면서 어둠의 의식을 수행했다. 피눈물 부족은 신록지기부터 제네사우루스와 오우거, 아라코아에 이르기까지 많은 위협에 직면해 있었다. 적들이 피눈물 부족을 거의 패망 직전까지 내몰았을 때 새로운 지도자가 등장했다. 바로 킬로그 데드아이였다.

킬로그는 부족장이 되기 전에 미래를 예견하는 통과 의식을 수행했다. 그는 자신의 눈을 찌르고서 죽음에 관한 계시를 받았다. 끔찍한 의식이었으나 킬로그는 개의치 않았다. 그는 죽을 날을 정확하게 알았기 때문에 두려움이 없는 삶을 살 수 있었다.

오우거와 싸우는 부족장 블랙핸드

킬로그는 그의 아버지를 살해하고 쇠락한 피눈물 부족을 차지했다. 피눈물 부족은 그의 지도하에서 밀림을 휩쓸고 오랜 적을 퇴치했다.

탈가스는 모든 부족이 호전적이지는 않다는 사실에 흥미를 느꼈다. 어둠달 부족은 상대적으로 평화로운 오크 부족이었다. 그들은 어둠달 골짜기에서 영적인 삶을 살았고 주술 의식을 중심으로 여러 전통을 발전시켰다. 부족의 주술사는 종종 정령의 옥좌를 방문하여 드레노어의 원소 정령들과 소통했다. 또한 그들은 죽은 조상들을 숭배하면서 조언을 구하기도 했다.

어둠달 부족의 지도자는 지혜로운 부족장 넬줄이었다. 그는 모든 부족에게서 존경을 받았는데 그것은 분화된 오크 종족에서 보기 드문 일이었다. 넬줄은 모든 주술사의 조언가로 활동하면서 여러 부족 간 느슨한 유대를 강화하고 유지하고자 힘썼다.

그리고 탈가스가 잘 이해할 수 없었던 서리늑대 부족이 있었다. 그들이 사는 서리불꽃 마루는 드레노어에서도 외지고 험준한 지역이었다. 서리늑대 오크는 뛰어난 전사였으나 땅을 정복할 생각은 하지 않았다. 그들은 대지와 조화로운 삶을 살았다. 부족장 가라드는 가족과 공동체라는 서리늑대의 고귀한 이상을 실현했다. 그는 서로 돕고 단결하는 것만이 오크가 그 험한 환경에서 살아남는 방법이라고 생각했다.

가라드는 그의 가치관을 세 아들에게 전해 주었다. 그러나 아들 모두가 그의 가르침을 받아들인 것은 아니었다. 부족장의 두 어린 아들, 가나르와 듀로탄은 아버지와 부족의 오랜 전통을 존중했다. 그러나 장남인 펜리스는 그렇지 않았다.

펜리스는 서리늑대 부족을 떠나 경쟁 관계였던 천둥군주 부족에 합류했다. 천둥군주 부족은 서리늑대 부족과는 달리 용기와 무용을 무엇보다 가치 있게 생각했다. 그들은 종종 서리불꽃 마루의 강력한 그론과 마그나론을 사냥하는 모험에 나서곤 했다. 펜리스는 그토록 원하던 명성을 얻고 결국 천둥군주 부족장에 올랐다.

몇 달 동안 탈가스는 계속해서 부족들을 지켜보았고 특히 서리불꽃 마루에 거주하는 이들을 눈여겨보았다. 오크 부족과 그 지역에 살았던 칼날첨탑 오우거 사이에서 긴장이 고조되고 있었다. 탈가스는 오크가 스스로의 힘으로 어느 정도까지 평화를 지켜낼 수 있는지 확인하고 싶었다.

모크나탈의 봉기

높은망치 오우거는 전쟁노래 부족과의 전투와 카르가스의 반란으로 받은 피해를 끝내 극복하지 못했다. 나그란드의 오우거 요새는 영원히 무너지고 말았다. 이 소식을 들은 칼날첨탑 오우거와 그들의 지도자 높은군주 켈그로크는 깊은 고민에 빠졌다. 드레노어 전역에서 오우거의 영향력이 줄고 있었다. 켈그로크는 서리불꽃 마루의 주도권을 되찾기로 결심했다. 그는 단순히 칼날첨탑 오우거의 방어를 강화하기보다는 확장을 꿈꾸었다. 그에게는 완벽한 무기가 있었다.

고리안 제국이 몰락한 후 오우거의 인구는 상대적으로 낮은 수준을 유지했다. 칼날첨탑 마술사들은 수적 열세를 만회하기 위해 잔혹한 실험을 수행하여 노동력을 보충할 새로운 생명체를 창조했다. 가장 유망한 결과는 오우거와 노예 오크 사이에서 선별 과정을 거쳐 태어난 아이들이었다.

이러한 강제 결합으로 태어난 아이들은 모크나탈이라는 이름으로 불렸다. 그들은 오우거의 힘과 오크의 지성을 겸비한 존재였다. 칼날첨탑 오우거는 모크나탈에게 사슬을 채웠고 번식을 통해 더 많은 노예를 생산했다. 오우거는 혼혈인 모크나탈의 충성심을 유지하기 위해 한 명이라도 반란을 일으키면 온 가족을 죽이겠다고 위협했다.

높은군주 켈그로크는 많은 모크나탈의 수갑을 풀어주고서 오크와 싸우라고 명령했다. 그들은 칼날첨탑 군대에서 큰 비중을 차지했다.

칼날첨탑 오우거의 군대는 서리불꽃 마루 곳곳을 누비며 비옥한 오크의 땅을 상당 부분 차지했다. 가라드 부족장은 그 지역의 다른 두 부족, 즉 천둥군주와 흰발톱 부족에게 서리늑대와 연합하여 이 새로운 위협에 맞서자고 제안했다.

펜리스가 영향력을 행사한 천둥군주 부족은 가라드의 연합 제안을 거부했다. 그들은 각자 방식으로 칼날첨탑 오우거를 상대하기로 결정했다. 천둥군주 오크의 부대는 한밤중에 오우거 정착지를 습격하여 어린이와 노인을 가리지 않고 학살했다.

그러나 흰발톱 부족은 가라드의 지원 요청을 받아들였다. 흰발톱 부족은 서리늑대 부족에게 우호적이었고 많은 관습과 전통을 공유했다.

가라드는 서리늑대 부족과 흰발톱 부족 군대의 지도자로 임명되었다. 가라드는 두 아들 가나르와 듀로탄을 부관으로 지명했다. 가라드는 강력한 군대를 거느리고 칼날첨탑을 공격했다. 오크는 결정적인 승리를 거두지는 못했지만 수많은 모크나탈과 그들의 장로, 레오록스를 생포했다.

가라드는 레오록스를 만났다. 그는 적의 이야기를 듣고 놀라지 않을 수 없었다. 서리늑대 부족장 가라드는 혼혈인 모크나탈이 자발적으로 오우거에게 복종했다고만 생각했다. 레오록스는 칼날첨탑 오우거들이 잔인한 방식으로 모크나탈을 부리고 있으며 가족이 처형당할 수 있다는 두려움에서 한시도 벗어날 수 없다고 말했다. 가라드와 레오록스는 많은 논의 끝에 합의에 이르렀다. 그들은 서로를 도와서 칼날첨탑 오우거를 완전히 무너뜨리기로 결정했다.

레오록스는 칼날첨탑 요새로 돌아가서 모크나탈의 공개 반란을 일으켰다. 모크나탈은 자신들을 억압했던 오우거에게 맞서며 요새에 불을 질렀다. 연기의 기둥이 하늘로 솟아오르자 가라드의 군대가 칼날첨탑 요새의 외부 방어 시설을 공격했다.

피비린내 나는 칼날첨탑 전투는 하루 종일 이어졌고 마침내 오크와 모크나탈의 동맹군이 오우거를 요새 밖으로 몰아냈다. 레오록스는 불타는 요새의 중심부에서 일평생 걸치고 있었던 사슬로 높은 군주 켈그로크를 목 졸라 쓰러뜨렸다.

오크는 승리했지만 막대한 대가를 치렀다. 가나르를 비롯한 수백 명의 서리늑대와 흰발톱 오크가 전사했다. 가나르는 포위된 칼날첨탑 요새에서 자신의 목숨을 희생하여 많은 모크나탈 아이들의 탈출을 도왔다. 가라드는 가나르의 죽음에 몹시 슬퍼했다. 듀로탄이 혈통은 이을 수 있었지만 서리늑대 부족장은 둘째 아들의 죽음을 완전히 극복할 수 없었다.

전투가 끝난 다음 가라드는 레오록스와 모크나탈에게 서리불꽃 마루에서 새롭게 정착할 수 있는 땅을 제공했다. 장로 모크나탈 레오록스는 그 제안을 거절했다. 그는 오크가 혼혈인 모크나탈을 진심으로 받아들이지는 않을 것이라고 생각했다.

레오록스는 동료 모크나탈을 규합하여 고르그론드의 외진 지역에 정착했다. 자원은 귀했지만 평화롭게 살 수 있었다. 그들은 싸움을 거부하고 자신들의 척박한 땅을 지켜야 할 때만 무기를 들겠다고 맹세했다.

군단의 인도자
어둠의 문이 열리기 10년 전

킬제덴은 탈가스의 첩보를 통해서 오크에 관하여 많은 사실을 알 수 있었다. 그들은 끈질기고 자긍심이 높으며 강인한 종족이었다. 또한 조상을 숭배하고 원소 정령을 기리는 미신적인 존재였다. 킬제덴은 오크의 공고한 전통이 그들을 조종하는 데 도움이 될 것이라고 생각했다. 그는 오크를 불타는 군단에 편입시키기 전에 자기 뜻대로 이용하여 드레나이에게 복수할 생각이었다

탈가스는 킬제덴의 계획을 알고서 분노했다. 마침내 변절자들을 손아귀에 넣은 상황이었다. 수천 년 세월을 견디며 드레나이를 추적했건만 저런 미개한 존재인 오크에게 드레나이의 피를 보게 하겠다는 것인가? 탈가스는 그의 주인에게 재고를 요청했다.

킬제덴은 보통의 경우였다면 그러한 불복종을 죽음으로 다스렸겠지만 탈가스의 분노는 이해가 되는 부분이 있었다. 그럼에도 킬제덴은 불복종에 대한 처벌을 면해줄 생각이 없었다. 그는 탈가스에게 드레노어를 떠나라고 명령했다. 킬제덴은 부하가 드레나이의 몰락에 관여하는 것을 원하지 않았다.

탈가스가 사라지자 킬제덴은 오크를 타락시키는 데 집중했다. 오크 종족을 뜻대로 부리기 위해서는 대리인이 필요했다. 킬제덴은 자신의 편으로 넘어올 만한 후보자를 물색했다.

킬제덴이 찾은 여러 유망한 후보 중에서도 굴단은 커다란 잠재력을 보유하고 있었다. 고르그론드 변방의 소규모 오크 부족 출신인 굴단은 태어날 때부터 신체적인 결함이 있었다. 미신적인 풍습이 있었던 오크는 굴단의 뒤틀린 육체를 불길한 징조라고 생각하여 결국 그를 추방했다.

부족의 장로 주술사만이 굴단을 측은하게 여겼다. 그는 굴단에게 나그란드에 있는 정령의 옥좌에서 토착 정령을 만나 자신의 길을 찾으라고 말했다.

굴단은 주술사의 충고를 거절했었다. 그는 오랫동안 경멸을 받은 탓에 증오와 복수심에 차 있었다. 그러나 야생에서 홀로 생존을 위해 분투하던 굴단은 결국 정령의 옥좌를 찾아 나섰다. 굴단은 과거 자신의 그림자, 즉 굶주림에 지치고 죽음의 문턱까지 몰린 불쌍한 오크가 되어 그 신성한 장소에 이르렀다. 굴단은 정령들에게 고통을 끝낼 수만 있다면 그들을 섬기겠다고 무릎 꿇고 간청했다.

정령은 답을 주었으나 굴단이 원하는 것은 아니었다. 정령은 굴단의 마음에서 어둠과 분노를 감지했고 그의 부족이 그랬던 것처럼 그를 거절했다.

굴단은 슬픔에 휩싸였다. 온 세상이 그를 버렸다. 그는 아무것도 없었고, 아무것도 아니었다.

킬제덴은 절망에 빠진 먹잇감에게 다가가 그의 마음에 속삭였다. 그는 굴단에게 누구도 다시 동정하거나 지배하지 못할 만큼 강력한 존재로 만들어 주겠다고 약속했다. 그리고 신처럼 강력한 능력을 얻어서 그를 모욕했던 이들을 모두 벌하라는 말도 덧붙였다. 그 막강한 힘에 대한 대가는 불타는 군단을 돕는 것, 즉 오크를 무기로 삼아 드레나이를 멸망시키는 것뿐이었다.

굴단은 이 어둠의 계약에 동의했다. 그는 자신의 종족을 경멸했다. 그들의 관습과 전통은 자신에게 고통만 안겨 주었다. 신과 같은 능력이 오크 종족을 조종하는 것이라면 주저할 이유가 없었.

킬제덴은 새로운 부하에게 지옥 마법을 구사하는 방법을 가르쳐 주었다. 그는 지옥 마법의 에너지가 굴단의 육체를 변형하거나 드레나이의 시선을 끌 수도 있다는 것을 알고 있었다. 그래서 킬제덴은 굴단의 새로운 능력을 숨길 방도를 취했다. 킬제덴은 굴단에게 능력을 숨기는 방법을 가르쳤고 반드시 필요한 경우에만 지옥 마법을 사용하라고 명령했다. 굴단은 불안정한 지옥 마법을 생각보다 빠르게 습득했다. 그는 자신의 손으로 파괴적인 힘을 사용하는 것을 즐겼다.

그렇게 최초의 오크 흑마법사가 탄생했다.

황폐화된 드레노어

킬제덴은 명령을 수행할 오크 대리인을 만들었지만 드레나이에게 칼을 겨누기에는 상황이 여의치 않았다. 오크 종족을 하나의 군대로 규합하려면 모두를 절망과 어두운 감정에 물들여야 했다.

킬제덴은 굴단에게 드레노어의 과거에 관한 이야기를 듣고서 오크가 하나로 뭉친 적이 있었다는 사실을 알게 되었다. 오래전, 오우거가 정령의 옥좌를 점령했을 때 정령들은 오우거의 간섭으로 혼돈에 빠져들어 어려움을 겪었다. 오크는 재앙을 막기 위해 서로 힘을 합쳐 오우거와 싸웠다. 킬제덴은 만약 정령들을 다시 격변에 빠뜨린다면 아마도 오크가 단결의 역사를 반복할 수 있으리라고 생각했다.

킬제덴은 굴단을 시켜 지옥의 마력으로 정령의 옥좌를 물들였다. 계획대로 그 타락한 마력은 드레노어의 토착 정령을 약화시키기 시작했다. 드레노어의 정령의 격노 고르다우그, 아보리우스, 칼란드리오스, 인시네라투스가 굴단을 저지하기 위해 모습을 드러냈다. 그러나 그들은 흑마법사를 상대한 적이 없었다. 굴단은 기이한 마법으로 정령에게서 생명력을 흡수했고 그들의 힘을 무력화했다. 정령들은 거의 쓰러지기 직전까지 싸우다가 굴단의 분노 앞에서 도망쳤다.

굴단은 생전 처음으로 다른 살아 있는 존재를 제압했다. 승리는 몹시 달콤했다.

굴단의 지옥 마법은 정령들을 무질서 속으로 빠뜨렸다. 몇 차례 계절이 지나면서 폭우에 기나긴 가뭄이 이어졌다. 홍수가 고르그론드와 나그란드 일부의 메마른 지역을 덮쳤고 땅을 황폐화시켰다. 끔찍한 눈보라가 타나안 밀림과 테로카르 숲을 얼음으로 뒤덮었다. 강과 개울이 바닥을 드러내며 갈래발굽과 탈부크 같은 사냥감이 수천 마리씩 죽어 갔다.

오크는 식수와 식량 부족, 질병으로 극심한 고통을 겪었다. 주술사의 능력으로도 상황을 누그러뜨릴 수 없었다. 원소 정령은 지옥 에너지로 고통받고 있었으며 오크와도 거의 소통하지 않았다.

굴단은 또한 자신의 마법을 사용하여 오크 부족에 붉은 천연두를 퍼뜨렸다. 오크 역사상 최악의 천연두 발병이었다. 이 치명적인 전염병으로 몇 달 만에 수백 명이 넘는 오크가 목숨을 잃었다.

많은 이가 나그란드에서 열린 코쉬하그 축제에서 붉은 천연두에 전염되었다. 부족장 넬쥴의 제안에 따라 부족들은 정령의 문제에 관한 현 상황을 논의했다. 코쉬하그 축제가 끝나고 모두가 각자의 터전으로 돌아갈 준비를 하던 중 일부 오크가 천연두 증상을 보였다. 서리늑대 부족장 가라드도 감염자 중 하나였다.

넬쥴은 감염된 오크가 새로운 희생자에게 천연두를 퍼뜨릴 수 있다며 염려했다. 넬쥴은 가라드 등 감염자에게 나그란드에 남아달라고 요청했다. 감염자를 위해 새로운 마을을 건설하고 다른 오크에게서 격리할 생각이었다.

가라드는 집으로 돌아갈 수 없다는 생각에 크나큰 슬픔에 잠겼으나 넬쥴의 말이 일리가 있다고 생각했다. 가족과 부족원에게 천연두를 옮기는 것은 서리늑대 부족장 가라드 역시 절대로 원하지 않는 상황이었다. 가라드는 나그란드에 남아서 동료 감염자들을 돌보았다.

듀로탄은 자진하여 아버지와 함께 남겠다고 말했지만 가라드는 다른 명령을 내렸다. 젊은 서리늑대 듀로탄은 부족의 유일한 계승자였다. 가라드는 집으로 돌아가서 당분간 부족을 살피라고 듀로탄을 설득했다.

그리고 듀로탄은 다시 아버지를 보지 못했다. 몇 주 후, 가라드는 붉은 천연두로 사망했다. 가라드는 짧은 시간 동안 다른 천연두 환자들을 이끌면서 그들의 무한한 존경심을 얻었다. 그들은 가라드를 기리며 자신의 정착지에 가라다르라는 이름을 붙였다.

넬쥴의 그림자
어둠의 문이 열리기 8년 전

부족 사이에서 폭력과 절망이 번져 갔다. 킬제덴은 이제 오크를 통합할 시간이 되었다고 생각했다. 그러나 그 일을 앞장서서 수행할 인물이 필요했다. 굴단은 뛰어난 재능이 있었지만 오크의 사기를 고취하거나 솔선수범을 보이며 그들을 지도할 능력은 없었다. 악마 군주 킬제덴은 그의 하수인에게 그런 일을 수행할 자와 손을 잡으라고 명령했다. 그러나 굴단은 먼저 자신의 과거를 알고 있는 자들을 처치할 계획이었다.

흑마법사 굴단은 두건을 쓰고 자신의 옛 부족으로 돌아갔다. 그리고 마을에 지옥의 불길을 일으켜 마지막 한 사람까지 잿더미로 불태웠다. 마침내 지옥불이 잦아들었고 마을에는 아무것도 남지 않았다. 이제 누구도 굴단의 진정한 과거를 알 수 없었다.

굴단은 과거를 지운 후 어둠달 부족으로 떠났다. 어둠달 부족의 지혜로운 주술사들은 모든 오크에게서 존경을 받았다. 그들 중 하나라면 불타는 군단의 완벽한 꼭두각시가 될 수 있었다.

굴단은 조심스럽게 지옥 마법을 숨기며 자신이 흑마법사라는 사실을 감추었다. 그는 어둠달 부족에게 오우거가 자신의 마을을 파괴하고 주민을 몰살시켰으며 자신만 살아남았다고 말했다. 어둠달 부족은 보통 외부인을 들이지 않았으나 굴단을 가엾이 여겨 받아주었다. 어둠달 부족의 새로운 일원이 된 굴단은 부족의 장로 주술사들을 신중하게 관찰하면서 조종하기에 가장 적합한 이를 물색했다. 굴단은 숙고 끝에 뛰어난 지도력을 갖추었지만 괴로운 상황에 처한 부족장 넬쥴을 선택했다.

넬쥴은 헌신적이고 솔직한 지도자였다. 또한 고집스러운 면이 있어서 마음먹은 것을 이룰 때까지 집요하게 매달렸다.

이러한 성격은 굴단과 불타는 군단에 잘 들어맞았다. 그러나 그보다 훨씬 더 중요한 것은 넬쥴 내면의 혼돈과 슬픔이었다. 수년 전, 넬쥴은 사랑하는 아내 룰칸을 잃었다. 넬쥴은 그녀의 죽음을 받아들였지만 최근 드레노어를 잠식한 정령의 혼란은 그의 오랜 상처를 일깨웠다. 그는 항상 원소 정령과 소통하면서 평화를 찾았으나 그들은 지금 말이 없었다. 넬쥴은 룰칸의 기억을 떠올리기 시작했고 그의 슬픔은 그녀가 죽었을 당시만큼이나 강렬하고 생생하게 느껴졌다.

굴단은 넬쥴 내면의 어둠을 공략했다. 그는 장로 주술사 넬쥴에게 자신의 역경과 마을에서 죽은 가족과 친구에 관해 이야기했다. 시간이 지나 굴단은 넬쥴의 신뢰를 얻고 가까운 사이가 되었다. 또한 넬쥴을 설득하여 그의 수습 주술사가 되었다.

킬제덴은 굴단을 통해서 영향력이 있는 인물에 접근했고 그를 뜻대로 주무를 준비에 나섰다. 악마 군주 킬제덴은 넬쥴의 생각을 뒤틀면서 굴단에게 또 다른 임무를 맡겼다. 오크는 절망에 빠진 채 동요하고 있었다. 이제 드레나이를 적으로 생각할 때가 되었다.

굴단이 그렇게 만들어야 했다.

증오의 씨앗

굴단은 오크와 드레나이 간에 분쟁을 유발하기 위해 칼바람 부족에 주의를 돌렸다. 칼바람 부족의 가장 큰 마을은 테로카르 숲 가장자리에 위치했으며 드레나이의 수도 샤트라스와 가까웠다. 수십 년 동안 칼바람 부족과 근처에 거주하는 드레나이 사이에서는 긴장감이 고조되고 있었다. 오크는 간혹 드레나이 짐마차를 습격했고 탈출하지 못한 드레나이를 노예로 삼거나 처치하곤 했다.

정령들이 동요할 때면 칼바람 부족은 크게 고통받았다. 상수원은 마르고 야생의 사냥감이 줄어들었다. 붉은 천연두도 부족을 괴롭혔다. 칼바람 부족의 70%에 이르는 수가 붉은 천연두에 쓰러졌다.

그들은 절망적인 상태였고 그로 인해 더욱 약해져 있었다.

굴단은 어둠달 부족을 대표하여 칼바람 마을에 접근했다. 굴단은 그들 부족과 긴 이야기를 나눈 끝에 붉은 천연두가 발생하고 정령들이 고통받는 원인이 드레나이에게 있다고 믿게 만들었다. 그리고 칼바람 부족이 드레나이의 피를 본다면 정령을 달랠 수 있을 것이라고 말했다.

다른 모든 오크처럼 칼바람 부족도 어둠달 주술사를 매우 존경했다. 굴단의 말에 이의를 제기할 이유가 없었다. 그들은 운명을 바꾸겠다는 의욕에 불타오르며 그의 충고를 받아들였다.

곧 경무장한 칼바람 습격대가 구성되어 드레나이 짐마차를 공격했다. 이제껏 볼 수 없었던 규모였다. 오크는 수십 명의 무고한 드레나이를 살해하고 수십 명을 포로로 잡아갔다. 포로 중에는 마라아드라는 이름을 가진 구원자의 누이, 레란도 포함되어 있었다.

마라아드는 레란이 끌려갔다는 사실을 알고 드레나이 지도자들에게 행동에 나서라고 촉구했다. 다른 많은 구원자들도 가만히 있을 수 없다고 거들었다. 칼바람 오크는 너무 오랫동안 드레나이 상인들을 약탈했다. 처음이자 마지막으로 그들의 위협을 끝낼 때였다.

벨렌은 침착하게 대처하자고 호소했다. 예언자 벨렌의 눈에는 무언가가 맞지 않았다. 벨렌은 제네다르가 추락한 이후 서서히 미래를 예견하는 능력을 회복하고 있었지만 계시는 아직 신뢰할 수 없었다. 알 수 없는 심상이 그의 생각을 뒤덮었고 그중에서 다수는 이해할 수 없는 것이었다.

그러나 벨렌은 여러 가지 걱정스러운 점이 있었다. 칼바람 부족의 공격 시점에 즈음하여 벨렌은 거대한 어둠이 오크에게 드리우고 그들의 행동을 인도하는 계시를 보았다.

벨렌과 총독은 칼바람의 활동을 살피고 그들의 폭력적인 행동의 배후에 보이지 않는 힘이 작용하는지 파악하기 위해 랑가리를 보냈다. 드레나이 정찰병은 칼바람 오크가 조종당한다는 증거를 발견하지 못했으나 끔찍한 소식을 전했다. 칼바람 부족이 정령을 달래기 위해 섬뜩한 의식을 치르며 드레나이 포로들을 학살하고 있다는 이야기였다. 그 암울한 운명에 아직 쓰러지지 않은 포로는 레란을 포함한 극소수에 불과했다.

마라아드는 더 지켜보고 있을 수 없었다. 아직은 레란을 구할 수 있었다. 마라아드는 벨렌과 구원자들에게 칼바람 오크를 공격해야 한다고 호소했다. 드레나이 지도자들은 어쩔 수 없이 동의했다.

마라아드가 이끄는 소규모 구원자와 랑가리 부대가 칼바람 부족을 습격했다. 그들이 칼바람 마을에 도착했을 때 레란을 비롯한 포로들은 모두 죽어 있었다. 마라아드는 누이의 훼손된 시신을 보고 격분한 채 오크의 마을을 쑥대밭으로 만들었다.

굴단은 멀찌감치 떨어져서 칼바람 마을이 폭력의 구렁텅이로 빠져드는 광경을 지켜보았다. 오크는 정령을 달래기 위해 사력을 다하며 거의 전멸할 때까지 싸웠다. 소수의 생존자가 어둠달 골짜기로 도망쳤으나 목적지에 이른 이는 없었다.

굴단이 테로카르 숲에서 일어난 사건의 진실을 전하지 못하도록 생존자들을 살해했기 때문이다. 이제 흑마법사 굴단이 전하는 이야기만이 유효했다.

칼바람 마을에서 누이의 시신을 발견한 마라아드

굴단은 어둠달 부족에게로 돌아와서 자신이 목격한 참사를 전했다. 드레나이가 칼바람 오크를 상대로 남녀노소를 가리지 않고 이유 없는 학살을 감행했다는 이야기였다. 그 끔찍한 사건에 관한 소문이 오크 부족들 사이에 퍼져 갔다.

드레나이를 향한 증오와 의심의 씨앗이 뿌리를 내리고 있었다.

죽은 자의 속삭임

굴단이 칼바람 부족에 대한 공격을 꾸미는 동안 킬제덴은 넬쥴의 감정을 조종했다. 킬제덴은 넬쥴의 사랑하는 아내 룰칸의 모습으로 위장하고 그의 꿈에 나타났다. 룰칸의 거짓 영혼은 넬쥴에게 붉은 천연두의 발생과 정령의 혼란을 비롯한 최근 사건이 모두 드레나이의 탓이라고 말했다. 그리고 그 은둔적인 종족이 오크를 전멸시키려 한다고 덧붙였다.

넬쥴은 처음에는 룰칸의 이야기를 경계했다. 드레나이와 오크의 분쟁은 없지는 않았지만 매우 드물었다. 넬쥴은 드레나이가 호전적일 수 있다고 생각조차 하지 못했다. 그러나 굴단에게서 칼바람 부족의 참사를 전해 듣고 마음을 바꾸었다.

룰칸은 옳았다. 드레나이는 보기와는 다른 존재였다.

룰칸의 영혼은 넬쥴을 압박했다. 그녀는 드레나이와 전쟁을 일으키는 것만이 오크 종족을 구하는 유일한 방법이라 말했다. 그러나 현 상태의 부족들로는 전쟁을 수행할 수 없었다. 오크는 수백 년 전 고리안 제국이 위협했을 때처럼 하나의 군대로 단결해야 했다. 룰칸은 넬쥴이 오크의 구원자가 될 운명이며 그의 지혜가 없이는 누구도 오크 부족들을 하나로 이끌 수 없다고 말하며 넬쥴을 설득했다.

넬쥴은 룰칸에게서 들은 이야기를 부족에게 전했다. 미신적인 성향이 있었던 오크는 중요한 조상의 영혼이 전하는 충고를 거스르는 법이 거의 없었다. 룰칸의 경고는 진실로 받아들여졌다. 어둠달 부족은 넬쥴을 지지했다. 굴단은 그중에서도 강경한 목소리를 냈다.

넬쥴은 부족들을 긴급하게 소환했다. 그들은 오슈군에서 만날 예정이었다. 넬쥴은 그곳에서 자신이 조상에게서 받은 불길한 징조를 밝히리라 생각했다.

킬제덴은 그 회합을 앞두고 오슈군에 영향력을 발휘해 어떤 오크도 그 수정의 산에 있는 실제 조상의 영혼과 대화하지 못하도록 막았다. 또한 드레노어 곳곳에 있는 장로 주술사의 마음에 다가가, 넬쥴에게 했던 것처럼 신뢰하는 조상의 영혼으로 위장하고 드레나이의 무자비한 의도를 경고했다.

호드의 형성

오크 부족장들은 수 주에 걸쳐 오슈군에 도착했다. 그롬마쉬 헬스크림, 킬로그 데드아이, 카르가스 블레이드피스트, 블랙핸드, 펜리스 등 유명한 지도자들이 수정산 그늘에 각자 자리잡았다.

서리늑대 부족장 듀로탄도 그곳에 있었다. 듀로탄은 배우자인 드라카, 부족의 장로 주술사인 드렉타르와 함께 도착했다. 듀로탄에게 있어서 오슈군 회의는 오랜 친구 오그림 둠해머와 만날 수 있는 드문 기회였다. 오그림은 블랙핸드 부족장의 부사령관이 되어 있었다. 둘은 각자 부족의 일 때문에 최근 들어 자주 만나지 못하고 있었다.

듀로탄과 오그림이 우정을 재확인하는 동안 장로 주술사 넬쥴이 등장해 모인 이들에게 입을 열었다. 넬쥴은 미래에 대한 룰칸의 예언적 경고와 자신이 알아낸 불안한 상황에 대해 말했다. 정령의 동요와 붉은 천연두의 발생은 바로 드레나이의 소행이고 칼바람 부족의 본거지가 괴멸된 것은 전조에 불과할 뿐, 더 많은 죽음이 오고 있으며 드레나이가 모든 오크를 말살하려 한다는 이야기였다.

그러면서 넬쥴은 아직은 파멸을 면할 희망이 있으며, 오크 부족들이 서로의 차이를 뒤로하고 힘을 합한다면 드레나이를 물리치고 세계를 구할 수 있다고 주장했다.

넬쥴은 이것이 통합에 익숙하지 않은 종족인 오크에게 어려운 일이라는 것을 알고 있었다. 넬쥴은 부족장들에게 하루 밤낮을 주고 생각할 여유를 주었다.

오크들은 장로 주술사의 제안에 밤늦도록 토론을 이어갔다. 그롬마쉬와 블랙핸드, 카르가스 등 전쟁을 좋아하는 부족장은 통합을 지지했다. 그들은 칼바람 부족의 학살 소식을 들은 후부터 드레나이를 예의주시하고 있었다.

그러나 다른 부족들은 그렇게 피를 갈망하지 않았다. 전쟁에 대해 가장 거침없이 비판을 쏟아낸 자들 중 하나는 흰발톱 부족의 부족장 자그렐이었다. 그는 드레나이를 처치한다고 해서 상황이 나아질 것이라고 생각하지 않았다. 반대로 정령들을 더욱 분노하게 만들 수 있다고 생각했다.

듀로탄도 비슷한 의견이었다. 수년 전 그는 오그림과 함께 드레나이 영토까지 들어가 그들의 도시에서 위험을 피한 적이 있었다. 또한 드레나이의 신비로운 지도자인 벨렌과 이야기를 나누기도 했다. 그 평화로운 생명체가 오크에게 전쟁을 일으킨다는 말인가? 그렇게 해서 무엇을 얻는다는 말인가? 그때 보여주었던 환대는 오크에 관한 정보를 얻기 위한 책략이었을까?

듀로탄은 갈등했으나 선조의 영혼이 가진 지혜에 의문을 제기할 위치에 있지 않았다. 만약 선조의 영혼이 드레나이를 위험한 존재라고 보았다면, 그런 것이었다. 드렉타르를 비롯한 다른 주술사도 선조에게서 계시를 받았다고 말하면서 넬쥴의 주장을 뒷받침해 주었다.

토론이 지속되는 가운데 굴단이 부족 지도자들 사이로 모습을 드러냈다. 굴단은 신체 질환 때문에 다른 오크들이 자기를 약하게 본다는 점을 알고서 그것을 이용했다. 굴단은 공개적으로 넬쥴의 주장을 옹호하며 전쟁 가능성을 기꺼이 받아들였다. 그러면서 통합의 선택을 명예의 문제로 만들었다. 굴단은 자기처럼 가련한 오크도 부족을 위해 싸우다 죽을 각오가 되어 있다고 하면서 누구라도 통합을 거부한다면 겁쟁이 취급을 받을 것이라고 말했다.

굴단의 화술에 많은 오크가 넬쥴의 편으로 넘어갔으나 모두는 아니었다. 굴단은 자그렐 등 통합에 강력하게 반대하는 오크들을 눈여겨보았다. 굴단은 그들의 면면을 기억해 두었다.

오크들은 새벽이 되어서야 모두 모여 투표를 시작했다. 거의 모든 부족장이 통합에 동의했다. 그날부터 그들은 호드라는 이름으로 알려졌다.

둠해머의 예언

오그림은 집안 대대로 전해져 내려오는 둠해머라는 무기를 사용했다. 그 전설적인 무기에 깃든 고대의 예언은 다음과 같다. 둠해머 가문의 마지막 자손은 둠해머로 오크를 구원하고 그런 다음 파멸을 불러올 것이다. 그 후 둠해머는 검은바위 부족이 아닌 오크의 손에 전해질 것이다. 무기의 새로운 주인은 정의를 위해 둠해머를 사용할 것이다.

예언자의 딜레마
어둠의 문이 열리기 7년 전

호드가 만들어진 후 수개월 동안 각 부족은 전사들을 모아 드레나이 추격대에 산발적인 공격을 감행했다. 오크와의 전투 소식은 빠르게 벨렌과 총독의 의회에 전해졌다. 드레나이 지도부는 갑작스럽게 증가하는 유혈 사태에 당황하면서도 어느 정도는 예견된 것이라고 생각했다.

벨렌과 드레나이는 정령의 동요가 오크를 자극하여 폭력으로 내몰고 있다고 추정했다. 어쨌든 그것이 칼바람 부족에게 일어난 일이었다. 칼바람 부족은 잘못된 생각을 품고서 정령을 달래기 위해 드레나이 포로를 희생했다.

벨렌의 지시에 따라 드레나이 사절이 부족들과 접촉을 시도했다. 그러한 시도는 모두 무시당하거나 노골적인 적대감으로 돌아왔다. 랑가리 정찰병들은 오크 부족이 서로 연합하여 단일 군대를 구성하고 있다고 보고했고 벨렌과 총독은 외교로 해결할 수 있는 시점이 지났음을 깨달았다. 드레나이는 전투에 굶주린 오크를 상대로 스스로를 방어해야 했다.

드레나이 지도부는 오크에게 공세를 취하는 대신 요새를 방어하기로 결정했다. 드레나이는 아직 불타는 군단이 오크를 조종한다는 사실을 알지 못했다. 벨렌과 총독은 다른 모든 생명체들처럼 오크도 드레노어의 자연재해와 정령의 격변에 희생되었을 뿐이라고 생각했다.

구원자를 이끄는 총독 아카마는 방어 체제를 조직하는 임무를 맡았다. 아카마는 드레노어 곳곳의 드레나이 정착지에 부하들을 파견했다. 그 동안에 기술병들은 카라보르 사원이나 샤트라스 등 대도시에 새로운 방어 시설을 구축했다.

벨렌은 정령의 혼란을 일으키는 원인을 파악하기 위해 힘썼다. 불타는 군단이 관련되어 있을 수 있다는 생각이 들긴 했으나 드레노어에서 악마의 흔적을 찾을 수 없었다.

그럼에도 불타는 군단이 나타날 경우에 대비하여 별들을 살폈다. 벨렌이 드레노어에서 악마의 존재를 깨달은 것은 그들이 손을 뻗치고도 한참이 지난 다음이었다.

자애로운 자

넬쥴은 드레나이와의 전쟁이 전개되는 형세를 지켜보면서 점점 불안감을 느꼈다. 그는 룰칸의 충고를 따랐지만 지금껏 어떤 좋은 결과가 따랐단 말인가? 오크는 피에 굶주린 존재가 되어 가고 있었다. 게다가 정령의 상태는 더욱 우려스러웠다. 드레나이에게 공격을 시작한 이후 원소 정령은 완전한 침묵을 지키고 있었다.

킬제덴은 넬쥴의 우려를 감지하고 그에게 영향력을 유지하기 위해 행동에 나섰다. 어느 밤, 룰칸의 거짓 얼굴이 다시 넬쥴의 꿈에 나타났다. 룰칸의 영혼은 넬쥴에게 드레나이와의 전쟁에서 오크를 승리로 이끌고 세계에 균형을 찾는 것을 도와줄 강력한 존재에 관하여 이야기했다. 넬쥴은 룰칸에게 그 강력한 동맹을 불러달라고 부탁했다.

다음날 밤, 그들 중 한 명이 모습을 드러냈다. 킬제덴은 눈부시고 근원적인 존재의 형상으로 넬쥴을 찾아왔다. 킬제덴은 넬쥴에게 드레나이가 방어를 구축하기 전에 호드를 승리로 이끌라고 말했다. 그리고 그렇게 함으로써 정령들을 달랠 수 있다는 말도 잊지 않았다.

넬쥴은 처음에는 이 자애로운 존재를 경외했으나 그의 불안은 깊어만 갔다. 킬제덴은 드레나이를 멸망시키는 것에만 관심이 있었으며 오크가 그들을 무자비하게 학살하기를 바랐다. 자애로운 존재는 특히 벨렌이라는 자를 처치하는 것에 집착하는 듯했다. 그는 넬쥴이 이야기했던 영혼 중에서 가장 폭력적인 존재였다.

또한, 넬쥴은 킬제덴을 만난 후로 룰칸의 영혼을 볼 수 없었다. 넬쥴은 지금 과거 어느 때보다도 그녀의 조언을 필요로 했다. 그는 비밀스럽게 오슈군으로 여행을 떠났다. 룰칸의 영혼을 다시 만나고 다른 선조의 영혼에게서 조언을 듣기 위함이었다.

넬쥴은 몰랐으나 킬제덴은 그의 계획을 알고 있었다. 장로 주술사 넬쥴은 악마 군주 킬제덴이 원하는 오크의 지도자가 아니었다. 킬제덴은 어둠달 부족이 더는 넬쥴에게 의존할 수 없는 상황이라며 굴단에게 부족의 지배를 도울 동료를 모으라고 지시했다.

굴단은 젊지만 널리 존경받는 어둠달 주술사, 테론고르와 만났다. 굴단은 그를 자신의 편으로 끌어들이기 위해 지옥 마법의 위력을 보여주며 그것이 고차원적인 주술이라고 주장했다. 오랜 시간 정령의 도움을 요청했으나 모두 실패한 테론고르는 지옥 마법을 경험한 순간 세계를 변화시킬 수 있는 방법을 찾았다고 생각했다. 곤궁에 처한 종족을 도울 방법이었다.

테론고르는 흑마법사가 된 첫 번째 어둠달 주술사였다. 점차 굴단은 더 많은 주술사를 자신의 편으로 끌어들였다. 오크들이 품었던 고귀한 대의는 지옥 마법의 흐름 속에서 희석되었다. 그 타락한 마법은 사고를 뒤틀었고 정신을 어둡게 물들였다.

그들은 굴단에게만 충성하는 존재가 되었다.

무너지는 넬쥴

굴단이 흑마법사 육성에 힘쓰는 동안 넬쥴은 오슈군에 도착했다. 그는 조상들을 불러냈다. 그의 강력한 의지는 킬제덴이 그 신성한 산 주위로 세워 놓은 보이지 않는 장벽을 깨뜨렸다. 주술사 넬쥴의 마음속에서 천상의 목소리가 휘몰아쳤다. 그중에는 그의 아내, 룰칸의 목소리도 있었다.

그것은 킬제덴이 만든 허상이 아니었다. 그것은 실제 룰칸이었다. 룰칸의 영혼은 넬쥴이 이용당했다는 사실을 알려 주었다. 적은 드레나이가 아니라 킬제덴이었다. 킬제덴은 오크 종족을 구원하는 데 관심이 없었다. 그의 목적은 오크를 타락시키는 것이었다. 킬제덴은 굴단의 도움을 받아서 넬쥴이 호드를 조직하고 무고한 드레나이와 전쟁을 일으키게 만들었다.

룰칸과 선조의 영혼은 그런 다음 넬쥴에게서 등을 돌렸다. 그들의 비난과도 같은 침묵은 장로 주술사 넬쥴을 무너뜨렸다. 넬쥴은 이제 그들의 호의를 얻을 방법이 없다는 사실을 알고 있었다. 영적인 오크들에게 있어서 그러한 운명은 죽음보다도 못한 것이었다.

넬쥴은 수치심에 휩싸였다. 조상이 그를 거부한 것도 마땅했다. 그는 어리석었고 자기도 모르는 사이에 오크 종족을 악의 손아귀에 넘겨주었다. 그는 고개를 떨군 채 무거운 마음으로 어둠달 골짜기로 터덜거리며 돌아왔다. 이제 무엇을 할지 결정해야 했다. 최소한, 오크 종족에 대한 굴단과 킬제덴의 계획을 방해할 방법은 찾을 수 있으리라고 생각했다.

그러나 그런 기회는 없었다. 부족장 넬쥴이 어둠달 골짜기에 도착하기도 전에 굴단과 그의 새로운 부하들이 넬쥴을 붙잡았다.

다수의 흑마법사가 넬쥴의 죽음을 요구했다. 그러나 굴단은 그들의 욕망을 채워 주지 않았다. 킬제덴은 굴단에게 넬쥴에 관한 구체적인 지시를 내렸다. 킬제덴은 넬쥴이 오크 종족의 변화를 지켜보기를 원했다. 또한 장로 주술사 넬쥴을 살려 두어야 할 실질적인 이유도 있었다. 넬쥴은 드레나이와의 전쟁을 이끈 장본인이었다. 만약 그가 갑자기 사라진다면 부족들 사이에서 의심이 생겨날 수 있었다.

굴단과 흑마법사들은 수개월 동안 넬쥴을 지속적으로, 거의 노예처럼 학대했다. 죽음이 두려웠던 장로 주술사 넬쥴은 나약하고 소심해져 주인들에게 거역할 생각을 하지 못했다. 그는 점차 대중의 시선에서 사라져 갔고 그의 지위를 강탈한 자들이 어둠달 부족의 대변자가 되었다.

강해지는 검은바위 부족
어둠의 문이 열리기 6년 전

굴단이 넬쥴을 배신하는 동안에도 오크는 드레나이와의 전쟁을 이어 갔다. 부족들은 드레노어 곳곳에서 소규모 초소를 공격했으나 상대적으로 큰 정착지는 함락시키지 못했다. 드레나이의 방어는 견고했고 군대는 일사불란하게 움직였다.

오크는 정반대였다. 블랙핸드와 그롬마쉬 헬스크림 등 경쟁 관계에 있는 부족장들은 전술을 두고 자주 충돌했다. 그들의 의견 차이는 부족 간 분쟁으로 이어졌다. 그들은 이름뿐인 호드였다.

킬제덴은 이를 잘 알고 있었다. 그는 전쟁의 양상을 지켜보며 점점 불만을 느꼈다. 굴단은 넬쥴을 대신하여 호드를 지배하고 싶었지만 악마 군주 킬제덴은 그에게 기회를 주지 않았다. 그는 흑마법사로는 쓸모가 있었으나 지도자로는 적합하지 않았다. 굴단은 속임수와 조종에 능했고 그것은 배후의 활동이었다.

오크는 진정한 지도자가 필요했다. 그들은 대족장이 필요했다.

킬제덴의 목소리가 굴단의 마음속에서 울려 퍼졌다. 그는 굴단에게 호드를 이끌 다른 지도자를 찾으라고 명령했다. 지도자가 없다면 부족들은 분열하여 드레나이에게 굴복할 수밖에 없었다. 굴단은 자신에게 호드의 통치를 맡기지 않는 것에 분개했지만 주인의 뜻에 복종했다. 권력에 대한 욕망보다 킬제덴에 대한 두려움이 앞섰기 때문이다.

굴단은 호드를 지배할 만큼 강력하고 모두의 신뢰를 받는 오크를 한 명 알고 있었다. 바로 블랙핸드 부족장이었다. 모든 부족 중에서 검은바위 부족은 드레나이와의 전쟁에서 가장 뛰어난 성과를 보였다. 그들이 호드를 이끈다면 검은바위 부족의 엄격한 군사 규율을 다른 부족에게 적용하는 것도 가능했다. 또한 검은바위 부족은 원소의 용광로에서 호드의 무기와 방어구는 물론 드레나이의 방어를 무너뜨릴 거대 전쟁 기계를 제작할 수 있었다.

굴단은 블랙핸드를 만나 대족장의 지위에 오르라고 설득하며 그렇게 한다면 검은바위 부족에게 이계의 힘을 부여해 주겠노라고 약속했다. 검은바위 주술사들은 다시 힘을 얻을 것이고 병사들은 다른 부족들보다 훨씬 강력해질 것이며, 블랙핸드는 지금껏 가장 위대한 오크의 지도자로 기억될 것이라고 말했다.

굴단은 블랙핸드의 지원을 얻으려면 약속만으로는 부족할 것이라고 생각했다. 그는 몇몇 검은바위 부족 주술사에게 지옥 마법을 가르쳤다. 또한 이 수련자들에게 부족의 병력을 마법으로 증가시키는 방법을 알려 주었다. 흑마법사들은 어린 오크에게 지옥 마법을 주입했다. 마력은 어린 오크의 성장을 촉진했고 그들은 빠르게 성장하여 성인 전사의 힘을 얻었다. 그러나 그 기술에는 또 다른 정신적인 효과가 따랐다. 지옥의 에너지는 어린 오크의 정신을 뒤틀었고 그들은 갑작스럽게 폭력을 분출하는 성향을 보였다.

그러한 문제점이 있었지만 블랙핸드는 결과를 보고 놀라지 않을 수 없었다. 그는 흑마법사들에게 명령하여 그의 어린 아들, 달렌드와 메임을 '바람직한 병사'로 변화시켰다.

블랙핸드는 굴단을 쓸모 있는 동료라고 생각하고 호드를 이끌기로 동의했다. 굴단은 비밀스러운 조직을 만들어 오크를 감시하고 지배력을 유지하기로 맹세했다. 이 조직은 어둠의 의회라는 이름으로 알려졌고 블랙핸드는 첫 번째 구성원들 중 한 명이 되었다. 그러나 굴단은 자신이 신뢰하는 어둠달 흑마법사들이 이 비밀 조직의 핵심층을 구성하고 자신에게만 충성할 것이라는 사실은 밝히지 않았다. 어둠의 의회에 블랙핸드를 포함한 것은 굴단의 술책이었다. 대족장인 그가 호드의 모든 것을 관할하는 권한을 가지고 있다고 생각하게 하려는 의도였다.

굴단과 블랙핸드 사이에서 당연한 불신이 생겨났다. 그들은 서로를 목적을 위한 수단으로 보았다. 굴단은 블랙핸드를 꼭두각시에 불과한 지배자로 이용하려 했다. 그는 어둠의 의회를 통해서 호드를 지배하고 운명을 결정했다. 블랙핸드 역시 바보가 아니었다. 그는 굴단이 권력을 노리고 있다고 생각했다. 그는 굴단에게 이용당할 의사가 없었다. 반대로 오크 역사에서 자신의 지위를 확립하는 데 굴단을 이용할 생각이었다.

어둠의 의회

블랙핸드가 드레나이에 대한 오크의 공격을 재개하는 동안 굴단은 어둠의 의회를 조직했다. 초기 구성원은 테론고르 등 첫 번째 어둠달 부족 흑마법사들이었다. 다른 부족의 일원들도 의회에 합류했다. 그들은 비밀을 지킬 것을 맹세했다. 또한 어둠의 의회의 존재나 목적을 누구에게도 발설하지 않도록 주의를 받았다.

굴단은 더욱 많은 오크를 비밀 결사에 들였다. 그는 드레노어 곳곳에서 강력한 오크들을 찾았다. 가장 강력한 두 명의 인물이 가로나와 초갈이었다.

가로나는 칼바람 부족 출신이었다. 그녀의 아버지는 위대한 오크 전사였고 어머니는 드레나이 포로였다. 가로나는 칼바람 부족의 첫 혼혈은 아니었으나 유년기를 지나 성인이 되기까지 살아남은 소수 중 하나였다. 오랫동안 멸시를 받은 가로나는 사나운 투사로 거듭났다. 가로나는 강인한 신체는 물론 뛰어난 지능과 언변을 갖추고 있었다. 그녀는 칼바람 부족의 포로들에게서 드레나이어를 익혔고 부족원을 위해 종종 통역을 맡기도 했다.

칼바람 부족의 근거지가 드레나이에게 파괴된 후, 가로나는 테로카르 숲으로 도망쳤다. 그리고 동쪽으로 가던 중 어둠의 의회와 마주쳤다. 일부 흑마법사들은 가로나를 특이하다고만 생각했으나 굴단은 그녀에게서 큰 가능성을 보았다.

굴단은 가로나와 공감하며 신뢰를 샀다. 굴단은 추방자의 괴로운 삶에 대해 잘 알고 있었다. 가로나가 경계심을 내려놓자 어둠의 의회가 손을 뻗쳤다. 굴단과 흑마법사들은 어둠의 힘으로 가로나를 현혹하여 암살자로 이용했다.

초갈은 가로나와는 아주 다른 상황이었다. 초갈은 머리가 둘 달린 오우거였고 행운의 징조로 여겨졌다. 높은망치에서는 특권을 누리며 가장 뛰어난 오우거 마술사에게 교습을 받았다. 초갈은 비전술에 자연스러운 친밀감을 느꼈다. 초갈은 높은망치의 평범한 오우거들 사이에서 엄청난 추종자들을 거느렸으나 귀족들은 그를 따르지 않았다.

초갈의 거만함과 권력욕은 지배 계층과 불화를 일으키는 원인이 되었다. 고위직의 오우거들은 초갈이 높은 인기를 바탕으로 도시를 장악할까 두려워했다. 귀족들은 그런 일을 막기 위해 초갈의 암살

강령사

킬제덴의 도움으로 굴단은 강령사라 불리는 오크 무리를 조직했다. 그들은 강령술이라는 어둠의 기술을 익히는 데 모든 노력을 기울였다. 그들은 강령술을 이용하여 드레나이에게 역병을 퍼뜨리고 죽은 자를 일으켜 호드의 편에서 싸우게 만들었다.

을 시도했다. 오우거 마술사 초갈은 가까스로 죽음의 위기를 벗어나 높은망치에서 도망쳤다.

초갈은 복수를 갈구했으나 그것을 위해서는 더욱 막강한 힘이 필요하다고 생각했다. 초갈은 지식과 무기를 찾아 드레노어를 떠돌던 중, 어둠의 의회와 지옥 마법을 접했다.

굴단은 초갈의 자유분방한 자신감과 끝없는 권력욕에 흥미를 느꼈다. 그는 초갈을 수제자로 삼아 지옥 마법의 비밀을 가르치고 불타는 군단의 존재에 대해 말해 주었다.

초갈은 굴단에게 충성을 맹세했지만 언제든 충성을 거둘 준비가 되어 있었다. 오우거 마법사 초갈이 원한 것은 오직 힘뿐이었다. 그는 굴단이 악마와 불타는 군단에 관하여 늘어놓는 관념에는 아무런 관심이 없었다. 그리고 굴단과 어둠의 의회가 더는 도움이 되지 않는다면 바로 등을 돌릴 생각이었다.

어둠의 의회의 칼날

굴단은 블랙핸드의 지원을 얻었지만 다른 부족들이 검은바위 부족장을 대족장으로 인정하지 않으리라고 생각했다. 아직은 아니었다. 굴단은 오크 영토에 어둠의 의회 대리인을 파견하여 블랙핸드의 위대한 행적을 전했다. 그들은 블랙핸드의 주술사들이 새로운 힘을 발견하여 원소보다 더욱 강력한 힘에 다가갔다고 주장했다. 이 신비로운 이야기는 많은 오크의 호기심을 자극했고 그들은 경외의 시선으로 블랙핸드를 우러러보았다.

어둠의 의회 대리인들은 여행을 하면서 부족들을 염탐하기도 했다. 그들은 호드에 반하는 오크들을 기록하여 굴단에게 정보를 전달했다. 특히 한 오크가 굴단의 분노를 샀다. 바로 흰발톱 부족의 부족장, 자그렐이었다. 그는 부족들에게 드레나이와의 의미 없는 전쟁을 중단하고 주술 의식에 집중할 것을 요청했다. 자그렐은 헌신적인 숭배와 오랜 전통을 유지하는 것만이 정령과의 관계를 복원할 수 있는 길이라고 생각했다.

굴단은 만약 시간이 주어진다면 자그렐이 듀로탄과 서리늑대 부족 등 호드에 의문을 제기한 이들의 지지를 얻을 것이라고 생각했다. 굴단은 흰발톱 부족의 골치 아픈 지도자를 빠르게 처리해야 했다. 그에게는 완벽한 무기가 있었다.

굴단은 가로나에게 부족장 자그렐을 쓰러뜨리라고 지시했다. 마법에 걸린 반오크 가로나는 굴단의 명령을 거역할 수 없었다. 가로나는 그림자처럼 조용히 흰발톱 부족의 야영지에 들어가 자그렐의 심장을 찔렀다. 흰발톱 부족의 누구도 가로나의 침입 사실을 알지 못했다. 부족장이 불시에 사망한 후 자그렐의 형제와 아들들은 부족장의 자리를 두고 다투었고 부족은 내분에 휩싸였다. 흰발톱 부족은 어려운 상황을 극복한 후에도 예전처럼 다시 강력해지지 못했다.

넬줄을 굴복시키는 어둠의 의회

듀로탄 부족장은 이미 드레나이와의 전쟁을 경계하고 있었다. 자그렐의 죽음은 그를 더 불안하게 만들었다. 호드에 대해 가장 크게 반대의 목소리를 냈던 이가 쓰러진 것은 단순한 우연이 아니었다. 그러나 흰발톱 부족장을 살해한 자가 누구인지 밝힐 증거는 없었다. 권력에 굶주린 일가의 소행이었을까? 아니면, 다른 보이지 않는 힘이 작용한 결과였을까?

첫 번째 대족장
어둠의 문이 열리기 5년 전

자그렐이 죽고 검은바위 부족에 대한 경외심이 증가하는 가운데 굴단은 부족장과 주술사를 오슈군으로 불러 회의를 열었다. 블랙핸드를 호드의 지도자로 지명할 시간이 다가왔다. 굴단은 새로운 대족장을 지원할 마지막 계책을 세웠다.

굴단은 오슈군에서 주술사의 두려움을 자극했다. 그들은 수년 동안 정령의 힘을 간청하고 애원했으나 아무런 효과가 없었다. 이제 그들은 드레노어의 무기력한 정령들이 오크를 버렸다는 가혹한 진실을 대면해야 했다. 그러나 굴단은 아직 주술사에게 희망이 있다고 말했다. 그는 검은바위 부족이 놀랍고도 새로운 능력으로 오크의 힘을 되찾았다고 주장했다.

그것의 이름은 지옥 마법이었고 드레나이에게서 오크를 구할 유일한 희망이었다. 굴단은 자애로운 존재가 검은바위 부족에게 이 마법의 사용법을 가르쳐 주었다고 말했다.

자애로운 존재는 오크의 승리를 전적으로 지원한다고 말했다. 그러나 굴단은 부족들에게 킬제덴이라는 이름이나 악마의 존재에 대해 말하지 않았다. 블랙핸드조차 불타는 군단에 대해 알지 못했다. 굴단의 가장 충성스러운 어둠의 의회 대리인들만이 온전한 진실을 알고 있었다.

검은바위 부족의 흑마법사들이 드레나이 포로에게 그들의 마법을 시연했다. 그들은 포로에게서 생명의 정수를 흡수하고 송두리째 불태웠다. 오랫동안 무력했던 주술사들은 검은바위 부족에게서 지옥 마법의 비밀을 접하고서 흡족해했다.

서리늑대 부족의 드렉타르조차 듀로탄에게 이 마법을 익힐 수 있도록 허락해 달라고 간청했다. 듀로탄은 지옥 마법과 그것의 부정한 속성에 대해 의구심을 품었지만 드렉타르에게 허가를 내렸다. 드렉타르가 그 힘을 갖지 못한다면 서리늑대 부족의 지위가 약해질 수 있었다. 듀로탄은 그것을 용납할 수 없었다.

드렉타르는 지옥 마법을 수용한 수많은 주술사 중 하나였다. 모든 부족의 오크가 검은바위 흑마법사에게 훈련을 받았다. 굴단이 계획한 그대로였다. 검은바위 부족과 그들의 부족장은 지옥 마법에 통달한 자들로 여겨지며 무한한 존경을 받았다.

주술사들이 지옥 마법의 힘을 누리는 동안 굴단은 다시 오크들에게 말했다. 그는 드레나이가 방어 체제를 갖추는 중이며 부족들이 협력하지 않으면 지옥 마법을 쓰더라도 전쟁에서 패할 것이 분명하다고 경고했다. 오크에게는 군사 작전을 총괄할 지도자, 즉 부족장들을 지휘할 대족장이 필요했다.

그러한 역할이라면 부족을 이끌면서 드레나이에게 연전연승을 거두고 있는 블랙핸드보다 더 적합한 인물은 있을 수 없었다.

몇몇 부족장들은 블랙핸드를 경쟁자로 생각했다. 그러나 누구도 그의 힘을 부인하지 못했다. 그는 지옥 마법의 비밀을 알고 있었다. 그리고 자신의 부족을 불굴의 전쟁 기계로 변화시켰다. 부족장들은 블랙핸드를 지도자로 임명한다면 그가 부족들을 같은 방식으로 이끌 것이라고 생각했다.

결국 투표는 만장일치의 결과로 종료되었다. 듀로탄은 블랙핸드를 독재자라고 생각했지만 어쩔 수 없이 찬성표를 던졌다. 혼자서 반대 의견을 냈다가는 자신은 물론 서리늑대 부족까지 검은바위 부족에게 혹독한 대가를 치를 수 있었기 때문이다.

이제 호드는 야수처럼 사납고 단호한 지도자를 가졌다. 바로, 대족장 블랙핸드였다. 그의 지도하에서 더는 혼란스럽게 싸울 필요가 없었다. 이제는 분명한 목적을 가지고 정교하게 공격할 때였다. 그들은 드레나이를 먼지로 갈아 버리고 그 유해를 드레노어에서 쓸어버리겠다고 다짐했다.

선조를 위하여. 부족을 위하여. 호드를 위하여.

전쟁의 북소리

대족장 블랙핸드는 부족을 통합하고 호드를 온전한 전투 조직으로 꾸리기 시작했다. 그는 검은바위 석공에게 타나안 밀림 서쪽에 새로운 수도의 건설을 명했다. 그 위압적인 요새는 성채라는 이름으로 알려졌다. 그곳은 오크 부족들의 중립 지대였으며 부족장들은 그곳에서 향후 전투의 전략을 논의했다.

성채는 호드 흑마법사의 주둔지이기도 했다. 흑마법사들은 성채 내에서 기술을 연마하고 제자들에게 지옥 마법을 가르쳤다. 굴단과 어둠의 의회는 성채를 새로운 본부로 사용할 계획이었다. 그 사실을 아는 오크는 매우 드물었고 어둠의 의회를 제외하고는 흑마법사들도 그것을 알지 못했다. 어둠의 의회는 성채에 있는 오크들과 어울리며 비밀리에 그들을 감시하고 굴단에게 상황을 보고했다.

석공들이 성채의 기반을 닦는 동안 블랙핸드는 새로운 규율을 도입하며 호드를 조직화했다. 지금까지 부족들은 무분별하게 드레나이를 공격했다. 블랙핸드는 그의 군대에서 그러한 무질서를 용납할 수 없었다. 그는 각 부족의 강점과 약점을 알고 있었고 호드 내에서 각자 특정한 역할을 맡겼다.

규모가 작고 기동성이 뛰어난 부족은 세계의 한 지역에서 다른 지역으로 신속하게 이동할 수 있는 정찰대와 습격대, 보조 부대로 활동했다. 피눈물 부족, 용아귀 부족, 으스러진 손 부족, 천둥군주 부족, 어둠달 부족, 해골이빨 부족이 이에 해당했다.

블랙핸드는 또한 검은니 웃음이라고 불리는 새로운 부족을 구성했다. 그 부족은 대족장이 직접 선별한 병사로 이루어졌고 검은바위 부족의 정찰대 역할을 수행했다.

나머지 부족은 호드의 본대를 구성했다. 그들은 오크 군대의 중추를 이루었고 드레나이 거주지에 직접 공격을 수행했다. 이들 부족 중에서는 강력한 검은바위 부족, 전쟁노래 부족, 서리늑대 부족 등이 두각을 나타냈다.

모든 부족이 처음부터 블랙핸드의 명령을 순순히 따른 것은 아니었다. 많은 오크가 전투에서 외부인의 지휘를 따르는 것에 불만을 가졌다. 대족장이라는 칭호를 가진 자라고 해도 마찬가지였다. 블랙핸드는 일부 오크에게는 권력을 주고서 지원을 얻었으나 대부분의 오크의 경우 무력에 의존하며 복종을 유도했다. 새로운 대족장이자 독재자였던 블랙핸드는 불복종을 용인하지 않았다. 그의 부족원도, 호드의 누구라도 마찬가지였다.

블랙핸드는 누구라도 자신에게 반대하는 어리석은 발언을 한 자는 공개 처형했다. 그리고 자신의 의지를 거역하는 부족은 말살시키겠다고 위협했다. 검은바위 부족을 동원할 수 있는 블랙핸드는 그렇게 위협할 만한 힘과 수단을 가지고 있었다. 부족들은 자신의 의사와 관계없이 점차 블랙핸드의 통치를 받아들였고 호드 내에서 역할에 적응했다.

블랙핸드는 군대의 질서와 규율을 유지하기 위해 강력한 부관들을 지명했다. 그중에서 유력한 인물이 아이트리그, 오그림 둠해머, 바로크 사울팽이었다. 이들 오크는 각자 부족장으로서도 손색이 없을 만큼 뛰어났다.

오그림과 부관들은 검은바위 부족의 전쟁 기계와 생산을 감독했다. 대장장이들은 고르그론드의 제련소에서 밤낮없이 일했다. 매캐한 연기의 기둥이 태양을 가렸다. 검은바위 부족은 수천 개의 새로운 무기와 방어구와 공성 전차를 만들었다.

지옥 마법의 대가

대족장 블랙핸드에게 무장은 호드를 강화하는 계획의 일부에 불과했다. 대족장은 호드 병력을 증가시키기 위해 오우거와 모크나탈에게 군대에 합류하라고 제안했다. 또한 가장 강력한 흑마법사들을 각 오크 부족에게 보냈다. 그들은 지옥 마법을 사용하여 아직 미성숙한 아이들에게 성인의 힘과 분노를 주입했다.

부족장 대부분은 이 새로운 기술이 부족의 병력을 늘릴 수단이라고 생각하고 기꺼이 받아들였다. 그러나 듀로탄만은 예외였다. 그는 흑마법사의 수상한 마법에 어린 서리늑대 부족원을 맡기고 싶지 않았으나 선택의 여지가 없었다. 블랙핸드는 누구든 명령을 거역한다면 자신은 물론 부족 전체가 고통받을 것이라고 공공연히 밝혔다. 듀로탄은 다른 무엇보다 부족을 안전하게 보호하는 것을 최우선으로 생각했다. 듀로탄의 눈앞에서 검은바위 흑마법사들이 부족의 어린아이들에게 초록색 마법을 주입했다. 곧 아이들은 몸이 커지면서 피에 굶주린 전사로 탈바꿈했다.

듀로탄을 괴롭힌 것은 이 잔혹한 강화 기술만이 아니었다. 지옥 마법의 무분별한 사용은 오크를 변화시키고 있었다. 그들의 갈색 피부가 녹색으로 얼룩져 가고 있었다.

듀로탄은 정확히는 몰랐지만 흑마법사의 마법이 원인일 것이라고 의심했다. 피부색의 변화는 끔찍한 징조였다. 그것은 오크가 사용하는 힘의 근원이 사악한 것이라는 그의 믿음을 확인시켜 주었다.

다른 오크는 이러한 변화에 그리 신경 쓰지 않았다. 피부색의 변화가 지옥 마법의 대가라면 그것으로 괜찮다고 생각했다.

황혼의 망치

호드가 조직되는 동안 창백한 오크는 나그란드의 지하묘지에서 번성했다. 수 세대 전 이 추방자들은 오슈군에서 쇠퇴해 가는 나루, 크우레에게서 발산되는 공허의 에너지를 접했다. 그들의 어두운 힘은 지옥 마법에 필적할 만큼 강력했다.

창백한 오크와 그들의 초자연적인 능력에 대한 소식은 결국 굴단의 귀에 들어갔다. 굴단은 그런 이야기에 그다지 신경을 쓰지 않았으나 킬제덴은 관심을 보였다. 악마 군주 킬제덴은 무슨 수를 써서라도 드레나이를 물리치라며 굴단을 압박했다. 창백한 오크를 조사하고 그들의 마법이 호드의 힘을 강화할 수 있는지 확인하는 것도 방법일 수 있었다.

굴단은 제자인 초갈을 보내어 창백한 오크에 대해 조사했다. 소문대로 그 추방자들에게 강력한 힘이 있다면 그는 초갈을 시켜 창백한 오크를 호드에 데려올 생각이었다.

초갈은 과감하게 창백한 오크의 지하 동굴을 습격했다. 오우거 마법사 초갈은 싸울 각오를 했지만 전투는 발생하지 않았다. 창백한 오크는 초갈의 침입에 저항하지 않았다. 그들은 황혼의 시간이라 불리는 파멸의 예언을 나누는 것에만 열의를 보였다. 창백한 오크는 지금이야말로 어둠이 우주를 집어삼키고 존재하는 모든 생명을 파멸시킬 시기라고 여겼다.

초갈은 황혼의 시간에는 별로 관심이 없었고, 창백한 오크의 암흑 마법에 흥미를 느꼈다. 그런 종류의 마법을 경험한 적이 없었던 초갈은 그것이 호드의 강력한 무기가 될 수 있다고 생각했다.

그는 추방자들을 자신의 편으로 끌어들이기 위해 그들의 믿음을 이용했다. 초갈은 호드가 바로 종말에 이르는 수단, 즉 황혼의 시간을 유도하는 무기라고 주장했다. 창백한 오크는 종말의 대리인으로 활약할 기회를 얻었다며 환호했다. 그들은 호드에 합류하여 황혼의 망치라는 새로운 부족을 창설했다.

초갈은 암흑 마법을 익히면서 창백한 오크의 예언에 관한 진실에 눈을 뜨기 시작했다. 오랜 시간이 걸릴 수 있는 작업이었다. 그러나 결국 그 여정에 몸을 던졌다.

죽어 가는 세계
어둠의 문이 열리기 4년 전

호드는 대족장 블랙핸드의 지휘에 따라 드레노어를 누비며 소규모 드레나이 정착지와 전진 기지에 체계적인 공격을 실시했다. 오크는 강력한 공성 기계와 새로운 무기로 무장하고서 적의 방어를 무너뜨리고 요새를 연거푸 함락했다.

전투가 진행되면서 드레나이의 사기도 추락했다. 드레나이의 영혼을 잠식한 것은 패배 그 자체보다는 불타는 군단이 오크에게 영향을 미치고 있다는 끔찍한 깨달음이었다. 이제 모든 곳에서 그러한 징후를 발견할 수 있었다. 일부 오크는 흑마법사가 되었고 지옥 마법의 무분별한 사용으로 드레노어가 타격을 입고 있었다. 숲이 죽고, 강과 개울은 말랐으며 부정한 에너지로 오염되어 갔다.

벨렌은 이 사실을 누구보다 심각하게 받아들였다. 미래에 대한 예지력도 안정적인 수준이 되었지만 그것은 이제 중요하지 않았다. 벨렌은 오크가 군단의 도구로 전락했다는 사실에 몹시 놀랐다.

벨렌은 총독들과 오랫동안 대책을 논의했다. 드레노어를 탈출할 방법은 없었다. 살아남을 수 있는 방법은 호드의 맹공을 막아낸 후 불타는 군단이 전면전을 감행하지 않기를 바라는 것뿐이었다.

드레나이 지도자들은 호드에게서 외곽 지역의 정착지를 더 지킬 수 없다는 사실을 알고 있었다. 그들은 병력을 샤트라스와 카라보르 사원으로 철수시켰다. 두 요새를 강화하는 것이 드레나이의 가장 시급한 목표가 되었다.

드레노어에서 지옥 마법의 영향을 알아차린 것은 드레나이만이 아니었다. 수년 동안 지옥 마법의 에너지는 원소의 힘에 영향을 미쳤고 정령을 혼돈에 빠뜨렸다. 그러나 흑마법사의 마법이 드레노어를 파괴하기 시작하면서 드레노어의 토착 정령들에게서 변화가 생겨났다. 그들은 서로 결집하여 오크를 멸하고 대지의 오염을 중단시키기로 맹세했다. 정령들은 남아 있는 힘을 모으고 융합하여 하나의 강력한 존재로 태어났다.

호드에게 영원한 파멸을 가져올 불의 군주 사이루크였다.

사이루크와 정령의 파멸

오크가 드레노어를 지배하기 시작한 지도 한참이 지났을 때, 블랙핸드는 부족들에게 드레나이의 정신적인 심장부인 카라보르 사원 인근에 결집하라는 명령을 내렸다. 그때까지 볼 수 없었던 최대 규모의 공격을 감행할 예정이었다. 블랙핸드는 카라보르 사원을 파괴함으로써 드레나이의 사기를 무너뜨릴 수 있으리라고 생각했다. 게다가, 견고하게 요새화된 수도 샤트라스의 정복도 한결 손쉬워질 것이라고 예상했다.

호드는 카라보르에 접근하면서 거의 저항을 받지 않았다. 모든 것이 순조로웠고 오크 군대는 사원 바깥의 화산 부근에 진을 쳤다. 그때, 갑작스럽게 화산이 분출했다.

화산의 심장부에서 사이루크가 형태를 갖추고 나타났다. 불의 군주는 오크에게 정령의 분노를 방출했다. 거센 화염폭풍이 산 밑으로 내려오면서 호드의 군대를 집어삼켰다. 오크는 사이루크의 모습을 보고서 공포에 질렸다. 특히 한때 주술사였던 오크들은 더한 충격을 받았다. 그들은 이 공격이 오크의 지옥 마법에 대한 정령의 분노를 보여주는 징후라고 생각했다.

굴단은 재앙을 막기 위해 황급히 대책을 세웠다. 흑마법사들이 호드를 버린다면 오크는 드레나이를 정복할 수 없었다. 굴단은 사이루크에게서 천금 같은 기회를 보았다. 정령들의 모든 힘이 한곳에 모여 있었다. 스스로 약점을 드러낸 셈이었다. 굴단은 그 대가를 치르게 해 줄 생각이었다. 그는 자신과 호드를 위해 사이루크의 힘을 훔친 다음 오크와 드레노어의 정령 간의 관계를 아주 끊어 버리기로 마음먹었다.

굴단은 화산의 경사지로 어둠의 의회 부하들을 불렀다. 그들 중 누구도, 한때 주술사였던 자들마저 주저하지 않고 작업에 착수했다. 어둠의 의회 흑마법사들은 전적으로 지옥 마법을 익히는 데에만 몰두했다. 그들은 함께 거대한 주문을 지어 사이루크를 지옥 마력으로 채우고 그의 육신을 파괴했다. 화산이 저항하듯 굉음을 내질렀다. 지면이 갈라지면서 지옥 에너지와 정령의 에너지가 터져 나왔다. 굴단과 흑마법사들은 이 에너지를 주입하여 오크들의 힘을 강화했다.

굴단은 성공했다. 호드의 병사들은 전보다 더욱 강력해졌고 오크와 원소 정령의 마지막 연결도 끊어졌다. 어둠달 골짜기의 지옥 화산은 후일 굴단의 손아귀라는 이름으로 불렸다.

드레노어 정령의 힘을 파괴하는 굴단

어둠이 드리우는 카라보르

수주 동안, 벨렌과 총독은 모든 것을 짓밟는 대규모 호드 군대가 어둠달 골짜기를 가로지르며 행군하는 모습을 지켜보았다. 드레나이는 전력을 다하여 공격에 대비했다. 기술병은 사원의 방어를 강화했다. 샤트라스의 구원자와 랑가리는 카라보르 항구로 이동하여 전투를 준비했다.

어둠달 골짜기의 화산이 지옥 에너지로 분출했을 때 카라보르의 수호자들은 두려움을 느꼈다. 많은 드레나이가 오크와 불타는 군단이 결탁했다고 듣기는 했지만 실제 증거를 본 이는 소수였다. 이제 그들의 눈앞에서 증거가 드러나고 있었다.

벨렌은 카라보르 사원의 드레나이를 만나 빛의 힘을 부여하고 용기를 북돋웠다. 호드가 카라보르 사원까지 다가와 공성 병기를 배치할 때에도 최전방에서 위치를 지켰다.

호드의 포격은 무자비했다. 공성 병기는 지옥 에너지가 깃든 바윗덩어리를 투척하여 사원의 벽을 두드렸고 결국 균열을 냈다. 수천 명의 오크가 함성을 지르면서 갈라진 벽의 틈으로 들어와 랑가리와 수백 명의 중무장 구원자와 맞섰다. 카라보르의 수호자는 매섭게 반격했다. 오크는 이제껏 그렇게 사나운 드레나이의 모습을 본 적이 없었다. 수적 열세에 있었던 벨렌과 드레나이는 어려운 상황에서도 호드를 밀어내며 우세를 점했다.

잠시 승리가 드레나이의 눈앞에 다가온 것 같았다. 그러나 곧 사라져 갔다.

호드의 병력 뒤에서 굴단과 어둠의 의회는 교착 상태를 돌파할 방법을 발견했다. 그들은 어둠달 골짜기의 하늘을 표류하던 검은 별에 눈길을 돌렸다. 오크는 알지 못했지만 그 수상한 천상의 존재는 쇠퇴 중인 나루, 크아라였다. 어둠에 굴복한 그의 육체에서는 강력한 공허의 에너지가 흘러나왔다.

어둠달 오크는 그 검은 별이 기이한 힘으로 진동한다는 것을 알기에 그 존재를 신성한 것으로 여겼다. 수 세대 동안 어둠달 부족은 그 에너지에 접근하는 것을 금지했다. 그러나 굴단과 흑마법사는 그런 고대의 규율 따위에는 별 관심이 없었다.

어둠의 의회는 합심하여 의식을 수행했고 검은 별의 마력을 카라보르에 집중시켰다. 공허 에너지의 기둥이 하늘을 가르더니 카라보르 사원 내부, 드레나이가 있는 곳으로 내리꽂혔다. 많은 수호자들이 그 자리에서 즉사했다. 또 어떤 이들은 도시를 집어삼킨 암흑 마법의 물결에 광기로 내몰렸다.

벨렌은 모든 의지력을 동원하여 간신히 공허의 힘을 저지했다. 그는 생존자를 모아서 카라보르 항구로 과감한 탈출을 이끌었다. 호드가 카라보르 사원에 공격을 재개할 무렵, 예언자 벨렌 일행은 위험을 피해 항구를 빠져나가고 있었다.

벨렌은 살아남았지만 드레나이는 카라보르를 잃었다. 한때 찬란했던 요새에 공허의 에너지가 영원한 어둠을 채웠다. 후일 그곳은 검은 사원이라는 이름으로 알려졌다.

승리를 거둔 호드가 카라보르의 거리를 누볐고 드레나이의 성스러운 유물을 훼손하면서 승리를 자축했다. 오크는 남아 있던 수호자들을 소탕했다. 소수의 오크만이 자비를 베풀어 빠른 죽음을 선사했다. 많은 수호자가 포로로 붙잡혔다.

굴단은 즉시 검은 사원을 차지했다. 그는 그곳에 드레나이 포로를 수용하고 자신을 포함한 몇 명의 흑마법사가 그들을 심문할 것이라고 공개적으로 밝혔다. 사실 검은 사원은 어둠의 의회를 위한 새로운 활동 기지였다. 굴단은 다른 호드 구성원들에게서 어둠의 의회를 비밀로 유지하려면 그 은밀한 조직을 성채에서 분리해야만 한다며 블랙핸드를 설득했다. 굴단은 대족장 블랙핸드의 날카로운 눈을 피해 자유롭게 활동할 수 있도록 그에게서 거리를 두고 싶어 했다.

굴단과 어둠의 의회는 드레나이 포로를 맡았다. 그들은 잔혹한 고문을 가하며 샤트라스의 방어에 관한 정보를 최대한 수집했다. 얼마 후, 그들은 샤트라스에 관해 많은 것을 알게 되었다. 샤트라스의 주둔군은 카라보르 사원보다 더 많았고 정복하기도 훨씬 더 어려웠다. 지금껏 호드가 겪었던 가장 어려운 전투가 될 것이 분명했다.

파괴자 만노로스
어둠의 문이 열리기 3년 전

킬제덴은 호드의 승리에 기뻐하면서도 벨렌을 놓쳤다는 사실에 아쉬워했다. 그는 예언자 벨렌의 최후를 보고 싶어 했다. 벨렌을 생포할 수 있다면 더 좋았다. 그렇게만 된다면 직접 벨렌을 굴복시키고 고문할 수 있었기 때문이다.

그러나 벨렌이 죽는 것은 시간문제였다. 킬제덴은 그보다 샤트라스 정복에 신경이 쓰였다. 호드는 카라보르를 점령했다. 그러나 그것은 검은 별의 힘을 이용했기에 가능한 일이었다. 두 번 다시 사용할 수 없는 방법이었다. 게다가 지옥 마법으로 어린 오크에게 힘을 주입하는 기술도 처음 생각했던 것만큼 강력하지는 않았다. 킬제덴은 굴단과 오크가 샤트라스를 빼앗으려면 더욱 강력한 수단이 필요하다고 생각했다.

굴단과 흑마법사는 오크 종족을 지옥의 에너지로 강화했으나 그것은 제한된 힘을 주었을 뿐이었다. 그것보다 훨씬 강력한 방법이 있었다. 바로 악마의 피를 마시고 이계의 힘을 얻는 것이었다. 또한 그것은 타락의 절차를 마무리하고 불타는 군단의 의지에 오크를 영원히 결속시키는 행위이기도 했다. 킬제덴은 이러한 계획을 굴단에게 밝히면서, 악마 군주를 계속해서 충실하게 섬긴다면 막대한 힘을 주겠노라고 다시 강조했다. 굴단은 그 약속을 잊지 않았다. 오크 종족의 타락은 신과 같은 능력을 얻기 위한 작은 대가였다.

굴단은 오크에게 힘을 부여하겠다며 부족들을 성채 부근의 산꼭대기로 불러 모으라고 블랙핸드를 설득했다. 그는 블랙핸드에게 그 마력의 정체를 밝히지 않은 채 지옥 마법을 구사하는 새로운 방법을 찾았다고만 말했다.

블랙핸드는 부족에 소집을 명했고 킬제덴은 엄청난 마력을 동원하여 검은 사원에 임시 차원문을 열었다. 차원문을 통해서 파괴자 만노로스라고 알려진 지옥의 군주가 모습을 드러냈다. 뿔이 달린 그 거구의 악마는 불타는 군단의 강력한 장군 중 하나였으며, 악마를 이끌고 수없이 많은 전쟁을 수행해왔다. 만노로스는 굴단이 상상할 수 없는 힘과 악의를 내뿜었다. 겁 없는 굴단마저도 그 악마의 존재 앞에서는 움츠러들었다.

굴단은 만노로스에 관한 것을 감추려 했다. 그는 자신이 가장 신뢰하는 어둠의 의회 흑마법사들에게만 그 악마의 존재와 그가 드레노어에 온 이유에 대해 말해 주었다.

그러나 넬쥴은 진실을 파악하고 있었다. 굴단과 어둠의 의회는 오만하게도 연로한 주술사 넬쥴을 가까이에 두고서 오크 종족이 점차 타락해 가는 과정을 지켜보게 했다. 그들은 망가지고 겁에 질린 넬쥴이 무엇을 보더라도 행동에 나서지 못할 것으로 생각했다. 그들의 판단은 옳지 않았다.

넬쥴은 수년 동안 깊은 자기혐오와 후회에 빠져 있었으나 오크에게 악마의 피를 마시게 한다는 계획을 듣고서 심경의 변화를 일으켰다. 그는 자기가 행동하지 않으면 오크 종족 전체가 파멸할 것이라 판단했다. 넬쥴은 용기를 내어 누군가에게 굴단의 의도에 대해 경고했다. 그는 대부분의 오크 부족장이 자신의 말에 귀를 기울이지 않을 것이라고 생각했다. 그들은 블랙핸드에게 전적으로 충성했고 지옥 마력의 힘에 몹시 취해 있었다.

그러나 그렇지 않은 부족장이 하나 있었다. 듀로탄이었다. 듀로탄은 드레나이와의 전쟁에 점차 회의를 느꼈고 그 소식은 넬줄에게까지 닿았다. 그의 경고를 귀담아들을 이가 있다면, 서리늑대 부족의 고귀한 지도자 듀로탄일 수밖에 없었다.

굴단과 흑마법사들이 오크의 집결을 준비하는 동안 넬줄은 서리늑대 부족에 전할 어둠의 의회 명령서에 익명의 밀서를 심었다. 그는 편지를 통해 곧 있을 회합에서 굴단의 명령을 따르지 말라고 전했다. 그리고 만약 그렇게 하지 않는다면 듀로탄과 서리늑대 부족은 죽음보다 더 고통스러운 운명에 처할 것이라고 경고했다.

어둠의 의회는 넬줄이 이런 일을 꾸민 사실을 알지 못했다.

예속의 족쇄

성채 가까이 솟은 산의 정상에서, 굴단은 모인 부족장들을 맞이했다. 굴단은 그것이 무엇인지는 밝히지 않은 채 만노로스의 끓어오르는 피 웅덩이를 모두에게 보여 주었다. 그리고 그 초록색 액체가 오크에게 지옥 마법을 알려준 자애로운 존재의 선물이라고만 밝혔다. 굴단은 이제 그 존재가 오크에게 더 강력한 것을 주었으며 그 웅덩이의 액체를 마시면 신과 같은 힘을 얻을 수 있다고 말했다.

굴단은 부족장들에게 선물을 받으라고 독려했다. 그롬마쉬 헬스크림이 가장 먼저 나섰다. 언제나 대담했던 전쟁노래 부족장은 만노로스의 피를 한껏 들이켰다. 오크들은 숨을 죽이고 그를 지켜보았다. 마력이 그의 피를 타고 흐르면서 헬스크림의 키가 커졌고 근육이 부풀어 올랐다. 그의 눈에서는 지옥의 붉은빛이 선명하게 타올랐다. 전쟁노래 부족장 헬스크림은 드레나이의 피를 탐하며 우렁찬 전쟁의 함성을 내질렀다.

그곳에 자리한 오크들도 그 힘을 손에 넣을 수 있었다. 거의 대부분이 그 액체를 마시고 헬스크림이 경험한 힘을 느끼고 싶어 했다. 오그림 둠해머와 듀로탄 부족장 등 소수 오크만이 마시기를 망설였다.

듀로탄은 넬줄의 밀서를 받고서 그의 경고를 진심으로 받아들였다. 그는 이 시점에 호드에 반하는 발언을 하는 것은 죽음을 의미한다는 것을 알았기에 침묵을 고수했다. 그러나 듀로탄은 서리늑대 부족원이 굴단의 '선물'을 마시는 것을 절대로 허락하지 않았다. 듀로탄은 그저 자신의 선택이라고 주장하며 마시기를 거부했다.

그의 저항은 굴단의 분노를 샀다. 굴단은 항상 서리늑대 부족장을 의심했다. 이제 굴단은 듀로탄이 불타는 군단이나 오크를 노예로 삼으려는 그들의 계획에 관한 무언가를 알고 있지 않은지 의심했다. 듀로탄에 대한 인내심은 바닥을 드러내고 있었다. 그러나 샤트라스 공격이 임박한 상황에서 듀로탄을 죽이고 서리늑대 부족을 감당할 여력은 없었다.

오그림도 피를 마시기를 거부했다. 듀로탄과 마찬가지로 오그림은 호드가 피를 탐하고 무분별하게 지옥 에너지를 사용하는 것을 걱정스러워했다. 검은바위 부족의 전사 오그림은 지옥 마법이 드레노어의 깨끗한 강과 무성한 숲을 죽이는 모습을 지켜보면서 공포에 휩싸였다. 오그림은 굴단의 선물에 무언가가 잘못되어 있음을 본능적으로 느끼고 있었다.

오그림은 의심의 눈길을 피하기 위해 자신은 블랙핸드가 사용한 잔을 잡을 자격이 없다고 말했다. 어쨌든 그는 대족장 블랙핸드의 부하였다. 오그림의 계획은 성공했다. 굴단과 블랙핸드 모두 그의 거절을 맹종의 의미로 생각했다.

만노로스의 피를 마신 오크들은 마력으로 몸이 뒤틀리며 부풀었고 그 힘을 즐겼다. 모든 망설임과 두려움, 불확실성이 마음속에서 사라졌다. 이러한 효과는 점차 호드의 나머지 구성원에게도 퍼져 나

악마의 피를 마시는 헬스크림

갔다. 모든 오크가 만노로스의 피를 마시지는 않았지만 마신 이들의 몸에서는 보이지 않는 지옥 에너지의 기운이 퍼져 나왔고 그 에너지는 서서히 주위 오크의 피부와 뼈에 스며들었다. 결국, 듀로탄과 오그림 등 악마의 피를 맛보지 않은 이들까지도 피부가 완전한 초록색으로 바뀌고 말았다.

만노로스의 피를 마신 오크들은 모여든 현장에서 가슴을 두드리고 소리치며 드레나이의 죽음을 갈망했다.

대족장 블랙핸드는 오크들이 원하는 것을 주었다. 바로 그날 밤, 블랙핸드는 호드 전체에 샤트라스로 진격 명령을 내렸다.

오크들은 진군을 시작했고 굴단은 그들 뒤에 있던 산에 지옥 에너지를 주입했다. 대지가 신음하며 갈라졌고 땅에서 불덩이가 터져 나왔다. 굴단은 카라보르 정복에 앞서 화산이 분출했듯이 그것이 곧 다가올 승리를 나타내는 징후라고 주장했다. 오크 병사들은 흔들리는 산을 보면서 무한한 용기를 느꼈다. 후일 그 부서진 산은 킬제덴의 옥좌라는 이름으로 알려졌다.

마그하르

지옥 에너지에 영향을 받지 않은 한 무리의 오크가 있었다. 붉은 천연두에 걸려 가라다르에 격리되었던 이들이었다. 그롬마쉬 헬스크림의 아들, 가로쉬도 그들 중 하나였다. 그들은 고립되어 있던 탓에 다른 오크처럼 피부가 초록색으로 변하지 않았고 결국 마그하르, 즉 '타락하지 않은 자'라는 이름으로 알려졌다.

샤트라스 공성전

샤트라스는 파멸할 운명이었다. 벨렌은 그것을 예견했다.

카라보르가 무너지고 수 주 동안 예언자 벨렌은 종말의 계시에 시달렸다. 샤트라스의 하늘이 핏빛으로 물들고 유독한 비가 내려 드레나이가 괴물처럼 뒤틀리는 광경이었다. 수천 명의 용감한 드레나이 남자와 여자, 그리고 어린아이가 오크에게 난도질당했고 맹렬한 지옥의 불길이 드레나이의 사랑하는 안식처인 샤트라스를 집어삼켰다.

벨렌은 계시를 신뢰할 수 있는지 의심하면서도 운에 기댈 수는 없다고 생각했다. 샤트라스를 지키는 것도 영원할 수 없었다. 그것은 분명한 사실이었다.

벨렌은 처음에는 샤트라스에서 전면적인 철수를 생각했다. 그러나 그것은 호드의 공격을 일시적으로 늦출 뿐이었다. 오크는 드레나이가 완전히 궤멸되었다고 생각할 때까지 뒤쫓아올 것이다. 벨렌 일행은 또 다른 계획으로 의견을 모았다. 드레나이 민간인 다수가 안전한 곳으로 도망치고 다수의 군대가 샤트라스에 주둔하는 방안이었다. 그들은 목숨을 희생하여 호드가 드레나이를 물리쳤다고 착각하게 만들 것이다. 샤트라스의 수호자들은 끔찍한 짐을 떠안아야 했다. 그러나 드레나이는 그러한 의무에서 물러서지 않았다.

벨렌은 수호자로서 남겠다고 맹세했다. 그는 카라보르를 호드에 내주고 떠났다. 샤트라스에서도 그것을 반복할 수 없었다. 필요하다면 샤트라스를 보호하면서 죽을 각오도 서 있었다. 총독들은 이에 반대했다. 그들은 샤트라스가 함락될 운명임을 알고 있었다. 드레나이 종족이 살아남으려면 벨렌의 지도력이 필요했다. 꼬박 하루 동안의 뜨거운 논쟁 끝에 그들은 드디어 설득에 성공했고 벨렌은 샤트라스에서 떠나기로 결정했다.

오크 부족들이 킬제덴의 옥좌에서 행군을 시작할 무렵 벨렌과 총독도 준비에 나섰다. 예언자 벨렌은 많은 시민을 이끌고 장가르 해에 있는 섬에 지어진 외딴 사원, 텔레도르에 도착했다. 한편 랑가리 정찰병들은 호드의 전선을 교란하며 샤트라스 접근을 지연시켰고 구원자에게 수비를 강화할 시간을 벌어 주었다.

킬제덴은 샤트라스로 향하던 오크 부족들 앞에 천상의 형체로 모습을 드러냈다. 오크의 영혼이 불타는 군단에 속박된 지금 더는 모습을 숨길 이유가 없었다.

킬제덴은 오크에게 지옥 마법과 다른 힘을 선물한 자애로운 존재의 모습을 취했다. 그는 드레나이를 물리치고 그들의 요새를 무너뜨리는 것을 돕기 위해 또 다른 무기를 선물했다. 바로 적의 마음속에 공포를 심는 새로운 파괴 주문의 지식이었다.

한편 굴단은 어둠의 의회가 샤트라스 함락을 위해 준비한 사악한 무기를 공개했다. 흑마법사들은 마법에 붉은 천연두를 혼합하여 드레나이에게 전염병을 유발하는 불안정한 혼합물을 제작했다. 어둠의 의회는 그 물질로 조악한 폭탄을 만들었고 공성 전차를 이용하여 샤트라스에 날려 보냈다.

폭탄은 샤트라스 성벽에서 터져 지저분한 안개를 만들어 냈다. 안개는 드레나이의 피부를 태우고 호흡을 방해했다. 붉고 진한 안개가 샤트라스의 흉벽을 휘감으며 접근하는 호드 군대의 모습을 가렸다.

안개가 샤트라스의 수호자들을 덮치는 동안 오크는 샤트라스 성벽의 틈을 통해 안으로 쏟아져 들어왔다. 흑마법사들은 킬제덴에게 배운 주문을 읊고 하늘에서 초록색 유성을 소환하여 샤트라스의 성루를 강타했다. 연기가 피어오르는 바위에서 지옥불정령이라고 알려진 거대 악마가 일어섰다.

마라아드, 아카마, 노븐도 등 수천 명의 샤트라스 수호자들은 호드의 학살에 분연히 맞섰다. 그들은 자신의 운명을 알고 있었고 최대한 많은 오크를 함께 데리고 가기만을 바랐다.

잔혹한 전투가 벌어지는 가운데 남아 있던 드레나이 피난민들은 서둘러 도시를 빠져나갔다. 마라아드와 동료 구원자가 그중 일부를 이끌었다. 그 신성한 전사들은 전투를 등지고 도망치고 싶지 않았으나 무고한 이들을 구하는 일도 중요했다. 많은 구원자가 최후를 맞이했다. 피가 강물처럼 흐르며 샤트라스의 거리와 사원과 정원을 적셨다. 학살에 굶주린 호드 앞에서 누구도 목숨을 부지하지 못했다.

얼마 가지 않아 샤트라스가 함락되었다. 많은 호드 병사의 시체가 드레나이 시체와 함께 나뒹굴었다. 오크 역시 가장 큰 피해를 본 전투였다. 그러나 그들은 승리했다.

굴단은 승리를 거두었지만 문제가 있었다. 벨렌이 또다시 탈출했다. 굴단은 킬제덴이 이에 분노할 것이라고 생각하며 두려워했다. 아직은 킬제덴을 만나기 전이었고 굴단은 그 전에 예언자 벨렌을 뒤쫓아야 한다고 생각했다. 그는 즉시 가로나에게 벨렌을 추적하는 임무를 맡겼고 어둠의 의회 암살자인 가로나는 추적에 나섰다. 그녀는 벨렌을 찾아 오랜 시간 드레노어를 뒤졌지만 결국 찾지 못했다.

아킨둔의 파괴

수천 명의 드레나이가 샤트라스에서 최후를 맞이했다. 그러나 그 희생으로 많은 시민이 탈출할 수 있었다.

다수의 구원자와 사제, 랑가리도 최초 공격에서 살아남았다. 그들은 호드의 공격을 막기 위해 무덤의 도시 아킨둔으로 퇴각했다. 아킨둔은 드레노어에서 가장 신성한 드레나이의 성지였다. 수호자들은 오크의 군대가 아킨둔 내부에 있는 그들의 조상이나 나루를 훼손하도록 내버려 둘 수 없었.

말라다르 총독은 아킨둔에 배치된 병력을 조직화했다. 그들은 무덤 도시의 지하묘지를 강화하고 다가올 호드의 공격에 대비했다.

굴단은 아킨둔에 드레나이가 있다는 사실을 알고 있었으며 그들이 조상의 영혼을 불러내어 호드에게 전쟁을 일으킬 수 있다고 염려했다. 굴단은 이를 방지하고자 테론고르와 가장 강력한 어둠의 의회 대리인들을 내보냈다.

테론고르와 흑마법사 무리가 아킨둔을 덮쳤다. 무덤의 수호자들은 격렬하게 저항했다. 흑마법사는 강력했지만 드레나이가 구사하는 빛의 능력 또한 강력했다. 말라다르와 드레나이 부하들은 아킨둔의 영혼에게 도움을 받기도 했다. 드레나이는 조상과 함께 다수의 어둠의 의회 대리인을 쓰러뜨렸다.

승리가 어둠의 의회에게서 멀어지고 있었다. 말라다르의 군대가 접근해 오자 테론고르는 남은 동료를 모았다. 흑마법사들은 킬제덴이 가르쳐 준 새로운 지식을 이용해서 마력을 모은 후 현실의 장막 너머로 내보냈다. 그들은 강력한 악마를 현실로 불러내어 적을 쓰러뜨릴 생각이었다.

그러나 너무도 다급했던 나머지 전혀 다른 존재를 소환하고 말았다.

울림이라고 알려진 이계의 정령이 머나먼 우주 저편에서 드레노어로 끌려와 아킨둔에서 형체를 드러냈다. 울림의 도착과 함께 충격파가 일어 대지가 갈라졌고 무덤의 도시가 폭발하며 많은 드레나이가 즉사했다. 울림의 파괴적인 에너지는 물결처럼 퍼지며 아킨둔 주위의 숲을 휩쓸었다.

말라다르 총독 일행은 마법으로 몸을 보호하여 폭발의 피해를 면했다. 그들은 비록 살아남았지만 어둠의 의회에 대적할 규모가 아니었다. 테론고르와 흑마법사들은 드레나이를 제압하고 사슬로 결박했다. 그런 다음 울림을 아킨둔 깊은 곳에 가두었다. 소수의 흑마법사는 무덤의 도시 아킨둔에 남았고 울림이 풀려나 호드에게 재앙을 일으키지 않도록 감시하는 일을 맡았다.

그 후 오랫동안, 아킨둔 주위의 생명을 잃은 잿더미 땅은 해골 무덤이라는 이름으로 알려졌다. 그곳은 드레나이가 잃어버린 모든 것을 고통스럽게 증언하고 있었다.

뒤틀린 드레나이

어둠의 문이 열리기 2년 전

아킨둔의 파괴는 드레노어에서 드레나이의 최후를 알린 조종이었다. 벨렌과 일부 드레나이가 살아남긴 했지만 그들의 문화는 파괴되었다. 그들은 다시 피난민이 되었다. 그러나 이번에는 불타는 군단의 하수인이 득실거리는 죽어가는 행성에 갇혀 있었다.

벨렌은 기술병에게 지시하여 텔레도르의 수비를 강화했다. 드레나이 대장장이들은 아코나이트 수정으로 망을 구성하여 호드에게서 사원의 모습을 숨겼다.

몇 달이 지나고 구원자 마라아드와 드레나이 생존자들이 텔레도르까지 흘러들어 왔다. 그들은 샤트라스에서 겪은 끔찍한 공포에 대해 거의 말을 하지 않았다. 그들은 그 기억들을 침묵 속에 간직했고 마음과 정신에 씻을 수 없는 상처를 입고 말았다.

다른 생존자들은 정신적인 타격 그 이상을 겪어야 했다. 고위 구원자 아카마와 노분도 호드의 붉은 천연두에 희생된 불운한 드레나이 중 일부였다. 그들의 육체는 사악한 혼합물에 뒤틀리며 작고 쭈글쭈글하게 변했다. 그 저주받은 드레나이들은 심지어 성스러운 빛과의 연결마저 끊기고 말았다. 그들은 어떤 이들에게는 크로쿨 즉 '뒤틀린 드레나이'라는 이름으로 불렸으며 다른 드레나이에게 환영받지 못했다. 텔레도르의 주민들은 그 변형된 드레나이가 건강한 이들에게 병을 옮길까 두려워했다. 벨렌과 마라아드는 뒤틀린 드레나이를 받아들이기로 결정했지만 그들은 결국 그 피난처에서 내쫓기는 신세가 되었다.

아카마와 노분도 등 뒤틀린 드레나이는 야생의 환경을 떠돌며 스스로의 힘으로 살아갔다. 붉은색 안개는 그들 중 일부를 다른 방식으로 변화시켰다. 가장 불운한 이들은 잃어버린 드레나이라고 불리는 생명체로 퇴화했다. 그들의 육체는 더욱더 기형적으로 변했고 정신은 점차 이성을 잃었다. 모든 뒤틀린 드레나이의 궁극적인 운명이었다. 돌연변이 드레나이의 희망은 증상을 치료하거나 퇴화를 늦출 방법을 찾는 것뿐이었다.

다른 드레나이 생존자들은 드레노어 곳곳에서 거처를 찾았다. 벨렌은 후일 각각의 은신처를 떠돌며 호드의 추적을 피하면서 드레나이 주민에게 최대한 도움을 주었다. 그의 노력에도 드레나이는 끊임없이 미래의 불안 속에서 살아갔다. 그들은 언제 호드에게 거처를 들킬지 알 수 없었다. 텔레도르는 그중에서 가장 크고 중요한 도시가 되었다. 시간이 지나면서 지옥의 에너지는 계속해서 드레노어를 파괴했고 섬 주위의 바다가 마르며 장가르 습지대라고 불리는 늪지를 형성했다.

드레노어 탐색

오크가 드레나이와 싸우는 동안 대족장 블랙핸드는 정찰병을 내보내어 드레노어에 있는 다른 문명의 동태를 지속적으로 살폈다. 블랙핸드는 언젠가 그들을 정복할 생각이었으나 드레나이의 말살은 무엇보다 중요한 과제였다. 샤트라스를 무너뜨린 후 그는 드레노어의 다른 종족에게 온전하게 집중할 수 있었다.

킬로그 부족장이 피눈물 부족을 이끌고 원정에 나선 파랄론은 초목이 우거진 섬으로, 원시생물의 마지막 보루였다. 고립된 환경은 그곳을 지옥 마법의 영향에서 자유로운 드레노어의 몇 안 되는 지역으로 만들었다. 숲은 울창했지만 킬로그의 부족은 그런 지형에서 전투를 치르는 것에 익숙했다.

섬에 다가가기는 어려웠다. 오크 종족은 해양 종족이 아니었고 대양을 건널 배를 짓기 위해서는 오우거 조선공에게 의존해야 했다. 파랄론에 도착하자 오크 흑마법사들은 원시생물에서 생명력을 훔쳐 그 힘으로 숲을 불태웠다. 섬이 불타는 동안 킬로그의 병력은 신록지기와 제네사우루스를 닥치는 대로 학살했다.

한편 전쟁노래 부족과 황혼의 망치 부족은 오우거의 높은망치 요새를 무너뜨렸다. 그롬마쉬와 초갈 부족장 모두 공격에 참가하여 오우거를 학살할 기회를 즐겼다.

초갈에게 있어서 높은망치 침공은 특히나 만족스러웠는데 자신을 그 도시에서 추방한 자들에게 복수할 수 있는 기회였기 때문이다. 초갈은 요새의 지도자인 높은군주 마르고크를 찾아내어 처치했다. 그들은 모두 머리가 둘 달린 오우거였고 모두 재능이 있는 마술사였다. 그러나, 지옥 마법과 공허의 비밀을 익힌 것은 초갈이었다. 초갈은 그 힘으로 무장하고서 마르고크를 옥좌에 결박한 후 산 채로 불태웠다.

또 다른 곳에서는 블랙핸드가 서리늑대 부족, 천둥군주 부족, 흰발톱 부족에게 다수의 오우거는 물론 드레노어의 그론과 오그론, 마그나론을 사냥하는 임무를 맡겼다.

높은망치를 제외하고 대부분의 오우거는 이미 호드에 합류했다. 그러나 그렇지 않은 오우거도 적지 않았다. 블랙핸드는 그들의 충성심을 얻고 싶은 생각이 없었다. 그는 이미 기회를 주었다. 그는 이제 그 야수들을 처치하기를 원했다.

서리늑대 부족과 흰발톱 부족은 그론과 오그론, 마그나론, 오우거를 사냥하는 일이 명예롭지 않

렉사르와 모크나탈

블랙핸드는 모크나탈을 말살할 생각도 했으나 행동에 옮기지 않았다. 혼혈 중 한 명인 렉사르가 호드에 합류하여 자신의 동족을 살려달라고 대족장을 설득했기 때문이다.

렉사르는 모크나탈의 지도자인 레오록스의 아들이었다. 젊은 렉사르는 아버지의 고립주의에 동의하지 않았다. 렉사르는 전투의 영광을 열망했다. 그는 모크나탈이 새로운 물과 식량 자원을 찾는 데 호드가 도움이 될 것이라고 생각했다. 렉사르는 호드에 헌신할 준비가 되어 있었으나 후일 그 대의가 고결하지 않다는 것을 알게 되었다.

다고 생각했다. 그들은 대부분의 전사를 다시 불러들였다. 그러나 펜리스 부족장과 천둥군주 부족은 임무에서 물러서지 않았다. 그들은 기꺼이 고대의 적들을 학살했다.

호드의 학살을 피한 소수의 그론 중 한 명이 그룰이라고 알려진 그론이었다. 그룰은 고르그론드에서 소수의 오우거와 그론을 지배했다. 그룰의 힘과 교활함은 다른 그론과 비교할 수 없을 정도로 뛰어났다. 그는 산속 외딴 둥지에서 천둥군주 부족의 공격을 수차례 막아 냈다. 희생자가 점점 늘어나자 펜리스는 공격을 포기했다.

무너지는 하늘탑

아라크 첨탑의 고위 아라코아는 호드에게 가장 위협적인 존재 중 하나였다. 이 지능적인 종족은 고대 에펙시스 기술을 재발견했다. 고위 아라코아는 이 기술로 그들의 높다란 수도 하늘탑 위에 거대한 포를 만들었다. 그 기계는 태양의 불타는 힘을 동력으로 사용하여 호드로부터 그들의 영토를 보호했다.

대족장 블랙핸드는 카르가스 블레이드피스트에게 아라코아 소탕을 맡겼다. 잔인한 부족장 카르가스는 으스러진 손 부족, 불타는 칼날 부족, 용아귀 부족에서 습격대를 구성했다. 기동성 좋은 경무장 부대가 하늘탑 주위의 숲을 휩쓸었다. 그러나 침략자들은 고위 아라코아의 무기에 대비가 되어 있지 않았다. 고위 아라코아는 오크의 접근을 확인하고서 포에 불을 붙였다. 하늘탑 꼭대기에서 불타는 광선이 뿜어져 나와 숲을 갈랐고 수십 명의 오크를 제자리에서 잿더미로 불태웠다.

카르가스는 또 다른 공격을 감행하는 대신 근처의 테로카르 숲에서 지원군을 찾았다. 바로 추방된 아라코아였다. 이 날개 달린 생명체들은 하늘탑과 고위 아라코아를 증오했다. 그보다 더 중요한 사실은 그들이 고위 아라코아의 비밀을 알고 있다는 것이었다. 카르가스는 추방된 아라코아와 협상을 진행했다. 추방된 아라코아가 하늘탑에 잠입하여 그 무기를 파괴하면 오크가 전투에 뛰어들어 남은 고위 아라코아를 제거한다는 전략이었다. 카르가스는 그렇게만 된다면 하늘탑은 추방된 아라코아의 차지가 될 수 있다고 덧붙였다.

추방된 아라코아는 솔깃한 제안을 받고서 하늘탑에 잠입하여 전쟁을 일으켰다. 그들은 고위 아라코아를 물리칠 만한 병력이 없었으나 진정한 목적은 다른 곳에 있었다. 추방된 아라코아들은 암흑 마법을 이용하여 하늘탑을 기습했고 도시 꼭대기에 있는 기계장치를 파괴했다. 눈부신 폭발이 하늘을 가르면서 천상이 불길에 휩싸였다.

마침내 카르가스의 병력이 도착했고 그들은 고위 아라코아를 학살하여 하늘탑에서 그들의 시신을 내던졌다. 그러나 오크는 거기에서 멈추지 않았다. 전투에 굶주린 오크들은 그들의 '동맹'인 추방된 아라코아에게 칼을 겨누었다. 카르가스는 이 날개 달린 아라코아를 위협으로 여겼다. 그들은 교활하고 지능적인 생명체였다. 카르가스는 추방된 아라코아도 언젠가는 고위 아라코아만큼 강력한 힘을 가질 것이라고 생각했다. 그런 위험을 감수할 수는 없었다. 그뿐만 아니라 카르가스는 그 비참한 추방자들을 배신하는 행위 자체가 즐거웠다.

카르가스의 부하들은 고위 아라코아를 모두 죽이지 않고 일부를 포로로 붙잡았다. 카르가스는 추방된 아라코아들에게서 세데크 골짜기에 관한 이야기를 전해 듣고, 세데크 골짜기의 저주받은 웅덩이에 포로를 빠뜨리라고 명령했다. 그리고 고위 아라코아가 암흑 마법 속에서 신음하며 추방된 아라코아로 변모하는 모습을 즐겁게 지켜보았다.

결국 호드의 아라크 첨탑 공격으로 고위 아라코아의 문명이 파괴되었고 대부분의 추방된 아라코아가 죽음을 맞이했다. 날개 달린 생명체 아라코아 중에서 살아남은 이는 최근 세데크 골짜기에 던져진 이들을 포함한 극소수에 불과했다. 추방된 아라코아는 어둠 속에 숨어들었고 호드를 피해 테로카르 숲 깊숙한 곳으로 대피했다.

추방된 아라코아로 변한 고위 아라코아들은 그리직이라는 이름의 전직 하늘탑 수호자 휘하에 모여들었다. 그리직은 대부분의 오크가 두려워하는 으스스한 폐허, 아킨둔으로 추종자들을 이끌었다. 그는 그곳에서 호드에 대한 쓰디쓴 증오를 키우며 언젠가 동족의 피를 흩뿌린 그들에게 같은 방식으로 복수할 날만을 기다렸다.

기나긴 침묵

호드가 샤트라스를 공격하는 동안 킬제덴은 살게라스를 만나 오크와 그들을 타락에 빠뜨린 사실에 대해 전했다. 불타는 군단의 지배자 살게라스는 그 이야기를 듣고 기뻐했다. 오크는 악마의 피를 주입받고 불타는 군단에 충성하는 불굴의 군대였다. 그러나 오크는 불타는 군단을 구성하는 하나의 종족 그 이상의 존재였다. 살게라스는 아제로스에 불타는 군단의 전면전을 준비하면서 사전에 방어력을 약화시킬 적당한 무기를 찾고 있었다. 호드는 그것을 위한 완벽한 도구가 될 수 있었다.

살게라스는 킬제덴에게 그의 대리인인 굴단은 물론 오크와의 모든 대화를 중단하라고 명령했다. 오크는 승리에 취한 탓에 오만해졌고 제멋대로 행동했다. 살게라스는 오크가 자멸의 문턱에 내몰리고, 살아남기 위해서라면 어떤 일이라도 받아들일 만큼 절박해지기를 바랐다. 너무도 절박하여 다른 행성으로의 여행도 기꺼이 받아들일 만큼…

불타는 군단의 계획을 상상조차 할 수 없었던 드레노어의 오크는 막막한 현실을 마주했다. 그들은 세계의 상당 부분을 정복했으나 그 과정에서 드레노어를 죽이고 있었다. 지옥 마력 때문에 드레노어의 대부분 지역은 황폐한 사막으로 변모했다. 타나안 밀림만큼 이 사실을 잘 보여주는 곳은 없었다. 그곳은 이제 갈라진 황무지가 되었고 붉은 모래와 뼈만이 나뒹굴었다. 그 지역은 지옥불 반도라는 이름으로 알려졌고 서부에 위치한 호드의 요새는 지옥불 성채라는 새 이름을 얻었다.

대족장 블랙핸드는 호드가 결국 식수와 식량 부족에 처할 것이라고 예상했다. 그는 굴단에게 해결책을 요구하면서 킬제덴이 그에게 어떤 명령을 내렸는지 물었다. 그는 자애롭고 위대한 그 존재가 당연히 이러한 상황을 예견하고 해결책을 제시했을 것이라고 생각했다.

블랙핸드는 끔찍한 진실을 알지 못했다. 킬제덴은 굴단과 대화를 중단했다. 악마 군주 킬제덴은 예고도 없이 갑작스럽게 침묵하고 말았다. 굴단은 공포에 질렸고 망상에 시달렸다. 킬제덴은 굴단에게 드레나이를 무찌르면 신과 같은 능력을 주겠다고 약속했고 그는 협상한 대로 자신의 의무를 완료했다. 굴단은 괴로움과 분노에 휩싸였다. 악마 군주 킬제덴이 드레나이를 말살하기 위해 자신과 오크를 꼭두각시로 이용했다는 의심마저 들었다.

굴단은 이러한 사실을 블랙핸드에게 숨겼다. 그의 힘은 킬제덴과의 관계에서 나왔다. 만약 굴단이 자애로운 존재와 이야기할 수 없다는 사실이 알려진다면 블랙핸드는 약점을 잡아 그를 처치하려 들 수도 있었다.

굴단은 임기응변을 발휘하여 킬제덴이 오크의 앞날을 선택할 때까지 기다려야 한다며 블랙핸드를 설득했다.

그리고 다음 해 기아가 오크를 덮쳤다. 오크의 사냥감이었던 드레노어의 토착 동물들은 대부분 멸종할 지경에 이르렀다. 용아귀 부족은 길들인 라일라크를 죽이고 식량으로 삼았다. 전쟁노래 습격자들은 탈것인 늑대를 죽여야 했다.

아사의 두려움은 오크를 더욱 불안하고 폭력적인 존재로 만들었다. 그들의 핏줄에서는 피의 욕망이 타올랐지만 싸울 적조차 없었다. 많은 오크들이 서로에게 칼을 겨누었다. 산발적인 전투가 발생했고 수백 명의 오크가 죽었다. 번개칼날 부족, 흰발톱 부족, 붉은걸음 부족은 이러한 분쟁을 겪으며 큰 타격을 받았다.

몇몇 부족은 완전한 광기에 휘말렸다. 전쟁노래 부족, 해골이빨 부족, 웃는 해골 부족, 으스러진 손 부족, 천둥군주 부족 등이었다. 블랙핸드는 지옥불 성채에서 난폭한 이들 부족을 추방하여 호드의 나머지 구성원을 보호했다. 그는 폭력적인 오크 부족을 지옥불 반도의 외진 지역으로 내보내고 서로 싸우게 했다. 블랙핸드는 그렇게 해서 호드의 쇠퇴하는 힘을 얼마간 지킬 수 있었다.

그러나 블랙핸드와 굴단은 그것이 임시방편일 뿐, 진정으로 문제를 해결할 수 없다는 것을 알고 있었다. 무언가가 달라지지 않는다면 호드는 자멸할 운명이었다.

멀리에서, 살게라스는 오크가 불확실성에 휘말리는 모습을 지켜보았다. 그들을 기다리는 구원의 순간이 다가오고 있었다. 살게라스는 아제로스에 타락한 그릇을 마련해 놓았다. 그리고 그 비범한 인물을 이용하여 아제로스 침공을 위한 포문을 열 계획이었다.

그 주인공은 역사상 가장 강력한 마법사 중 한 명이었던, 메디브라는 이름의 인간이었다.

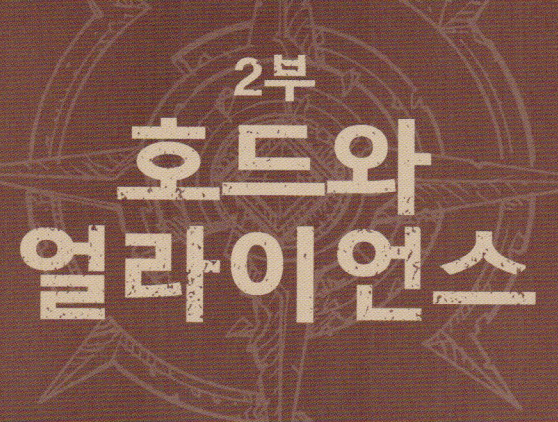

2부
호드와 얼라이언스

4장
1차 대전쟁

메디브의 혈통

메디브의 타락은 그가 태어나기 한참 전부터 꾸며지고 있었다. 수천 년 전, 티리스팔 의회라고 불리는 비밀 조직이 불타는 군단의 침입에 맞서 아제로스를 지키고 보호하는 일을 시작했다. 이 조직의 마법사들은 수호자라고 알려진 한 명의 구성원에게 마력을 집중적으로 몰아주었다. 그렇게 해서 강력한 힘을 얻은 수호자는 단독으로 세계를 누비며 악마의 활동 징후를 추적했다.

살게라스는 아제로스에서 군단의 다음 침공을 개시하는 데 이용할 필멸자를 찾으면서 당시 수호자였던 이에게 눈길을 주었다. 에이그윈이라는 이름의 그 수호자는 역사상 가장 강력한 마법사 중 한 명이었다. 에이그윈은 자부심에 차 있었으며 대담했다. 살게라스는 그러한 두 가지 특징 때문에 에이그윈을 타락시키기 좋은 인물이라고 생각했다.

살게라스는 그의 막대한 힘 일부를 물리적인 형태로 구현한 다음 임시 차원문을 열고 아제로스로 들어갔다. 그는 노스렌드라 불리는 차가운 지역에서 에이그윈과 대결했다. 살게라스가 바란 대로, 에이그윈은 모든 힘을 쏟으며 그의 화신을 물리쳤고 그러면서 무방비 상태가 되었다. 불타는 군단의 군주는 이 기회를 틈타 정신의 일부를 에이그윈의 영혼 속에 집어넣었다.

살게라스는 에이그윈이 알지 못하는 사이에 은밀한 방법으로 그녀의 사고를 잠식했다. 그는 강력한 의지를 지닌 에이그윈을 완전히 타락시키지는 못했지만 티리스팔 의회의 동료들에게서 등을 돌리게 만들 수 있었다. 의회의 구성원들은 항상 자신들을 수호자의 관리자로 생각했기 때문에 에이그윈이 명령에 복종하고 조언을 따라야 한다고 생각했다.

그러나 에이그윈은 명령에 복종하지도, 조언을 따르지도 않았다. 시간이 지나 에이그윈은 의회와 그들의 대의에 점차 환멸을 느꼈다. 최근 들어 의회는 인간 왕국의 정치에 간섭하기 시작했고 수호자 에이그윈은 그에 대해 의심을 키웠다. 다음 수호자가 자리에 오를 수 있도록 마력을 넘겨줄 때가 되었을 때 에이그윈은 그것을 거절했다.

의회는 처음에는 새로운 수호자를 지명하는 방법을 고려했으나 두 명의 매우 강력한 마법사가 존재한다면 비밀 의회에 대한 불필요한 관심을 끌 수 있다는 우려 때문에 채택하지 않았다. 그들은 다른 방법을 선택했다. 의회는 에이그윈을 체포하기 위해 티리스가드라는 마법사 사냥꾼 조직을 창설했다. 그 조직의 구성원 중 한 명이 니엘라스 아란이라는 인간이었다. 그러나, 니엘라스도 의회의 정치적 책략을 혐오하게 되었다. 그는 에이그윈과 싸우기는커녕 오히려 그녀의 절친한 친구가 되었다.

살게라스의 무덤

수호자 에이그윈은 살게라스의 화신을 물리친 후 시체에 남은 어둠의 마법이 아제로스에 영향을 주지 않도록 매장할 장소를 물색했다. 결국 에이그윈이 결정한 곳은 고대 나이트 엘프 사원의 무너진 폐허였다. 어느 전설에 따르면 그 사원은 더 오래된 구조물 위에 지어졌으며 그 기원은 수수께끼로 남아 있었다. 그곳은 주위의 지옥 마력을 무효화하는 강력한 봉인이 갖추어져 있었다. 에이그윈은 자신의 마력을 이용하여 구조물을 다시 강화한 다음 침입자를 막을 방어 체계를 구축했다. 시간이 지나면서 그곳은 살게라스의 무덤이라는 이름으로 알려졌다.

에이그윈은 니엘라스와 아이를 낳기로 결정했다. 그녀는 의회의 지배에서 자유로운 그 아이에게 수호자의 마력을 전해줄 생각이었다. 아제로스 역사상 처음으로 누구의 구속도 받지 않는 수호자가 등장하는 셈이었다. 에이그윈은 자신에게 깃든 어둠을 아이에게 물려주었다는 사실도 모른 채 메디브를 출산했다. 살게라스는 메디브가 어머니의 자궁에서 태동했을 때부터 그를 사로잡았다. 수년 동안 군단의 지배자는 메디브의 영혼 속 그늘에 숨어 있었다.

메디브는 뛰어난 마법사의 소질을 보였다. 그는 왕국의 수도 스톰윈드에서 자라났고 레인 린 왕자와 수습 기사인 안두인 로서와 친구가 되었다. 니엘라스는 스톰윈드 공식 왕립 창조술사의 직위에 올랐고 아들에게 비전 마법을 가르쳤다. 그러나 에이그윈은 그곳에 없었다. 그녀는 수백 년 동안 수호자로 계속 활동하면서 기력을 모두 소진했고 메디브에게 마력을 물려준 지금은 거의 탈진할 지경이 되었다. 걸출한 마법사였던 에이그윈은 세상에서 모습을 감추고 휴식을 취하면서 멀리서 아들을 지켜보았다.

열네 번째 생일을 맞기 전날, 메디브의 내면에서 잠자던 수호자의 마력이 깨어났다. 그러면서 메디브는 뜻하지 않게 니엘라스를 죽이고 말았다. 소년은 그 충격으로 수년 동안 혼수상태에 빠졌다.

깨어난 메디브
어둠의 문이 열리기 21년 전

메디브가 혼수상태로 지내는 동안 아제로스는 비교적 평화로운 시기를 보냈다. 그렇지만 아제로스가 언제나 안전했던 것은 아니었다. 하루가 멀다 하고 분쟁이 발생했다. 부족은 부족과 전투를 벌였고 마을은 마을과 다투었으며 왕국은 왕국에 첩자를 심었다.

그러나 아제로스의 생명체들은 대체로 번영했다. 동부 왕국의 인간은 드워프와 노움, 하이 엘프와 제한적으로 교역에 참여했다. 로데론과 같은 일부 국가는 지역의 맹주로 시대의 흐름을 이끌었다. 그들은 더 작은 왕국 간의 의견 충돌을 중재했고 강력한 군사력을 이용하여 영토에 대해 지배력을 행사했다. 달라란과 같은 국가는 비전 기술과 기타 학문 분야에서 뛰어난 발전을 이루었다. 또 다른 국가들은 오랜 적에게서 스스로를 방어하는 데 역량을 집중하고 있었다. 쿠엘탈라스의 엘프는 아마니 트롤의 침략을 저지하느라 많은 시간을 보냈다.

칼림도어의 나이트 엘프는 고대의 전통을 이어 갔다. 드루이드는 물리 세계의 자연 생명을 이끄는 놀랍고도 강력한 영역인 에메랄드의 꿈을 탐험했다. 나이트 엘프의 최대 관심사는 외부에 있었다. 그들은 항상 우주를 지켜보며 불타는 군단의 동태를 감시했다.

나이트 엘프는 아직 고대의 전쟁을 기억했다. 악마가 아제로스를 침공하여 거의 세계를 파멸시킬 뻔한 암흑의 역사였다. 많은 나이트 엘프는 불타는 군단이 결국 돌아올 것이라고 생각했다. 그리고 악마들이 하늘을 불덩이와 유황으로 수놓으며 극적이고 종말과도 같은 모습으로 나타날 것이라고 예상했다. 누구도 또 다른 행성, 죽어가는 행성에 있는 필멸의 종족이 아제로스를 노릴 것이라고 상상하지 못했다.

그리고 누구도 아제로스를 보호하기 위해 태어난 인간인 메디브가 그 모든 것을 가능하게 만들 것이라고 생각하지 못했다. 혼수상태에 빠진 후 거의 십 년이 지나, 메디브가 마침내 깨어났다.

그 후 며칠 동안 메디브는 오랜 친구들과 재회했다. 레인 린은 스톰윈드의 국왕에 오를 준비를 하고 있었다. 안두인 로서는 군대에서 승진하여 존경받는 기사이자 군사 사령관으로 인정받고 있었다. 두 친구는 메디브가 알 수 없는 병에서 회복하는 모습을 보고서 기뻐했다. 그들은 동시에 남쪽에서 발생한 새로운 문제 때문에 골치를 썩고 있었다.

수년 동안 스톰윈드의 농부와 정착민은 남쪽으로 내려가면서 가시덤불 골짜기의 밀림 부근까지 영토를 넓히고 있었다. 그로 인해 구루바시 부족과 분쟁이 발생했다. 유혈 충돌이 일어났고 소규모 접전이 트롤 전투부대의 빈번한 습격으로 이어졌다.

레인의 아버지이자 스톰윈드의 연로한 국왕인 바라덴은 방어 차원에서 군대를 내보냈다. 그는 병사들에게 습격대를 차단하되, 구루바시의 영토에 보복 공격을 감행하지 말라고 명령했다. 그는 트롤과 전면전을 일으킬 의사가 없었다. 그의 아들 레인은 좀 더 강경한 태도를 고수했다. 레인은 구루바시의 영토를 침략하는 한이 있더라도 트롤에게 따끔한 교훈을 주어야 한다고 생각했다. 외부로 드러나지는 않았지만 왕과 왕자의 논쟁은 점차 격화되었다.

몇 달 동안 메디브는 스톰윈드 정치에 관여하지 않았다. 그는 의식을 되찾은 후 아버지를 죽였다는 죄책감에 시달렸다. 메디브는 지금도 그 사건을 완전히 이해하지 못하고 있었다. 불안한 꿈도 그를 괴롭혔다. 가끔은 어떤 여인이 꿈에 나타나 카라잔이라고 불리는 곳으로 오라는 말을 전했다. 또 어떤 때는 마음속에 깃든 어두운 힘이 자신의 생각을 뒤트는 꿈을 꾸기도 했다.

메디브는 그런 꿈을 무시하기로 했다. 그는 친구들과 어울릴 때 평화로움을 느꼈고 그래서 친구들을 돕는 일에 집중했다. 메디브는 친구들과 함께 구루바시를 처리하는 일을 맡았다.

비밀 임무
어둠의 문이 열리기 19년 전

트롤을 상대하는 바라덴 왕의 전략은 한동안 효과가 있었으나 그들의 모든 공격을 막을 수는 없었다. 트롤의 습격대가 스톰윈드의 순찰 경로를 벗어나 왕국의 곡창 지대인 서부 몰락지대까지 공격해 들어왔다. 세 곳의 마을이 잿더미가 되어 사라졌다. 결국 스톰윈드 군대가 습격대를 뒤쫓아 처치했으나 이미 수십 명에 이르는 주민이 희생된 뒤였다. 그들은 서서히, 잔혹하고 끔찍하게 죽어 갔다.

그 비극적인 사건에 대한 소문이 왕국에 퍼졌다. 바라덴 왕은 스톰윈드의 지도자와 귀족을 만나 대응책을 논의했다. 바라덴은 지금도 분쟁의 확산 방지에 무게를 두었다. 바라덴은 스톰윈드 군대를 강화할 필요가 있지만 그것은 오직 순찰 경로의 강화를 위한 것이며 구루바시에 대한 공격은 없을 것이라고 선언했다.

레인은 스톰윈드 시민이 흘린 피를 똑같은 방식으로 갚아 주어야 한다며 바라덴에게 공개적으로 이의를 제기했다. 바라덴은 반대 의견을 무마하기 위해 왕궁 앞에서 그의 아들을 나무라야 했다.

레인은 분노했다. 굴욕감을 느껴서가 아니라 아버지의 행동을 비겁하다고 생각했기 때문이다. 로서 등 다른 많은 사람들도 마찬가지였다. 특히, 스톰윈드의 병사들은 복수를 갈망하고 있었다. 그러나 그들은 왕에게 복종했다. 충성스러운 병사라면 다른 것은 생각할 수 없었다. 그러나 로서는 자신이나 레인이라면 교수형에서 자유로울 수 있을 것이라고 생각했다. 왕과 그들의 관계는 몹시 돈독했다. 게다가 트롤을 완전히 저지한다면 그러한 행동도 용서받을 수 있으리라 생각했다.

레인은 로서의 제안이 마음에 들었다. 소규모의 비밀 부대로 트롤과 인간 모두에게 들키지 않고 구루바시 영토의 심장부에 침입한다는 계획이었다. 그러나 단순한 쇠붙이로는 구루바시의 심장을 도려낼 수 없었다. 그 이상의 것이 필요했다. 바로 메디브였다.

스톰윈드 주민 대부분은 메디브를 그저 강력한 마법사라고만 생각했다. 그러나 메디브는 레인과 로서에게 진실을 말해 주었다. 메디브는 수호자와 티리스팔 의회는 물론 자신의 운명에 관한 비밀스러운 과거를 그들에게 털어놓았다. 레인과 로서는 그 점을 이용하여 메디브를 압박했다. 수호자인 그가 악으로부터 자신들의 영토를 보호해야 하지 않겠는가?

메디브는 처음에는 내키지 않아 했다. 그는 아직 마력의 한계를 알지 못했고 아버지에게 일어난 일에 대한 희미한 기억이 그를 괴롭혔다. 메디브는 긴 고민 끝에 레인과 로서를 돕기로 결정했다.

단지 친구들을 위해서가 아니었다. 그에게는 다른 동기가 있었다. 메디브는 전투를 본 적이 없었고 적을 처치한 경험도 없었다. 그는 수호자의 마력으로 무엇을 할 수 있는지 진정 알고 싶었다. 사실, 메디브는 그것을 갈구하고 있었다.

세 친구는 비밀리에 스톰윈드 국경 너머로 길을 나섰다. 그들은 메디브의 마법으로 몸을 숨긴 채 가시덤불 골짜기에 무사히 침입했다. 인간 소년들의 목표는 중부 가시덤불 골짜기의 지구라트에 기거하는 조크논이라는 구루바시 전쟁군주였다. 그들은 신속하게 조크논을 제거하여 트롤을 지도자의 부재 상태로 몰아넣고 그곳에서 돌아올 계획이었다.

계획은 결코 완벽하지 않았다. 조크논과 트롤은 그들이 신으로 여기는 강력한 고대 생명체, 영혼 약탈자 학카르에게서 습득한 금지된 피의 마법을 실험하고 있었다. 전투가 시작되자마자 모두의 시선이 그들을 향했다. 세 인간 소년은 생존을 걸고 처절한 전투를 벌여야 했다. 메디브는 조크논과 결투를 벌이며 전혀 보지 못했던 마법을 경험했다.

조크논의 어두운 마력은 메디브를 거의 압도했다. 수호자 메디브는 모든 걱정을 떨치고 온 힘을

동부 왕국의 영토

집중했다. 그의 주문은 지구라트 내의 트롤을 하나도 남김없이 쓰러뜨렸다. 가시덤불 골짜기의 가장 그늘진 구석까지 트롤의 고통스러운 비명이 울려 퍼졌다.

레인과 로서는 그 전에도 죽음을 본 적이 있었다. 그럼에도 메디브의 힘에 당황할 수밖에 없었다. 그들은 서둘러 스톰윈드로 돌아왔으나 승리를 기뻐하지 못했다. 레인과 로서는 오랜 친구 메디브의 어두운 면을 보았다. 메디브에게는 그들과 다른 면이 있었고 그들은 그것을 이해할 수 없었다.

메디브조차 자신이 무엇을 한 것인지 알 수 없었다. 그것은 익히지 않은 주문이었다. 메디브는 그 주문의 정체를 알 수 없었고 그것이 온전한 비전 마법인지조차 알 수 없었다. 그는 무척이나 혼란스러웠다.

구루바시 전쟁
어둠의 문이 열리기 18년 전

전쟁군주 조크논의 죽음을 목격한 구루바시 트롤은 모두 죽었지만 트롤은 그것이 누구의 소행인지 어렵지 않게 짐작할 수 있었다. 구루바시는 조크논의 아들, 잔논의 깃발 아래에 모여 스톰윈드를 향해 진격했다.

구루바시 부족들이 단결하여 전쟁을 치른 지도 수백 년이 지난 때였다. 인간은 트롤의 분노에 전혀 준비되어 있지 않았다. 트롤은 엄청난 병력을 동원했다. 불과 며칠 만에 스톰윈드의 남부 방어선이 구루바시의 맹공에 붕괴되었다. 그곳에서 벗어나지 못한 주민들은 끔찍한 방법으로 도살되었고 그들의 이빨과 뼈와 귀는 트롤의 전리품이 되었다.

구루바시의 목표는 분명했다. 스톰윈드를 잿더미로 불태우는 것이었다. 바라덴 왕은 모든 병력을 요새의 관문에 불러들였다. 왕국의 운명이 한 차례 대전투에 걸려 있었다.

구루바시 부대가 다가오자 레인은 아버지에게 자신이 친구들과 함께 가시덤불 골짜기에서 저지른 일을 고백했다. 바라덴은 아들에게 분노보다는 실망을 느꼈다. 그는 세 젊은이를 벌하지 않았다. 그럴 필요가 없었다. 곧 트롤들이 그렇게 만들 것이라고 생각했기 때문이다.

구루바시 트롤이 성벽에 도착했을 때 스톰윈드 병사들은 그 규모에 기세가 흔들렸다. 잔논은 아버지의 금지된 비책 일부를 알고 있었다. 그는 그 술수를 이용하여 몇몇 구루바시 전사를 초자연적인 힘을 가진 거구의 광전사로 변형시켰다. 그 변형된 거인들은 스톰윈드의 성벽을 타고 올라가 병사들을 조각내 버렸다.

양측의 전사자 수가 급격히 증가했다. 바라덴 왕은 기적이 일어나지 않는 이상 구루바시의 포위를 뚫을 수 없다고 판단해, 개인 경비대를 이끌고 필사의 반격을 시작했다. 그는 지옥이 펼쳐지는 최전선으로 곧장 돌격하여 잔논의 머리를 노렸다. 그는 거의 성공할 뻔했으나 행운은 그의 편이 아니었다. 바라덴 왕은 전장에서 죽음을 맞이했다.

레인은 아버지의 죽음에 비통해했다. 그는 가시덤불 골짜기에서 저질렀던 어리석은 행동 때문에 죄책감에 사로잡혔다. 그러나 레인은 스톰윈드가 지금 그의 인도를 필요로 한다는 것을 알고 있었다. 스톰윈드의 군대는 혼란에 빠졌다. 모든 것이 절망적이었다. 레인은 메디브에게 그전처럼 마력을 쓰라고 간청했다. 스톰윈드를 구할 방법은 그것뿐이었다.

메디브도 동의했다. 그는 모든 힘을 불러낸다는 생각에 겁이 나면서도… 한편으로 들뜨는 기분을 느꼈다.

구루바시의 포위를 무너뜨리는 메디브

스톰윈드의 고립

바라덴은 구루바시 트롤을 상대하기 위해 북부의 인간 왕국에 도움을 요청할 마음이 없었다. 트롤은 신속하게 이동했고 지원군이 제때 도착하는 것은 불가능했다. 그렇지만 상황이 달랐다고 해도 바라덴은 도움을 청하지 않았을 것이다. 수년 전, 스톰윈드는 놀의 공격을 막아내기 위해 다른 인간 왕국에 지원을 요청했으나 아무런 도움을 받지 못했다. 그 후, 바라덴의 스톰윈드 왕국은 어떤 위협에도 스스로의 힘으로 맞설 수 있다고 생각하며 더욱 고립적인 노선을 취했다.

메디브는 스톰윈드 성루에 올라 구루바시 트롤에게 불과 얼음의 비를 내렸다. 그는 트롤들을 자리에서 얼렸고 송두리째 불태웠다. 그는 순수한 비전 마력으로 적들을 조각냈다. 고통스러운 비명이 전투의 소음을 잠재웠다. 메디브는 곧 자신이 적들을 더욱 고통스러운 방식으로 죽이고 있음을 깨달았다. 그리고 그것을 즐기고 있다는 사실에 더욱 소름이 끼쳤다.

메디브가 비전 마법의 포화를 중단했을 때 스톰윈드는 건재함을 과시했다. 구루바시와 그들의 지도자는 죽어 있었다. 오직 소수의 트롤만이 마법의 소용돌이에서 탈출할 수 있었다.

스톰윈드의 주민들은 죽은 이들을 애도하고 영웅들을 찬양했다. 메디브는 왕국의 위대한 수호자로 부상했다. 레인 린은 왕국의 새로운 지도자가 되었다. 안두인 로서는 군대의 최고 사령관 중 한 명이 되었고 시민들은 모두 찬성했다.

전쟁을 촉발한 비밀 임무는 대중에게 알려지지 않았으나 그 결과는 메디브와 친구들의 어깨를 무겁게 짓눌렀다. 그들의 무모한 행동으로 많은 무고한 이들이 목숨을 잃었다.

메디브는 자신이 타고난 수호자의 힘을 충분히 제어할 만한 정신력을 갖추지 못했다는 것을 깨달았다. 꿈속의 여인은 수련을 위해 카라잔으로 오라며 계속 손짓하고 있었다. 이제 메디브는 그녀를 따랐다. 그렇게 하지 않았을 때 어떤 일이 일어날지 알 수 없었고 너무도 두려웠기 때문이다.

수호자의 집

메디브가 카라잔 탑에 도착했을 때 꿈속의 여인이 그를 기다리고 있었다. 그녀는 메디브가 알지 못했던 어머니, 에이그윈이었다.

에이그윈은 분노했다. 메디브는 너무도 늦게 그녀의 부름에 답했고 그 때문에 왕국을 거의 멸망시킬 뻔했다. 메디브는 에이그윈의 분노를 이해했다. 그는 반대할 처지가 아니었다.

일 년이 넘는 시간 동안, 어머니와 아들은 떨어져 있던 시간을 만회했다. 에이그윈은 이 기회를 이용하여 메디브에게 진정한 수호자가 된다는 것의 의미를 가르쳤다. 첫 번째 가르침은 비밀을 지킬 필요성을 설득하는 것이었다. 누구도 믿을 수 없었다. 특히 티리스팔 의회는 신뢰해서는 안 되었다. 비밀 조직인 티리스팔 의회의 원래 목적은 불타는 군단으로부터 아제로스를 보호하고 악마들을 직접 상대하는 수호자에게 힘을 부여하는 것이었다. 수백 년 동안 그 목표는 표류했다. 이제 의회는 아제로스보다 조직의 보존에 더욱 관심을 두는 것처럼 보였다.

또한 의회는 에이그윈을 싫어했다. 의회는 에이그윈에게 수호자의 마력을 주었으나, 그녀는 마력을 돌려주기를 거부하고 대신 아들에게 전해 주었다. 이제 메디브가 수호자의 힘을 보유하고 있었다. 에이그윈은 결국 티리스팔 의회도 그 사실을 알게 되리라고 생각했다. 메디브는 의회의 허가 없이 수호자의 마력을 보유한 첫 번째 인물이었다. 의회의 구성원들이 그를 의심할 것은 자명했다.

에이그윈의 절친한 친구 모로스는 메디브를 도와 카라잔 탑을 지키기로 결정했다. 에이그윈은 메디브에게 관리인 모로스와 대화하는 것을 제외하고는 외부 세계와 거리를 두라고 강력하게 권고했다. 다른 마술사는 그의 짐을 이해할 수 없었다. 그녀가 보기에 달라란의 마법사 의회인 키린 토조차 메디브가 필요한 지식을 알지 못했다.

메디브는 에이그윈에게 자신의 내면에 깃든 수상한 어둠에 관해 이야기했다. 그것은 이미 여러 차례 존재를 드러냈고 메디브는 그것을 두려워하고 있었다. 에이그윈은 그의 걱정을 묵살했다. 에이그윈은 수호자로 활동하는 동안 마찬가지 감정을 느꼈지만 마력을 구사하는 부담이자 책임의 무게라고 단순하게 치부하고 말았다. 에이그윈은 진실을 알지 못했다. 살게라스의 어두운 존재는 에이그윈의 정신에 영향을 미쳤고 이제 메디브의 생각을 뒤틀고 있었다.

에이그윈은 결국 망명 생활로 돌아갔다. 아들과의 이별은 괴로웠지만 계속해서 그의 곁에 머무른다면 티리스팔 의회가 메디브를 내버려 두지 않을 것이라고 생각했기 때문이다.

메디브는 카라잔의 도서관으로 들어가 연구에 매진했다. 수호자의 책임은 컸고 기술은 무한했다. 메디브는 허비한 시간을 최대한 만회하려 애썼다.

에이그윈이 의심한 대로 티리스팔 의회는 메디브가 새로운 수호자가 되었다는 사실을 눈치챘다. 의회는 메디브가 스톰윈드에서 벌인 활약에 대한 소식을 접했다. 그들은 얼마간 조사를 통해 카라잔까지 그를 추적했다. 의회는 이미 그때 두 번째 수호자를 만들려는 생각을 포기했다. 그들은 에이그윈의 저항을 겪으며 아무리 애를 써도 수호자를 제어할 수 없다는 것을 알게 되었다. 의회는 또한 메디브를 강제로 조종하려 든다면 어머니처럼 그 역시 적대감만 키울 것이라고 생각했다.

의회는 카라잔에 밀서를 보내 정중히 메디브에게 만남을 요청했다. 메디브는 답하지 않았다. 그러자 의회는 다른 방법을 시도했다. 그들은 다양한 마법사 단체와 분파의 젊은 마법사들을 메디브 밑에서 수학하게 했다. 이들 수습생 중 누구도 자신의 새로운 스승이 수호자라는 사실을 몰랐다.

메디브는 친절한 스승이 아니었다. 처음 제자가 되기를 희망한 이들 중 누구도 하루를 넘기지 못했다. 메디브는 자신의 어둠이 커지는 느낌이 들었고 자신의 고립된 생활이 그 원인이라고 생각했다. 모로스는 이해할 수 있었다. 그는 에이그윈이 세상과 거리를 두는 방식을 항상 못마땅하게 생각했다. 모로스는 메디브에게 키린 토나 티리스팔 의회를 신뢰할 수 없다면 대신 주위 지역에서 사람들을 초대하여 연회를 열라고 제안했다. 그런 사람들이라면 호기심 외에 다른 의도를 가지고 있지 않을 것이고 사람들과의 교류는 메디브에게 도움이 되리라 생각했기 때문이다. 메디브는 그것을 허락했다. 성대한 연회가 열렸고 손님들은 마력 깃든 탑의 신비에 놀라움을 감추지 못했다. 모두 즐거운 시간을 보냈고 그들의 만족감에 수호자 메디브의 기분도 들떴다.

이듬해 카라잔은 더 많은 행사를 열었다. 스톰윈드의 귀족들은 메디브의 파티를 특권층의 행사라고 여기고 찾아오곤 했다. 티리스팔 의회는 이 파티에 일부 첩자를 심었으나 그들의 보고서는 온통 혼란스러웠다. 그에 따르면 메디브는 마력과 명성을 이용하여 사치스럽고 얄팍한 생활을 영위하고 있었다. 그것은 에이그윈의 아들에게 기대할 만한 것이 아니었다.

더욱 뛰어난 제자들이 메디브의 거처를 찾았다. 메디브는 이제 모두를 돌려보내지는 않고 뛰어난 솜씨를 지닌 이들을 받아들였다. 그렇지만 하나라도 실수를 저지른다면 쫓겨나는 신세가 되었다. 대부분 훈련생은 카라잔 탑에서 일주일을 넘기지 못했다.

메디브는 이제 혼자가 아니었으나 내부의 어둠은 곧 그의 정신을 완전히 집어삼켰다. 모든 즐거운 시간은 처절한 우울감의 무게에 짓눌려 순식간에 흔적을 감추었다.

메디브의 어둠
어둠의 문이 열리기 10년 전

메디브는 파티와 행사를 열면서도 연구를 이어 나갔다. 에이그윈의 말은 그에게 엄청난 영향을 미쳤다. 메디브는 수호자로서의 운명을 온전히 떠안았고 아제로스를 수호할 수 있는 최선의 방법을 익히기로 결정했다.

그의 도서관에는 악마의 지식, 전략, 마력에 관한 책들이 채워졌다. 메디브는 빠른 속도로 이러한 서적을 읽어 나갔다. 그런 다음 아제로스의 풍부한 역사에 관심을 돌렸다.

메디브는 불타는 군단의 마지막 아제로스 침공, 즉 고대의 전쟁에 감화를 받았다. 서로 다른 종족들과 강력한 생명체들이 한데 모여서 막강한 불타는 군단에게 맞선 이야기였다. 메디브의 눈에 고대의 전쟁은 아제로스 역사의 금자탑이었다. 어쩌면 아제로스에는 그러한 영광이 다시 나타나지 않을 것이고 나타날 수 없을 것이다. 아제로스의 주민들은 수천 년 동안 분열되었다. 대의와 단결이 사라진 자리에는 다툼과 논쟁만이 남았다.

메디브가 직접 경험한 사건도 그와 다르지 않았다. 트롤과 인간은 사소한 이유로 전쟁을 일으켰다. 아제로스의 부족과 국가와 종족은 의미 없는 이득을 위해 기꺼이 서로의 피를 보았다. 아제로스는 마치 불타는 군단이 고대의 전쟁에서 멸망하지 않았다는 사실을 잊은 듯했다. 불타는 군단은 일시적으로 패배했을 뿐이었다.

아제로스는 너무도 약했다. 다시 악마가 침공해 온다면 이기지 못할 것이다. 악마는 다시 침공해 올 것이다. 메디브는 확신했다. 그들이 다시 돌아올 때를 대비한 근본적인 대책이 필요했다.

메디브가 자신을 이 절망의 길로 이끄는 어두운 힘의 정체를 알았다면, 살게라스도 한때 비슷한 신념의 위기를 겪었다는 사실을 알았다면, 어쩌면 그에 저항했을지도 몰랐다. 대신 메디브는 다가오는 악에 대한 질문에 살게라스의 해결책과 비슷한 결론에 이르렀다. 아제로스는 근본적으로 결함이 있었다. 아제로스는 스스로 변화할 수 없었다. 절대로.

누군가는 아제로스를 분열시킨 모든 것, 즉 국가와 문화, 정부, 왕을 무너뜨려야 했다. 아제로스는 무질서로 고통받고 있었다. 상황을 바꾸려면 과감한 결단이 필요했다. 아제로스의 수호자, 메디브는 다른 누구도 할 수 없는 일을 하기로 마음을 먹었다.

메디브는 임무를 수행하려면 동료가 필요하다는 결론에 이르렀다. 그에게는 군대가 필요했다.

메디브는 수호자의 마력을 이용하여 아제로스 너머 우주로 여행했다. 그는 새로운 행성들과 뒤틀린 황천의 새로운 영역을 방문했다. 처음에는 불타는 군단의 아제로스 침공이 임박했다고 생각하여 그 징후를 조사했다. 그러나 아무런 흔적을 찾을 수 없었고 메디브는 그에 안심했다. 최소한 아제로스는 준비할 시간을 가진 셈이었다.

살게라스는 교묘하게 메디브를 조종하여 특정한 행성에 주의를 돌렸다. 바로 드레노어였다. 수호자는 드레노어를 관찰하면서 오크라고 불리는 강력하고 호전적인 종족을 발견했다. 전투에 임하는 그들의 모습은 진정 공포스러웠다. 또한, 그들은 불타는 군단의 지배를 받고 있었다.

수년 동안 메디브는 오크를 지켜보았다. 그는 까마귀 모습으로 변신한 채 대륙을 여행했다. 소수의 오크만이 그 작고 수상한 새에게 눈길을 주었을 뿐, 누구도 그를 경계하지 않았다. 메디브는 오크가 효과적으로 드레나이를 물리치는 모습을 목격했고 불타는 군단에게 갑작스럽게 버려진 과정을 지켜보았다. 그는 오크의 지옥 마력으로 생기를 잃고 죽어가는 드레노어와 오크의 절망적인 처지를 목격했다.

호드는 불타는 군단에게 손쉽게 이용당하고 말았다. 메디브는 자신도 마찬가지로 그들을 이용할 수 있으리라고 생각했다. 오크는 아제로스를 영원히 변화시킬 완벽한 군대가 될 수 있었다.

게다가 불타는 군단의 꼭두각시를 이용하여 그들을 막을 수 있다면 금상첨화였다.

메디브는 이러한 작업을 진행하면서 자신이 발견한 유력한 사실과 마법 기술을 기록하고 생각을 모아 글로 정리했다. 그 기록물은 후일 메디브의 책이라는 이름으로 알려졌다.

먼 곳에서 온 이방인
어둠의 문이 열리기 1년 전

메디브가 드레노어를 지켜보는 동안 호드는 자멸의 문턱에 다가가고 있었다. 블랙핸드는 오크 종족을 구할 방법을 찾으라며 굴단을 압박했다. 굴단은 아무런 답을 내놓을 수 없었다. 굴단은 곧 블랙핸드가 인내심의 한계를 느끼고 자신을 죽이리라고 생각했다.

그러나 그 날은 오지 않았다. 메디브가 계획을 실행할 준비를 마쳤기 때문이다. 메디브는 두건을 쓴 이방인의 모습으로 굴단과 어둠의 의회에 모습을 드러냈다.

굴단은 침입에 분노하며 이방인을 향해 지옥 마력을 한껏 쏟아부었다. 두건을 쓴 인물은 쓰러지지 않았다. 그는 굴단의 마력을 다시 돌려보냈고 따끔한 고통을 맛보게 해 주었다. 그는 굴단이 자신의 종족을 불타는 군단에게 팔아넘겼다는 사실을 알고 있었으며 그런 자를 친절하게 대할 이유가 없다고 생각했다.

그날 굴단은 자존심에 큰 상처를 입었다. 어둠의 의회는 굴단이 수수께끼의 이방인 앞에 무릎을 꿇는 모습을 보았다. 그것은 굴단이 잊을 수도 없고 용서할 수도 없는 치욕이었다.

메디브는 상관하지 않았다. 그는 오크들에게 거대한 마법의 차원문을 건설한다면 드레노어를 벗어날 수 있게 도와주겠노라고 제안했다. 호드가 스스로의 힘으로 정복할 수 있는 풍요로운 땅, 새로운 세계로 통하는 관문이었다. 굴단과 어둠의 의회 오크들은 마음속으로 그 새로운 세계의 모습을 보았다. 황홀한 광경이었다. 사냥감과 깨끗한 강과 신록의 초원이 가득한 곳이었다.

그곳의 이름은 아제로스였다. 메디브는 아제로스가 성숙한 땅이며 빼앗기 좋은 때가 되었다고 말했다.

굴단은 두건을 쓴 그 인물에게서 악마의 기운을 느꼈다. 그는 이 방문객이 살게라스의 말을 대신하는 악마라고 생각했다. 킬제덴이 갑자기 사라진 이유도 그와 무관하지 않을 것이라고 짐작했다. 불타는 군단은 그를 인도하는 또 다른 전령을 준비한 셈이었다.

그에 관해서는 굴단이 옳았다. 메디브는 자신이 불타는 군단을 최종적으로 멸망시킬 기반을 다지고 있다고 생각했지만 실제로는 아제로스에 파멸을 불러들이고 있었다.

그러나 불타는 군단이 그 이방인을 통해서 작업을 꾸미고 오크 종족이 멸망의 문턱에서 흔들리는 상황에서도, 굴단은 자신의 지원에 대한 대가를 요구했다. 아제로스를 정복하기 위한 차원문을 건설하고 그 이방인을 도움으로써 어떤 개인적인 이득을 얻는다는 말인가?

굴단이 원한 것은 힘이었다. 메디브는 기꺼이 그것을 줄 생각이었다. 굴단의 마음속에서 새로운 계시가 밝혀졌다. 살게라스의 무덤이라고 알려진 물속의 고대 폐허였다. 메디브는 아무런 죄책감 없이 굴단에게 그 장소를 알려주었다. 그 무덤은 바다 밑에 위치했고 에이그윈은 수호자의 마력으로 봉인을 강화했다. 메디브는 굴단이 그곳을 찾거나 접근하는 것은 전혀 불가능한 일이라고 생각했다. 그렇지만 호드가 아제로스를 정복한다면 그 무덤의 정확한 위치를 알려주고 그 엄청난 마력에 접근하도록 허락해 주겠노라고 말했다.

굴단은 이방인을 믿는 수밖에 없었다. 굴단은 블랙핸드에게 오크가 정복할 새로운 세계를 찾았다고 말했다. 생존에 필요한 자원이 있고 전투의 열망을 채울 수 있는 세계였다. 그러나 그곳에 도착하려면 거대한 관문을 건설해야 했다.

굴단은 그 작업을 시작하기 위해 드레노어에 존재하는 마법 지맥의 집중점을 찾았다. 그는 지옥불 반도의 동쪽 끝을 선택했다. 굴단과 블랙핸드는 오크들에게 그곳에 마력 깃든 석조 골격을 건설하라고 명령했다. 아제로스와 드레노어를 잇는 마법의 관문을 안정화하기 위한 그 구조물은 어둠의 문이라는 이름으로 알려졌다.

의회의 의혹
어둠의 문이 열린 해

메디브는 가끔씩 드레노어로 여행하며 어둠의 문의 건설 상황을 살폈다. 그의 부재는 사람들의 눈에 띄었다. 처음에는 다양한 축제를 즐기기 위해 카라잔을 찾은 귀족과 공연자의 불만이 발생했다. 주최자가 자리를 비운 밤은 사람들에게 실망을 안겼다.

메디브가 사라졌다는 소문은 결국 티리스팔 의회의 귀에 들어갔다. 메디브는 지금까지도 그들에게 수수께끼의 존재였다. 수년 전 그들은 메디브가 에이그윈처럼 티리스팔 의회의 적이 될 것이라고 우려했다. 그러자 메디브는 세상에서 몸을 숨기고 파티와 축제에만 모습을 드러냈다. 사치스럽고 방종한 삶을 사는 미성숙한 젊은이는 의회가 기대하는 수호자의 모습과 거리가 있었지만 최악의 결과도 아니었다. 티리스팔 의회는 공식적인 수호자가 사라진 상황에서 키린 토의 뛰어난 마법사들에게 아제로스를 감시하는 임무를 요청했다.

그러나 만약 메디브가 물질적인 생활에 진정 관심이 없다면 그의 의도는 무엇이었을까? 수호자는 어디에 시간과 노력을 쓰고 있었을까? 의회는 더 이상 메디브가 그의 놀라운 힘을 이용하여 무슨 일을 꾸미는지 기다리고 지켜보는 것에 만족할 수 없었.

의회의 지령에 따라 키린 토의 마법사들은 그 답을 얻기 위해 비밀스럽게 카라잔에 잠입했다. 일부는 메디브의 파티에 참석하는 손님으로 위장을 시도했다. 다른 마법사들은 그의 도서관으로 직접 연결되는 차원문을 열 방법을 연구했다. 어느 방법도 성과를 거두지 못했다. 메디브는 그들의 시도를 모두 무력화한 후 마법사들을 안전하게, 그리고 실망을 안기고 집으로 돌려보냈다.

침입자들은 키린 토 출신이었지만 메디브는 티리스팔 의회가 그들의 행동을 이끌었다는 사실을 알고 있었다. 메디브는 티리스팔 의회의 간섭을 저지해야 한다고 생각했다. 티리스팔 의회가 아제로스를 '구하기 위한' 그의 계획을 승인할 리가 없다고 생각했기 때문이다.

일주일도 지나지 않아 티리스팔 의회의 구성원 네 명이 시체로 발견되었다. 메디브가 관련되었다는 증거나 비전 마력이 쓰였다는 증거는 없었다. 사실 그 일주일 동안 수호자는 매일 밤 카라잔의 파티에 참석했다. 메디브가 그들을 살해했을 가능성은 없는 듯했다.

의회의 남은 구성원들은 의심을 거두지 못했지만 다른 누군가가 그들을 노렸을 가능성 또한 배제할 수 없었다. 사실 그들은 메디브가 동료 마법사를 살해할 만큼 타락했다고 상상할 수 없었다. 그들은 카라잔에 대한 감시를 중단한 채, 가축을 도살하듯 의회의 구성원을 살해한 자가 누구인지 밝히는 데 노력을 기울였다.

메디브는 다시 한번 자유롭게 활동할 수 있었다.

어둠의 문

드레노어에서 어둠의 문이 형태를 갖추어 가는 가운데 굴단은 블랙핸드를 설득하여 부족의 전력을 강화했다. 대족장 블랙핸드는 오크들이 피의 욕망을 배출할 수 있도록 모의 전투와 결투를 벌였다. 호드는 약해졌다. 아제로스 침공을 앞둔 지금 모든 전사들을 동원해야 했다.

많은 오크가 전투를 즐겼지만 그것은 듀로탄에게 전통에 대한 모욕으로 느껴졌다. 서리늑대 부족장 듀로탄은 자신의 종족에게 일어나는 일에 대해 더는 침묵할 수 없었다. 그의 세계는 죽어가고 있었다. 그는 오크가 피에 굶주린 야수로 변하는 것을 지켜보았다. 듀로탄은 굴단과 지옥 마법의 사용에 반대하는 의사를 분명히 밝혔다. 그는 오크가 드레노어를 치료할 방법을 찾아야 한다고 말했다. 대부분 부족은 그를 배신자이자 겁쟁이라고 여기며 서리늑대 부족을 비난했다.

굴단은 듀로탄을 면밀히 지켜보고 있었으나 그의 노력은 다른 것에 집중되어 있었다. 굴단과 블랙핸드는 부족들에게 아제로스를 정복하는 것만이 오크가 생존할 수 있는 방법이라고 설득했다. 대부분 오크, 특히 만노로스의 피를 마신 오크는 다시 학살의 기회가 찾아왔다는 사실에 기뻐했다. 드레노어는 죽어가고 있었다. 누구도 그것을 부정하지 못했다. 이 기회를 이용하여 새로운 고향을 건설하지 못한다면 모두 멸망을 피할 수 없었다.

어둠의 문이 건설되자 굴단은 메디브와 함께 문을 여는 작업에 착수했다. 굴단은 아제로스에 있는 메디브와 함께 의식을 수행하여 현실을 찢고 균열을 내야 했다. 그를 위해서는 엄청난 양의 순수한 마력이 필요했다. 굴단과 메디브가 자신들의 마력을 모았으나, 그것으로도 충분하지 않았다.

아직 생명을 부지하고 있었던 드레나이 포로 대부분이 어둠의 문 아래로 끌려왔다. 의식이 시작되는 순간, 굴단은 순간적으로 드레나이 포로들에게서 모든 생명의 정수를 흡수했다. 거대한 불꽃과 함께 머나먼 거리를 건너는 데 필요한 막대한 양의 마력이 생겨났다.

한편, 메디브는 아제로스에서 마법을 시전하고 있었다. 그는 카라잔 동쪽의 검은늪이라는 외딴 습지에서 균열을 만들고 관문을 열기 위해 수호자의 모든 에너지를 사용했다. 메디브와 굴단의 힘이 하나로 결합되자 어둠의 문이 빛을 내며 작동하기 시작했고 두 세계를 잇는 다리가 생겼다.

굴단과 오크는 그 차원문을 통해서 처음으로 아제로스의 모습을 보았다. 두건을 쓴 이방인이 약속한 세계는 실재했다.

블랙핸드는 차원문 건너편의 세계를 살피기 위해 가장 신뢰하는 정찰병, 즉 피눈물 부족과 검은니 웃음 부족 오크를 보냈다. 그들은 검은늪에 도착하여 신속하게 야영지를 구축했다. 다수의 흑마법사들이 정찰병들과 동행했고 아제로스의 차원문에 마력 깃든 석조 골격을 세우는 작업을 감독했다. 그 골격은 관문을 안정화하고 차원문을 더 오랫동안 유지하는 데 도움을 주었다.

건설 작업이 진행되는 동안 오크 정찰병들은 더 광범위한 지역을 탐색했다.

수호자들의 대결

어둠의 문을 여는 데 필요한 순수한 마력의 양은 너무도 엄청났기에 그 일을 숨기는 것도 불가능했다. 메디브는 자신의 활동을 최대한 숨겼지만 아제로스에서 마법에 익숙한 거의 모든 생명체들은 관문이 요동치기 시작했을 때 그 반향을 느꼈다.

대부분은 그 파장이 어디에서 왔는지 감지하지 못했다. 단 한 사람만은 예외였다. 에이그윈은 즉시 원인을 조사하기 시작했다.

에이그윈은 검은늪에서 어둠의 문과 초록색 피부를 가진 존재들이 구축한 야영지를 발견하고 충격에 빠졌다. 그들은 적의에 차 있었고 불타는 군단의 지옥 마법에 물들어 있었다. 에이그윈은 오크를 보거나 드레노어에 대해 들어본 적이 없었지만 두 세계를 연결하는 통로를 감지할 수 있었다.

다음 순간, 그 일에 수호자의 마력이 쓰였다는 충격적인 사실을 깨달았다. 그것은 너무도 분명했다. 아제로스에서 그 힘을 이런 방식으로 사용할 수 있는 유일한 인물은 그의 아들, 메디브뿐이었다.

에이그윈은 또한 그의 마력과 함께 얽혀 있는 지옥 마력의 존재를 감지했다. 에이그윈은 무슨 일이 일어났는지 짐작조차 할 수 없었지만 메디브가 어떤 식으로든 불타는 군단과 손을 잡았다고 결론을 내릴 수밖에 없었다.

에이그윈은 무거운 마음으로 메디브를 저지하기 위해 나섰다. 그녀는 오랜 망명 생활 동안 관계를 맺은 소수의 아군 중 한 명인 푸른용, 아케나고스와 함께 메디브를 상대하기 위해 카라잔으로 향했다. 카라잔 탑은 또 다른 즐거운 행사를 기대하는 귀족들로 가득 차 있었다.

에이그윈은 처음에는 혼자서 카라잔 탑에 들어갔다. 그녀는 메디브에게 마력을 포기하라고 조용히 설득할 생각이었다. 그러나 그런 일은 일어나지 않았다. 그날 에이그윈이 싸운 존재는 메디브가 아니라 살게라스였다. 불타는 군단의 군주 살게라스는 수호자 메디브의 정신을 완전히 점령하고 그의 사고와 기억을 억제하면서 모든 행동을 조종하고 있었다.

살게라스는 메디브의 내면에 잠재하던 어둠이 에이그윈이 수호자로서 활동하면서 느꼈던 바로 그 어둠이었음을 밝혔다. 그것은 수호자의 마력이나 부담감과는 아무런 관련이 없었다. 살게라스는 오래전 노스렌드에서 에이그윈과 싸웠을 때 자신의 정신 일부를 그녀에게 보냈고 아이를 낳을 때까지 그녀의 내면에 숨어 있었다고 말했다.

에이그윈은 진실을 알고서 커다란 충격에 휩싸였다. 그녀는 오래전 살게라스를 물리치지 못했다. 살게라스가 그녀를 물리친 것이었다. 에이그윈을 물들였던 어둠은 수호자의 짐에서 비롯된 것이 아니라 그녀의 영혼에 숨어 있던 최악의 적에게서 나온 것이었다. 아들에게 군단의 노예로서의 삶을 선사한 것인가? 수호자로서의 삶이 모두 헛된 것이었다는 말인가? 평범한 인간이라면 이러한 충격에 무너지고 말았을 것이다. 그러나 에이그윈은 그렇지 않았다. 그녀는 절망에 굴복하지 않았다. 그랬다. 에이그윈은 분노했다. 에이그윈은 지금 여기에서, 비록 사랑하는 아들을 잃는 한이 있더라도, 살게라스를 쓰러뜨리기로 결심했다.

그리고 에이그윈과 살게라스는 다시금 전투를 벌였다. 첫 공격과 함께 전투가 시작됐고 동시에 카라잔 탑이 지반까지 흔들렸다. 축제를 즐기러 온 손님들은 앞다투어 도망쳤다. 살게라스의 주문으로 에이그윈이 잠시 움직일 수 없게 되자 아케나고스가 싸움에 뛰어들었다. 그러나 강력한 용인 아케나고스조차 상대가 되지 못했다. 살게라스는 그를 쓰러뜨렸고 뼈만 남을 때까지 온통 불태워 버렸다.

친구를 잃은 에이그윈은 더욱더 격노했고 모든 분노를 모아 살게라스의 주문을 풀었다. 군단의 지배자는 수호자의 마력을 완전히 지배하고 있었지만 에이그윈에게는 수백 년 동안의 경험이 있었다. 카라잔 탑에서 무시무시한 전투가 이어지는 가운데 에이그윈이 서서히 우세를 점하기 시작했다.

살게라스는 절박한 상황에 몰렸다. 그는 최후의 공격을 위해 힘을 모았다. 살게라스는 굴단이 어둠의 문을 가동하기 위해 드레나이 포로들에게서 생명력을 흡수했던 방식으로, 카라잔에서 도망치던 수백 명 인간에게서 생명력을 강탈했다. 오직 한 사람, 모로스만이 살아남았다.

살게라스는 에이그윈을 영원히 제거하라며 메디브를 압박했다. 메디브의 마음속 작은 일부가 살게라스의 명령에 저항했다. 수백 명의 생명력으로 넘치는 메디브의 마력은 대신 에이그윈을 카라잔에서 추방하여 다른 곳으로 날려 보냈다. 메디브조차 에이그윈을 어디로 보냈는지 알지 못했다. 그러나 아제로스의 어느 곳에서도 그녀의 존재를 감지할 수 없었다.

전투가 끝나자 메디브는 마음속에서 혼돈을 느꼈다. 에이그윈을 물리친 순간 살게라스는 수호자 메디브의 영혼 깊은 곳으로 모습을 감추었다. 메디브는 악마 군주가 자신을 지배했던 순간을 기억하지 못했지만 어머니와 전투를 벌인 기억은 남아 있었다. 메디브는 수년 전 혼수상태에 빠졌을 때와 마찬가지로 마력에 대한 통제력을 잃었다고 생각했다. 그때는 아버지를 죽인 것으로 끝이 났지만 이번에는 스톰윈드의 고위 귀족을 다수 학살하고 말았다.

카라잔 내의 유일한 생존자 모로스는 자신이 본 광경에 충격을 받고 반쯤 이성을 잃었다. 메디브는 모로스의 마음에서 그날의 기억을 제거함으로써 고통을 덜어 주었다. 그럼에도 불행한 모로스는 전과 같은 상태로 돌아가지 못했다.

카라잔도 마찬가지였다. 카라잔은 어두워졌고 을씨년스러운 분위기를 풍겼다. 학살당한 수많은 사람들의 영혼이 오랫동안 카라잔의 복도와 강당에 떠돌았다.

가로나와 수호자

에이그윈이 살게라스와 싸우는 동안 더욱 많은 호드의 군대가 어둠의 문을 통과했다. 가로나는 처음으로 차원문을 통과한 정찰병들과 동행했고 굴단에게 돌아와 어디에서도 두건을 쓴 이방인을 찾을 수 없었다고 보고했다.

굴단은 분노했다. 그는 메디브의 정체에 관해 조금이라도 단서를 얻기를 바랐다. 그는 지금도 그 수수께끼의 인물이 다른 모습으로 분장한 악마라고 생각하고 있었다.

오크는 검은늪을 가로질러 나아가면서 몇몇 인간 사냥꾼과 상인을 마주쳤다. 그러나 그들은 호드에게 거의 저항조차 하지 못했다. 대부분 인간은 죽었으나 소수는 포로가 되어 살아남았다. 처음에는 그들을 심문하는 것도 무의미했다. 오크는 인간의 언어를 이해하지 못했기 때문이다.

그러나 가로나는 새로운 언어를 배우는 데 뛰어났다. 그녀는 포로들과 이야기하며 많은 시간을 보냈다. 가로나는 인간들이 대답을 꺼리는 스톰윈드의 정찰 경로나 군사 기밀 등에 대해 질문하지 않았다. 포로들은 그 특이한 오크에게 물과 음식을 대가로 기꺼이 몇 마디 말을 가르쳐 주었다.

그럼에도 수집할 수 있는 귀중한 정보가 있었다. 어떤 포로가 오크는 모두 죽을 운명이라며 계속해서 저주를 퍼부었다. 그는 트롤의 군대를 혼자서 격파한 스톰윈드의 위대한 마법사 용사가 검은늪을 장악한 초록색 피부의 '야수들'을 순식간에 처리할 것이라며 경고를 전했다.

가로나는 분노에 찬 그의 말에 귀를 기울이면서 누군가의 이름과 그의 위치를 알아냈다. 바로 카라잔 탑에 사는 메디브라는 자였다. 어둠의 의회 암살자 가로나는 홀로 길에 나섰다. 그녀는 신속하게 움직이며 비밀리에 카라잔 탑을 조사할 생각이었다. 가로나는 최악의 시점에 그곳을 찾았다.

메디브는 카라잔에서 끔찍한 전투를 벌인 후 수심에 잠겼고 침입자에 대한 경계를 한층 강화했다. 그는 가로나가 카라잔 탑의 시야에 들어오자마자 그녀를 붙잡았다.

가로나는, 특히 메디브를 보았을 때, 죽음을 피할 수 없을 것이라고 생각했다. 그녀는 메디브가 드레노어를 방문하여 호드와 서약을 맺은 이방인이라는 사실을 알지 못했다. 그러나 메디브의 내면에서 깊은 어둠이 동요하는 것을 느낄 수 있었다.

그러나 메디브는 가로나를 죽이지 않았다. 가로나는 메디브가 필요한 정보를 주지는 못했지만 호기심을 자극하는 존재였다. 메디브는 드레노어를 방문했을 때 그녀를 본 적이 없었고 그 여행에 관한 것은 언급하지도 않았다. 가로나는 온전한 오크도, 온전한 드레나이도 아니었다. 가로나는 추방자였다. 메디브는 그 점을 측은하게 생각했다. 게다가 가로나는 몹시 총명했다. 가로나는 이미 인간의 언어를 상당한 수준으로 구사하고 있었다. 메디브는 그녀에게 새로운 단어와 구절을 가르쳤다. 가로나는 그의 가르침을 빠르게 습득했다.

가로나는 분명 위협적인 존재가 아니었다. 게다가 굴단에게 계속 잔혹한 취급을 받았기 때문에 호드에 대한 진정한 애정이 없었다. 메디브는 그의 집에 유령을 하나 더 늘리는 대신 오크 종족의 아군, 혹은 친구를 두는 것이 더 나을 수 있다고 생각했다. 그는 가로나를 풀어 주었다. 그러면서 언제든 원하는 때에 카라잔에 돌아와도 좋다며 호의를 베풀었다.

가로나는 어둠의 문으로 돌아와 굴단에게 자신이 발견한 사실을 알렸다. 가로나는 알지 못했지만 굴단은 이미 모든 것을 알고 있었다. 굴단은 암살자 가로나의 정신을 온전히 장악해 메디브를 만났을 때부터 그녀의 눈을 통해 모든 것을 보고 있었다. 게다가 가로나가 알지 못한 것까지 파악했다. 메디브가 드레노어를 찾아온 수수께끼의 이방인이었다. 인간이었다는 말인가? 그게 전부였던가? 굴단은 그 이상을 기대했다. 어쩌면 불타는 군단의 지배자가 위장한 모습일 것이라고 생각했다.

굴단은 메디브가 쓸모없는 존재가 되면 직접 그를 제거하기로 마음을 먹었다. 우선은 살게라스의 무덤이 있는 위치를 알아내야 했다. 굴단은 가로나에게 메디브의 거처에 유용한 정보가 있을 것이라고 말하며 그 마법사의 탑에서 캐낼 수 있는 정보를 모두 가져오라고 지시했다.

첫 만남

더 많은 오크가 아제로스로 흘러들면서 검은늪 주변에서 기이한 생명체가 출몰했다는 보고가 스톰윈드에 전해졌다. 거리마다 소문이 퍼졌다. 복수에 찬 원혼? 새로운 힘으로 무장한 트롤? 대해를 건너와 인간에게 전쟁을 선포한 미지의 종족? 어느 것도 말이 되지 않았다.

레인 왕은 사실 확인을 위해 사령관 로서를 파견했다. 로서는 소규모 기사 부대를 이끌고 검은늪을 정찰했다. 그는 곧 호드와 마주쳤다. 처음으로 오크는 스톰윈드의 기사를 만났고 피비린내 나는 접전이 연속해서 벌어졌다.

로서의 병사들은 여러 차례 소규모 승리를 거두었다. 그러나 하나의 오크를 처치하면 둘 이상의 오크가 그 자리를 메꾸는 것 같았다. 매번 전투를 벌일 때마다 오크의 수는 늘어만 갔고 결국 로서는 후퇴할 수밖에 없었다. 불가능한 일이었다. 어떻게 병력을 그렇게도 빨리 보충할 수 있다는 말인가?

로서의 부대는 아직 어둠의 문이 위치한 검은늪의 안쪽까지 진입하지도 않았다. 오크는 그 지역을 집중적으로 방어하고 있었다. 로서는 레인 왕에게 침입자들이 어디에서인가 지원군을 데려오고 있다고 보고했다. 왕국은 전면전을 준비해야 했다.

한편 오크들은 대족장 블랙핸드에게 그 지역의 인간들이 오크의 존재를 눈치챘다고 보고했다. 준비와 정찰의 시간은 끝이 났다.

1차 대전쟁이 본격적으로 시작되고 있었다.

수호자의 제자

에이그원과 메디브의 전투는 아제로스의 누구에게도 알려지지 않았다. 수호자 메디브조차 의외라고 생각할 정도였다.

직접 전투를 목격한 이들은 기억이 온전한 상태로 살아남지 못했다. 수많은 귀족의 죽음도 메디브가 예상했던 반응을 일으키지 않았다. 이제 스톰윈드의 모든 주민들이 검은늪에서 쏟아져 나오는 야만적인 '오크'에 관한 이야기를 알고 있었다. 카라잔도 멀리 있지 않았다. 수수께끼에 싸인 귀족들의 실종 사건은 오크의 발길에 쉽게 묻히고 말았다.

호드의 인간 정착지 공격은 티리스팔 의회와 키린 토의 집중적인 관심을 끌었다. 악마의 에너지에 타락한 그 생명체들은 외모부터가 아제로스에서 볼 수 없던 것이었다. 그들은 티리스팔 의회가 유치하고 제멋대로인 한량이라고 생각했던 누군가와는 비교할 수 없을 만큼 걱정스러운 존재였다.

그럼에도 의회는 아직 수호자를 잊지 않았다. 그 어느 때보다 그들은 아군 수호자를 필요로 했다. 티리스팔 의회는 키린 토에 마법사 수습생을 보내라고 요청하면서 수호자와의 접촉을 시도했다.

그 주인공은 카드가라는 이름의 젊은 훈련생이었다. 그는 키린 토에서 공부하면서 매우 뛰어난 역량을 보였다. 그러나 카드가는 수습생들을 모두 내쫓은 괴팍하고 외톨이 마법사를 섬기고 싶지 않았다. 그럼에도 그것은 카드가의 선택이 아니었다. 키린 토는 명령했고 카드가는 복종했다.

제자 생활이 시작되자마자 카드가의 끔찍한 두려움은 현실이 되었다. 카라잔은 병에 걸린 듯이 피폐했고, 메디브는 놀랄 만큼 감정 기복이 심했다. 게다가 카라잔 탑에는 저주가 내린 듯했다. 카드가는 종종 떠도는 영혼들을 목격하고 과거와 현재, 미래에 관한 불안한 계시를 경험하곤 했다.

그러나 메디브의 시험을 넘어서지 못한 다른 제자들과는 달리 카드가는 성공적으로 임무를 수행했다. 젊은 마법사 카드가는 위험한 과제조차 빈틈없이 처리했다.

메디브는 이 새로운 제자를 거부하지 않기로 결정했다. 그 젊은이를 주위에 두는 것은 분명 위험한 일이었다. 그러나 메디브는 어느 때보다도 외로웠고 카드가는 똑똑하고 영리한데다 지식을 갈망했다.

메디브는 키린 토의 스승들이 알려주지 않은 것을 카드가에게 말해 주었다. 메디브는 자기가 수호자이고 티리스팔 의회가 자신에 대해 우려하고 있으며 그 때문에 카드가를 무고한 첩자로 보낸 것이라고 밝혔다.

카드가는 놀랐지만 흔들리지 않았다. 사실 카드가는 호기심이 일었다. 이제 와서 제자 생활을 포기할 생각은 없었다. 그는 세계에서 가장 강력한 마법사인 수호자 밑에서 수련할 기회를 얻은 셈이었다.

유령과 그림자

카드가는 카라잔에 도착한 지 얼마 지나지 않아 기이하고 불길한 계시를 받았다. 그는 백발의 노인이 되어 군대를 이끌고 초록색 피부의 적을 상대하고 있었다. 카드가는 오크의 습격에 대한 이야기를 들었으나 대부분 사람처럼 무엇이 진실이고 무엇이 소문인지 구분할 수 없었다. 그러나 계시에 등장한 생명체들은 오크에 관해 들었던 설명과 일치했다. 카드가는 메디브에게 자신이 본 것을 말했다. 메디브는 오크에 관해서는 아는 것이 없다며 잘 모르겠다는 식으로 답했다. 그는 카라잔에 너무도 오래 갇혀 있었기 때문에 남쪽에서 발생한 폭력 사태에 대해 자세히 듣지 못했다고 둘러댔다. 이제 그 일을 해결할 때였다. 두 마법사는 그리핀을 타고 검은늪으로 날아가 그 지역을 정찰했다. 카드가는 그곳에서 오크가 모여드는 광경을 보고서 충격을 받았다. 그들의 군대는 거대했고 매 순간 더 커지고 있었다.

지상의 오크 흑마법사가 두 마법사를 발견하고 지옥 마력을 날려 보냈다. 메디브는 카드가에게 적을 쓰러뜨리라고 명령했다. 카드가는 적과 싸우면서 애를 먹었고 결국 수호자의 도움을 받고서야 성공할 수 있었다.

메디브와 카드가는 로서와 마주치기도 했다. 로서는 부대를 이끌고 검은늪에서 정찰 임무를 수행하면서 오크를 상대하고 있었다. 로서는 메디브가 수년 전 구루바시 트롤을 상대로 마력을 방출하고 그 마력에 당황했던 것을 알고 있었지만 전투에 다시 참여할 것을 요청했다. 스톰윈드는 오크와 싸워야 했고 그의 힘이 필요했다. 메디브는 오랜 친구 로서의 제안에 동의하는 척하면서 제멋대로인 자신의 마력을 잘 이용할 수 있을지 걱정이 된다고 말했다. 수호자 메디브의 진정한 의도는 호드가 힘을 비축할 시간을 벌어주는 것뿐이었다.

로서는 카드가와도 대화를 나누었다. 그는 메디브의 어려웠던 과거에 대해 말하며 젊은 마법사 카드가에게 스승을 보살펴 달라고 부탁했다.

카드가는 최선을 다해 스승의 시중을 들었지만 곧 낙담하고 말았다. 메디브는 로서를 만난 후 평소보다 더욱 변덕스러워졌다. 그는 몇 시간 또는 며칠씩 카라잔에서 사라지곤 했다. 마침내 돌아왔을 때에는 무척이나 지쳐 있었다.

수상한 손님이 카라잔 탑에 방문했을 때 카드가는 더욱 곤혹스러웠다. 바로 가로나였다. 젊은 마법사 카드가는 즉시 그녀를 적으로 인식했다. 그러나 메디브는 친절하게 그녀를 맞이했다. 그는 카드가에게 가로나를 정중하게 대하라고 당부했다.

그리고 며칠 동안 카드가와 가로나는 곧잘 말다툼을 벌였다. 그러나 둘은 곧 우정을 키웠다. 카드가는 메디브가 그랬던 것처럼 반오크 가로나가 호드에게서 정말로 등을 돌릴 것이라고 생각했다.

그러나 카드가는 결국 무척 괴로운 사실을 깨달았다. 수호자는 검은늪에 가기 전에, 아제로스를 침략한 오크에 대해 잘 알지 못한다고 말했다. 그러나 메디브는 카드가를 제자로 받아들이기 훨씬 전부터 가로나와 친구가 된 것이 분명했다.

메디브의 말은 거짓이었다.

그 작은 신뢰의 틈은 시간이 지나면서 더욱 벌어졌다.

카라잔의 뒤틀린 현실

서리늑대 부족의 추방

오크의 대규모 부대가 어둠의 문을 통해 들어왔다. 그러나 모든 부족이 아제로스에 온 것은 아니었다.

호드가 드레나이를 정복한 후 수년 동안 몇몇 부족들은 피의 욕망과 광기에 이성을 잃었다. 강력한 전쟁노래 부족, 으스러진 손 부족, 해골이빨 부족도 그중 일부였다. 대족장 블랙핸드는 과도한 공격성을 보이는 부족들을 지옥불 반도의 여러 장소에 격리함으로써 호드의 나머지 구성원들에게 피해가 가지 못하게 했다.

블랙핸드는 이 부족들을 아제로스 침공에 합류시킨다면 부담이 될 것이라고 생각했다. 잘 알지 못하는 새로운 세계에서 동맹이 서로에게 등을 돌리는 일만은 절대 있어서는 안 되었다.

블랙핸드는 골치 아픈 부족들에게 드레노어에 남으라는 지시를 내렸다. 블랙핸드는 그들 부족에게 무료한 날들이 무척 괴로울 것임을 알고 있었다. 그것은 좋은 일이었다. 그들은 초목이 우거진 신세계에 관한 이야기를 듣거나 전리품 부스러기를 보는 것에 만족해야 했다. 그들은 몇 달 동안의 기다림을 겪으며 고분고분하게 행동할 수밖에 없을 것이다. 만약 그때에도 통제가 안 된다면 그들은 드레노어에서 썩어 가야 했다. 블랙핸드는 개의치 않았다.

검은바위 부족, 검은니 웃음 부족, 피눈물 부족, 불타는 칼날 부족, 용아귀 부족, 황혼의 망치 부족 등 대부분 부족들은 어둠의 문을 통과했다.

서리늑대 부족도 어둠의 문을 지났다. 지난 일 년간 부족장 듀로탄은 꾸준히 굴단의 행동에 이의를 제기하고 지옥 마법의 사용을 반대했다. 듀로탄은 호드의 지도자를 혐오했지만 그의 부족을 어둠의 문 너머로 이끌었다. 드레노어에 미래는 없었다. 다음 세대의 생존은 아제로스에서만 가능했다.

서리늑대 부족은 처음에는 다른 부족들과 함께 인간에 맞서 싸웠다. 그러나 그들의 운명은 호드에 있지 않았다. 굴단은 나중에 비밀리에 듀로탄을 만났다. 굴단은 그에게 서리늑대 부족이 더는 호드의 일원이 아니라고 통보하고 즉시 검은늪을 떠나라고 말했다. 그리고 만약 다시 돌아오거나 호드의 일원과 접촉한다면 서리늑대 부족은 남자와 여자, 어린아이 할 것 없이 누구도 살아남지 못할 것이라고 덧붙였다.

듀로탄은 동료 오크들에게서 떠나고 싶지 않았지만 마침 배우자인 드라카의 임신 사실을 알게 되었다. 그는 굴단의 분노를 자극한다면 드라카는 물론 아직 태어나지 않은 아이도 위험해질 수 있다고 생각했다. 그리고 듀로탄은 굴단이 자신을 산 채로 보내주는 이유를 알고 있었다. 만약 듀로탄이 죽는다면 그는 순교자가 될 것이고 그의 경고는 호드의 나머지 구성원들에게 더욱 큰 영향을 줄 수 있었기 때문이다.

듀로탄과 서리늑대 부족은 북쪽으로 나아갔다. 끔찍한 여정이었다. 아제로스의 지형은 낯설었고 스톰윈드의 인간들은 모든 오크를 적으로 취급했다. 그러나 서리늑대 부족도 나름 유리한 점이 있었다. 아제로스에는 강력한 정령들이 살고 있었다.

서리늑대 부족의 주술사였던 드렉타르가 아제로스의 토착 정령을 발견하고 심경의 변화를 느꼈다. 그는 드레노어에서 스스로 포기했던 종족의 전통을 떠올렸다. 드렉타르는 지옥 마법을 포기하고 정령에게 도움을 청했다. 그리고 작은 선물을 받았다. 정령들은 그에게 머나먼 북쪽, 눈 덮인 산맥으로 이르는 길을 보여 주었다. 그곳의 기후는 여러 면에서 서리불꽃 마루와 유사했다. 서리늑대 부족은 즉시 그 산맥을 찾아 길을 나섰다.

호드의 침공

호드의 정복 전쟁이 본격적으로 시작되었다. 대족장 블랙핸드는 습격대를 이끌고 북쪽과 서쪽으로 진격하면서 스톰윈드의 영토를 깊이 파고들었다. 이제 숨길 이유가 없었다. 블랙핸드는 인간들이 분노에 효과적으로 대처하지 못한다고 생각해 그 작은 생명체들의 분노를 자극했다.

블랙핸드의 첫 번째 습격은 인간들에게 공포심을 주입하기 위한 것이었다. 밝은나무 숲과 서부 몰락지대, 남부 붉은마루 산맥 마을 전체가 호드의 수중에 떨어졌다. 주민들은 호드에게 죽거나 도망쳐야 했다. 스톰윈드 정찰대가 공격을 막기 위해 나설 때면 오크는 이미 사라지고 없었다. 오크는 인간이 이제껏 맞섰던 어떤 적과도 달랐다.

스톰윈드의 지도자들은 전쟁이 새로운 국면에 접어들었다고 생각했다. 레인 왕은 선왕 바라덴이 트롤을 상대했던 방식으로 전쟁에 접근하려는 생각을 빠르게 접었다. 분쟁을 축소할 수 있는 가능성은 없었다. 오크의 목표는 정복이었다.

레인 왕은 로서를 스톰윈드 왕국 최고의 군사 직위인 '왕의 용사'에 임명하고 오크의 위협을 끝내라고 명령했다. 로서는 적의 기동성을 역이용할 계획을 세웠다. 그는 정찰 보고서를 통해서 호드가 목표를 공격하는 방식에서 일련의 규칙을 발견했다. 그는 오크의 퇴각 경로를 따라 병력을 매복시킨 다음 잔혹한 가빈라드라는 이름의 충성스러운 기사에게 대규모 부대를 맡겼다. 가끔, 인간의 기사 부대는 소규모 병력으로 사상자도 없이 오크의 습격대 전체를 궤멸시키곤 했다.

오크는 곧 인간이라는 적 역시 그들이 상대한 어떤 적과도 다르다는 사실을 깨달았다. 스톰윈드의 성직자는 성스러운 빛을 소환하여 부상자들을 치료했고 마법사는 비전 마법을 구사하며 호드에게 재앙을 내렸다. 오크는 드레나이와 싸우면서 그런 마법을 접하긴 했지만 인간은 드레나이와 다른 방식으로 마법을 사용했다.

그리고 말을 탄 기사가 있었다. 기동성과 방어력이 뛰어난 기사 부대는 오크 습격대를 쓰러뜨리고 매복을 피해 도망갈 수 있었다. 오크는 강인하면서도 고도의 기동력을 갖춘 이 적들을 상대하기 위해 전혀 새로운 방식의 전투에 적응해야 했다.

스톰윈드에서는 레인 왕이 비상사태를 알렸다. 레인 왕은 다른 인간 왕국에 전령을 보내어 아제로스에 수수께끼처럼 등장한 무시무시한 초록색 피부의 침략자들에 대해 경고했다. 그는 지원을 요청했지만 허사였다.

동부 왕국의 다른 지도자들은 레인 왕의 보고를 믿지 않았다. 도움을 줄 가능성이 가장 높았던 로데론은 상반된 정보를 접했다. 로데론을 방문한 스톰윈드의 어느 귀족이 왕실에서 공개적으로 레인 왕을 조롱하면서 사람들의 이목을 끌었다. 그는 그 전투가 실제로는 불만을 품은 시민들이 일으킨 내란이라고 주장했다. 로데론은 레인 왕에게 '누구든 문제를 일으키는 자'를 상대하는 데 행운이 따르기를 빈다며 공손한 답변을 전했다. 스톰윈드에 지원군은 파견되지 않았다.

최근 수십 년 동안 스톰윈드는 고립 정책을 고수했기에 큰 도움을 바랄 수 없었다. 다른 왕국들은 그러한 태도를 오만하다고 생각했다. 스톰윈드 왕국은 자립할 수 있다는 사실을 자랑스럽게 생각하곤 했다.

이제 선택의 여지는 없었다.

구루바시의 저항

호드의 대부분 공격은 북쪽, 스톰윈드에 집중되었다. 그러나 소수의 습격대는 가시덤불 골짜기의 서쪽 밀림으로 향했다. 부족장 킬로그 데드아이와 피눈물 부족이 그 공격을 이끌었다. 그들은 고대의 고향을 닮은 그 지역을 직접 차지하겠다는 목표를 세웠다.

오크는 알지 못했지만 가시덤불 골짜기는 구루바시의 영토였다. 트롤은 얼마 전 인간들이 자신의 땅을 침략했을 때처럼 단결하여 새로운 위협에 맞섰다. 울창한 밀림에서의 전투는 말할 수 없이 잔혹했다. 트롤은 적의 마음속에 공포를 주입하는 방법을 알고 있었으나… 그것은 피눈물 부족도 마찬가지였다. 영원성장의 후예들이 가득한 밀림에서의 오랜 생존 경험은 오크의 전투에 야수의 본능을 심어 주었다.

그럼에도 피눈물 부족은 심각하게 불리한 여건에 처해 있었다. 오크는 매 전투마다 트롤을 수적으로 압도했지만 구루바시의 전사들은 자신의 땅을 너무도 잘 알고 있었다. 그들은 거대한 밀림의 영토를 포기하면서 오크를 구루바시 영토 깊은 곳까지 유도하기도 했다. 그런 다음 사방에서 피 튀기는 매복 전투를 벌이며 피눈물 부족에게 끔찍한 패배를 안겼다.

구루바시의 스톰윈드 공격이 메디브의 방어로 실패한 후 그 세가 약화되지 않았다면 트롤은 호드에게 힘으로 맞설 수도 있었을 것이다. 그러나 수적으로 열세였던 트롤은 밀림에서 게릴라 전술을 펼치는 것 외에는 달리 방법이 없었다.

그러나 그것으로 충분했다. 가시덤불 골짜기에서 수많은 오크가 특별한 성과도 없이 전사했다는 사실을 확인한 대족장 블랙핸드는 피눈물 부족에게 그곳에서 퇴각하여 인간과 싸우라고 명령했다. 골치 아픈 트롤은 나중에 상대할 생각이었다.

구루바시는 오크를 밀림 밖까지 뒤쫓지 않았다. 트롤은 자신의 영토에 머무르며 경계를 늦추지 않고 또 다른 침공에 대비했다.

북녘골 성직자회
어둠의 문이 열리고 1년 후

호드와의 전투는 잔혹한 것이었다. 오크의 무자비한 무기에 상처를 입은 인간은 수 분 내에 출혈로 사망에 이르기도 했다.

전투에서 큰 희망이 되었던 이들 중 하나가 전장에서 목숨을 걸고 부상자들을 치료했던 성직자들이었다. 북녘골 성직자회는 지난 전쟁 때와 마찬가지로 스톰윈드의 모든 정찰과 전투에 사제를 파견했다.

이 성직자들은 로데론의 성스러운 빛의 교단에 뿌리를 두었다. 오래전 그들은 스톰윈드에 북녘골 수도원을 설립하고 왕국에서 핵심적인 역할을 수행했다. 성직자는 놀 전쟁, 구루바시와의 전쟁 등 여러 전쟁의 현장에서 활약했다. 일부의 경우 성직자는 자비심 덕분에 전장에서의 안전이 보장되기도 했다. 그들은 과거의 전투에서 놀과 트롤의 부상까지 치료한 것으로 알려지기도 했다.

그러나 호드의 경우는 달랐다. 오크는 이 치료사들이 부상당한 인간을 다시 전장에 복귀시킬 수 있다는 것을 알고서 모든 성직자를 무자비하게 공격했다. 많은 성직자가 쓰러졌다. 갑옷도 무기도 없었던 그들은 호드의 분노 앞에서 무력했다.

희생자의 수가 늘어만 가는 중에도 성직자는 주저하지 않고 전투에 나섰다. 그들의 용기는 스톰윈드의 군대에서 전설로 회자되었다.

인간과 성스러운 빛

희생과 용기는 성스러운 빛의 교단의 기본 교리였다. 교단은 그 기원을 이천 년도 더 지난 트롤 전쟁에서 찾았다. 로데인이라는 이름의 인간 장군이 자신의 목숨을 희생하여 인간의 연합군을 괴멸의 위기로 몰았던 압도적인 아마니 트롤의 병력을 저지했다. 로데인이 구한 사람들 중에는 저명한 전사이자 그의 누이인 메렐다르도 있었다.

전쟁이 끝났을 때 메렐다르는 인간 부상자들을 보살피는 데 일생을 바쳤다. 그녀는 처음으로 빛의 계시를 언급한 사람이었다. 메렐다르는 꿈속에서 인간의 것이 아닌 다섯 가지 기이한 형체가 성스러운 빛으로 요동치는 광경을 보았다. 신성, 보호, 정의, 응보, 연민의 다섯 가지 지혜가 그녀의 마음을 채웠다. 그들의 무언의 가르침을 실행에 옮겼을 때 메렐다르는 몸에서 전해지는 힘을 느꼈다. 그녀가 돌보는 환자들은 상처가 회복되었고 병이 사라졌다.

다른 인간들도 그 계시를 보았다고 말을 전했다. 메렐다르는 그들과 만났고 합심하여 고귀한 힘의 빛나는 지혜를 글로 기록했다. 그 책의 가르침에서 종교적인 움직임이 생겨났다. 종교의 기반이 되는 교리는 이타심과 모든 것에 빛이 깃든다는 믿음이었다. 종교는 성스러운 빛에 대한 광범위한 신앙을 이끌었고 인간의 지배적인 종교로 자리매김했다.

수백 년 후 로데론의 지도자들은 빛에 기반을 둔 서로 다른 전통과 믿음을 성문화했다. 이러한 과정에서 성스러운 빛의 교단이 태어났다. 로데론은 이 교단의 본거지가 되었고 치유와 지혜, 내면의 평화를 추구하는 여행자들에게 인기 있는 방문지가 되었다.

인간은 아제로스에서 성스러운 빛을 사용한 첫 번째 종족은 아니었다. 그러나 인간은 성스러운 빛에 강력한 재능이 있었다. 그것은 아마도 그들의 혈통 때문이었을 것이다. 인간의 기원은 신비로운 수호자에 의해 빚어진 반거인, 브리쿨로 거슬러 올라간다. 놀라운 존재인 수호자들은 아제로스를 빚었고 그들 중 몇몇은 성스러운 빛의 힘을 사용했다.

교단은 외딴 지역까지 인간의 영토 곳곳에 사원과 신전을 건설했다. 그리고 추종자들을 관리하기 위해 지도자의 체계를 수립했다. 가장 중요한 숭배지는 푸르른 동쪽 숲에 위치해 있었다. 이 신성한 지역 중 가장 오래되고 신성시 여겨진 곳은 희망의 빛 예배당, 스트라솔름, 안돌할, 티르의 손 수도원이었다.

황혼의 찬가

스톰윈드와의 전쟁이 본격적으로 시작되면서 황혼의 망치 부족은 대족장 블랙핸드의 눈엣가시가 되었다. 황혼의 망치 전사들은 명령에 불복종하기 일쑤였으며 다수의 부족원이 대열을 등지고 사라지곤 했다.

블랙핸드는 그들을 '본보기' 삼아 부족 전체를 제거하는 방안을 고려했다. 오우거 마법사 초갈이 끼어들었다. 황혼의 망치 부족에서 실질적인 지도자로 활동하던 초갈은 공식 부족장의 지위에 올라서 부족을 정비하겠다고 제안했다. 대족장 블랙핸드는 그의 제안을 수락했고 초갈이 거의 하룻밤 사이에 그들 부족의 기강 문제를 해결하는 것을 보고서 놀라면서도 흡족해했다. 황혼의 망치 부족은 순종적이고 쓸모 있는 병사가 되었고 블랙핸드는 그들의 과거 실수를 잊어버렸다.

초갈의 비결은 황혼의 망치 부족과 그들의 믿음을 깊이 이해한 것이었다. 그들은 공허의 마력을 숭배하는 부족이었고 어둠의 에너지에 조율될 수 있었다. 황혼의 망치 부족은 아제로스에 도착하자마자 어느 때보다 강력하고 분명한 공허의 부름을 들었다. 아제로스에는 혼돈과 무질서의 존재인 어둠의 생명체들이 다른 장소에 갇혀 있었다. 그들은 살아 있었고 세계를 타락시킬 날만 고대했다.

황혼의 망치 부족은 고대 신의 속삭임을 들었다. 그들은 땅속의 마력 깃든 감옥에 살고 있었다. 그들의 존재를 발견한 황혼의 망치 부족은 격한 감정에 휩싸이며 완전한 황홀감에 빠져들었다.

그들은 이를 운명의 징조로 받아들였다. 황혼의 망치 부족은 그들이 있어야 할 장소를 찾았다. 바로 황혼의 시간을 불러올 곳이었다.

고대 신의 존재는 초갈에게도 큰 영향을 미쳤다. 초갈은 공허가 강력한 힘이라고 생각했지만 어둠

고대 신

오래전, 공허의 군주는 자신의 마력을 물질화하여 우주 곳곳에 흩뿌렸다. 그 괴물 같은 생명체들은 고대 신이라는 이름으로 알려졌다. 그들의 목적은 초기 티탄을 찾아서 타락시키는 것이었다. 공허의 군주의 하수인들은 대부분 실패했으나 소수는 거의 성공에 이르렀다.

다수의 고대 신이 고대 아제로스의 땅에 떨어졌고 잠든 티탄의 영혼에게 어둠을 드리우기 시작했다. 그들은 아제로스의 토착 정령을 부리며 태고의 방대한 영토를 지배했다. 고대 신들이 아제로스의 세계혼을 타락시키는 작업을 마무리하기 전에 아그라마르를 비롯한 티탄들이 고대 신의 존재를 눈치챘다.

곧 두 세력은 아제로스의 패권을 두고 대재앙과도 같은 전쟁을 일으켰다. 티탄과 하수인들은 가까스로 승리를 거두었고 고대 신을 땅속 무덤에 가두었다. 그러나 고대 신은 영원히 갇혀만 있을 생각이 없었다. 고대 신의 영향력은 아제로스에 스며들었고 많은 생명체가 그들의 지배를 받았다. 아마도 그들 중에서 가장 강력한 하수인은 검은용의 위상, 데스윙이었을 것이다.

의 신에 대한 황혼의 망치 부족의 광신적인 믿음에는 별로 신경을 쓰지 않았다. 이제 초갈은 어둠의 신이 존재한다는 증거를 확인한 셈이었다.

초갈은 광기에 찬 황혼의 망치 부족이 종말론적인 예언을 수행하는 것을 돕기로 동의하고 부족원을 하나의 단순한 개념으로 규합했다. 초갈은 황혼의 시간이 머지않았으며 호드의 성공이야말로 그 시간을 앞당기는 최선의 방법이라고 말했다.

그리고 그때까지는 대족장 블랙핸드와 협업하는 척하면서 비밀리에 진정한 주인을 섬겨야 한다고 덧붙였다. 황혼의 망치 부족은 초갈의 의견에 동의했다. 고대 신은 호드의 전쟁과 파괴를 향한 열망을 반기는 듯했으며 따라서 세계 정복을 지속하는 것이 그다지 큰 희생은 아니라고 생각했다.

몇 주가 지나고 초갈은 고대 신과 조율되었다. 그는 부족의 예언대로 창백한 오크의 피부에 낙인을 찍었다. 그리고 그 살을 잘라내 낱장을 만들고 공허에 관한 가르침을 기록한 책을 제작했다. 황혼의 찬가라고 알려진 그 책은 오랜 시간 동안 고대 신의 추종자들에게 힘과 열정의 원천이 되었다.

서리늑대의 저항

호드가 전쟁을 수행하는 동안, 추방된 서리늑대 부족은 북쪽으로 이동했다. 그들은 정령의 도움으로 인간과의 접촉을 거의 피할 수 있었다. 서리늑대 부족이 새로운 터전인 알터랙 산맥에 도착한 직후 드라카는 고엘이라는 이름으로 불리게 될 남자아이를 출산했다.

드라카와 듀로탄에게 그것은 축복의 순간이어야 했다. 그러나, 그것은 공포였다. 아이는 오크의 피의 저주에 감염되어 초록색 피부를 가지고 태어났다. 듀로탄에게 그 아이는 마지막 혈육이었다. 굴단이 그의 주인과 맺은 서약은 오크의 자손에게도 저주를 전하고 있었다.

듀로탄은 이제는 어떤 희생이 따른다고 해도, 호드를 조종하는 어두운 힘을 지켜볼 수만은 없다고 생각했다. 드라카도 마찬가지였다.

듀로탄과 드라카는 서리늑대 부족에게 알터랙 산맥에서 새로운 삶을 개척하라고 말한 다음 진실을 밝히기 위해 호드에게 돌아갔다. 부족장과 그의 배우자는 새로 태어난 아들 고엘을 데리고 남쪽으로 위험한 여행을 떠났다.

드렉타르는 주술사의 힘을 불러내어 오그림 둠해머에게 말을 전했다. 검은바위 부족의 전사 오그림의 꿈에 원소 정령이 나타나 듀로탄이 남쪽으로 가고 있으며 모단 호수라고 알려진 지역의 가장자리에서 만나기를 바란다고 말을 전했다.

오그림은 블랙핸드에게 그 이야기를 전하지 않았다. 듀로탄과 마찬가지로 오그림도 지옥 마법과 굴단과 블랙핸드를 경계하고 있었다. 오그림은 서리늑대 부족을 추방한 결정을 두고 탄식했다. 그것은 호드의 지도자가 타락했다는 증거였다. 또한 오그림은 어둠의 의회에 대해 알게 되었고 그들을 영악하고 불명예스러운 집단이라고 생각했다.

오그림은 정찰 임무를 준비하는 척하면서 소수의 믿을 수 있는 경비병들을 데리고 듀로탄이 기다리는 모단 호수로 향했다. 서리늑대 부족장 듀로탄은 고엘의 모습을 보이며 자신이 발견한 모든 사실을 설명했다. 듀로탄은 오크 부족이 킬제덴의 옥좌에 모이기 전에 정체불명의 인물에게 받았던 경고와 굴단이 호드를 조종하려는 어떤 어둠의 세력과 손잡고 있다는 추측까지 남김없이 이야기했다.

오그림은 동요했으나 크게 충격을 받지는 않았다. 그는 듀로탄에게 최근 몇 주 동안 자신이 본 것을 전했다. 드레노어의 지옥 에너지가 어둠의 문을 통과하여 검은늪에까지 스며들고 있었다. 곧, 이 세계도 그들이 떠나온 드레노어처럼 황폐화될 운명에 처할 것이 분명했다.

듀로탄과 드라카와 오그림은 무슨 일이 있어도 굴단과 블랙핸드를 막아야 한다고 의견을 모았다. 오그림은 혼자 호드에 돌아간 다음 당분간 블랙핸드의 계획에 따르는 척하기로 했다. 그는 듀로탄과 드라카에게 자신이 말을 전할 때까지 북쪽에 피해 있으라고 말했다. 오그림은 그의 경비병들에게 듀로탄과 드라카가 집으로 돌아갈 때까지 동행하면서 그들을 보호하라고 명령했다.

오그림은 죽는 날까지 그 실수를 후회했다. 오그림의 경비병들은 오그림이 아니라 어둠의 의회에 충성했다.

경비병들은 오그림과 방문자들이 나눈 모든 말을 엿들었다. 그들은 굴단이 분명 듀로탄과 드라카와 그들의 아이를 제거하기를 원할 것이라고 생각하여 따로 허가를 받지 않고 서리늑대 오크들을 죽이기로 결정했다. 경비병들은 며칠 동안 북쪽으로 여행한 후 듀로탄과 드라카를 덮쳤다. 두 서리늑대 오크는 필사적으로 반격하며 경비병 한 명을 처치했다. 그러나 남은 경비병들이 듀로탄과 드라카를 쓰러뜨렸고 고엘은 극한의 추위 속에 버려진 채 죽음을 기다리고 있었다.

기적적으로, 아이는 살아남았다. 아이의 부모가 살해된 바로 다음 날 북부 던홀드 요새의 귀족 애델라스 블랙무어가 이끄는 추적대가 소름 끼치는 광경을 목격했다. 그것은 스톰윈드의 보고가 사실이라는 충격적인 증거였다. 죽은 생명체들은 '오크'라고 알려진 야수에 관한 설명과 정확하게 일치했다.

블랙무어는 아이의 울음소리를 듣고 고엘을 발견했다. 아이는 굶주렸고 얼음처럼 차가웠지만 살아있었다. 블랙무어는 아이를 던홀드로 데려가서 살펴보기로 결정했다. 이 아이를 잘 관찰한다면 새로운 적에 관한 중요한 정보를 얻을 수도 있었다. 고엘은 블랙무어의 감시하에 어린 시절을 보냈다.

며칠이 지나도 오그림의 경비병들은 돌아오지 않았다. 오그림은 의심이 들기 시작했다. 그는 무슨 일이 일어났는지 확인하기 위해 다른 전사들을 북쪽으로 보냈다. 그들은 끔찍한 사실을 발견했다.

오그림의 친구들과 그의 '믿을 수 있는 경비병' 한 명이 죽은 채로 발견되었다. 정찰병들은 다른 암살자들을 찾기 시작했다. 그들은 어둠의 의회 하수인들을 추적한 끝에 남쪽의 호드 전선 앞에서 그들을 발견했다. 잔혹한 전투가 벌어졌다. 오그림의 전사들은 승리를 거두고 돌아와 그들의 사령관에게 비밀리에 상황을 보고했다.

그것은 행운이었다. 굴단이 듀로탄과 오그림의 반역에 관한 이야기를 들었다면 오그림은 밤사이 목구멍이 꿰뚫리고 말았을 것이다. 오그림은 자신의 친구와 부하를 위해 복수하겠다는 다짐을 하고 기회를 노리며 때를 기다렸다.

붉은마루의 정복

어둠의 문이 열리고 3년 후

몇달 동안 오크는 외곽 지역을 마구잡이로 습격하여 농경지와 마을, 도시, 교역소를 파괴했다. 스톰윈드의 경제는 붕괴되었다. 더욱 심각한 것은 다수의 식량 생산 시설이 파괴되거나 호드의 수중에 넘어갔다는 사실이었다. 스톰윈드의 식량 공급은 수개월을 버티지 못할 것으로 보였.

대족장 블랙핸드는 이를 알고 전쟁의 다음 단계에 돌입했다. 그는 호드를 북쪽으로 이끌어 붉은마루 산맥이라고 알려진 지역을 점령할 생각이었다. 그곳에서부터 스톰윈드로 직접 침공하려 했다.

호드는 별 저항도 받지 않고 붉은마루의 언덕에 다다랐다. 너무도 쉬웠다. 오크는 스톰윈드에 도착하기 전까지는 인간들이 저항하지 않을 것이라고 생각했다.

로서는 오크가 바로 그렇게 생각하기를 바랐다.

블랙핸드는 호드의 거점이 될 호숫골을 차지하기 위해 붉은마루 산맥으로 소규모 습격대를 이끌었다. 갑자기 로서가 이끄는 기사들이 함성을 지르며 산비탈에서 내려왔고 완벽한 매복전을 선보이며 오크를 포위했다. 호드 습격대는 힘겹게 싸웠지만 거의 전멸할 상황에 이르렀다. 로서는 그날 블랙핸드를 쓰러뜨릴 뻔했으나 대족장과 동행한 두 명의 어둠의 의회 흑마법사가 그를 저지했다. 그들의 지옥 마법은 전세를 뒤집었고 로서는 블랙핸드의 피를 보지 못하고 후퇴해야 했다.

블랙핸드와 생존자들은 몸을 추스르며 호드 야영지로 돌아갔다. 수 주 내에 훨씬 더 많은 병력을 동원하여 호숫골과 주위 지역을 점령할 생각이었다. 블랙핸드는 자신의 목숨을 구한 흑마법사들에게 고마움을 느끼지 않았다. 죽을 위기에 처했다는 것 그 자체가 굴욕이었다. 블랙핸드는 매복을 바로 눈치채지 못했다며 어둠의 의회 흑마법사들을 비난했고 그 무능함을 이유로 두 흑마법사를 손수 처형했다.

굴단은 그 상황이 마음에 들지 않았다. 흑마법사들은 자신의 부하였고 처벌도 자신이 내려야 했다. 게다가 흑마법사들이 많지도 않은 상황이었다.

블랙핸드는 굴단의 분노를 무시했다. 그는 대족장이었다. 누구도 그에게 이의를 제기할 수 없었다.

검은바위 산

블랙핸드에 대한 매복전은 굴단에게 생각할 거리를 주었다. 그는 인간들이 수적 열세에서도 격렬히 싸우는 것을 보았고 스톰윈드 정복이 호드의 생각보다 어려울 수 있다고 생각했다. 오크는 샤트라스를 무너뜨렸지만 그때와는 상황이 많이 달랐다. 지금 호드는 나뉘어 있었다. 가장 강력한 부족 중 일부는 아직도 드레노어에 남아 있었다. 수년에 걸친 전쟁과 기근과 기아는 군대를 약화시켰다.

게다가 굴단은 수년 전 메디브가 구루바시 트롤을 물리치고 스톰윈드를 방어한 사건에 대해 알게 되었다. 또한 수호자와 티리스팔 의회의 역사에 대해 약간의 지식을 습득했다. 이러한 모든 사실은 메디브에 대한 의문을 미궁 속에 빠뜨렸다. 그는 정말로 호드가 아제로스를 점령하기를 원한 것일까? 그는 정말로 불타는 군단의 꼭두각시였을까? 아니면 다른 숨은 속셈이 있었던 것일까? 어쩌면 메디브는 구루바시 트롤처럼 오크를 쓸어버릴 생각을 하고 있을지도 몰랐다.

굴단은 카라보르 정복을 앞두고서 호드의 힘을 강화했던 순간을 떠올렸다. 그는 드레노어의 정령을 파괴하고 그 에너지를 오크에게 주입시켰다. 아제로스에는 원소 정령이 가득했고 그들은 드레노어의 정령보다도 훨씬 강력했다.

어둠의 의회 첩자들이 붉은마루 산맥의 북서쪽, 검은바위 산이라고 불리는 이글거리는 화산 인근에서 강력한 정령의 활동을 감지하여 이를 보고했다. 초갈도 그 보고가 사실이라고 확인해 주었다. 그러나 초갈은 일부 정보를 숨겼다. 머리가 둘 달린 오우거 초갈은 검은바위 산에서 정령의 힘을 감지했을 뿐만 아니라 그 지역의 정령들이 고대 신과 관련되어 있다는 사실을 발견했다.

어둠의 의회는 비밀리에 검은바위 산으로 이동하여 그곳의 정령을 지배할 계획을 세웠다. 그것은 재앙이었다. 드레노어의 어떤 오크도 이렇게 강력하고 순수한 정령의 힘을 접해본 적이 없었다. 처음 정령을 지배하려 들었던 몇몇 어둠의 의회 흑마법사는 비참한 운명을 맞이했다. 그들은 온몸이 불덩이가 되어 사라졌다.

검은바위 산 지하 깊은 곳에는 불의 군주 라그나로스가 살았다. 그는 필멸자 노예의 왕국 전체와 수많은 하급 정령을 지배했다. 수백 년 동안 검은무쇠 드워프는 라그나로스의 충성스러운 부하로 활동했다. 오크의 흑마법사가 검은바위 산 지하로 내려갈 때마다 검은무쇠 드워프가 나타나 공격했고 분노한 화염 정령들도 그에 가세했다.

어둠의 의회가 라그나로스와 그의 부하들을 전면전으로 이끌기 전에 초갈이 평화를 중재했다. 초갈은 고대 신과 기초 단계의 유대감을 갖고 있었고 그 덕분에 검은바위 산의 지하에 접근할 수 있었다. 그는 검은바위 드워프, 라그나로스의 정령 부관과 오랜 이야기를 나눈 끝에 합의에 도달했다. 고대 신은 호드의 행동에는 매우 기뻐했지만, 오크와 같은 불타는 군단의 부하에게 조금의 힘도 허용할 생각이 없었다. 결국 살게라스의 군대는 공허에 직접적으로 대항하고 있었기 때문이다. 그럼에도 고대 신은 어둠의 의회에게 검은바위 산 상부의 검은바위 첨탑이라고 불리는 장소에 작은 은신처를 허락해 주었다. 흑마법사들은 그곳에 머무르는 한 라그나로스의 추종자들에게서 자유로울 수 있었.

굴단은 검은바위 산의 힘을 차지하려는 계획이 틀어졌다는 것을 알고서 실망을 감추지 못했다. 그러나 초갈에게 뛰어난 외교 수완이 있음을 알고서 기뻐했다. 만약 굴단이 오우거 마법사 초갈의 진정한 동기나 초갈이 새롭게 고대 신을 숭배한다는 사실을 알았다면 그렇게 기뻐하지 않았을 것이다. 그러나 지금 어둠의 의회는 비밀 거처가 몹시 필요한 상황이었다. 블랙핸드와 굴단의 갈등은 심화되어 갔다. 은신처는 값을 매길 수 없을 만큼 중요했다.

검은바위 산에 깃든 힘은 나중에 차지해도 늦지 않았다.

1차 스톰윈드 공성전

밝은나무 숲, 서부 몰락지대, 붉은마루 산맥은 이제 호드가 장악하고 있었다. 스톰윈드를 공격할 시간이 다가왔다.

대족장 블랙핸드는 굴단에게 검은바위 산 임무가 실패했다는 이야기를 듣고서 조소했다. 블랙핸드는 기대조차 하지 않았다. 그는 정령의 힘을 빌리지 않고 스톰윈드를 정복할 준비를 갖추었다.

수천 명의 호드가 엘윈 숲으로 쏟아져 들어왔고 스톰윈드 외곽에 포위선을 구축했다. 호드는 스톰윈드 요새를 둘러싼 채 바다를 제외한 모든 경로를 차단했다. 블랙핸드는 킬로그와 초갈에게 각각 피눈물 부족과 황혼의 망치 부족을 이끌고 스톰윈드를 습격하라고 명령했다.

호드는 도시의 방어를 무너뜨리기 위해 밤새 공성 전차를 동원하여 성벽을 공격했다. 새벽이 되었을 때 킬로그와 초갈은 공격을 감행했다. 오크는 흙벽으로 질주했고 흑마법사들은 지옥의 불길로 스톰윈드의 병사들을 불태웠다. 스톰윈드 수호자들은 엄청난 타격을 입었다.

블랙핸드는 정오까지 스톰윈드를 차지할 것이라고 생각했다. 그러나 호드의 후방에서 전해진 공격의 함성을 듣고서 경악할 수밖에 없었다.

로서는 스톰윈드의 핵심 기사 부대를 이끌고 해상 경로를 지나 호드 진영의 후방으로 접근했다. 그리고 이제 엘윈 숲을 지나 돌격하고 있었다. 후위에 있던 오크들은 완전한 기습을 당한 채 쓰러졌고 기사들은 호드의 진영 안쪽까지 파고들었다.

호드의 공격은 곧 무너졌다. 피눈물 부족과 황혼의 망치 부족은 공격을 중단하고 기사 부대를 맞상대했다. 스톰윈드의 거대한 성문이 열렸고 병사들이 쏟아져 나와 반격을 가했다. 병사들은 망치가 되어 적을 두드렸고 로서의 기사들은 모루가 되어 퇴로를 막았다.

오크는 양면 전술에 대응할 수 없었다. 그저 도망치는 것이 최선이었다. 그것은 호드가 경험한 가장 큰 재앙이었다.

블랙핸드는 패배에 분개했다. 그는 킬로그와 초갈을 처형하고 싶었으나 부족원들의 반란을 염려하여 가까스로 충동을 억눌렀다.

호드는 붉은마루 산맥의 요새로 철수하여 새로운 정복 계획을 짜기 시작했다.

저주받은 탑

스톰윈드의 승리는 단순한 행운이 아니었다. 로서와 레인 왕은 매우 구체적인 정보를 바탕으로 움직였다. 많은 호드의 전투 계획은 카드가에게서 나왔는데 그는 가로나에게서 정보를 얻고 있었다.

굴단은 가로나가 인간 친구에게 오크의 문화와 호드의 이동에 대한 정보를 유출하고 있다는 것을 알면서도 카라잔 접근을 금지하지는 않았다. 굴단은 가로나를 통해서 얻는 메디브와 그의 신비로운 거처에 관한 정보를 포기할 수 없었다. 그것은 오크의 전쟁을 생각하면 위험 요소였지만 그것을 상쇄할 만한 가치가 있었다.

가로나와 카드가는 카라잔에 함께 있을 때 자주 이야기를 나누었다. 특히 메디브에 대한 걱정이 대화의 주제가 될 때가 많았다. 최근 몇 달 동안 카라잔은 더욱 어두워졌고 뒤틀린 분위기를 풍겼다. 복도를 떠도는 고통받는 영혼의 수는 그 어느 때보다도 많았다. 카드가와 가로나는 가끔씩 과거와 현재, 미래에 관한 생생하고도 끔찍한 계시를 보기도 했다.

카드가는 이러한 현상의 원인이 모두 메디브에게 있다고 의심했다. 수호자의 변덕은 완전히 사라졌다. 그것은 바람직한 일이었지만 그런 생각이 든 것도 처음뿐이었다. 분노는 사라졌지만 그 자리에 아무것도 채워지지 않았다. 메디브는 무언가를 느끼는 감정을 아예 잃어버린 듯했다. 메디브가 인간성을 잃으면서 카라잔 역시 현실의 균열이 흐트러지는 것처럼 보였다.

카드가는 카라잔 탑의 도서관에서 책을 뒤지며 지금 일어나는 현상을 설명해줄 단서를 찾아 헤맸다. 그러던 중 답이 있을 듯한 무명의 고서를 발견했다. 숙련된 마법사가 특정 기억을 소환할 수 있는 고대의 기술이 있었다. 불행히도 그 주문은 신뢰하기 어려운 것으로 드러났다. 카드가는 원하는 순간의 기억을 거의 소환할 수 없었고 메디브에 대한 질문도 전혀 통하지 않았다.

카드가는 많은 시행착오 끝에 그 주문을 다른 방식으로 사용해 보기로 했다. 어쩌면 아제로스와 오크의 고향 행성을 연결하는 균열의 원인을 볼 수 있을지도 몰랐다.

그 마지막 시도는 성공적이었다. 그러나 그것을 통해서 얻은 답은 거의 믿기 어려운 것이었다.

카드가와 가로나 주위에서 새로운 계시가 펼쳐졌고 둘은 공포에 질린 채 계시를 지켜보았다. 그들은 드레노어에서 수수께끼의 이방인이 굴단을 만나는 모습을 보았다. 두건을 쓴 이는 어둠의 의회에 아제로스가 성숙하고 빼앗기 좋은 행성이라고 말하면서 그곳의 모습을 보여주었다. 그런 다음 어둠의 문을 건설하고 아제로스를 침공하라며 그들을 설득했다.

카드가와 가로나는 이방인의 얼굴을 가까이에서 보았다. 그것은 다른 누구도 아닌 메디브였다. 아제로스에 호드를 불러온 사람은 티리스팔의 수호자였다.

수호자의 타락

충격적인 계시가 사라지자마자 메디브는 카드가와 가로나가 무엇을 발견했는지 알게 되었다. 반오크와 인간은 가까스로 수호자의 분노를 피해 달아났다. 그들은 레인 왕과 로서에게 메디브의 배신에 대한 경고를 전하려 스톰윈드로 향했다.

카드가는 가로나를 스톰윈드에 들여보내 달라고 요청했고 가로나는 카드가와 함께 레인 왕을 알현했다. 가로나의 눈으로 모든 것을 보고 있었던 굴단은 가로나가 스톰윈드의 통치자와 같은 방에 있다는 것을 깨닫고서 레인 왕을 죽이도록 그녀를 조종했다. 가로나는 굴단의 술수라는 것을 알지 못한 채 그 수상하고 폭력적인 충동에 저항했다.

레인은 메디브가 그러한 배신을 저질렀다고 믿지 못했다. 그러나 로서는 믿었다. 로서는 카드가를 신뢰했다. 인정하고 싶지 않았지만 이제 메디브는 아제로스에 있어 호드보다 더 위험한 존재였다.

로서는 기사 가빈라드에게 스톰윈드 방어의 지휘를 맡겼다. 그런 다음 전투 부대를 이끌고 카드가와 가로나와 함께 카라잔으로 달려갔다. 로서는 무거운 마음으로 어린 시절의 친구를 붙잡거나 처치하겠다고 맹세했다.

가로나의 눈으로 모든 것을 보고 있었던 굴단은 공포에 휩싸였다. 그는 아직 살게라스의 무덤이 위치한 곳을 찾지 못했다. 메디브가 죽기 전에 그것을 알아내야 했다. 로서 일행이 카라잔에 도착하여 공격을 시작하자 굴단은 수호자의 마음에 손을 뻗었다.

처음에는 메디브의 정신 방어가 너무 강력해 그것을 뚫을 수 없었다. 그러나 전투가 진행되면서 메디브도 집중력을 잃어갔다. 굴단은 쓸모 있는 정보를 찾아서 미친 듯이 수호자의 기억을 뒤졌다.

살게라스는 에이그윈과 싸울 때처럼 수호자의 생각과 행동을 장악했다. 그는 침입자들에게 그의 모든 힘을 내보냈다. 카라잔에서 화염과 강철과 마법이 휘몰아치는 전투가 벌어졌다. 살게라스는 굴단의 정신 사슬을 장악하고자 했다. 가로나를 이용하여 적을 공격할 속셈이었다. 수호자의 주문이 가로나의 정신을 공격했다. 그러나 그것은 부분적으로만 효과가 있었다. 반오크 가로나는 혼란에 휩싸였다. 곧 그녀는 아군과 적을 구분할 수 없게 되었다.

카드가는 전투에서 거의 죽을 뻔한 위기를 맞았다. 살게라스는 카드가의 육신에서 영혼을 제거하려 했으나 실패하여 생명력의 일부만을 흡수하고 말았다. 젊은 제자는 너무도 일찍 노화해 버렸다. 카드가는 늙고 쇠약해졌다.

결국 카드가가 메디브의 가슴에 칼을 꽂아 넣고 치명상을 입혔다. 수호자를 쓰러뜨리자 살게라스의 영혼이 그의 몸에서 빠져나왔고 불타는 군단의 지배자는 뒤틀린 황천 깊은 곳으로 추방되었다.

마지막 순간, 메디브는 생전 처음으로 생각이 뚜렷해지는 것을 느꼈다. 자신이 저지른 행동과 그로 인해 발생한 수많은 죽음에 대한 깨달음이 무겁게 마음을 짓눌렀다. 그는 수호자로서 완전히 실패했다. 그러나 카드가와 동료들이 메디브가 할 수 없었던 일을 이루어 주었다. 그들은 살게라스를 무찌르고 그의 계획을 저지했다. 메디브의 유언은 감사였다. 그는 카드가와 로서 일행에게 감사하는 마음뿐이었다.

메디브가 숨을 거두었을 때 가로나는 그곳에 있지 않았다. 그녀는 이미 카라잔에서 빠져나갔다. 누구도 가로나의 행방을 몰랐고 그녀를 찾을 시간도 없었다.

수호자가 전사한 것은 수백 년 만의 일이었다. 그리고 어떤 수호자도 악마의 힘에 지배된 적이 없었다. 메디브의 죽음과 함께 극적인 변화가 발생했다. 카라잔 탑에서 지옥 에너지가 외부로 폭발하여 주위 지역을 위험하고 거친 황무지로 만들어 버렸다. 카라잔 탑 서쪽의 밝은나무 숲은 그늘숲이라는 새로운 이름을 얻었다.

그 여파는 호드에게까지 미쳤다. 굴단은 그가 원하는 것을 찾는 데 성공했다. 그는 이제 살게라스의 무덤의 위치를 알게 되었다. 그러나 굴단은 메디브가 쓰러진 그 순간까지 그의 기억을 뒤지고 있었고, 수호자의 죽음은 굴단의 정신에도 충격을 주었다. 굴단은 깊은 혼수상태에 빠졌다.

마력의 유물

굴단은 메디브의 생각을 파고들면서 살게라스의 무덤은 물론 다른 정보까지 접하게 되었다. 그는 아제로스의 역사와 아제로스 곳곳에 흩어져 있는 마력의 유물에 관한 귀중한 지식을 수집했다.

두 번째 대족장

카라잔에서 멀리 떨어진 호드 진영에서는 굴단이 갑작스럽게 혼수상태에 빠져들면서 어둠의 의회에 충격을 주었다. 그들은 무슨 일이 일어난 것인지, 그 이유가 무엇인지 알 수 없었다. 대족장 블랙핸드도 마찬가지로 혼란스러웠으나 그 상황이 싫지만은 않았다. 그는 최근 어둠의 의회의 활동에 불만을 품고 있었다. 굴단이 호드에 대해 더 많은 영향력을 행사하려 했다는 사실을 알았기 때문이다.

오그림 둠해머는 드디어 때가 왔다고 생각했다. 어둠의 의회는 혼란스러웠고 블랙핸드는 최근 스톰윈드 공격의 실패로 아직 흔들리고 있었다. 오크 종족에게 저주를 내린 타락을 제거하기에 이보다 더 좋은 기회는 없었다.

오그림은 블랙핸드를 어둠의 힘에 오크 종족을 팔아넘긴 배신자라고 비난하며 죽음의 결투, 막고라를 신청했다.

블랙핸드가 거절할 수 있는 도전이 아니었다. 어떤 오크도 막고라를 거절할 수 없었다. 만약 그랬다가는 호드의 존경을 잃어야만 했다. 게다가 오그림을 비밀리에 암살할 수도 없었다. 블랙핸드는 그러한 일들을 어둠의 의회에 의존하고 있었다.

부족의 문양을 새기고 기름으로 치장한 두 오크가 몇 시간 동안 결투를 벌였다. 결국 오그림이 가문의 무기, 둠해머로 블랙핸드의 머리를 짓이기고 대결을 마무리했다.

지켜보던 오크들은 승자에게 무릎을 꿇고 새로운 지도자인 대족장 둠해머를 맞이했다. 오그림은 호드에게 굴단과 흑마법사는 겉보기와는 다른 존재로, 그들의 지옥 마법이 드레노어를 죽였다고 말했다. 그리고 호드를 중독시킨 그 부정한 어둠을 제거하겠다고 선언했다. 첫 단계로 지옥 마법을 금지했다. 어긴 자는 죽음으로 다스렸다. 아제로스는 드레노어의 운명을 답습해서는 안 되었다.

그러나 오그림은 복수를 완수할 때를 기다려야 했다. 블랙핸드가 죽은 후 어둠의 의회는 도망쳤다. 오그림은 그들이 어디로 사라졌는지 알 수 없었다.

오그림은 당장 스톰윈드와의 전쟁에 집중해야 했다. 그는 전투를 더 벌이고 싶은 생각은 없었지만 선택의 여지가 없었다. 드레노어로 돌아가는 것은 느린 죽음을 의미했다. 오크가 살아남는 유일한 방법은 스톰윈드를 정복하고 그곳을 새로운 터전으로 삼는 것뿐이었다. 만약 적들을 물리치지 못한다면 그들은 새로운 세계에서 어떤 운명에 처하게 될지 몰랐다.

대족장 둠해머는 부족들에게 마지막 공격 준비를 명령했다. 그들은 해가 지기 전에 이동을 시작했다.

두 번째 스톰윈드 공성전

대족장 둠해머는 두 번째 스톰윈드 공격에서 행운을 기대하지 않았다. 그는 인간의 요새를 상대로 호드의 모든 힘을 쏟아부었다. 전쟁노래 부족과 으스러진 손 부족 등 아직 드레노어에 있는 부족들을 데려와서 병력을 강화하는 방법도 잠시 생각해 보았지만 그러기에는 시간이 부족했다. 스톰윈드는 하루가 다르게 전열을 정비하고 있었다.

전투가 시작되자 두 진영은 그날 스톰윈드의 운명이 결정된다는 것을 직감했다. 포로도, 자비도, 후퇴도 없었다. 호드는 스톰윈드 성벽을 뚫고 거리를 습격했다. 스톰윈드의 수호자들은 호드를 저지했다. 그러나 그것도 잠시였다.

레인 왕은 스톰윈드 성채에서 군사 사령관들을 소집하던 중 카라잔에서 가로나가 도착했다는 보고를 접했다. 로서와 카드가가 아직 돌아오지 않은 상황이었기 때문에 레인은 그들을 걱정하고 있었다.

레인은 경과를 듣기 위해서 가로나를 만났다. 가로나는 레인에게 메디브와의 전투에 대해 말하려 했다. 가로나가 입을 떼려는 순간, 무언가가 그녀의 마음속에 끼어들었다.

가로나는 이전에 레인 왕을 처치하라는 굴단의 명령에 저항한 적이 있었다. 그러나 수호자와 만난 이후 생각이 뒤섞였다. 적과 아군의 경계가 불분명했다. 그녀의 의지는 흔들렸다. 레인 왕을 쓰러뜨리라는 굴단의 옛 명령이 선명하게 떠올랐다. 가로나는 레인을 암살하고 싶지 않았다. 레인은 이방인인 그녀를 기꺼이 스톰윈드 왕국에 받아 주었고 몇 달 동안, 오크에게서 평생 경험하지 못한 호의를 보여 주었다.

그러나 가로나는 굴단의 명령을 거부할 수 없었다.

가로나는 눈물을 떨구며 레인 왕의 가슴에 단검을 꽂아 넣었다. 어린 왕자였던 바리안은 그 살해 광경을 목격했다. 아버지의 암살은 소년에게 큰 충격을 주었고 오크에 대한 인식을 영원히 바꾸어 놓았다. 바리안은 오크를 기만적이고 흉악한 종족이라고 생각했다.

가로나는 혼란스러운 상황을 틈타 성채에서 탈출한 다음 어지러운 전장 속으로 몸을 숨겼다. 왕의 죽음에 대한 소문은 빠르게 퍼졌으며 사기는 땅에 떨어졌다. 스톰윈드의 거의 모든 곳에서 싸움이 벌어졌다. 호드의 계속되는 포화에 도시는 불길에 휩싸였다.

그때 로서와 카드가가 카라잔에서 돌아왔다. 그들은 혼돈에 휩싸인 스톰윈드를 보았다. 로서는 왕의 시해 소식을 듣고 남은 병력을 직접 이끌었다. 스톰윈드에서 할 수 있는 것은 없었다. 그가 할 수 있는 일은 최대한 많은 사람들을 구하는 것뿐이었다.

로서는 남은 이들에게 도시를 버리고 대피하라고 명령했다. 로서와 카드가, 가빈라드는 남은 병력을 이끌고 바리안 왕자와 타리아 왕비를 찾았고 최대한 많은 시민들을 모았다. 그들은 오크와 싸우며 스톰윈드 항구까지 전진했다. 그러는 도중에도 많은 사람들이 쓰러졌다. 타리아 왕비도 그렇게 희생되었다. 마침내 부두에 도착한 로서 일행은 호드의 추적을 따돌리기 위해 남은 배를 거의 대부분 파괴한 다음 항해에 나섰다.

피난민들의 뒤에서 스톰윈드가 잿더미로 무너지고 있었다. 1차 대전쟁은 끝이 났다.

호드는 승리했다. 그러나 호드의 대족장은 전혀 기쁘지 않았다.

스톰윈드에서 도망치는 로서와 피난민들

어둠의 의회 수색
어둠의 문이 열리고 4년 후

대족장 둠해머는 스톰윈드 피난민을 쫓을 수단도 없었고 그럴 생각도 없었다. 호드는 막대한 희생을 치르고 승리를 거두었다. 그는 새로운 적이 등장하기 전에, 정복한 땅을 안전하게 확보해야 한다고 생각했다.

그는 드레노어로 전령을 보내서 남은 부족을 소집했다. 전쟁노래 부족, 으스러진 손 부족, 웃는 해골 부족, 천둥군주 부족, 해골이빨 부족이 호드의 새로운 영토에 도착하기까지는 시간이 필요했다.

오그림은 그 시간 동안 호드에 대한 지배력을 다졌다. 무엇보다도 어둠의 의회를 뿌리 뽑아야 했다. 어둠의 의회는 강력한 조직이었지만 호드의 타락을 이끈 원흉이었다. 오그림은 어둠의 의회가 오크를 조종하는 어두운 힘과 손을 잡고 있으며 흑마법사가 사용하는 지옥 마법이 드레노어가 황폐화된 원인이라고 생각했다. 조금 더 개인적인 차원에서는 복수를 원했다. 어둠의 의회 구성원들은 듀로탄과 드라카, 그리고 그들의 아이를 살해한(오그림은 그렇게 알고 있었다) 장본인이었다.

어둠의 의회의 근황은 알려진 바가 없었다. 다행히 심문할 사람이 있기는 했다. 굴단은 여전히 의식을 찾지 못했으나 호드는 그의 꼭두각시를 붙잡았다. 바로 스톰윈드를 탈출해서 도망치던 가로나였다. 오그림은 가로나를 고문하여 어둠의 의회가 검은바위 첨탑에 비밀 은신처를 건설했다는 사실을 알아냈다.

대규모 호드 병사들이 이글거리는 검은바위 화산을 덮쳤다. 화염 정령도 검은무쇠 드워프도 그들을 방해하지 않았다. 라그나로스와 고대 신은 자신의 존재를 숨기며 그 긴박한 사태의 진행 과정을 지켜보고 있었다.

어둠의 의회 흑마법사들은 자신을 지킬 방법이 거의 없었다. 지옥 마력으로 오그림의 분노를 잠시 지연시킬 수는 있었지만 결국 대족장의 충성스러운 부하들에게 쓰러질 것이 분명했다.

살아남은 소수의 의회 구성원 중 하나가 초갈이었다. 오우거 마법사 초갈은 자신이 살아야 하는 이유를 매우 설득력 있게 제시했다. 초갈은 자신이 없다면 황혼의 망치 부족은 다시 광기에 사로잡히고 말 것이라고 주장했다. 오그림은 그런 능력 있는 전투 부대를 잃는 손실을 감당할 여유가 없었다. 초갈은 자신도 굴단에게 조종당하여 휘둘렸다고 주장하면서 대족장에게 충성을 맹세했.

오그림은 마지못해 그의 항복을 받아들였다. 그는 머리가 둘 달린 오우거 초갈의 이야기가 사실인지 확신할 수 없었고 별로 신경 쓰지도 않았다. 그는 호드의 새로운 땅을 지킬 전력이 필요했다. 초갈은 오그림에게 검은바위 산 지하 깊은 곳에 사는 검은무쇠 드워프를 소개해 주면서 자신이 쓸모 있는 존재임을 입증했다. 오우거와 검은무쇠 드워프 간의 관계는 예상하지 못한 소득이었다. 검은무쇠 드워프는 라그나로스의 비밀 지령에 따라, 검은바위 첨탑을 새로운 사령부로 삼겠다는 호드의 제안에 동의했다. 고대 신은 조만간 오크가 아제로스에 뿌릴 혼돈을 볼 수 있다는 사실에 기뻐했다.

또한, 대족장은 가로나의 목숨을 살려주었다. 굴단이 가로나에게 몹시 잔혹했다는 것은 널리 알려진 사실이었다. 그리고 가로나는 레인을 암살하여 큰 도움을 주었다. 가로나도 호드에 충성을 맹세했다. 오그림은 자신이 가장 신뢰하는 부관 중 한 명인 아이트리그에게 그녀를 감시하는 임무를 맡겼다.

얼마 후, 오그림의 전령이 드레노어에서 돌아와 나쁜 소식을 전했다. 드레노어에 남은 부족들이 피의 욕망에 더 깊이 빠져들어 서로를 상대로 싸우기 시작했다는 이야기였다. 호드에 합류할 수 있는 인원은 숙련되고 규율을 갖춘 약간의 오크와 소수의 오우거에 불과했다.

그것은 오그림이 듣고 싶었던 소식은 아니었다. 그러나 감당해야 했다.

그리고 곧, 오그림은 상상조차 할 수 없는 마력의 원천을 다루게 되었다. 아제로스의 고대 시기에 만들어진 무기를…

악마의 영혼

1차 대전쟁 내내 아제로스의 강력한 용들은 분쟁 현장에 모습을 드러내지 않았다. 이 위엄에 찬 생명체들은 오랜 세월 동안 다섯 용의 위상, 즉 알렉스트라자, 넬타리온, 노즈도르무, 이세라, 말리고스의 인도에 따라 아제로스를 수호했다. 그러나 용들은 지금 아제로스를 보호할 수 없었다. 그들은 아직도 수천 년 전 배신의 충격에서 회복하지 못하고 있었다.

만 년 전, 고대의 전쟁 동안 위상들은 불타는 군단과의 전쟁에 합류했다. 알렉스트라자, 노즈도르무, 이세라, 말리고스는 기꺼이 자신의 정수 일부를 희생하여 하나의 유물에 그들의 분노를 담았다. 그 무기는 용의 영혼이라는 이름으로 알려졌고 아제로스의 악마 적들을 전멸시킬 수 있을 만큼 강력했다.

넬타리온만이 그 유물에 자신의 마력을 주입하지 않았다. 그는 유물을 만들어 동료들에게 제시한 장본인이기도 했다. 언뜻 보기에 그의 의도는 순수해 보였다. 그러나 실제로는 전혀 고귀하지 않았다. 다른 위상들은 몰랐지만 넬타리온은 이미 고대 신의 영향으로 타락해 있었다.

다른 위상들이 용의 영혼을 강화한 후 넬타리온은 그 유물을 전투에 사용했다. 그는 용의 영혼으로 수많은 악마를 무찔렀다. 그러나 넬타리온은 그의 분노를 군단에게 퍼붓는 것에 만족하지 않았다. 그는 친구와 아군에게 용의 영혼을 겨누었다.

충격적인 배신으로 인해 용족의 단결은 깨졌고 넬타리온은 데스윙이라는 새로운 이름을 얻었.

용의 위상들은 결국 형제에게서 유물을 되찾았다. 그러나 유물을 파괴할 수도 없었고 그 무기에 주입했던 마력을 회수할 수도 없다는 사실을 알고서 난처한 상황에 빠졌다. 위상들은 누구도 생각할 수 없는 장소에 용의 영혼을 숨길 수밖에 없었다. 그들은 붉은마루 산맥이라고 알려진 아제로스의 외딴 지역에 용의 영혼을 숨기고 데스윙은 물론 다른 어떤 용도 손을 대는 일이 없도록 유물에 마법을 부여했다.

그리고 수천 년 동안 약화된 용의 위상들은 아제로스에 좀체 모습을 드러내지 않았다. 데스윙의 배신은 그들을 영원히 바꾸어 놓았다. 청동용의 위상 노즈도르무는 과거와 현재와 미래를 수호하는 고대의 임무에 집중했다. 그는 소용돌이치는 시간의 길에서 거의 나오는 일이 없었다. 녹색용의 위상 이세라는 에메랄드의 꿈에서 아제로스의 야생의 상태를 점검하면서 많은 시간을 보냈다. 푸른용의 위상 말리고스는 데스윙의 행동 때문에 광기에 빠져들었고 자신의 둥지, 마력의 탑에 은둔했다. 붉은용의 위상 알렉스트라자는 아제로스의 필멸의 종족의 활동에 개입했으나 그것은 매우 드문 일이었다. 그녀 역시 데스윙의 활동 징후를 유심히 관찰했다.

고대의 전쟁 이후 데스윙은 모습을 숨기고 깊은 잠에 빠졌다. 용의 영혼은 타락한 용의 위상 데스윙이 전투에서 사용하기에도 너무 벅찼고 유물의 마력은 데스윙을 죽음 직전까지 몰아갔다. 데스윙은 불타는 몸이 찢기지 않도록 척추에 금속판을 부착해야 했다. 그는 상처를 회복하고 힘을 되찾을 시간이 필요했다. 데스윙이 오랜 시간 잠을 자는 동안 다른 용군단은 그의 타락한 자식들을 거의 멸종에 이를 때까지 사냥했다.

어둠의 문을 열기 위해 사용한 엄청난 양의 마력은 마침내 데스윙을 깨우고 말았다. 데스윙은 스톰윈드와 호드의 전투를 흥미롭게 지켜보았고 오크를 이용하면 검은용군단의 완전한 영광을 되찾을 수 있겠다고 확신하게 되었다. 데스윙은 자신이 모습을 드러내면 용의 위상만이 아니라 필멸의 종족 다수가 그에게 대적할 것이라고 생각했다. 만약 호드가 아제로스의 왕국들을 무너뜨릴 수 있다면, 특히 세계의 가장 강력한 문명들을 제거해 준다면 데스윙은 동료 위상들에게 집중할 수 있었다.

데스윙의 주인인 고대 신은 1차 대전쟁 동안 조금씩 오크를 도울 것을 권했다. 물론 너무 극적인 도움은 삼가야 했다. 데스윙은 다른 용군단의 시선을 끌고 싶지 않았기 때문이다. 그러나 고대 신들은 데스윙의 개입이 아제로스를 혼돈에 몰아넣을 방법이라고 생각했다.

첫 단추는 스톰윈드의 인간 귀족으로 분장한 것이었다. 데스윙은 로데론에 방문했고 풍문을 전하며 귀족들을 사로잡았다. 호드가 침공했다는 소식이 마침내 로데론 왕국에 전해졌을 때 데스윙은 공개적으로 그들을 조롱했다. 데스윙은 로데론의 상류 귀족들에게 그 이야기는 인간의 반란으로 확대된 문제를 숨기기 위해 지어낸 것이라고 말했다. 그의 거짓말은 스톰윈드의 절박한 요청보다도 훨씬 더 신빙성이 있었다.

그럼에도 고집스럽게 스톰윈드의 보고를 신뢰했던 이들에게는 마법 능력을 활용했다. 데스윙은 교묘하게 로데론 귀족들의 정신에 영향을 주면서 호드에 반하는 조처를 취하지 못하게 방해했다.

데스윙은 로데론이 호드와의 전쟁에 지원군을 보내지 않을 계획임을 확인한 다음 남쪽으로 향했다. 그는 검은바위 오크의 모습으로 변장한 후 부족에 잠입하여 수개월 동안 오크의 일원으로 생활했다. 데스윙은 호드의 행동을 이끄는 숨겨진 힘을 손쉽게 파악했다. 그리고 곧 교묘한 술책으로 다양한 오크의 호감을 샀다. 굴단은 그를 충성스러운 부하라고 생각했고 블랙핸드는 그가 자랑스러운 검은바위 오크라고 믿었다. 심지어 오그림 둠해머조차 그를 충실한 아군이라고 여겼다.

결국 대족장 블랙핸드가 오그림에게 쓰러졌다. 그러나 그것은 문제가 아니었다. 어둠의 의회는 불타는 군단을 섬겼고 데스윙은 고대 신을 섬겼다. 불타는 군단의 지배력을 무너뜨리는 것은 오크를 그의 주인에게 더욱 무력한 존재로 만들뿐이었다.

한 가지 문제가 남아 있었다. 호드는 1차 대전쟁으로 약화되었다. 나머지 인간 왕국이 손을 잡는다면 오크는 그들을 물리칠 방법이 없었다. 설령 이길 수 있다고 해도 너무나 많은 적을 깨울 것이 분명했다. 용의 위상들이 호드가 드리우는 위협을 깨닫는다면 오크에게 승산은 없었다.

그러나 용의 영혼이 아직 존재했다. 용의 영혼은 데스윙을 제외한 모든 위상의 마력이 깃들어 있었고 위상을 쓰러뜨리거나 지배하는 목적으로 쓰일 수도 있었다. 용은 그 유물을 사용할 수 없었지만… 오크라면 가능했다. 그들은 아주 유용한 아군이 될 수 있었다.

데스윙은 부족장 중 한 명에게 계시를 내렸다. 그는 호드와 그들의 풍습에 대해 많은 것을 깨달았고 용아귀 부족의 지도자인 줄루헤드가 적임자라고 판단했다.

줄루헤드는 그의 부족이 신기하고 강력한 하늘의 생명체를 길들여서 타는 생생한 꿈을 계속해서 꾸었다. 인간의 언어로 그 동물은 용이라는 이름으로 불렸다. 그것은 황홀한 광경이었다. 드레노어에서 용아귀 부족은 라일라크를 넬고르, 즉 '충성스러운 야수'로 길들이는 전통이 있었다. 다시 한번 하늘을 난다는 생각은 뿌리칠 수 없는 유혹이었다. 잘만 길들인다면 이 용들은 뛰어난 넬고르가 될 수 있었다.

데스윙은 미끼를 마련한 후 줄루헤드를 구슬려 붉은마루 산맥으로 유인했다. 산맥의 깊은 지하에는 수호물과 오라스트라자라는 이름의 붉은용이 보호하는 단순한 모양의 황금 원반이 숨겨져 있었다. 수백 년 동안 누구의 손길도 타지 않은 채 묻혀 있었던 용의 영혼이었다.

줄루헤드와 용아귀 부족은 즉시 오라스트라자를 덮쳤다. 그들은 붉은용과 싸워본 적이 없었다. 열 명이 넘는 오크가 전사했으나 그들은 결국 유물의 수호자를 쓰러뜨렸다.

줄루헤드는 그런 다음 부족의 위대한 흑마법사, 네크로스 스컬크러셔에게 유물을 복구하라고 명령했다. 네크로스는 유물의 방어를 깨뜨렸다. 그는 유물에서 고대의 전쟁에서 사용했던 흔적인 희미한 지옥 에너지를 감지하고서 악마의 영혼이라는 새로운 이름을 붙였다.

알렉스트라자는 붉은마루 산맥에서 멀리 떨어져 있었으나 유물의 수호물이 파괴되는 것을 감지

푸른용군단

고대의 전쟁 동안 데스윙의 배신으로 거의 모든 푸른용들이 죽어 갔다. 알렉스트라자와 붉은용들의 활약이 없었다면 푸른용군단 전체가 멸종했을 것이다. 그들은 남은 푸른용 알을 모아서 새로운 새끼용을 부화하고 길렀다. 얼마 동안 알렉스트라자의 일부 붉은용들도 아제로스의 마법 유물과 마력의 장소를 보호했다. 그러한 일은 보통 푸른용의 몫이었으나 그들은 혼란한 상황이었고 그 고대의 의무를 수행할 이가 없었기 때문이다.

했다. 유물의 수호자 역시 아무런 소식을 전하지 않았다. 알렉스트라자는 걱정스러운 마음에 몇 마리 붉은용을 이끌고 서둘러 남쪽으로 향했다. 그들은 어떤 어리석은 필멸자가 뭔가 수를 써서 유물을 훔쳤고 오라스트라자가 그를 뒤쫓고 있을 것이라고 추측했다. 그리고 손쉽게 유물을 되찾을 것이라고 생각했다.

사실 그녀는 데스윙의 함정에 빠져들고 있었다.

일곱 왕국의 의회

로서와 스톰윈드 피난민들이 북쪽으로 향하는 동안 스톰윈드가 무너졌다는 소문이 다른 왕국에 퍼져 나갔다. 로데론의 통치자인 테레나스 메네실 2세는 그 소식을 듣고 크게 흔들렸다. 소문과 사실을 구분하기는 어려웠다. 처음에는 오크라는 존재가 실재한다고 믿지도 않았다. 이제 오크는 심각한 위협이었다.

스톰윈드의 생존자들은 마침내 로데론에 도착했고 로서는 테레나스 왕에게 호드의 진정한 힘에 대해 말해 주었다. 그는 테레나스에게 인간 왕국의 지도자들을 즉시 소집하라고 권고했다. 그는 인간들이 서로 손을 잡지 않으면 호드는 아무런 어려움 없이 인간 왕국을 차례대로 쓰러뜨릴 것이라고 주장했다.

얼마 후, 모든 인간 왕국의 지도자가 로데론의 수도에 모였다. 근래에 들어 그런 모임은 볼 수 없던 것이었다. 길니아스의 왕 겐 그레이메인, 쿨 티라스의 제독 댈린 프라우드무어, 달라란의 대마법사 안토니다스, 스트롬가드의 왕 토라스 트롤베인, 알터랙의 왕 아이덴 페레놀드가 테레나스와 로서의 부름에 응했다.

이 회의는 일곱 왕국의 의회로 알려졌다. 처음에는 단결이 요원해 보였다. 테레나스는 동료 지도자들에게 인간 왕국 간 무적의 연합을 결성하여 호드의 위협을 박멸하고 스톰윈드를 생존자들에게 되찾아주자고 제안했다.

관심을 보인 이들도 일부 있었다. 달라란의 키린 토를 대표하는 대마법사 안토니다스는 카드가에게서 먼저 호드에 대한 설명을 들었다. 프라우드무어는 안두인 로서의 친구였고 무너진 인간 왕국을 대신하여 복수하는 것이 옳은 행동이라고 생각했다. 로데론과 긴밀한 관계였던 트롤베인도 싸울 의사가 있었다.

그러나 길니아스와 알터랙은 쉽게 설득당하지 않았다. 그들은 다른 세계의 생명체가 침공했다는 사실에 대해 공공연하게 의문을 제기했다. 데스윙의 소문은 로데론 너머에까지 전해졌다. 그들은 무언가 다른 사정이 있을 것이라고 믿고 있었다.

일곱 왕국의 의회가 회의를 이어 가는 가운데 호드는 전쟁을 준비하고 있었다.

4장: 1차 대전쟁

5장
2차 대전쟁

5장
2차 대전쟁

호드의 무장
어둠의 문이 열리고 4년 후

1차 대전쟁의 소란이 진정되어 가면서 오그림 둠해머는 종족의 미래를 두고 생각에 빠졌다. 그는 오크가 지옥 마법과 굴단과 블랙핸드가 끼친 타락의 영향에서 벗어나 오랜 전통과 관습으로 돌아갈 수 있기를 바랐다.

그러나 그 꿈은 많은 시간이 필요했다. 먼저 오그림은 아제로스에서 오크의 터전을 일구어야 했다. 스톰윈드를 정복한 것으로는 충분하지 않았다. 다른 인간 왕국들은 호드와 절대 화해하지 않을 것이다. 스톰윈드가 무너진 상황에서 그것은 불가능했다. 지금도 둠해머의 정찰병들은 로데론이라고 불리는 북부의 땅에서 인간 왕국들이 만나고 있다는 소식을 전하고 있었다.

오그림은 호드가 가만히 있어서는 안 된다고 생각했다. 정복한 영토를 지키려고만 한다면 인간 왕국들은 최대 병력을 동원해서 남쪽으로 진격하여 결국 오크를 압도할 것이다. 오그림이 종족의 생존을 보장할 수 있는 유일한 방법은 적이 전쟁 준비를 마치기 전에 먼저 공격에 나서는 것뿐이었다. 오크는 스톰윈드에서 잡은 포로들을 심문하여 북부에 강력한 인간 왕국이 다수 존재하며 그중에서도 로데론이 가장 강력하다는 사실을 알게 되었다. 로데론은 인간 문화의 심장부였다. 오그림은 호드가 로데론의 권좌인 수도를 정복한다면 다른 왕국들도 차례로 굴복할 것이라고 생각했다.

그러나 호드가 로데론의 수도를 정복했을 때의 이야기였다. 스톰윈드와의 전쟁으로 둠해머의 군대는 격감했고 자원은 고갈되었다. 드레노어의 지원군도 빈약한 수준이었다. 대족장 둠해머는 호드를 강화할 다른 방법을 찾아야 했다. 그의 부하들은 새로운 무기를 찾아 나섰다. 검은바위 부족은 스톰윈드의 대장간을 차지했지만 그중 다수는 도시를 휩쓸었던 불길에 훼손되어 있었다.

용아귀 오크는 악마의 영혼이라고 알려진 기이하고 강력한 유물을 발견했다. 그러나 아직까지 그 온전한 힘을 풀어내지는 못했다. 부족을 이끄는 줄루헤드는 악마의 영혼을 그의 부관인 네크로스에게 주고서 그 비밀을 알아내라고 지시했다.

또한 호드는 아제로스의 무시무시한 아마니 트롤과 긴밀한 관계를 맺었다. 그들은 오랫동안 인간과 피나는 전투를 벌인 역사가 있었고 스톰윈드가 파괴되었다는 소식에 매우 기뻐했다. 아마니 트롤은 오크를 잠재적인 동맹으로 생각했다. 일부 트롤은 둠해머가 자신들을 돕는다면 호드에 합류할 의사가 있다고 밝혔다. 아마니의 지도자인 대장군 줄진은 인간에게 붙잡혀 언덕마루 마을 근처의 감옥에 갇혀 있었다. 만약 오크가 줄진을 구출해 준다면 트롤도 호드의 편에서 싸우는 데 기꺼이 동의할 수 있었다.

그리고 굴단이 있었다. 굴단은 스톰윈드가 함락되고 얼마 지나지 않아 혼수상태에서 깨어났다. 대족장 오그림은 굴단이 깨어나면 처형할 생각으로 그의 상태를 예의주시하고 있었다. 그러나 정작 그의 피를 볼 때가 되자 손을 거두었다. 굴단이 새로운 주인에게 인간을 무찌르고 호드의 승리를 보장할 방법을 제시했기 때문이다.

흑마법사의 책략

굴단은 혼수상태에서 깨어나고서 세상이 바뀌었다는 사실을 깨달았다. 그는 한때 호드에 막대한 힘을 행사했다. 지금은 아무것도 없었다. 어둠의 의회는 무너졌고 둠해머가 새로운 대족장이 되었다. 굴단은 오그림의 신뢰를 얻지 못한다면 자신의 흑마법사들과 같은 소름 끼치는 운명을 맞을 것이라고 생각했다.

굴단은 호드에 충성을 맹세하며 목숨을 간청했다. 그리고 더는 오크 종족을 조종하려 들지 않겠다고 둠해머에게 약속했다. 굴단은 오크에게 지옥 마법을 가르쳐 준 자애로운 존재들이 자신을 배신하고 버렸다고 주장하며 그들과의 연관성을 부인했다.

굴단은 그의 말이 오그림에게 티끌만큼의 가치도 없다는 사실을 알고 있었다. 그는 대족장의 신뢰를 얻을 무언가가 필요했다. 굴단은 호드에게 절실하게 필요한 것이 힘이라고 생각했다. 힘을 얻지 못한다면 호드는 인간과의 다음 전투에서 패배할 것이 분명했다. 굴단은 둠해머에게 자신이 인간 주문술사와 정면으로 맞설 수 있는 새로운 전사를 만들 수 있다고 말했다. 성직자와 마법사는 1차 대전쟁에서 특히 상대하기 어려운 적이었다. 인간 포로들의 말에 따르면 로데론 왕국 등의 군대는 스톰윈드보다 훨씬 더 많은 주문술사를 보유하고 있었다.

둠해머는 굴단을 신뢰하지 않았으나 그의 말은 옳았다. 호드는, 특히 대족장이 지옥 마법의 사용을 금한 지금, 인간 마법에 대응할 수단이 없었다. 드레나이도 인간의 것과 비슷한 능력을 사용했으나 로데론을 비롯한 북부 왕국의 군대는 규모 면에서 비교할 바가 아니었다.

오그림은 굴단에게 자신의 가치를 증명할 기회를 주었다. 무언가 유용한 것을 만들어 낸다면 그는 목숨을 부지할 수 있었다. 그렇지 못한다면 그의 비참한 삶은 대족장의 손에서 최후를 맞이해야 했다. 오그림은 굴단을 살려두는 것이 위험할 수 있지만 동시에 자신은 블랙핸드처럼 굴단의 공범이나 꼭두각시가 되지 않고 그를 통제할 수 있을 것이라고 생각했다.

처형의 위기를 모면한 굴단은 기꺼이 둠해머를 살해할 계획을 세웠다. 그러나 어디선가 익숙한 속삭임이 들려왔고 그는 계획을 포기했다. 그것은 킬제덴의 목소리였다.

수년 동안의 침묵 끝에, 살게라스는 킬제덴에게 그의 하수인을 다시 만나라고 명령했다. 악마 군주는 굴단에게 호드를 둠해머에게 맡기라고 말했다. 그는 스톰윈드를 정복했다. 블랙핸드조차 해내지 못한 일이었다. 그는 군단이 필요로 하는 지도자, 즉 아제로스의 수호자들을 정복할 수 있는 지도자였다. 킬제덴은 굴단에게 어떤 방법을 동원해서라도 호드의 힘을 강화하여 목표를 완수하도록 도우라고 명령했다. 그리고 악마 군주는 군단의 뜻을 따른다면 엄청난 힘을 주겠노라고 다시 약속했다.

킬제덴은 기꺼이 약속을 지킬 의향이 있었으나 굴단은 그를 믿지 않았다. 그는 이제 불타는 군단의 꼭두각시 노릇이 지겨웠다. 굴단은 악마 군주에게 복종하는 척했으나 배신을 꾸미고 있었다. 그는 이제 살게라스의 무덤이 있는 곳을 알고 있었다. 자신이 직접 무덤 속에 있는 힘을 꺼낼 수 있었다. 그러니 킬제덴이나 불타는 군단에게 바랄 것이 있겠는가?

굴단은 살게라스의 무덤에 가기 위해서 충성스러운 아군이 필요했다. 호드가 그의 의도를 눈치챘을 때 그들의 분노에서 자신을 지켜줄 군대가 필요했다. 굴단은 둠해머에게 자신의 부족, 폭풍약탈자를 만드는 것을 허락해 달라고 요청했다. 그리고 어둠의 의회를 지배하며 비밀리에 활동하던 때와는 달리 자신의 활동을 지속적으로 호드 전체에 알리겠다고 다짐했다. 그리고 자신과 폭풍약탈자 부족은 다른 병력과 함께 최전방에서 싸울 것이라고 덧붙였다. 사실 굴단은 새로운 부족을 자신의 영향력과 권력을 키우는 데 이용할 계획이었다.

둠해머는 그럴 것이라고 의심하면서도 자신이 굴단의 선수를 칠 수 있을 것이라고 확신했다. 굴단이 자신의 부족을 원한다면 그것을 줄 생각이었다. 오그림은 부족에 첩자를 심어 굴단과 그의 활동을 감시했다.

오그림의 결정에는 또 다른 이유가 있었다. 부족들 사이에서는 굴단과 지옥 마법에 반대하는 의견이 퍼졌고 어느 부족도 굴단의 무리를 받아주려 하지 않았다. 굴단이 전쟁에서 활약하려면 그는 자신의 부족이 필요했다.

죽음의 기사
어둠의 문이 열리고 5년 후

굴단은 새로운 전사를 만들겠다는 약속을 이행할 여러 방법을 고민했다. 무엇보다도 중요한 것은 새로운 전사들이 비밀리에 자신에게 충성을 맹세해야 한다는 것이었다. 그래서 굴단은 어둠의 의회로 관심을 돌렸다. 의회의 구성원들은 죽었지만 영혼은 온전히 남아 있었다. 굴단은 그들의 영혼을 죽음의 손아귀에서 다시 데려온다면 영원히 감사한 마음을 가질 것이라고 생각했다.

굴단과 초갈은 육체에서 분리된 어둠의 의회의 영혼을 모으고 그들에게 물리적인 형태를 부여할 방법을 연구했다. 굴단은 1차 대전쟁에서 전사한 오크나 오우거의 몸을 이용하는 방법을 고려했다. 그러나 그것은 명예로운 전사자들의 시체를 모욕하는 행동일 수 있으며 호드에게 받아들여지지 않을 것이라고 생각했다. 부족들 사이에서 소란이 일어나 굴단에게 곧바로 보복이 가해질 가능성도 있었다.

안 될 일이었다. 오크나 오우거는 답이 아니었다. 그러나 인간이라면 사정이 달랐다. 굴단은 어둠의 의회 구성원들의 영혼을 스톰윈드의 위대한 기사들의 시체에 주입하기로 했다.

굴단은 금지된 지옥 마법을 사용할 수 없었기 때문에 그 병사들을 강력한 강령술사로 만들 생각이었다. 그리고 임무를 완수하기 위해 초갈과 함께 수차례 피의 의식을 수행했다. 그들은 참담한 실패를 반복하다가 결국 성공에 이르렀다.

굴단은 그의 오랜 동료인 테론고르의 영혼을 전사한 스톰윈드 기사의 시체에 주입했다. 썩어 가던 시체에 강령 에너지가 흘러들었다. 시체는 불사의 몸으로 비틀거리며 다시 일어섰다. 그 끔찍한 해골 전사는 테론 고어핀드라는 이름으로 알려졌다.

굴단이 죽음의 기사라고 불렀던 첫 번째 전사였다.

이 어둠의 병사들은 흑마법사의 최종 계승자였다. 그들은 음식도 휴식도 필요하지 않았다. 죽음의 기사는 강령 에너지를 소환하여 적에게서 생명력을 갈취했고 전장에서 죽은 자를 되살려 병력을 보충했다.

굴단은 기술을 완벽히 연마한 후 더 많은 죽음의 기사를 빚어냈다. 오그림은 그 광경을 보고 역겨운 기분이 들었다. 죽음의 기사는 부자연스러운 흉물이었다. 게다가 오그림이 고향 행성을 파괴하는

강령사의 운명

오크 강령사는 흥미로운 실험이었으나 굴단의 기대만큼 전투에서 활약하지는 못했다. 결국 굴단은 그들을 활용할 좋은 방법을 발견했다. 굴단과 초갈은 강령사를 희생하여 그들의 강령 에너지로 죽음의 기사를 부활시켰다.

데 일조했다고 생각하는 조직, 어둠의 의회 구성원의 영혼으로 만들어진 존재였다. 오그림은 그러한 의구심을 느끼면서도 죽음의 기사의 잠재력을 부정할 수 없었다. 그들은 지옥 마법과는 다른 부류의 마법을 사용했다. 그것은 매우 강력했고 대지의 생명을 거두어 가지도 않았다.

둠해머는 신중한 고민 끝에 이 부정한 전사들을 호드에 받아들였다. 더 기다린다면 인간 왕국에 대한 기습의 효과가 떨어질 위험이 있었다. 죽음의 기사는 로데론을 무너뜨리는 데 필요한 무기였다. 적의 가슴에 공포를 불어넣고 인간의 마법에 대응할 수 있는 수단이었다. 오그림은 검은바위 부족의 구성원들에게 죽음의 기사를 주의 깊게 지켜보라고 명령했다. 비밀리에, 오그림은 호드가 승리를 거두고 나면 굴단과 그의 언데드 병사들을 제거할 계획을 세우고 있었다.

오그림이 죽음의 기사를 신뢰하지 않은 것은 옳은 생각이었다. 그들은 비록 공개적으로 호드에 충성을 맹세했지만 대족장이나 그의 군대에 거의 관심이 없었다. 또한 죽음의 기사는 굴단이 바란 충성스러운 부하도 아니었다. 그들은 자신에게만 충실했고 독자적으로 자신을 보존하기 위해서만 움직였다.

죽음의 기사를 창조한 후 남은 일은 점차 감소하는 호드의 물자와 장비를 보충하는 것이었다. 오그림은 이를 위해 브론즈비어드 드워프의 고향, 카즈 모단으로 눈길을 돌렸다.

카즈 모단 침공

브론즈비어드 드워프는 자부심 높고 강인한 종족이었다. 이천 년이 넘는 시간 동안, 그들은 산의 심장부를 깎아서 건설한 대도시인 아이언포지에서 삶을 일구었다. 그 주위 지역인 카즈 모단은 드워프의 대장간이 가득했고 산은 석유와 광석이 풍부했다. 오크는 로데론까지 나아가기에 앞서 드워프의 고향을 정복하고 그 자원을 활용하여 병기를 강화해야 했다.

매서운 눈보라가 휘몰아치는 가운데 호드는 카즈 모단으로 진격했다. 드워프는 준비되어 있었다. 폭파병들은 카즈 모단으로 통하는 산중 터널을 파괴하여 오크의 접근을 지연시켰다. 한편 드워프는 오랜 동료인 노움에게 도움을 요청했다. 두 종족은 온갖 수단을 동원하여 카즈 모단 곳곳에 방어 전선을 구축했다.

준비가 무색하게도, 드워프와 노움은 오크의 군대 앞에서 상대가 되지 못했다. 호드는 겨울 폭풍과 같은 분노로 카즈 모단을 휩쓸었다. 수백 명의 드워프와 노움이 오크의 굶주린 칼날 앞에서 쓰러졌다. 호드는 얼어붙은 땅 곳곳에 위치한 소규모 정착지와 전진 기지, 무기고를 차례로 정복했다.

카즈 모단의 수호자들은 호드의 맹공 앞에서 쓰러졌다. 노움은 수도인 놈리건으로 퇴각했고 드워프는 아이언포지 성채로 도망쳤다.

둠해머는 두 종족 중에서 드워프를 더욱 강력한 세력으로 보고 아이언포지 함락을 위해 병력을 집중했다. 그러나 아이언포지는 카즈 모단의 다른 지역처럼 무너지지 않았다. 아이언포지의 거의 모든 주민이 무기를 들었다. 그들은 이 전투가 마지막 전투일 수 있다고 생각했고 항복하느니 전투 도끼를 들고서 죽겠다고 나섰다.

호드는 공성 망치처럼 아이언포지를 두드렸다. 그러나 아무런 성과가 없었다. 전투에서 드워프 한 명이 죽을 때마다 열 명의 오크가 함께 쓰러졌다. 인명 피해가 너무도 심해지자 둠해머는 공격을 중단했다. 아이언포지는 그의 주된 목표가 아니었기에 굳이 병사들의 목숨을 허비하면서까지 정복할 필요가 없었다. 둠해머는 필요한 일을 수행했다. 그는 카즈 모단과 그곳의 풍부한 자원을 약탈했다.

둠해머는 드워프를 봉쇄하기 위해 아이언포지의 성문 바깥에 피눈물 부족을 배치했다. 그런 다

놈리건 방어

오크는 놈리건도 파괴하려 했으나 성공하지 못했다. 영리한 종족인 노움은 첨단 기술을 이용하여 영토를 방어했다. 그들은 놈리건 주위의 숲과 언덕 곳곳에 폭탄을 심어 두었다. 많은 오크들이 노움의 수도에 도착하기도 전에 위장 폭탄에 쓰러졌다.

놈리건은 뚫을 수 없는 강철 관문으로 막혀 있었다. 둠해머는 수주 동안 공성 전차로 입구를 포격하다가 공격을 취소했다. 그는 아이언포지의 드워프에게 그랬던 것과 마찬가지로 피눈물 부족에게 노움을 그들의 도시에 봉쇄하라고 명령했다. 그러나 대족장 둠해머는 더는 놈리건을 정복할 시도를 하지 않았다. 놈리건은 호드의 분노를 피해 갔다.

음 검은바위 부족에게 주위 산에서 광물을 채굴하고 드워프의 제련소를 빼앗으라고 명령했다. 곧 두꺼운 연기가 카즈 모단을 뒤덮었다. 대장장이들은 호드에게 새로 제작한 병기와 공성 무기를 나누어 주었다.

로데론을 침공할 시간이 가까워지고 있었다.

어둠의 물결

둠해머는 카즈 모단을 상당 부분 정복한 후, 다음 작전을 구상했다. 인간 왕국에 육상 경로로 접근하려면 오크는 저습지라고 불리는 북쪽의 늪지를 통과해야 했다. 위험한 길이었다. 공성 전차와 군대가 그 지역을 지나는 것은 길고 어려운 여정일 수밖에 없었다. 그다음에는 북부 내륙으로 이어지는 좁다란 탄돌 교각을 지나야 했다. 인간들이 손쉽게 방어할 수 있는 지형이었다.

인간들은 호드가 육상 경로를 통해서 북쪽으로 접근해 올 것이라고 생각하고 있었다. 둠해머는 그들의 예상을 따를 생각이 없었다. 그는 함대를 구축하여 인간의 영토 심장부에 기습 공격을 감행하겠다고 결정했다.

둠해머의 결정에 공개적으로 이의를 제기한 오크는 거의 없었지만 많은 오크가 그 계획에 의구심을 품었다. 오크는 해상 종족이 아니었고 대부분의 미신적인 부족들은 넓은 바다를 두려워했기 때문이다.

놀랍게도 굴단과 폭풍약탈자 부족이 해상으로 이동하는 제안을 설득하는 데 중요한 역할을 수행했다. 굴단과 그의 부하는 동료들에게 그것이 최선의 선택이며 항해도 안전하다고 주장했다. 오그림은 그들의 지원을 반기면서도 굴단의 의도에 대해 경계심을 품었다.

오그림은 저습지 남서부에 위치한 만에서 조악한 대규모 함대의 건설을 지휘했다. 오크는 조선술에 대한 지식이 거의 없었지만 그들에게는 동맹이 있었다. 호드의 오우거 중 일부는 해양 지식이 있었고 거함이라고 불리는 거대 함선의 건설을 도왔다. 아마니 트롤도 바다와 강에서 신속하고 안전한 항해가 가능한 소형 함선을 만드는 방법을 전수해 주었다.

게다가 둠해머는 새로운 동맹인 고블린의 도움을 얻었다. 천재적이고 비상한 고블린은 호드가 아제로스에 도착하여 스톰윈드를 정복하는 과정을 지켜보았다. 더 많은 전쟁이 펼쳐질 것은 자명했고 고블린은 그 기회를 이용하여 이익을 보고자 했다. 스팀휘들 무역회사의 고블린은 침략자인 오크를 피하기는커녕 그들에게 거래를 시도했다. 호드는 아제로스에 새로운 존재였고 아제로스 세계와 문화에 대해 배울 것이 많았다. 고블린은 오크에게 최신 기술과 지도, 그리고 다른 유용한 정보를 합리적인… 가격에 제공해 줄 수 있었다.

대족장은 대담한 고블린을 강제로 굴복시키지 않았다. 블랙핸드라면 아마도 그렇게 했을 것이다. 오그림은 그들을 동등하게 대함으로써 더 많은 이익을 볼 수 있다고 생각했다. 원하는 것이 금이라면 줄 수 있었다. 오크는 스톰윈드의 금고에서 거금을 확보했으나 아무런 쓸모가 없었다. 둠해머는 고블린의 도움에 넉넉한 보상을 지급했다. 또한 고블린이 조선술에 능하다는 것을 알고서 그들을 고용하여 호드의 함대 건설을 감독하게 했다.

오크 일꾼들은 호드의 다른 구성원들과 고블린의 도움을 받아 작업에 착수했다. 둠해머는 모든 수단을 동원하여 인간 정찰병들이 건설 현장을 알아보지 못하도록 위장했다.

로데론의 얼라이언스

저습지에서 멀리 떨어진 북쪽에서는 일곱 왕국의 의회가 연합의 효용에 대한 토론을 이어 나가고 있었다. 회의가 진행되는 동안 노움과 드워프 피난민이 도착하여 오크가 카즈 모단을 정복했다는 끔찍한 소식을 전했다. 그 사건은 인간의 지도자들에게 충격을 주었다. 강력한 드워프와 노움을 물리친 것도 놀라웠지만 영토를 정복한 속도는 상상을 초월했다. 게다가 호드는 북상하는 중이었다.

길니아스의 그레이메인 왕과 알터랙의 페레놀드 왕은 이러한 어려운 상황에서도 고집스럽게 연합의 창설 요구에 저항했다. 그들은 연합의 결성으로 인해 지역에서 권력을 일부 잃을 수 있다는 점을 염려했다. 모인 지도자들의 분열은 심화됐다. 논쟁이 너무 격화되자 길니아스와 알터랙은 의회를 떠나겠다는 태도를 보이기도 했다.

참석자 중 한 명이 의미 없는 주제로 언쟁이 벌어지는 상황을 참지 못하고 나섰다. 그는 로데론 최고의 사제로 존경받는 투랄리온이었다.

투랄리온은 스톰윈드의 왕자 바리안을 자신의 편으로 끌어들였다. 그는 지도자들에게 오랜 차이는 잊어버릴 때라고 웅변했다. 오크를 과소평가한다면 다른 왕국들도 스톰윈드의 고통을 반복할 수 있었다. 도시가 불타고 그들의 아이들은, 그것도 살아남았을 때 이야기지만, 바리안처럼 고아가 되는 운명을 겪을 수 있었다. 오크는 자비로운 종족이 아니었다.

투랄리온은 인간의 왕국들이 갈림길에 섰으며, 단결하지 않는다면 역사는 인간을 너무도 자만심에 찬 나머지 서로 협력하지 못한 이들, 아제로스를 구할 기회가 있었지만 정치와 권력의 환영 때문에 그것을 포기해 버린 이들로 기록할 것이라고 주장했다.

그렇지만 인간이 단결하여 연합을 구성한다면 역사를 바꿀 수 있고 아제로스의 수호자로 활약할 수 있으며, 결국 그것이 아제로스 세계에서 충분한 자원과 지도력과 용기를 지닌 유일한 종족인 인간의 역할이라고 말했다.

일곱 왕국의 의회는 투랄리온의 연설에 박수로 화답했다. 심지어 그레이메인과 페레놀드까지 그의 발언에 흔들렸다. 바로 그날 인간의 지도자들은 만장일치로 로데론의 얼라이언스를 결성했다.

얼라이언스 군대를 이끌 적임자에 관한 논의가 뒤따랐고 지도자들은 안두인 로서를 사령관으로 결정했다. 스톰윈드 출신의 로서는 북부 인간 왕국의 정치적인 이해관계에서 자유로웠기 때문에 공정하게 군대를 지휘하고 분쟁에서 중립적인 역할을 수행할 수 있었다.

로서는 겸허하게 직위를 받아들였다. 그는 얼라이언스 군대의 최고 사령관으로서 고대의 소라딘 왕 이후 어떤 인간보다 더 강력한 권력과 영향력을 행사했다.

로서는 즉시 얼라이언스의 군대에 동원령을 내리고 저습지 북쪽에 위치한 언덕마루 구릉지에 결집했다.

은빛 성기사단

인간의 군대가 모여드는 동안 로서는 다른 것을 준비했다. 얼라이언스는 이질적인 국가로 구성되어 있었다. 그중 일부는 경쟁 관계이기도 했다. 또한, 국가마다 다른 관습과 생활 방식을 영위했다. 로서는 그들을 하나로 묶을 무언가가 필요했다. 그는 출신에 상관없이 모든 인간들이 뒤따를 수 있는 용사들이 필요했다.

얼라이언스 결성을 위해 일곱 왕국의 의회에서 결의를 모으는 투랄리온

성직자들은 그 역할을 수행하기에 가장 확실한 선택일 수 있었다. 그러나 그들은 1차 대전쟁에서 그만한 활약을 펼치지는 못했다. 그들은 용감했지만 무용이 부족했다. 성직자들은 성스러운 빛을 사용해서 전장의 부상자를 치료하는 역할에 더 적합했다. 로서는 다른 무언가가 필요했다.

해결책은 성스러운 빛의 교단에서 왔다. 대주교 알론서스 파올은 최근 스톰윈드에서 발생한 일과 그 과정에서 성직자들이 활동한 내용을 모두 알게 되었다. 그는 로서를 만나 인간의 가장 뛰어난 특성을 상징하는 새로운 조직을 창설하자고 제안했다. 능숙하게 빛의 힘을 사용할 뿐만 아니라 지도력과 전통적인 전투 기술에도 뛰어난 전사들이 그 대상이었다.

로서의 허락으로 파올은 몇몇 기사들을 모아서 새로운 조직을 창설했다. 그들은 성스러운 빛을 사용하는 데 재능을 보였고 충성심과 용기, 명예의 귀감이 되었다.

파올은 제자들을 성기사라는 이름으로 불렀고 그들의 조직은 은빛 성기사단이라는 이름을 얻었다. 조직의 구성원들은 로데론에서 존경받는 인물들이었다. 일곱 왕국의 의회에서 얼라이언스의 결성을 도운 사제 투랄리온, 산처럼 강력한 육체와 힘을 타고난 사이단 다스로한, 열정과 강인함의 기사 티리온 폴드링, 그리고 마지막으로 우서가 바로 그들이었다. 우서는 이미 몇 년 동안 파올의 가르침을 받았으며 뛰어난 기사이자 성스러운 빛의 경건한 신자였다.

또한, 로서는 스톰윈드 출신의 동료, 잔혹한 가빈라드를 성기사 훈련에 보냈다. 그는 전투에서 단련된 기사로 1차 대전쟁에서 활약을 펼치기도 했다. 파올은 가빈라드를 기꺼이 제자로 받아 주었다.

성기사의 작전 기지로는 스트라솔름이 쓰일 예정이었다. 그러나 로서는 당분간 성기사를 가까이에 두기로 했고 성기사에게 얼라이언스 본대와 함께 움직이라고 명령했다. 그 신성한 전사들은 밤낮을 가리지 않고 열정적으로 훈련했다. 파올은 빛의 힘을 이용하여 아군을 지원하고 적을 공격하는 방법과 솔선수범의 지도력을 가르쳐 주었다. 그들은 무기 이상의 존재였다. 성기사는 아무리 끔찍한 상황에서도 얼라이언스를 인도하는 어둠 속 빛이자 희망의 등대가 되어야 했다.

파올은 성기사에게 단순한 삶을 살라고 가르쳤다. 전쟁에서 재물이나 영화를 추구하지 않고 죽는 날까지 자신의 사정보다는 다른 이의 어려움을 우선시하는 삶이었다.

훈련은 계속되었고 파올은 제자들에게 마력 깃든 고서를 선물했다. 그 신성한 고서는 교단의 가장 오래된 유물 중 하나였다. 각 고서는 파올이 생각한 은빛 성기사의 핵심 특성인 징벌, 신성, 보호, 정의, 연민을 상징했다.

파올은 다섯 성기사에게 고서를 한 권씩 나누어 주었다. 그리고 각자가 그 신성한 고서가 상징하는 가치의 살아 있는 화신이 되라고 당부했다. 투랄리온은 보호의 고서를 받았고 우서는 정의의 고서를 받았다. 티리온은 징벌의 고서를 받았고 사이단은 신성의 고서를, 가빈라드는 연민의 고서를 받았다.

로서는 신생의 은빛 성기사단을 종종 점검했다. 그는 경과에 매우 만족하면서 투랄리온과 우서에게 그의 부관으로 활동해 달라고 요청했다.

파올은 최고 사령관의 요청에 기꺼이 화답하고 싶었으나 아직은 성기사들을 내보내지 않았다. 몇 주가 지난 후 그들은 전장에 발을 들일 준비를 마쳤다.

속박된 알렉스트라자

로데론의 남쪽에서, 생명의 어머니 알렉스트라자와 붉은용들은 악마의 영혼을 훔쳐간 자를 계속 조사했다. 그들은 결국 오크의 소행이라는 결론에 이르렀다. 알렉스트라자와 붉은용은 카즈 모단에서 호드를 발견했고 그들의 잔혹한 습격 현장을 목격했다.

생명의 어머니는 드워프와 노움을 돕고 싶었지만 악마의 영혼을 찾는 것이 급선무였다. 그 유물은 데스윙을 제외한 모든 용의 위상의 마력을 간직하고 있었다. 만약 불순한 세력의 손에 넘어간다면 용족은 물론 전 세계의 운명이 파멸을 맞을 수 있었다.

알렉스트라자는 곧 악마의 영혼이 네크로스라고 알려진 오크의 손에 있다는 사실을 확인했다. 네크로스와 용아귀 부족은 유물의 사용법을 실험하면서 마력을 남용하고 있었다. 알렉스트라자 일행은 별 저항을 예상하지 않고서 네크로스를 향해 내려갔다. 그들은 오크와 같은 미개한 생명체가 악마의 영혼에 깃든 비밀을 풀었을 리가 없다고 생각했다.

용들은 잘못 생각하고 있었다.

알렉스트라자와 붉은용들은 몰랐지만, 네크로스는 데스윙이 보낸 꿈과 계시를 접했고 그것을 통해서 유물에 관해 많은 것을 알게 되었다. 검은용의 위상 데스윙은 네크로스에게 악마의 영혼의 진정한 힘과 그것을 사용하는 방법을 알려 주었다. 데스윙이 네크로스에게 전해 준 가장 강력한 지식은 그 유물로 알렉스트라자와 다른 용의 위상을 사로잡을 수 있다는 것이었다.

네크로스는 악마의 영혼의 분노를 불러냈고 유물은 생명의 어머니 알렉스트라자를 극심한 고통으로 불태웠다. 그녀는 하늘에서 고꾸라져 카즈 모단 외곽의 산중에 곤두박질쳤다. 네크로스는 그런 다음 악마의 영혼을 사용하여 생명의 어머니를 사로잡았다. 그리고 나머지 용아귀 부족 오크들이 그 거대한 생명체에게 달려들어 그녀를 사슬에 묶었다.

악마의 영혼을 다른 용들에게 사용할 수도 있었으나 네크로스는 한 명의 오크에 불과했고 그 유물에 대한 지식도 제한적이었다. 네크로스는 그 유물의 마력을 알렉스트라자와 다른 용들에게 동시에 사용하는 것은 너무 벅찬 일이라고 생각했다. 그래서 네크로스는 생명의 어머니에게 집중했다. 붉은용들은 여왕을 도울 방법이 없었다. 붉은용이 오크를 노리고 내려갈 때마다 네크로스는 악마의 영혼의 엄청난 마력으로 알렉스트라자를 가격했다. 그는 용의 언어를 몰랐지만 분명한 뜻을 전하고 있었다. 용들이 오크를 공격할 때마다 알렉스트라자는 엄청난 고통을 겪었다.

네크로스는 알렉스트라자를 사로잡아 붉은용들을 효과적으로 굴복시켰다. 붉은용들은 용아귀 부족에게 복종하지 않으면 알렉스트라자가 고문당하거나 죽을 수 있다는 두려움에 떨었다.

그림 바톨

용아귀 부족의 무용에 관한 소문이 호드에 퍼졌다. 누구보다도 기뻐한 이가 대족장 둠해머였다. 그는 이제 또 다른 강력한 무기를 보유한 셈이었다. 그러나 용을 안정적으로 지배하여 전투의 복판으로 뛰어들려면 시간이 필요했다.

둠해머는 네크로스와 용아귀 부족에게 저습지 동부 산맥의 외딴 성채, 그림 바톨을 차지하라고 명령했다. 그 무너져가는 요새는 한때 와일드해머 드워프의 도시였으나 그들은 오래전 그곳을 버리고 떠났다.

저주받은 요새

그림 바톨은 으스스한 기운이 감도는 곳이었다. 수백 년 전, 그림 바톨의 지하에서 검은무쇠 드워프와 와일드해머 드워프의 전쟁이 펼쳐졌다. 검은무쇠의 여마법사 모드구드는 어둠의 마력을 불러내어 그림 바톨의 수호자들을 압도했다. 결국 와일드해머가 그녀를 처치하고 검은무쇠 드워프를 쫓아냈지만 그들의 고향은 원래 상태를 회복할 수 없었다. 모드구드는 죽어 가면서 그림 바톨에 저주를 내려 그곳을 영원히 망가뜨리고 말았다. 와일드해머 드워프는 동부 내륙지라 불리는 대자연 속에서 새로운 터전을 가꾸었다.

네크로스와 용아귀 부족은 그림 바톨 지하에 알렉스트라자를 가두었다. 또한 그들은 알렉스트라자를 해치겠다고 협박하면서 다른 붉은용들도 명령을 따르도록 강요했다. 용아귀 부족은 드레노어에서 날개 달린 라일라크를 능숙하게 길들여 전투 탈것으로 이용했다. 이제 그들은 그림 바톨에서 그 무시무시한 붉은용 포로들을 탈것으로 길들이고자 했다.

용아귀 부족이 마구와 안장 제작에 착수하는 동안 네크로스는 알렉스트라자를 감시했다. 생명의 어머니는 네크로스의 행동에 대해 그를 없애버리겠노라고 맹세했으나 그것은 공허한 위협에 불과했다. 악마의 영혼이 있는 한 그는 무적이나 마찬가지였다.

알렉스트라자는 갇혀있는 동안 새로 알을 낳기 시작했다. 네크로스는 그것을 천금 같은 기회로 생각했다. 그 알들을 부화시킨다면 새끼용을 호드의 충성스런 하인으로 기를 수 있었기 때문이다.

데스윙은 알렉스트라자가 붙잡힌 것을 알고 멀리서 기뻐했다. 그는 계속해서 네크로스에게 악마의 영혼을 이용하여 붉은용을 지배하는 방법을 교묘하게 조언해 주었다. 호드에게 그런 강력한 무기를 주는 것은 검은용군단을 되살리려는 데스윙의 계획에 부합했지만 추가적인 이득도 있었다. 붉은용이 전쟁의 도구로 쓰이는 모습을 본다면 알렉스트라자는 가슴이 찢기는 고통을 느낄 것이 분명했다. 데스윙은 알렉스트라자가 고통받는 매 순간을 즐기리라 마음먹었다.

아라시 혈통

호드가 전력을 강화하는 동안 얼라이언스도 힘을 비축하고 있었다. 로서는 인간 왕국의 모든 병력을 지휘했지만 호드를 상대로는 승산이 없었다. 로서는 최대한 지원군을 확보하려 애썼다. 강력한 고대의 종족인 쿠엘탈라스의 하이 엘프도 그중 하나였다.

오래전 인간과 엘프는 아마니 트롤을 상대로 혈전을 펼쳤다. 로서의 조상과 쿠엘탈라스의 엘프는 서로 협력하여 적을 물리쳤다. 승리를 거둔 후 하이 엘프는 인간의 소라딘 왕에게 맹세했다. 만약 소라딘이나 그의 후손이 언제라도 어려움에 처한다면 두말없이 도움을 주겠다는 내용이었다. 소라딘의 혈통인 로서는 하이 엘프에게 고대의 서약을 지킬 것을 요청했다.

쿠엘탈라스는 로서의 참전 요청에 엇갈린 반응을 보였다. 하이 엘프의 왕 아나스테리안 선스트라이더는 남쪽에서 등장한 수상한 생명체에 대한 소문을 들었으나, 위협이 될 것이라고 생각하지 않았다. 아나스테리안은 얼라이언스에 소규모 엘프 함대만을 지원하고 대부분의 병력은 쿠엘탈라스에 남겼다. 모두가 그렇게 생각하지는 않았다. 뛰어난 순찰대장 알레리아 윈드러너는 왕의 명령을 따르지 않고 소수의 부하를 거느린 채 남쪽으로 향했다. 알레리아는 오크가 대부분 엘프의 생각과는 달리 훨씬 더 위험한 존재라고 믿었다. 그리고 자신의 눈으로 오크의 능력을 직접 확인해 볼 생각이었.

로서는 얼라이언스에 합류한 엘프 병력의 규모가 크지 않아서 실망했지만 내색하지는 않았다. 그는 두 팔 벌려 그들을 환영했다. 순찰대는 특히 궁수, 정찰병, 기동 지원 부대로 몹시 필요한 병력이었다.

하이 엘프가 해상 경로를 통해 언덕마루 구릉지에 도착했을 때 로서는 끔찍한 소식을 접했다. 그는 얼라이언스의 구성원 대부분처럼, 호드가 탄돌 교각을 지나 북쪽으로 올라올 것이라고 생각했다. 그리고 최소 수개월이 걸릴 것으로 예상했다. 그러나 정찰병들은 오크가 함대를 건설했고 항해에 나설 채비를 마쳤다고 보고했다. 호드의 침공은 로서의 예상보다 훨씬 빠르게 진행되고 있었다.

로서가 얼라이언스의 나머지 군대를 결집한 곳은 언덕마루 구릉지였다. 호드가 내륙으로 이동했다면 지날 가능성이 가장 높은 지역이었다. 최고 사령관 로서는 우선 오크의 함대를 저지하기 위해 댈린 프라우드무어 제독과 얼라이언스 해군을 불렀다.

불의 바다

대족장 둠해머는 호드의 함대를 영원히 숨길 수 없었다. 그는 인간 정찰선이 그의 함대를 염탐했다는 사실을 안 후에도 작전을 변경하지 않았다. 호드의 함대 건설은 끝이 났고 그는 병력을 태웠다. 오그림은 인간이 방어선을 충분히 구축하기 전에 남부 로데론에 도착할 것이라고 예상했다.

그것은 작은 이익일 수 있었다. 그러나 오그림은 일생 동안 전쟁을 겪으며 때로는 작은 이익이 승리와 패배를 가르는 차이를 만든다는 것을 알고 있었다.

수천 명의 병사와 물자를 실은 오크 함선 수백 척이 바다를 가르며 나아갔다. 항해는 순탄치 않았다. 줄다레 섬 부근에서 댈린 프라우드무어 제독의 얼라이언스 해군이 호드 함대를 가로막았다.

프라우드무어 제독 앞에서 호드 함대는 늑대를 만난 절름발이 양의 신세였다. 해양 국가 쿨 티라스 출신인 프라우드무어 제독은 험난한 바다에서 일평생을 보냈다. 아제로스에서 그의 해전 경험을 능가할 자는 없었다.

프라우드무어의 날렵한 함선들은 예상보다도 훨씬 빠른 속도로 호드의 함대를 유린했다. 첫 번째 얼라이언스 포탄이 오크의 함선을 조각냈다. 수십 척의 수송선이 가라앉았고 오크 병사들은 휘몰아치는 물결에 휩쓸렸다. 프라우드무어 제독은 곧 호드 전체를 바다에서 격파할 수 있다는 사실을 깨달았다. 그는 아직 시작되지도 않은 호드와의 전쟁을 끝낼 수 있었다.

아마도 그는 전쟁을 끝냈을 것이다. 용들이 오지 않았다면…

둠해머는 인간이 해상 전투에 더욱 능하다는 사실을 알고 있었다. 그래서 네크로스와 용아귀 부족에게 붉은용을 공중 지원에 이용하라고 명령했다.

처음에는 네크로스도 이의를 제기했다. 용아귀 부족은 아직 붉은용들을 전투 탈것으로 쓸 만큼 길들이지 못했다. 그러나 둠해머의 압박에 결국 동의했다. 그는 복종하지 않으면 알렉스트라자를 고문하겠다고 협박하여 세 마리 붉은용에게 호드 함대의 호위를 맡겼다.

용들은 어쩔 수 없이 뒤에서 오크의 함대를 따랐다. 프라우드무어의 해군이 오크를 공격했을 때 용들은 마침내 모습을 드러냈다. 거대한 용이 하늘에서 내려와 불길로 얼라이언스 함대를 휘감았다.

비록 적은 수였지만 프라우드무어는 용을 물리칠 수단이 없었다. 제독은 총퇴각 명령을 내렸고 함대는 흩어졌다.

언덕마루 구릉지 전투
어둠의 문이 열리고 6년 후

프라우드무어 제독의 함대가 흩어지자 호드는 항해를 계속했고 순조롭게 언덕마루 구릉지에 상륙했다. 얼라이언스의 방어선은 두텁지 않았다. 대부분의 얼라이언스 병력이 언덕마루에 도착했지만 아직 혼란스러운 상태였다.

오크의 병력이 해안의 전선을 덮쳤다. 그러나 호드의 함대를 호위했던 붉은용들은 뒤따르지 않았다. 네크로스는 그림 바톨에서 알렉스트라자를 감시하느라 그곳에 오지 못했고 따라서 용들에게 새로운 명령을 내릴 수 없었다. 네크로스의 명령은 함대를 보호하는 것뿐이었다. 용들은 필요 이상으로 인간을 죽일 생각이 없었다. 그것은 작은 저항이었으나 알렉스트라자를 위험에 빠뜨릴 수 없었던 붉은용에게는 최선의 행동이었다.

오그림은 그것을 문제로 삼지 않았다. 그는 용들을 두고 내륙으로 전진했다. 알터랙 산맥을 통과해 로데론의 수도에 이를 계획이었다. 그것은 어렵지만 로데론을 타격하는 가장 빠른 길이었다.

로서는 그것을 예상하고 있었다. 로데론의 수도는 군사적 측면에서 뿌리칠 수 없는 너무도 좋은 목표였다. 수도를 함락한다면 얼라이언스는 분열하여 혼돈에 빠져들 것이다. 로서는 그것을 용납할 수 없었다. 그는 지친 병력을 언덕마루 곳곳에 배치하여 수도로 통하는 북부와 서부 경로를 차단했다. 그런 다음 최대한 병사를 모았다. 그러나 로서의 말은 큰 효과가 없었다. 그는 병사들의 눈에서 두려움을 읽었다. 대부분 인간 병사들은 아직 그 무시무시한 오크를 구경조차 한 적이 없었다. 그들에게 오크는 악몽에서 태어난 존재처럼 느껴졌.

다행히 성기사들이 훈련을 끝내고 합류했다. 신성한 전사들은 얼라이언스의 전선을 따라 움직이며 동료 병사들에게 희망과 용기를 주었다.

호드의 전쟁의 북소리가 들리고 초록색 피부의 전사들이 벌떼처럼 북쪽으로 돌진했다. 손에는 기름칠한 무기를 들고 입으로는 전쟁의 함성을 내지르며, 오크의 군대가 인간의 군대와 맞붙었다.

역사상 처음으로 호드와 얼라이언스의 전 병력이 맞붙었다. 알레리아의 하이 엘프 순찰대는 활과 화살로 호드의 병력을 쓰러뜨렸고 로서는 성기사와 함께 싸웠다. 또 다른 곳에서는 카드가와 마법사들이 접근하는 오크에게 비전 마력을 방출했다.

2차 대전쟁이 시작된 순간이었다.

전투가 벌어지는 중 부식성 안개가 전장을 채웠다. 역겨운 안개 속에서, 쓰러진 인간 병사들이 다시 일어나 동료였던 자들을 공격했다. 그 부정한 군대의 선두에는 두건을 쓴 해골 기사들이 서 있었다.

죽음의 기사였다.

그들은 놀란 인간 병사들 사이로 고통과 공포를 전파했다. 오그림은 불쾌감과 만족감이 교차하는 것을 느끼며 그 광경을 지켜보았다. 그는 지금도 죽음의 기사가 마음에 들지 않지만 그들은 전투에서 인상적인 활약을 펼치고 있었다.

죽음의 기사를 상대하는 얼라이언스 성기사와 병사들

인간들은 죽음의 기사의 모습만으로도 공포에 질렸다. 얼라이언스 전선이 흔들리기 시작했다. 그때 우서와 투랄리온 같은 성기사들 앞에 눈부시도록 흰 빛이 나타났다. 성스러운 빛의 물결이 얼라이언스 병사들 위로 넘실대며 되살아난 시체들을 쓰러뜨리고 죽음의 기사의 부패한 안개를 없앴다.

성기사들은 신성한 힘을 불러내어 부상당한 병사들을 치료하고 두려움에 찬 마음을 진정시켰다. 얼라이언스는 새로운 자신감으로 무장하고 강력한 망치처럼 오크의 최전선을 타격했다.

언덕마루에서 산발적인 전투가 벌어졌다. 호드와 얼라이언스는 팽팽하게 맞섰으나 둠해머는 전투를 그대로 지속할 수 없다고 생각했다. 언덕마루 구릉지에 머무는 시간이 길어질수록 얼라이언스는 외곽 지역에서 지원군을 보충할 시간을 버는 셈이었다.

인간의 군대는 로데론 수도로 향하는 최단 경로를 방어하고 있었다. 둠해머는 동쪽으로 가서 로데론에 이르는 또 다른 길을 찾을 수밖에 없었다. 이를 위해 둠해머는 아마니 트롤의 도움을 청했다. 그들은 그 산악 지형을 아주 잘 알고 있었다. 트롤은 둠해머가 약속한 대로, 그들의 지도자 줄진의 탈출을 도와준다면 오크에게 길을 알려주겠다고 답했다.

아마니의 서약

둠해머는 대장군 줄진을 구하겠다는 맹세를 잊지 않았다. 오크 정찰병들은 던홀드 요새라고 알려진 인간 성채의 인근 수용소에서 줄진의 소재를 확인했다.

언덕마루에서 전투가 계속되는 가운데 둠해머는 직접 습격대를 이끌고 줄진을 구하기 위해 나섰다. 대족장과 그의 노련한 부하들 앞에서 감옥의 수비병들은 승산이 없었다. 둠해머는 줄진을 구출한 다음 트롤을 호드에 초대했다.

줄진은 처음에는 그 제안에 망설였다. 그는 위대한 아마니의 대장군이었다. 그는 자신을 제외한 누구의 요청에도 응하지 않았다. 둠해머는 지도력에 대한 줄진의 두려움을 빠르게 누그러뜨렸다. 그는 호드에 합류한다고 해도 아마니는 부하가 되지 않을 것이며 줄진이 트롤에 대한 온전한 지배권을 가질 것이라고 말했다. 또한, 줄진이 자신과 동등하게 적 앞에 설 것이라고 덧붙였다.

둠해머는 마침내 줄진의 동의를 얻었다. 아마니는 호드에 군사력을 제공하고 오크는 아마니의 경쟁자인 쿠엘탈라스의 하이 엘프를 제거하는 것을 돕는다는 조건이었다.

쿠엘탈라스를 공격하려면 로데론 수도의 북쪽으로 이동해야 했고 그것은 둠해머의 계획보다 더 먼 거리를 이동하는 것을 의미했다. 그것은 위험했지만 필요한 일이었다. 언덕마루 구릉지의 전투는 둠해머에게 얼라이언스에 관한 많은 교훈을 주었다. 그중 하나는 성기사였다. 그들은 죽음의 기사의 힘과 맞먹는 강력한 부대였다. 그들을 이기려면 둠해머는 아마니의 지원이 필요했다.

둠해머는 호드에게 동쪽으로 이동을 명령했다. 그의 충직한 심복인 바로크 사울팽이 검은바위 오크로 구성된 후방 부대를 지휘하면서 얼라이언스를 저지했다. 호드의 나머지 병력은 그 귀중한 시간 동안 언덕마루 구릉지를 건넜고 좁은 산길을 통과하여 동부 내륙지라고 알려진 지역으로 이동했다.

호드는 아마니 트롤의 안내에 따라 바위투성이 땅을 빠르게 이동했다. 트롤은 북쪽의 산맥을 지나 쿠엘탈라스로 연결되는 길로 오크를 이끌었다. 줄진은 지역을 이동하면서 만나는 트롤들을 자신의 편으로 끌어들였다.

모든 것이 순조로웠다. 그때 호드 위에서 날개 달린 그림자가 나타났다. 그것은 용이 아니었다. 동부 내륙지의 용감한 와일드해머 드워프의 그리핀이었다.

하늘의 드워프는 호드에게 번개와 천둥을 쏟아부었다.

천둥의 날개

동부 내륙지는 오랫동안 와일드해머 드워프의 터전이었다. 그들은 맹금의 봉우리라고 불리는 산속 요새에서 영토를 감시했다. 와일드해머는 그리핀을 잘 다루는 것으로 알려진 강인한 종족이었다. 이 드워프 중에는 뛰어난 주술사가 많았는데 그들은 번개의 힘을 폭풍망치라고 알려진 무기에 주입했다.

또한 와일드해머 드워프는 매우 독립적인 종족이었다. 그들은 고립주의를 선호하여 호드나 언덕마루 구릉지의 전투에 대해 아무것도 알지 못했다. 와일드해머는 동부 내륙지로 들어온 오크를 보고서야 그들의 존재를 알게 되었다.

와일드해머 드워프의 지도자인 쿠르드란 영주는 자신들의 터전을 보호하기 위해 행동에 나섰다. 그는 용감한 그리핀 기수들과 함께 하늘에서 공격을 이끌었다. 그들은 폭풍망치로 호드에게 공격을 퍼부은 다음 다시 안전한 구름 속으로 사라졌다. 쿠르드란은 계속해서 집중 포격을 실행하여 호드의 전력을 줄였다.

호드가 지금 유일하게 전투에 내보낼 수 있는 용들은 언덕마루에서 함대를 지키고 있었다. 오크는 골치 아픈 그리핀 기수를 맞상대할 방법이 없었다. 둠해머는 드워프가 전선을 유린하는 상황에서 북진하기는 어렵다고 판단했다. 대족장은 병력을 이끌고 맹금의 봉우리를 공격했다. 쿠르드란과 그리핀 기수들은 그들의 도시로 돌아올 수밖에 없었다.

맹금의 봉우리 바깥에서 전투가 벌어졌고 오그림은 호드의 병력 절반을 철수시켰다. 그들은 남은 병사들이 드워프와 싸우는 동안 계속해서 북쪽으로 이동했다. 쿠르드란의 군대는 후퇴하는 오크와 트롤에게 신경을 쓸 여력이 없었다. 그들의 관심사는 맹금의 봉우리를 지키는 것이었고 호드의 나머지 병력을 뒤쫓는 것이 아니었다.

둠해머가 북쪽으로 빠져나간 후 로서의 군대가 동부 내륙지에 도착하여 와일드해머 부족의 전투를 도왔다. 인간과 엘프와 드워프의 군대는 곧 맹금의 봉우리에서 오크를 내쫓고 숲으로 돌려보냈다.

맹금의 봉우리 습격은 쿠르드란과 와일드해머 드워프의 생각을 바꾸어 놓았다. 그들은 이제 호드의 위협을 알고 있었으며 오크를 물리치는 것을 도와야 한다고 생각했다.

쿠르드란의 와일드해머 드워프는 얼라이언스에 합류했다. 와일드해머와 그리핀은 얼라이언스에 꼭 필요한 전력이었다. 오크는 줄다레 부근의 해상 전투 이후 용들을 끌어들이지 않았지만 로서는 언젠가 용들이 다시 나타날 것이라고 염려하고 있었다. 얼라이언스가 호드의 공중 전력에 대응해야 한다면 그것은 그리핀 기수일 수밖에 없었다.

쿠르드란은 얼라이언스에게 호드 병력의 절반이 북쪽으로 빠져나갔다고 전했다. 로서는 그때서야 오그림의 술책에 당했다는 사실을 깨달았다. 동부 내륙지의 호드 병력은 전체 병력의 일부에 불과했다.

쓰라린 깨달음이었다. 그러나 로서는 실의에 빠져 있지 않았다. 그는 즉시 투랄리온에게 대규모 병력을 주고서 오그림을 추적하라고 명령했다. 한편 얼라이언스의 나머지 병력은 동부 내륙지에서 그곳에 남은 호드를 상대했다. 로데론 수도로 통하는 다른 유력 경로들은 안전해 보였다. 동쪽으로 통하는 길은 알터랙 왕국이 지키고 있었다. 페레놀드 왕은 수비대를 배치하여 산속 길을 막았고 만약 호드가 그 수비를 뚫고 로데론의 수도로 나아간다면 접근은 더딜 수밖에 없었다.

가로나의 탈출

가로나는 2차 대전쟁 동안 검은바위 전사 아이트리그의 감시를 받았다. 가로나는 많은 임무를 수행했고 가끔은 붙잡힌 얼라이언스 전령에게서 입수한 밀서를 번역하기도 했다. 또한 동료 호드 병사와 함께 전투에 참여한 적도 있었다.

가로나는 아이트리그를 처음 보았을 때 독재자나 다름없는 대족장 블랙핸드에게 충성을 맹세한 또 한 명의 어리석은 전사라고 생각했다. 그러나 시간이 지나면서 그에게서 무언가의 희미한 흔적을 보았다. 그것은 시들어 가는 자긍심과 명예의 불씨였다.

가로나는 자신이 아이트리그의 신뢰를 얻을 수 있다고 생각하고 굴단과 어둠의 의회에 관해 아는 것을 모두 털어놓았다. 또한 악마에 대한 정보와 그들이 호드를 돕는 진정한 목적을 알려 주었다. 그녀는 오크가 무시무시한 적의 꼭두각시에 불과하며, 만약 호드가 얼라이언스를 무너뜨린다면 악마들은 아제로스를 황무지로 탈바꿈시킬 것이라고 말했다.

아이트리그는 가로나의 말을 위험한 거짓말로 취급했다. 어쨌든 그녀는 굴단의 암살자였다. 그런 불명예스러운 행동을 저지른 자를 어떻게 믿을 수 있다는 말인가?

가로나는 아이트리그의 반응에 그에게 진실을 전하겠다는 희망을 접었다. 그녀는 참을성 있게 아이트리그에게서 벗어날 기회를 기다렸다.

동부 내륙지에서 마침내 그 기회가 찾아왔다. 가로나는 혼란스러운 틈을 타 숲으로 빠져나온 다음 모습을 감추었다. 아이트리그는 반오크 가로나를 뒤쫓을 생각도 했다. 그러나 포로 한 명을 붙잡는 것보다는 얼라이언스와의 전쟁을 수행하는 것이 훨씬 더 중요했다.

그에게는 가로나를 보내줄 만한 다른 이유도 있었다. 그는 마음 한구석에서 가로나와 그녀의 고통스러운 과거에 대해 연민의 감정을 느끼고 있었다. 그녀는 암살자로 태어나지 않았다. 굴단이 그렇게 만든 것뿐이었다. 호드에게 칼날을 겨누지만 않는다면 아이트리그는 가로나를 풀어줄 생각이었다.

아이트리그는 그녀가 드레노어에서 찾지 못한 그 무엇을 아제로스에서라도 찾기를 바랬다. 그녀의 진정한 고향을…

엘프의 마법석

오그림은 얼라이언스의 주력 부대를 동부 내륙지에 붙잡아 둔 채 호드의 절반에 해당하는 병력을 이끌고 큰 저항 없이 쿠엘탈라스에 도착했다. 줄진은 도중에 아마니의 수도, 줄아만에 들러 동료들을 규합했다. 줄진은 엘프의 피를 볼 수 있다고 그의 부족을 자극하여 광분에 빠뜨렸다. 마력 깃든 부적과 의식용 문신으로 치장한 수천 명의 트롤이 줄아만에서 나와 오그림의 호드와 함께 자리했다.

하이 엘프가 수천 년 동안 구경하지 못한 대규모의 군대가 곧 쿠엘탈라스의 국경에 모습을 드러냈다. 호드 습격대는 왕국의 외곽 영토를 빠르게 휩쓸었다.

오그림은 북쪽으로 전진하면서 많은 죽음의 기사와 아마니 의술사가 마법을 쓰지 못하는 것을 보았다. 결국 굴단이 그들의 힘을 약화시키는 원인을 밝혀냈다.

수천 년 전 고대의 전쟁이 일어난 후 쿠엘탈라스는 주위에 강력한 마법 장벽을 세웠다. 그 장벽은 '문지기'를 뜻하는 반디노리엘이라는 이름으로 불렸다. 반디노리엘은 하나의 암석으로 만든 일련의 마법석에 연결되어 있었고 불타는 군단 등 외부의 존재가 하이 엘프의 비전 마법 사용을 감지하지 못하게 막아 주었다. 또한 아마니 트롤 등 적들의 마법을 약화하는 역할을 했다.

굴단은 마법석을 해체하면 엘프의 장벽을 무너뜨릴 수 있고 호드도 마법을 사용할 수 있을 것이라고 주장했다. 또한 호드의 쿠엘탈라스 함락을 위해 그 유물의 힘을 이용하자고도 말했다.

둠해머는 깊은 고민 끝에 그의 계획에 동의했다. 폭풍약탈자 부족에서 활동하던 오그림의 첩자들이 수상한 낌새가 없다고 보고했기 때문이다. 둠해머는 알지 못했지만 굴단은 갖은 협박과 회유를 통해 이미 그 첩자들을 포섭해 둔 상태였다.

둠해머는 지금도 굴단이 언제고 그를 배신하고 호드를 차지하려는 시도를 할 것이라고 의심하고 있었다. 그의 상상은 진실과 동떨어진 것이었다. 굴단은 호드를 버릴 계획이었다.

최근 수개월 동안 굴단은 그것을 위해 힘을 모으고 있었다. 비록 죽음의 기사는 그가 바란 것만큼 충성스럽지 않았지만 폭풍약탈자와 황혼의 망치, 두 강력한 부족이 그의 뒤를 받치고 있었다. 그러나 부족했다. 그것도 무척 부족했다. 굴단은 살게라스의 무덤까지 여행하는 동안 둠해머와 다른 적들을 물리칠 힘이 필요했다. 굴단은 쿠엘탈라스의 신비로운 유물이 그러한 힘을 줄 것이라고 생각했다.

굴단과 그의 부하들은 빠르게 쿠엘탈라스의 마법석을 해체했다. 그들은 하나의 암석으로 만든 유물을 깎아 폭풍의 제단이라고 불리는 구조물을 지었다. 그런 다음 굴단은 높은망치 오우거가 수행하던 고대의 의식에 주의를 돌렸다. 먼 옛날 그들은 종족의 구성원에게 힘을 부여하는 방법을 발견했다. 높은망치 오우거는 원초적인 비전 마법을 집중함으로써 평범한 오우거를 머리가 둘 달리고 고도로 지능이 발달한 오우거 마법사로 변화시킬 수 있었다.

살아 있는 오우거 중에서 이 기술을 아는 이는 극히 드물었다. 그러나 초갈은 알고 있었다. 그는 변신 의식을 수행할 야수와 같은 오우거들을 선별하여 직접 의식을 감독했다.

곧 제단에서 머리가 둘 달린 오우거 마법사가 나타났다. 그들은 굴단이 바란 만큼 강력했다. 더 중요한 사실은 그들이 비밀스럽게 그에게 충성을 맹세했다는 것이었다.

이제 남은 것은 적절한 때를 기다리는 것뿐이었다.

마력의 도구

2차 대전쟁 동안 굴단은 메디브의 마음속을 탐색하여 얻은 몇몇 강력한 유물에 관한 정보를 수집했다. 굴단은 그 유물을 찾을 기회가 없었지만 죽음의 기사에게 유물에 관한 정보를 전해 주었다.

잿더미가 된 쿠엘탈라스

마법석이 훼손되면서 죽음의 기사와 호드의 주문술사는 다시 마력을 회복했다. 오그림의 군대는 쿠엘탈라스의 수도 실버문을 향해 빠르게 나아갔다. 그들은 정착지를 약탈하고 닥치는 대로 엘프를 쓰러뜨리면서 외곽의 지역을 공포에 몰아넣었다.

아나스테리안 왕은 대장군들에게 호드의 진격을 막으라고 주문했다. 엘프 마법사와 순찰자는 쿠엘탈라스 곳곳으로 퍼져서 오그림의 군대에 맞섰다. 그러나 외로운 전투는 오래가지 않았다. 곧 투랄리온과 알레리아가 얼라이언스 군대의 절반을 이끌고 쿠엘탈라스에 도착했기 때문이다.

투랄리온이 병력을 조직화하고 호드를 공격하는 동안 알레리아는 실버문에서 아나스테리안을 만났다. 알레리아는 엘프의 왕에게 얼라이언스에 합류하라고 설득했다. 그러나 설득은 필요하지 않았다. 아나스테리안은 호드의 공격에 격노했다. 고대의 트롤 전쟁 이후 그렇게 많은 수의 엘프가 죽은 적은 없었다. 그 끔찍한 시대 이후 그들의 땅이 그토록 더럽혀진 적은 없었다. 인간과 엘프는 한때 힘을 합쳐 각자의 왕국을 멸망에서 구한 적이 있었다. 이제 그들은 다시 그렇게 해야 했다.

쿠엘탈라스는 얼라이언스에 완전한 지지와 지원을 결정했다.

이제 얼라이언스와 엘프는 하나의 목적으로 뭉쳤지만 빠른 승리에 대한 기대는 불길과 연기 속에 사라지고 말았다. 붉은용들이 도착했기 때문이다.

용아귀 부족은 수개월 동안의 노력 끝에 그들의 포로인 용들을 전투 탈것으로 부리는 방법을 익혔다. 수십 마리에 달하는 거대한 생명체가 쿠엘탈라스의 하늘을 뒤덮었다. 용과의 전투에 익숙하지 않았던 그리핀 기수들은 후퇴할 수밖에 없었다. 오크와 붉은용은 하늘에서 급강하여 얼라이언스 군대를 불태웠다. 폭풍과도 같은 불길이 쿠엘탈라스 주위 숲을 집어삼키고 연기가 태양을 가렸다.

사로잡힌 용들은 파괴의 현장에서 아무런 기쁨을 느끼지 않았다. 오히려 반대였다. 많은 용들이 엘프를 학살하고 자연의 생명을 불태우면서 슬픔의 눈물을 흘렸다.

대부분의 엘프 수호자들은 성난 화염의 폭풍을 피해 실버문의 은신처로 몸을 피했다. 아나스테리안 왕의 엘프는 수도를 공격하는 호드와 용을 저지할 병기가 없었다. 그러나 그들에게는 다른 것이 있었다.

엘프 마술사들은 실버문 주위에 거대한 보호막을 소환했다. 쿠엘탈라스 문화의 심장으로 기능하는 마법의 우물, 태양샘의 마력으로 만든 장벽이었다. 수천 년 동안 엘프는 그 에너지를 이용하여 왕국을 건설하고 외부의 침입을 막았다.

호드는 반복해서 보호막을 공격했으나 아무런 소득이 없었다. 붉은용의 신비로운 불길도 그것을 뚫지 못했다.

오그림의 인내심은 바닥을 드러내고 있었다. 하이 엘프의 요새를 파괴하는 것은 급선무가 아니었다. 무엇보다 중요한 목표는 로데론의 수도였다. 오그림은 아마니와의 서약을 아직 이행하지 못했지만 쿠엘탈라스 전투를 통해 소기의 성과를 얻기도 했다. 뛰어난 오우거 마법사가 이제 호드를 섬겼고 용아귀 부족은 드디어 다수의 용들을 길들여 전투에 참전했다. 또한 호드는 쿠엘탈라스에 큰 타격을 주었다. 엘프는 오랜 시간 그 피해를 복구해야 할 처지였다.

오그림은 다음 전략을 구상하기 시작했다. 그는 쿠엘탈라스에서 로데론의 수도로 이동할 경로를 찾고 있었다. 무엇보다 중요한 요소는 기습이었다.

알터랙의 배신

실버문을 무너뜨리는 데 실패한 오그림은 병력을 물리고 서쪽으로 이동을 명령했다. 원래의 전쟁으로 돌아와 로데론의 수도를 공격할 때였다. 게다가 대족장은 그곳으로 이동할 길을 찾아 놓았다.

수도까지는 쿠엘탈라스와 로데론 사이의 도로와 계곡을 이용하는 것이 손쉬운 선택이었다. 그러나 그 경로는 수비가 집중된 곳이기도 했다. 오그림은 그 길을 선택하지 않았다. 그는 군대를 이끌고 로데론 수도의 남쪽, 바위투성이의 알터랙 산맥을 지나가면서 기습 작전을 펼치기로 결정했다.

둠해머의 모든 동맹이 계획에 동의한 것은 아니었다. 줄진과 아마니 트롤은 서쪽으로 이동하라는 대족장의 요청을 거부했다. 엘프에 대한 증오는 너무도 깊었고 실버문 공격을 포기할 수 없었다. 줄진은 쿠엘탈라스의 모든 땅이 불길에 휩싸이고 아나스테리안 왕의 머리가 자기의 손에 들어온 후에야 로데론의 수도를 공격하겠노라고 선을 그었다.

둠해머는 줄진의 완고함에 분노와 당혹감을 느꼈다. 둠해머는 익숙하지 않은 땅에서 오크의 길잡이로 아마니에게 크게 의존하고 있었다. 이 결정적인 순간에 트롤을 잃는다면 호드는 재앙에 놓일 수 있었다.

굴단은 오그림의 커지는 두려움을 감지했다. 그는 지금이야말로 오그림의 구속에서 벗어날 기회라고 생각했다. 굴단은 폭풍약탈자 부족이 드디어 실버문의 장벽을 무너뜨릴 새로운 방법을 발견했다며 오그림과 줄진을 설득했다. 그는 필요한 것은 단 며칠의 시간뿐이고 폭풍약탈자 부족이 성공하면 엘프의 도시를 함락할 수 있으며 그렇게 된다면 트롤은 마음껏 복수를 즐긴 다음 호드에 재합류할 수 있을 것이라고 말했다.

둠해머는 쿠엘탈라스에 병력을 더 남기고 싶지 않았으나 굴단의 말에 흔들렸다. 얼라이언스는 흩어져 있었다. 병력의 절반은 실버문에 있었고 나머지 반은 아직도 동부 내륙지에서 호드와 교전 중이었다. 로데론의 수도를 차지하기에 적합한 기회였다. 둠해머는 그 기회를 놓칠 수 없었다.

둠해머는 굴단과 폭풍약탈자 부족에게 장벽을 해제하라는 임무를 맡기고 떠나면서 용아귀 부족에게 쿠엘탈라스에 남아 굴단을 감시하라고 명령했다. 만약 사흘 내에 장벽이 사라지지 않으면 굴단의 부족을 서쪽으로 보내라는 지시도 잊지 않았다.

그리고 둠해머는 용아귀 부족에게, 어리석게도 굴단이 명령에 따르지 않을 경우 전투 탈것의 먹이로 삼아도 좋다는 허가를 내렸다.

둠해머는 병력을 이끌고 서쪽으로 향했다. 그의 마음은 의심에 차 있었다. 언덕마루 구릉지에 상륙한 이후 상황은 계획대로 흘러가지 않았다. 그러나 그것이 전쟁이었다. 적응한 자는 승리를 거두고 변화를 거부한 자는 패배하기 마련이었다.

호드가 산에 들어섰을 때 행운이 둠해머에게 미소를 지었다. 알터랙의 왕, 페레놀드가 오크의 군대를 기다리고 있었다. 그는 변절의 의사를 전했다.

페레놀드는 2차 대전쟁 초기부터 호드와의 전투를 경계했다. 그는 오크가 무적의 군대라고 생각했다. 호드 부대에 죽음의 기사와 붉은용, 오우거 마법사가 있다는 것을 알고서 그러한 두려움은 더욱 깊어졌다.

페레놀드는 호드가 알터랙 산맥에 도착했다는 소식에 배신의 마음을 굳혔다. 그는 적과 싸우는 대신 협상을 시도했다. 그는 살아남고 싶었다. 페레놀드는 호드를 만나 단순한 제안을 전했다. 알터랙 왕국을 건드리지 않는다면 오크의 군대가 산맥을 무사히 통과하도록 허가하겠다는 것이었다.

오그림은 기꺼이 제안을 받아들였고 페레놀드는 대족장에게 산맥을 통과하면서 수비를 우회할 방

법을 알려 주었다. 밤낮으로, 호드의 군대는 경계 병력조차 없는 경로를 따라 알터랙을 통과했다. 마침내 호드는 티리스팔 숲에 도착했다. 오그림은 휴식할 시간을 주지 않았다. 그는 모든 병력을 동원하여 수도의 성벽을 공격했다.

수도 공성전

투랄리온과 동료들은 호드가 결국 서쪽으로 방향을 틀어 로데론의 수도를 공격할 것이라고 생각했다. 오그림이 쿠엘탈라스에서 대부분 병력을 갑작스럽게 철수했을 때 그들의 우려는 사실로 확인되었다.

호드 군대의 일부는 아직 쿠엘탈라스에서 날뛰고 있었으나 투랄리온은 서둘러 대부분의 병력을 서쪽으로 돌렸다. 얼라이언스 병력의 절반이 동부 내륙지에 붙들려 있었기 때문에 로데론의 수도를 방어하는 임무는 그의 몫이었다. 처음에는 오그림보다 앞서 수도에 도착하는 것은 어렵지 않아 보였다. 호드는 알터랙 산맥을 지나고 있었고 그곳의 수비 병력 때문에 빠르게 움직일 수 없는 상황이었다.

그리고 흩어진 얼라이언스 군대에 페레놀드 왕의 변절 소식이 전해졌다. 누구도 그 사실을 믿지 못했다. 누구도 인간이 피에 굶주린 오크에게 충성을 바칠 것이라고 상상하지 못했다.

그러나 사실이었다. 그 영향은 재앙 수준이었다. 알터랙 산맥을 가득 채운 방어벽을 돌파하려면 둠해머의 여정은 수개월이 걸렸을 것이다. 그러나 안전한 길이 열렸고 호드의 병사들은 이미 로데론의 수도에 다가왔다.

투랄리온은 자신이 도착하기 전에 수도가 함락되지 않을까 염려했으나 로데론은 그가 생각한 것만큼 약하지 않았다. 테레나스 왕이 수도의 방어를 지휘했다. 그는 비록 전사가 아니었지만 뛰어난 지도력과 책략을 가진 인물이었다. 호드의 투석기가 수도를 포격하자 테레나스는 시민들에게 그 전투가 전쟁을 결정할 것이며 인간과 얼라이언스의 미래가 그들의 어깨에 달려있다고 말했다. 테레나스는 지원군이 도착할 때까지 호드를 잡아둘 수 있다면 목숨도 내놓겠다고 맹세했다. 그는 참모들의 반대에도 성루에 자리를 잡고서 수비를 이끌었다.

오그림은 로데론의 끈기에 감탄했다. 인간과 그들의 왕은 오크 못지않은 용기를 보이며 싸웠다. 그러나 그것은 계속될 수 없었다. 오그림은 날마다 수도의 방어를 약화시켰다. 날마다 그의 공성 전차는 무너져 가는 요새의 성벽을 두드렸다.

쿠엘탈라스에서 호드의 지원군이 도착하면 수도는 함락될 운명이었다. 문제는 그들이 언제 도착하는지였다. 용아귀 부족, 폭풍약탈자 부족, 황혼의 망치 부족은 늦어지고 있었다. 둠해머는 그들에게서 아무런 소식을 듣지 못했다.

둠해머는 무언가가 잘못되었음을 직감했다. 투랄리온의 군대가 동쪽에서 접근해 왔을 때 그의 불안은 깊어졌다. 그들의 도착과 함께 오크의 병력은 분산되었고 수도의 방어군은 드디어 간절히 필요했던 휴식을 취할 수 있었다.

둠해머는 투랄리온의 군대를 두려워하지 않았다. 그가 두려워한 것은 그들의 등장이 의미하는 것이었다. 얼라이언스의 다른 군대도 수도로 오고 있었다. 호드는 서둘러 그 요새를 무너뜨려야 했다. 오그림은 죽음의 기사를 거느리고 있었지만 승리를 거두기 위해서는 쿠엘탈라스에 있는 나머지 병사들이 필요했다.

오그림은 그 병력을 얻을 수 없었다. 용아귀 부족이 로데론의 수도 외곽에 도착하여 끔찍한 소식을 전했다. 굴단이 호드를 배신하고 폭풍약탈자, 황혼의 망치 부족과 함께 언덕마루 구릉지에 정박한 오크 함대로 향했다는 것이었다. 그 소식을 접하자마자 더욱 골치 아픈 소식이 오그림에게 전해졌다. 얼라이언스가 페레놀드 왕의 배신을 알고서 알터랙 산맥의 비무장 경로에 방어벽을 쳤다는 보고였다. 이제 동부 내륙지에 있는 지원군의 합류도 불확실한 상황이었다.

그 순간 둠해머는 전쟁에서 패배했다는 사실을 깨달았다. 그의 군대가 수도를 차지한다고 해도 얼라이언스의 본대를 상대로 지켜낼 수 없었다. 둠해머는 피 끓는 분노를 느꼈다. 호드는 승리를 바로 눈앞에 두고 있었다. 그러나 지금, 호드는 전멸할 위기를 맞이했다.

오그림은 공격을 중단하고 카즈 모단으로 전면 퇴각을 명령했다. 그는 용아귀 전령을 통해 동부 내륙지의 병력에도 같은 명령을 전했다. 호드가 재결집할 수 있다면 아직은 전쟁의 조각을 다시 맞출 수 있는 기회가 있었다. 작은 희망이었지만 둠해머가 바랄 수 있는 유일한 것이었다.

대족장은 호드의 용기수에게 퇴로를 엄호하면서 얼라이언스 군대를 최대한 지연시키라고 명령했다. 또한 검은니 웃음 부족에게 굴단을 추적하는 임무를 맡겼다. 오그림은 이미 굴단의 목숨을 살려준 적이 있었다. 실수는 한 번으로 충분했다.

신의 능력을 찾아서

둠해머가 로데론의 수도를 향해 떠나고 며칠이 지난 후, 굴단은 동료들을 모아 살게라스의 무덤을 찾을 계획을 밝혔다. 그는 자기를 따르는 모든 이에게 호드의 의미 없는 전쟁을 계속 수행하여 얻는 것과는 비교할 수 없을 만큼 막대한 힘을 주겠다고 약속했다. 황혼의 망치 부족과 폭풍약탈자 부족의 거의 모든 오크가 굴단에게 충성을 맹세했다. 그러나 쿠엘탈라스의 호드 중에는 그의 제안을 분명하게 거부한 이들도 있었다.

아마니 트롤은 굴단의 요청에 관심이 없었다. 그들은 엘프의 수도를 계속해서 공격했다. 용아귀 부족 오크도 굴단의 제안을 거절하고 그의 길을 막아섰다. 그러나, 어느 쪽도 전투의 위험을 감수하지 못했다. 모두가 전멸할 위험이 너무 컸기 때문이다.

용아귀 부족은 호드 본대에 합류하여 오그림에게 상황을 보고하고 경고를 전하기 위해 서쪽으로 향했다. 한편 굴단의 무리는 남쪽으로 내려갔다. 이동하면서 가끔씩 인간의 공격을 받았지만 그 무엇도 그들을 멈출 수 없었다. 변절자들은 언덕마루 구릉지에서 호드 함선을 몇 척 골라 서쪽으로 항해에 나섰다.

굴단은 알지 못했으나 검은니 웃음 부족은 거의 그를 따라잡을 뻔했다. 그들은 나머지 오크 함선에 타고 굴단의 뒤를 쫓았다.

굴단의 적은 검은니 웃음 부족만이 아니었다. 그랬다. 킬제덴도 곧 굴단의 무모한 배신을 눈치챘다. 킬제덴조차 예상하지 못한 일이었다. 굴단은 악마 군주에게서도 자신의 의도를 완벽하게 숨기고 있었다. 킬제덴은 영광스러운 군단의 승리를 제멋대로 망쳐버린 과거의 종복을 흔적도 없이 처치할 생각이었다.

살게라스가 직접 악마 군주를 저지했다. 자비 때문이 아니었다. 살게라스는 자신의 방식으로 굴단을 벌하기를 원했다. 굴단이 원한 것이 힘이라면, 군단의 지배자는 그가 살게라스의 무덤을 찾도록 내버려 둘 생각이었다. 살게라스는 그 어리석은 오크가 원하던 것에 가까이 가게 한 다음, 그토록 바라던 힘을 맛보게 하려했다.

그런 다음 그것을 빼앗아 갈 생각이었다. 굴단이 호드에게서 승리의 희망을 빼앗아 간 것처럼.

살게라스의 무덤

굴단은 수호자 메디브의 정신 속에서 엿본 정보를 기반으로 살게라스의 무덤까지 항로를 구상했다. 항해는 길고 험난했다. 거대한 파도와 무시무시한 폭풍이 굴단의 함대를 덮쳤다. 대자연이 나서서 굴단의 길을 막으려는 듯했다. 굴단은 살게라스의 무덤 가까이에 접근하면서 그곳에서 발산되는 신과 같은 에너지를 감지했다. 굴단은 막대한 힘을 손에 넣을 순간이 드디어 눈앞에 다가왔다는 생각에 사로잡혔다.

살게라스의 무덤은 해저에 있었고 수면으로 끌어내기 위해서는 동료들의 협력이 필요했다. 굴단은 의식을 이끌며 부하들의 마법을 모아 하나의 거대한 주문을 지었다. 하늘이 칠흑빛으로 변했고 바람은 거센 물결을 일으켰다. 서서히, 아주 서서히, 무덤이 심해에서 떠오르기 시작했다.

휘몰아치는 바다에서 바위투성이 섬이 떠올랐다. 그 중앙에는 따개비투성이인 지면에서 당당히 솟은 탑, 거대한 살게라스의 무덤이 자리하고 있었다.

살게라스의 무덤이 솟아오르고 얼마 되지 않아 검은니 웃음 부족이 섬에 도착했다. 굴단은 추적자들을 격퇴할 병력이 없다는 것을 알았으나 무덤의 힘을 이용한다면 살아남을 수 있다고 생각했다. 그는 살게라스의 무덤에 위험이 깃들어 있는지, 만약 그렇다면 어떤 것일지 전혀 알지 못했으나 대비할 시간이 없었다. 굴단은 초갈과 황혼의 망치 부족에게 적을 맡으라고 명령하고선 자신은 폭풍약탈자 부족을 데리고 살게라스의 무덤으로 향했다. 굴단과 부하들은 서둘러 무덤의 그늘진 복도로 들어갔다. 그리고 그곳에 있는 다른 존재들을 발견했다.

오래전 에이그윈은 살게라스의 화신을 그 무덤에 옮기면서 동시에 수많은 악마 부하들을 함께 가두었다. 그중 대부분은 죽어 사라졌다. 일부 죽지 않은 악마들이 있었으나 간신히 생명을 유지하는 정도였다. 에이그윈은 무덤의 마력 깃든 인장으로 악마들을 가둘 수 있다고 생각했다. 그것은 사실이었다. 악마들은 자신의 힘으로 그곳을 벗어날 수 없었다. 그러나 수천 년이 넘는 시간 동안 일부 악마들은 살게라스의 화신에 남아 있던 마력을 흡수하고 무덤에서 떠돌아다닐 만큼 힘을 회복했다.

살게라스의 명령에 따라, 그 생명체들이 어둠 속에서 뛰쳐나와 굴단의 부하들을 찢어발겼다. 그런 다음 그들의 분노를 굴단에게 돌려 산 채로 그의 가죽을 벗겼고 뼈에서 살과 근육을 발라냈다.

잠깐 동안 굴단의 고통스러운 비명이 무덤을 뒤흔들었다. 그리고 침묵만이 감돌았.

소수의 폭풍약탈자 부하들만이 악마들에게서 살아남았다. 그들은 주인의 머리를 되찾은 다음 무덤에서 도망쳤다. 굴단의 머리에 막대한 힘이 깃들어 있다고 믿었기 때문이다.

바깥에서는 황혼의 망치 부족이 생존을 위해 혈투를 벌이고 있었다. 달렌드와 메임 블랙핸드가 이끄는 검은니 웃음 부족은 배신자들을 처단하고 그들의 시체를 무덤의 그늘 속에 남겨 놓았다.

초갈은 전투 중 심각한 부상을 입었다. 그는 황혼의 망치 오크의 도움으로 살아남았다. 몇몇 부족원이 부상당한 오우거 초갈을 배에 태운 다음 살게라스의 무덤을 떠나 항해를 시작했다. 배는 바람을 따라 서쪽, 지도에도 없는 바다를 향해 나아갔다.

검은니 웃음 부족은 복수를 마친 후 배에 올라타고 동쪽으로 항해했다. 그들은 승리의 증표로 적에게서 굴단의 해골을 회수했다.

종족을 악마의 하수인으로 팔아넘긴 오크는 이제 존재하지 않았다.

살게라스의 무덤을 들어 올리는 굴단

카즈 모단 해방

호드는 살게라스의 무덤에서 멀리 떨어진 곳에서 카즈 모단을 향해 필사적으로 후퇴하고 있었다. 동부 내륙지의 오크 군대는 로서의 군대와 싸워가면서 탄돌 교각으로 달렸다. 오그림은 호드 병력의 반을 이끌고 그 뒤를 따랐다. 로서와 투랄리온은 곧 병력을 다시 규합하여 퇴각하는 호드를 뒤쫓았다.

함대가 없었던 오그림은 육로로 이동할 수밖에 없었다. 수 주 동안의 고달픈 행군과 얼라이언스와의 산발적인 전투는 오크 군대에 타격을 주었다. 오래지 않아 오그림과 호드의 잔여 병력은 저습지를 통과하여 차다찬 산악 지대 카즈 모단에 어렵게 진입했다.

오그림은 드워프의 고향으로 이동하는 도중 용기수를 보내어 검은니 웃음 부족이 어떻게 되었는지 알아보라고 지시했다. 그들 중에서 일부 정찰병들이 소식을 전했다. 그들은 카즈 모단으로 회항하는 검은니 웃음 부족을 발견했다. 오크 항해사들은 용기수들에게 굴단의 최후를 전했다. 오그림은 그 이야기를 듣고서 기뻐했다. 무엇보다 오크 종족이 그 배신을 일삼는 흑마법사에게 다시 조종당할 일은 없어진 셈이었다. 오그림은 자신이 직접 그를 처치하지 못한 것이 개탄스럽기만 했다.

그러나 전황을 점검하면서 굴단이 죽었다는 기쁨도 사라져갔다. 전쟁으로 그의 군대는 반 이상 줄어들었다. 검은니 웃음 부족은 아직 해상에 있었고 따라서 해군도 없었다. 현재의 호드는 승리할 수 없었다. 얼라이언스에 맞서, 특히 드워프와 노움까지 가세할 경우 카즈 모단을 지키기도 어려웠다.

오그림은 전령을 보내 드레노어에서 지원군을 규합했다. 피에 굶주린 그 부족들이 싸울 준비가 되었는지는 중요하지 않았다. 오그림은 지금 그들이 필요했다. 그런 다음 오그림은 병사들에게 지원군을 기다릴 수 있는 검은바위 첨탑에 집합하도록 명령했다.

검은바위 첨탑은 호드가 장악한 영토의 복판에 있었다. 둠해머는 얼라이언스가 뒤쫓는다면 매 걸음마다 값을 치르게 할 생각이었다. 그는 카즈 모단에 킬로그의 피눈물 부족을 남겨 두었다. 2차 대전쟁 내내 그들은 드워프와 노움을 산속 도시에 가두어 놓았다. 이제 그들은 더 중요한 역할을 수행해야 했다. 얼라이언스 군대를 지연시키고 호드의 후방을 공격하지 못하게 막는 역할이었다.

둠해머는 줄루헤드 부족장과 싸울 수 있는 용아귀 전사를 최대한 규합했다. 용기수들은 아직 로데론 곳곳에 흩어져 있었으나 포기할 수 없는 귀중한 전력이었다. 그는 네크로스에게 남은 전쟁의 야수들을 그림 바톨에 모으고 알렉스트라자와 붉은용과 함께 검은바위 첨탑으로 가라고 명령했다. 또한 일부 용기수에게 검은니 웃음 부족을 찾아서 호드의 새로운 집결지를 알려 주고 얼라이언스 해군에게서 그들의 함대를 보호하는 임무를 맡겼다.

로서는 호드의 기세가 꺾였음을 알았다. 한 차례의 신속하고 가차 없는 공격이면 오크의 군대를 완전히 무너뜨릴 수 있었다. 얼라이언스 병사들은 수개월 동안의 전투로 지쳐 있었으나 로서는 계속 밀어붙였다. 전쟁을 끝낼 수 있는 기회였다.

얼라이언스는 투랄리온과 성기사의 활약 덕분에 신속하게 남하할 수 있었다. 그 신성한 전사들은 밤낮으로 쉬지 않고 부상자들을 치료하면서 결의와 용기를 불어넣었다. 얼라이언스 군대는 카즈 모단에 진입하여 피눈물 부족을 빠르게 진압했다. 성기사들은 추적대를 이끌고 남은 오크를 소탕하여 카즈 모단에서 몰아냈다.

얼라이언스는 피눈물 부족을 물리치고 아이언포지와 놈리건을 해방했다. 브론즈비어드 드워프와 노움은 산속 요새에서 당당한 모습을 드러내며 복수를 외쳤다. 두 종족 모두 얼라이언스에 합류했다. 그들은 전투를 위해 망치와 도끼와 기술을 지원했다.

2차 대전쟁 중 처음으로, 동부 왕국의 거의 모든 고귀한 종족이 하나로 단결했다.

크레스트폴 전투

검은니 웃음 부족은 카즈 모단의 북서쪽에서 항해를 계속하고 있었다. 네크로스가 보낸 용기수들은 함선을 발견하여 호드가 검은바위 첨탑으로 퇴각한다는 소식을 전했다. 달렌드와 메임은 검은니 웃음 부족에게 명령하여 항로를 바꾸고 아직 호드가 점령하고 있는 스톰윈드로 향했다. 그들은 스톰윈드를 경유하여 육상 경로를 통해 검은바위 첨탑까지 이동할 생각이었다. 달렌드와 메임은 남쪽의 쉬운 경로를 찾고 싶었지만 그것은 불가능했다.

프라우드무어 제독이 해상을 순찰하고 있었기 때문이다. 얼라이언스 해군은 크레스트폴 섬 부근에서 호드의 함대를 따라잡았다. 프라우드무어 제독은 줄다레 근처에서 벌어졌던 전투에서처럼 허를 찌르는 전략으로 적들의 함선을 포격했다. 그리고 전과 마찬가지로 호드는 용을 보유하고 있었다. 하늘에서 내려온 용이 함선에 불길을 내뿜었다

이번에는 프라우드무어 제독도 후퇴하지 않았다. 와일드해머 그리핀 기수가 도착하여 그의 함대를 공중에서 지원했다. 드워프들은 쿠엘탈라스에서 용들에게 패한 다음 새로운 전략을 익혔다. 그들은 그리핀의 기동성과 속도를 이용하여 거대한 적들을 괴롭히고 주의를 분산시켜 얼라이언스의 함선을 공격하지 못하게 방해했다. 번개가 주입된 폭풍망치와 용의 불길이 하늘을 불태웠고 포탄은 바다를 붉게 물들였다.

달렌드와 메임은 소수의 함선과 함께 전장에서 무사히 탈출했으나 대부분의 호드 함선은 프라우드무어의 강력한 함대에 파괴되고 말았다. 용기수들은 용감무쌍한 그리핀 기수의 분노 앞에서 사방으로 흩어져 달아났다.

얼라이언스는 바다에서 결정적인 승리를 거두었고 호드의 해군을 격파했다. 그러나 큰 희생이 뒤따랐다. 붉은용들은 프라우드무어 제독의 함선을 파괴했다. 제독의 아들을 포함하여 많은 용감한 항해사가 죽음을 맞이했다. 프라우드무어는 아들의 죽음을 잊지 못했고 오크에 대한 증오는 곪은 상처가 되어 평생 동안 아물지 않았다.

검은바위 첨탑 공성전

둠해머는 검은바위 첨탑에서 얼라이언스 군대가 은빛과 금빛으로 반짝이며 한 마리 뱀처럼 불타는 평원으로 휘감아 들어오는 모습을 지켜보았다. 수천 명의 얼라이언스 병사들이 호드의 요새를 감싸고 무자비한 공성전을 시작했다.

요새의 관문은 견고했으나 오래 버틸 수 있는 상황이 아니었다. 그림 바톨의 용기수들은 아직 도착하지 않았고 검은니 웃음 부족과 드레노어의 지원군도 도착하지 않았다. 그들이 제때 도착하기는 어려워 보였다.

둠해머는 마음속으로 절망을 느꼈다. 그러나 절망이 고개를 드는 순간 그것을 짓뭉개 버렸다. 둠해머는 포기할 생각이 없었다. 지금은 없었다. 그리고 앞으로도 그럴 것이다. 이 전쟁은 영광을 얻기 위함이 아니었고 자신을 위한 것이 아니었다. 그것은 종족의 명예를 회복하고 생존을 보장하기 위한 전쟁이었다. 둠해머는 언제나 그랬듯이 하나를 선택해야 했다. 아제로스에서 터전을 일구거나 아니면 드레노어로 돌아가서 죽어야 했다.

죽음이 운명이라면, 오그림은 굶주림이나 질병보다는 명예로운 전투에서 죽으리라 다짐했다.

아마니의 패배

얼라이언스가 검은바위 첨탑을 공격하는 동안 아나스테리안 왕은 쿠엘탈라스에서 아마니 트롤을 내쫓기 위해 힘썼다. 엘프는 전투를 치르며 큰 희생을 치렀지만 고향을 지켜낼 수 있었다. 이후 아나스테리안은 얼라이언스가 가장 절박한 순간에 하이 엘프를 저버렸다고 비난하며 연합에서 탈퇴를 선언했다. 모든 엘프가 그것을 믿은 것은 아니지만 충분히 많은 수가 그렇게 믿었다.

그는 검은바위 첨탑 성채에서 호드의 피의 욕망에 불을 붙였다. 오그림은 마지막 공격을 위해 군대를 소집했다. 운명을 가를 최후의 전투였다. 그들은 무적의 호드였다. 그들은 드레나이를 정복했고 스톰윈드를 정복했고 많은 다른 적들을 정복했다. 아제로스는 호드가 차지해야 할 세계였다. 얼라이언스가 그들을 방해할 수는 없었다.

얼라이언스 공성 전차가 검은바위 산을 공격하던 도중, 갑자기 강철의 관문이 활짝 열렸다. 요새에서 수천 명의 병사가 포효하며 쏟아져 나왔다.

오그림 둠해머가 직접 호드의 공격을 이끌었다. 그는 얼라이언스 군대를 힘으로 격파하겠다는 환상에 사로잡혀 있지 않았다. 대신 그는 로서를 향해 내달렸다. 둠해머는 최근 인간의 문화를 익혔다. 인간들은 오크가 그렇듯이 지도자를 공경하고 숭배했다. 부족장을 쓰러뜨리는 것은 곧 오크 부족의 의지와 결의를 깨뜨리는 것과 같았다. 둠해머는 로서를 쓰러뜨리고 얼라이언스 군대를 와해시킬 생각이었다.

얼라이언스는 호드의 자살과도 같은 돌진에 허점을 찔렸다. 둠해머는 포위망을 뚫고 로서에게 몸을 던졌다. 최고 사령관 로서는 그를 피하지 않았다. 로서는 명예로운 전사답게 둠해머와 단독 결투를 벌였다.

주위의 호드와 얼라이언스 병사들은 숨을 죽이고 그들을 지켜보았다. 망치와 검이 부딪히는 소리가 불타는 평원에 울려 퍼졌다.

누구도 물러서지 않았다. 처음에는 그랬다. 그렇지만 오그림은 적보다 강했다. 오크의 대족장은 전쟁 망치를 크게 휘둘러 로서의 대검을 부러뜨렸다. 얼라이언스의 사령관은 무릎을 꿇었다. 오그림 둠해머는 다시 무기를 휘둘러 로서의 머리를 무자비하게 내리쳤다.

오크 병사들은 대족장이 적의 사령관을 쓰러뜨리는 모습을 보고서 사기가 치솟았고 더욱 거센 공격을 펼쳤다. 오그림의 작전은 효과가 있었다. 그는 적의 눈에서 슬픔과 절망을 읽었다. 얼라이언스 병사들은 흔들렸다. 많은 병사가 투지를 잃고 있었다.

그러나 투랄리온은 슬픔이나 절망에 굴하지 않았다. 그것은 아무런 소용이 없는 감정이었다. 그러한 감정은 로서를 살릴 수도 없었고 전사한 친구의 복수를 해 주지도 않았다.

젊은 성기사 투랄리온은 신성한 마력을 내뿜었다. 투랄리온에게서 주위로 빛이 퍼지면서 오그림을 포함한 모두의 눈을 멀게 만들었고 전투는 순간 중단되었다. 투랄리온은 로서의 부러진 검을 집어 든 다음 오크 대족장을 기절시켰다. 그리고 아군들에게 이 어두운 시기에 우뚝 설 것을 요청했다. 로서라면 그렇게 했을 것이다. 얼라이언스의 사령관은 어려움을 겪을 때마다 주저하지 않고 나섰다.

그는 지혜와 용기로 부하를 이끌었다. 그는 부하들을 병사가 아니라 친구와 가족으로 대했다. 그들은 모두 로서의 아들딸이었다. 그리고 그들은 아제로스에서 호드를 물리치겠다는 그의 꿈을 계속 실현시켜야 했다.

지금은 불확실성이 끼어들 때가 아니었다. 승리가 눈앞에 있었다. 지금은 싸울 때였다. 아제로스를 위하여. 얼라이언스를 위하여. 로서를 위하여.

얼라이언스 병사들은 투랄리온의 외침에 타오르는 희망을 느꼈다. 투랄리온은 마지막 전투의 함성을 내지르고 동료들을 이끌었다. 얼라이언스는 호드와 맞붙었다. 학살이 벌어졌고 오크의 군대는 무너졌다. 그들은 각자 북쪽으로, 아니면 동쪽으로, 서쪽으로 도망쳤다. 일부는 어둠의 문이 있는 남쪽으로 도망갔다. 소수의 용감한 전사들은 검은바위 첨탑 바깥에서 적들을 상대하면서 전사할 순간을 기다렸다.

그러나 그 순간은 오지 않았다. 투랄리온과 성기사들은 그 병사들을 제압했으나 칼을 들이대지 않았다. 그들은 대족장과 함께 사슬에 묶인 신세가 되었다.

어둠의 문 파괴

테론 고어핀드와 죽음의 기사가 이끄는 일부 호드 무리는 얼라이언스를 피해 어둠의 문으로 도망쳤다. 그들은 안전한 고향 행성으로 가는 것이 살아남을 수 있는 유일한 방법이라고 생각했다.

투랄리온과 얼라이언스는 그들의 자취를 뒤쫓았다. 로서의 죽음에 대한 기억은 아직도 생생했고 고통스러웠다. 그들은 복수를 열망했으며 또한 어둠의 문까지 호드를 추적하기를 원했다. 어둠의 문이나 그 정확한 위치에 대해서는 거의 알려진 바가 없었다. 투랄리온은 후퇴하는 오크와 죽음의 기사가 그들을 어둠의 문으로 이끌어 주기를 바랐다. 그리고 그들은 그렇게 해 주었다.

얼라이언스는 검은늪에 들어섰고 어둠의 문 바깥에서 호드를 따라잡았다. 곧 2차 대전쟁 동안 가장 잔혹하고 처절한 전투가 펼쳐졌다. 고어핀드와 죽음의 기사들은 강령술의 힘으로 분노를 쏟아내고 공포심을 불러일으켰다. 그들은 투랄리온의 군대를 물리칠 수는 없지만 호드가 어둠의 문으로 탈출할 시간을 벌어 주었다.

투랄리온은 호드를 추적하지 않았다. 그는 이미 호드를 한계까지 밀어붙였고 문 너머에 어떤 위험이 있을지 알지 못했다. 남은 선택은 한 가지, 어둠의 문을 파괴하고 호드의 귀환을 막는 것이었다.

이를 위해 투랄리온은 카드가와 그의 동료 마법사들을 불렀다. 마술사들은 희미해져 가는 관문 주위에 모여 강력한 주문을 읊기 시작했다. 카드가는 마법사들을 이끌면서 차원문을 흐트러뜨렸고 각 천계의 가닥을 분리하여 균열을 닫았다. 그 반발 에너지로 인해 차원문의 석조 골격이 부서졌고 눈부신 비전 마력의 빛을 내뿜으며 폭발했다.

아제로스에 엄청난 재난을 가져온 어둠의 문이 먼지로 사라졌다. 얼라이언스 전선을 따라 우렁찬 함성이 일었다. 사력을 다해 싸운 병사들, 친구와 사랑하는 이의 죽음을 본 병사들이 무릎을 꿇고 환호했다. 많은 이가 기쁨의 눈물을 흘렸다.

전쟁이 끝났다.

얼라이언스는 승리했다.

호드의 분열
어둠의 문이 열리고 7년 후

호드는 패배했다.

테론 고어핀드와 죽음의 기사는 드레노어에 돌아와 패배 소식을 전했다. 게다가 아제로스로 통하는 관문도 닫혀 버렸다. 카드가가 아제로스 쪽 어둠의 문을 파괴했을 때 그 결과로 비전 에너지가 폭발했고 그 여파가 오크의 고향 행성까지 전달되어 드레노어의 관문까지 기이한 마법의 불꽃을 내뿜으며 폭발했다. 차원문의 물리적인 골격도 무너져 돌무더기가 되었다. 호드의 죽어가는 행성에서 탈출할 길은 없었다.

그렇게 많은 피를 흘리고 전쟁을 치렀지만 오크는 아무것도 얻지 못했다. 식량도 없었고 쓰러뜨릴 적도 없었다. 미래는 느리고 고통스러운 죽음뿐이었다.

일부 강력한 부족들은 드레노어에 남아 있었다. 그들은 1차 대전쟁 전에 그랬듯이 피의 욕망에 사로잡혔다. 시간이 지나 그 오크들의 숫자는 줄었으나 그들은 아직 분노의 노예였다. 아제로스에서 호드가 패배했다는 소문은 그들의 분노에 불을 지폈다.

호드가 스스로 무너지는 것은 시간문제였다.

아제로스에 남은 호드 병력도 나을 것이 없었다. 킬로그와 피눈물 부족은 검은바위 첨탑에 너무 늦게 도착했기에 둠해머의 군대와 합류하지 못했다. 일부 호드 병사들이 어둠의 문으로 어렵사리 퇴각하는 동안 그들은 패배의 참화를 목격했다. 킬로그도 어둠의 문을 통과하고 싶었으나 얼라이언스 군대가 길을 막았다. 차원문으로 접근하는 것은 자살 행위라고 판단한 킬로그는 피눈물 부족을 철수시켰다. 피눈물 부족은 조용히 어둠의 문 북쪽의 숲으로 모습을 감추었고 다음 행동을 구상했다.

그림 바톨의 용아귀 부족도 피눈물 부족처럼 검은바위 첨탑에 제때 도착하지 못했고 둠해머를 지원할 수 없었다. 그들은 얼라이언스의 승리를 확인하고서 자신들의 요새로 퇴각했다. 그들은 고대의 요새 안에 숨은 채 계속해서 붉은용을 사육하고 조련했다. 얼라이언스가 그들의 존재를 발견한다고 해도 용아귀 부족은 최소한 맞설 무기는 가진 셈이었다.

달렌드와 메임도 검은니 웃음 부족의 생존자와 함께 살아있었다. 그들이 검은바위 첨탑에 도착했을 때 호드는 이미 패배한 후였다. 그들은 검은바위 부족을 주축으로 호드 생존자들을 모으고 얼라이언스가 그곳에서 철수하기를 기다렸다. 길이 열리자 오크들은 슬그머니 검은바위 첨탑을 차지했다.

달렌드와 메임은 호드의 패배를 둠해머의 탓으로 돌리며 그를 비난했다. 그들은 둠해머가 막고라에서 블랙핸드를 쓰러뜨린 이후 줄곧 그를 멸시했다. 두 형제는 자기들이 원하는 대로 호드를 재건할 계획을 세우고 있었으나 그러려면 시간이 필요하다는 것을 알았다. 그들은 대규모 생존자 무리에 조금씩 연락을 취하면서 새로운 깃발 아래 호드를 규합하려 했다. 킬로그는 그들을 무시했다. 그는 자신의 운명을 보았고 그것이 달렌드와 메임의 '거짓' 호드에 있지 않다고 생각했다.

그러나 용아귀 부족은 검은바위 첨탑의 오크에게 충성을 맹세했다. 그들은 달렌드와 메임의 군대에 필요할 수 있다며 길들인 용을 몇 마리 제공했다.

호드의 다른 구성원들은 황야로 흩어졌다. 일부는 무리 지어서, 일부는 홀로 움직였다. 가로나의 감시자였던 아이트리그도 고독한 생존자 중 한 명이었다. 아이트리그는 패배의 후유증을 겪으면서 가로나가 오크를 조종하는 어두운 힘에 대해 말해준 것들을 곱씹었다. 그는 가로나의 말을 믿게 됐고, 호드에 대한 절대적인 충성심도 시들어갔다. 굴단의 약속, '자애로운 자' 킬제덴, 어둠의 문… 어느 것도 처음 생각했던 것이 아니었다. 호드의 탄생은 오크에게 구원이 아니라 재앙을 가져왔다.

아이트리그는 마음속으로 수치와 분노를 느끼며 호드를 등졌다. 그는 남은 시간을 보낼 곳을 찾아서 북쪽으로 나아갔다.

평화롭게 죽을 곳을 찾아…

전쟁의 대가

호드의 잔여 세력이 생존을 위해 분투하는 동안 얼라이언스의 도시에서는 승리의 축제가 열렸다. 인간과 드워프, 노움, 하이 엘프는 승리를 만끽했다. 그러나 승리의 기쁨이 지나가자 냉혹한 현실이 찾아왔다. 삶은 결코 전과 같지 않았다.

동부 왕국은 전쟁으로 피폐해졌다. 수많은 마을과 도시가 호드에게 파괴되었다. 언덕마루 구릉지에서 쿠엘탈라스까지 도로와 산길이 시체로 뒤덮였다.

전쟁에 참여한 대부분의 사람들은 어둠의 문이 파괴된 후에도 전쟁에서 벗어날 수 없었다. 생존자들은 자신들이 목격한 끔찍한 악몽에 시달렸다. 많은 병사가 절친한 친구를 잃었다. 심지어 가족을 모두 잃은 이들도 있었다. 어떤 이들은 전쟁으로 불구나 장애의 몸이 되었다. 내면의 평화를 찾는 과정은 길고 고된 길이었고 호드와의 전쟁보다도 어려운 것이었다.

투랄리온조차 자기가 목격한 것들의 악몽에 시달렸다. 스승 로서의 죽음은 비수처럼 그의 가슴을 찔렀다. 그는 내면의 세계로 도망치고 싶은 충동을 느꼈지만 자신을 필요로 하는 사람들을 떠날 수 없었다. 그는 얼라이언스의 최고 사령관이 됐고 수천 명의 사람이 그의 인도를 바라고 있었다.

투랄리온은 동부 왕국을 재건하는 것이 삶을 정상으로 되돌리는 열쇠라고 생각했다. 투랄리온은 그러한 노력을 진두지휘하며 로데론에서 얼라이언스의 지도자들을 모았다. 지도자들은 전쟁으로 초토화된 왕국을 다시 일으키기 위해 힘을 모으기로 동의했다. 배반을 저지른 알터랙은 그 회의에 참여하지 않았다. 인간 지도자들은 그 배신자 왕국을 어떻게 처리할지 아직 논의하는 중이었고 그 논의는 수 주 동안 이어졌다.

스톰윈드 재건은 특별히 중요하게 다루어졌다. 로데론의 테레나스 왕은 무너진 스톰윈드 왕국을 돕고 바리안 린 왕자가 왕위에 오르도록 지원을 부탁했다. 어떤 이들에게 스톰윈드는 인간의 미래에 대한 강력한 상징과도 같았다. 스톰윈드가 잿더미에서 일어날 수 있다면 누구라도 그럴 수 있었다.

알레리아와 투랄리온

2차 대전쟁 동안 얼라이언스의 많은 구성원이 우애를 다졌다. 알레리아와 투랄리온의 경우처럼 더욱 친밀한 관계를 맺은 이들도 있었다. 엘프와 인간은 서로 다른 세계에서 살았지만 전쟁이라는 특수한 상황이 그들을 이어 주었다. 수개월이 지나고 알레리아와 투랄리온은 서로에 대해 더 많은 것을 알게 되었고 가까워졌다. 전쟁과 그 여파는 그들 관계의 시험 무대였다. 그러나 결국 그들의 사랑은 피어났다.

스톰윈드 왕국의 피난민들은 스톰윈드 재건에 대한 소식을 접하고 복잡한 감정을 느꼈다. 다수의 피난민들은 파괴된 고향으로 돌아가기를 거부했다. 스톰윈드는 그들이 잃어버린 모든 것을 일깨우는 이름이었다. 그들은 로데론에서 새로운 삶을 개척하기를 원했다.

그러나 바리안 린 왕자와 다른 피난민들은 스톰윈드로 돌아갔다. 투랄리온은 스톰윈드 시민의 송환을 감독하고 바리안의 안전한 즉위를 도왔다. 그는 십대 소년인 바리안이 새로운 역할에 잘 적응할 수 있도록 노련한 각료와 고문을 그의 주위에 두었다.

투랄리온이 스톰윈드의 재건에 힘을 쏟는 동안 그의 동료 성기사들은 로데론으로 돌아갔다. 은빛 성기사단은 호드와 싸우기 위해 만들어졌지만 그 목적은 어둠의 문을 파괴하는 것으로 끝나지 않았다. 성기사들은 성스러운 빛의 교단과 함께 얼라이언스의 발전을 도왔다. 그들은 병자를 치료하고 전쟁의 여파로 스스로를 돌볼 수 없게 된 생존자에게 피난처를 제공했다.

오크 수용소

얼라이언스의 모든 구성원이 치료와 재건에 집중한 것은 아니었다. 많은 이들의 마음속에서는 아직 오크에 대한 증오가 불타오르고 있었다. 알레리아 윈드러너는 2차 대전쟁 동안 수많은 엘프가 쓰러지는 광경을 목격했다. 알레리아는 복수를 열망하면서 도망친 오크들을 추적하는 나날을 보냈다. 그것은 전쟁의 상실감과 슬픔을 달래는 그녀의 방식이었다.

오크를 뒤쫓은 이는 알레리아만이 아니었다. 인간과 엘프, 드워프, 노움의 무리가 동부 왕국을 누볐다. 그들은 사냥감을 쫓아 깊은 숲과 외딴 산속을 샅샅이 뒤졌다. 얼라이언스 추적자들은 그렇게 찾은 오크 중에서 많은 수를 포로로 잡아들였다. 다른 오크들은 그 자리에서 죽음을 맞이했다. 전쟁에서 사랑하는 이를 잃은 자들의 복수였다.

오크 포로를 처리하는 문제는 뜨거운 감자로 떠올랐다. 길니아스와 스트롬가드는 포로의 처형을 두고 논쟁을 벌였다. 그러나 로데론은 오크의 처형에 반대했다. 자비를 베푸는 것이야말로 얼라이언스가 호드보다 문명화되고 명예로운 존재임을 입증하는 것이었다. 로데론은 오크를 죽이는 대신 수용소에 감금하고 얼라이언스 구성원들이 그 비용을 지원하는 방안을 제시했다.

달라란의 키린 토 역시 감금을 지지했다. 1차 대전쟁 이후 티리스팔 의회는 사라졌다. 그 비밀스러운 조직이 집중적으로 다루었던 악마의 활동 조사 같은 문제는 이제 키린 토의 몫이 됐다. 달라란의 마법사들은 지식 추구는 물론 전략적 목적을 위해 오크와 그들의 기이한 마법을 연구하고자 했다. 키린 토는 오크의 강점과 약점을 알아야만 다시 전쟁이 발발했을 때 승리할 수 있다고 주장했다.

얼라이언스는 결국 동의했다. 얼라이언스 구성원들은 자금을 지원하여 수용소를 건설하고 오크를 감금하기로 결정했다. 스트롬가드의 저명한 군인인 다나스 트롤베인이 그 조악한 감옥을 감독하기로 했다. 질서가 유지된다면 수용소는 잔존할 것이다. 그렇지 않다면 얼라이언스는 오크를 처형하는 문제를 다시 논의할 것이다.

수용소는 성공적이었으나 포로의 존재는 고통을 주기도 했다. 길니아스는 감옥이 얼라이언스에게 쓸모없는 부담일 뿐이라고 생각했다. 그들은 이미 스톰윈드 재건에 자금을 지원하고 있었다. 그리고 지금, 적들을 살려 두기 위해 추가 비용이 투입되고 있었다. 이후 수년 동안 수용소의 유지비는 길니아스에 걸림돌이 되었고, 결국 그것은 길니아스의 얼라이언스 탈퇴로 이어졌다.

던홀드 요새

수용소 전체를 감독한 다나스 트롤베인은 2차 대전쟁의 고위 용사들에게 권한을 위임했다. 언덕마루 구릉지의 던홀드 요새 외부 수용소를 감독하는 임무가 애델라스 블랙무어라는 이름의 존경받는 군주에게 넘겨졌다.

1차 대전쟁 중 블랙무어는 갓난아이인 오크, 고엘을 발견하여 던홀드로 데려왔다. 그는 다른 사람들에게는 알리지 않은 채 어린 오크를 길렀고 그에게 노예를 의미하는 '스랄'이라는 이름을 붙였다.

블랙무어는 남몰래 스랄을 자신에게 복종하는 장군, 언젠가 포로 오크들을 이끌고 얼라이언스와 싸울 장군으로 키울 생각이었다. 블랙무어는 인간 왕국들을 지배하고 왕으로 군림할 야심을 품고 있었다.

네더가드 요새

멀리 남쪽에서는 카드가가 한때 어둠의 문이 서 있었던 자리를 지켜보고 있었다. 2차 대전쟁 중 그는 영웅적인 활약을 보이며 명예로운 대마법사의 칭호를 얻었다. 그러나 카드가는 축하를 위해 시간을 허비하지 않았다. 그는 호드의 위협이 아직 끝나지 않았다는 사실을 알고 있었다.

호드가 사용한 지옥 마법은 어둠의 문 주위의 넓은 지역을 황폐화했고 상태는 계속 나빠지고 있었다. 차원문은 파괴되었지만 어째서인지 지옥 마력이 아제로스에 번지고 있었다. 카드가는 결국 아제로스와 드레노어가 아직 연결되어 있다는 결론에 이르렀다. 그 지역에는 아직 차원의 균열이 남아 있었다. 오크의 고향 행성의 지옥 에너지가 그 균열을 통해 새어 나와 아제로스에 영향을 미치고 있었다.

카드가는 균열을 닫으려 했으나 쉽사리 닫히지 않았다. 카드가와 다른 마법사들이 지옥 마력을 내몰지 않는다면 그것은 계속해서 동부 왕국에 스며들고 생명의 땅은 황폐해질 것이 분명했다.

카드가는 동료 마법사와 함께 자신들이 발견한 사실을 얼라이언스에 전했다. 대마법사 카드가는 차원의 균열이 열려 있다면 언제든 또 다른 침공이 발생할 수 있다고 경고했다. 그는 얼라이언스 국가들에게 균열을 감시할 요새 건설을 위한 자금 지원을 요청했다. 바로 네더가드 요새였다. 카드가는 그곳에서 다른 마법사들과 함께 확산하는 지옥 마법을 중화하겠다고 말했다.

긴 논의 끝에 카드가는 필요한 자원을 확보할 수 있었다. 검은늪의 남부 지역을 내려다보는 언덕 위로 네더가드 요새가 서서히 모습을 드러냈다. 카드가는 요새의 건축 현장에서 황폐화된 풍경을 살피며 그곳의 지옥 에너지를 측정했다.

그는 종종 오크의 고향 행성에 관한 생각에 잠겼다. 그곳에는 어떤 공포가 있었을까? 어둠의 문을 통해 돌아간 오크들은 어떻게 되었을까?

카드가는 곧 그 답을 알게 되었다.

5장: 2차 대전쟁

6장
어둠의 문 너머

호드의 재건

어둠의 문이 열리고 8년 후

드레노어의 오크에게 2차 대전쟁 이후의 삶은 삭막했다. 그들의 세계는 여전히 죽어가고 있었다. 지옥 마력은 계속 확산되었고 자연의 생명을 멸종시키고 있었다. 악마가 남긴 피의 욕망은 그들의 핏속에서 사라지지 않았다. 동족 간 전투가 너무도 빈번한 탓에 혼란은 더욱 가중되었고 종족은 절멸할 위기에 처했다. 특히 전쟁노래 부족과 으스러진 손 부족은 끝없는 폭력의 욕망에 휩싸였다.

호드에서 지도자에 가장 가까운 이는 의도하지 않게 종족을 불타는 군단의 손아귀로 이끈 넬쥴이었다. 굴단은 장로 주술사 넬쥴을 아제로스로 데려갈 필요가 없다고 생각하여 드레노어에 남겨 놓았다. 넬쥴은 조상의 땅인 어둠달 골짜기에 머물렀다. 시간이 흐르자 드레노어의 오크들은 그에게 인도를 청했다. 그러나 넬쥴은 지도자의 짐을 원하지 않았다. 그는 절망에 빠져 있었다. 밤낮으로 죽음의 계시가 그의 무너진 정신을 물들였다. 넬쥴은 오크 해골들이 황폐화된 세계를 떠도는 모습을 보았다. 그는 얼굴에 해골 문신을 새겼다. 그것은 주술사들의 오랜 관습으로, 일부 실패한 제자들에게 새겨 동료들에게 '죽음'의 의미를 전하던 것이었다.

넬쥴은 호드를 파멸에서 구할 방법이 없다고 생각했다. 아제로스 침공은 느린 죽음을 피하기 위한 필사적인 시도였지만 실패로 돌아갔다. 오크는 다시 시도할 힘이 없었다.

그러나 테론 고어핀드는 포기할 생각이 없었다. 그는 굴단의 계획이 무너지는 것을 보았으나 한편으로는 엄청난 힘을 구사하는 순간을 목격하기도 했다. 아제로스의 정복은 어쩌면 불가능할지 몰랐다. 그러나 굴단은 메디브의 정신에서 지식을 수집하여, 죽음의 기사들에게 많은 강력한 유물이 버려진 채 주인의 손길만을 기다리고 있다고 알려 주었다.

고어핀드는 세 가지 유물에 특히 관심이 있었다. 첫 번째는 메디브의 책이었다. 수호자의 막강한 마력 일부와 서로 다른 마법을 혼합하는 지식이 포함된 고서였다. 두 번째 유물은 달라란의 눈이었다. 키린 토가 제작한 그 유물은 마법의 에너지를 집중시키고 증폭시키는 힘이 있었다. 세 번째는 살게라스의 홀이었다. 오래전 불타는 군단이 만든 그 유물은 행성 간 차원문을 열 수 있었다.

고어핀드와 죽음의 기사는 자신들에게만 관심이 있었다. 그들은 독자적으로 점령할 수 있는 새로운 세계를 원했지만 드레노어를 탈출하려면 호드의 도움이 필요하다는 것을 알고 있었다. 그 유물들만 있다면 오크는 새로운 차원의 균열을 열 수 있었다. 아제로스일 필요도 없었다. 호드가 정착할 수 있는 행성이라면 어디든 상관없었다.

그러나 유물들은 아제로스에 있었고 굴단은 그 정확한 위치를 알려주지 않았다. 설령 어둠의 문을 다시 건설한다고 해도 마력의 도구를 되찾으려면 호드의 도움이 필요했다. 그것은 어려운 일이었다. 생존자들은 누구도 굴단의 동료를 믿지 않았다. 특히 부정한 죽음의 기사는 말할 것도 없었다. 성공은 넬쥴의 어깨에 달려 있었다. 넬쥴은 부족을 규합하고 이끄는 데 아직 영향력을 발휘할 수 있는 드레노어의 유일한 오크였다.

넬쥴은 고어핀드의 제안에 격렬히 반대했다. 유물 몇 개를 얻는다고 무엇을 할 수 있겠는가? 그것들이 어떻게 오크를 구한다는 말인가? 게다가 고어핀드는 수년 전 넬쥴을 배신한 전력이 있었다. 그는 원래 굴단의 가장 가까운 동료였다. 그런데 어떻게 고어핀드를 믿는다는 말인가?

고어핀드는 굴하지 않았다. 그는 넬쥴에게 새로운 균열을 열고 죽어가는 고향 행성에서 탈출할 방법을 설명했다. 그리고 호드의 힘이 약해지긴 했지만 우주에 존재하는 수많은 행성 중에서 정복할 수 있는 행성을 분명 찾을 수 있다고 말했다.

넬쥴의 기세가 서서히 누그러졌다. 고어핀드의 계획은 설득력이 있었다. 드레노어의 몰락은 넬쥴의 어깨를 무겁게 짓눌렀다. 넬쥴은 자신이 오크 종족을 불타는 군단의 손아귀에 넘겼다는 죄책감에 시달렸다. 실수를 만회할 방법이 있다면 새로운 세계에서 새로운 터전을 일구는 것뿐이리라.

넬쥴은 남은 부족의 지도자를 규합했다. 전쟁노래 부족의 그롬마쉬 헬스크림, 으스러진 손 부족의 카르가스 블레이드피스트, 천둥군주 부족의 펜리스도 그들 중 일부였다. 넬쥴은 그들이 너무도 쉽게 자신의 계획에 동의한 것에 몹시 놀랐다. 헬스크림과 블레이드피스트, 펜리스는 1차 대전쟁과 2차 대전쟁 내내 앉아만 있어야 했다. 그들은 전투에 목말라 있었다. 어떤 전투라도 상관없었다.

다른 부족들도 전쟁을 원했다. 드레노어를 탈출할 수만 있다면 시도할 가치가 있었다.

처음 어둠의 문을 여는 데에는 엄청난 마법 에너지가 필요했다. 균열을 전 상태로 복원하는 것은 비교적 간단한 일이었다. 두 세계는 미약하게나마 아직 연결된 상태였다. 테론 고어핀드는 넬쥴에게 굴단의 해골에 남아 있는 마력만으로도 어둠의 문을 재건할 수 있다고 말했다.

그것은 다행스러운 소식이었다. 호드 피난민이 굴단의 해골을 드레노어로 다시 가져왔기 때문이다. 어둠의 문이 닫혔을 때 굴단의 해골은 귀한 장신구 취급을 받았고 거래 물품이나 싸움의 전리품이 되어 여러 오크의 손을 거쳤다.

넬쥴은 죽음의 기사와 함께 굴단의 해골을 손에 넣은 뒤 대규모로 결집했다. 그는 얼라이언스가 준비되어 있지 않기만을 바랐다.

가로나의 귀환

2차 대전쟁이 끝나갈 무렵 가로나는 혼자서 떠돌았다. 그녀는 아직도 마음속에서 자신의 생각을 뒤트는 어둠의 의회의 사악한 힘을 느꼈다. 가로나는 아군과 적에 대한 자신의 행동을 믿을 수 없었다. 가로나는 느리지만 끈기 있게 고군분투하며 남아 있는 굴단의 정신 사슬을 떨쳐 내고 자신에 대한 통제력을 회복해 나갔다.

마침내 가로나는 어둠의 의회의 명령에 저항할 수 있다고 확신했다. 그것은 가로나가 이 세상에서 아직 신뢰할 수 있는 유일한 인물, 카드가를 만날 준비가 되었다는 의미였다.

그녀는 어둠을 틈타 네더가드 요새에 침투하여 개인 숙소에서 잠든 카드가를 찾았다. 메디브와의 전투 이후 만나지 못했던 그들은 할 말이 많았다.

가로나는 2차 대전쟁 동안 자신의 행적을 이야기하고 레인 왕을 암살한 사건을 고백했다. 카드가는 굴단의 지배 때문에 암살을 저질렀다는 가로나의 말을 믿었다. 카드가는 가로나의 생각 속에 어둠의 의회의 망가진 주문이 아직 깃들어 있음을 감지했다.

그 어두운 마력은 또 다른 사실에 대한 증거였다. 그것은 어둠의 의회 구성원 중에서 최소한 한 명이 아직 아제로스에 살아 있다는 것을 뜻했다. 그게 아니라면 그 주문은 굴단이 죽은 순간 힘을 잃었어야 했다. 누군가가 그의 오랜 꼭두각시와의 연결을 유지하기 위해 힘을 쓰고 있었다.

그리고 수개월 동안 카드가는 네더가드 요새 바깥에서 비밀리에 가로나를 만났고 조심스럽게 그녀에게서 어둠의 의회의 지배력을 거두었다. 결과는 성공적이었다. 가로나는 태어나서 처음으로 자유로운 존재가 되었다.

가로나는 감사의 의미로, 어떻게 해서든지 아제로스에 있는 어둠의 의회를 추적하겠다고 제안했다. 카드가는 기꺼이 그녀의 제안을 받아들였다. 그는 최근 들어 주위 균열에서 수상한 에너지가 발산되는 현상을 발견했고 드레노어의 누군가가 그 균열을 확장시키고 있는 것은 아닌지 염려하고 있었다.

그는 가로나에게 자신이 그 현상을 조사하는 동안 얼라이언스가 모르게 그곳에 남아 달라고 요청했다.

지옥의 징조

카드가는 곧 얼라이언스 지도자 다수에게 메시지를 보내 네더가드 요새에서 만나자고 제안했다. 일부에서는 기피하는 분위기가 감지되기도 했다. 2차 대전쟁이 이제 끝난 상황이었고 대부분 국가들은 아직 재건에 힘쓰고 있었다.

그럼에도 지도자들은 네더가드 요새로 모였다. 그곳에 도착한 그들은 상황의 긴급함을 이해했다. 카드가와 마법사들이 지옥 에너지의 확산을 막긴 했지만 곧 검은늪의 남부가 황무지로 변하고 말았다. 요새의 수비대는 그 지역을 '저주받은 땅'이라고 불렀다. 아직 생명이 가득한 검은늪의 북부 지역은 2차 대전쟁에서 죽은 이들을 기려 슬픔의 늪이라는 이름으로 개명되었다. 저주받은 땅의 모습은 얼라이언스가 저지했던, 그리고 또다시 막아야 할 수도 있는 어둠의 힘을 엄중하게 일깨워 주고 있었다.

그러나 진정한 문제는 저주받은 땅의 상태가 아니라 따로 있었다. 카드가는 한때 어둠의 문이 서 있던 자리에서 너무도 분명하게 지옥 에너지가 밀려들고 있다고 말했다. 그는 오크가 기존의 균열을 확장하여 넘어올 시도를 하고 있을 가능성을 우려했다.

모인 지도자들은 카드가를 전격적으로 지원하기로 의견을 모았다. 그들은 모두 전쟁에 지쳐 있었고 호드가 아제로스에 다시 발을 디디도록 교두보를 내줄 의도가 없었다.

투랄리온은 스톰윈드에서 왕국의 재건을 도우면서 군사 작전을 조정했다. 그는 2차 대전쟁에서 뛰어난 활약을 벌인 다나스 트롤베인에게 소규모 군대를 맡기고 저주받은 땅으로 보냈다. 한편 투랄리온에게는 얼라이언스의 나머지 병력을 이끌고 남쪽으로 이동을 지시했다.

불행히도, 호드의 침공은 이미 진행 중이었다.

다시 열린 어둠의 문

카드가가 다가오는 위험에 대해 얼라이언스에게 경고한 지 불과 몇 주 후, 넬쥴은 드디어 성공을 거두었다. 그는 굴단의 해골의 에너지를 이용하여 드레노어와 아제로스 사이의 균열을 확장했다.

그롬마쉬 헬스크림은 곧바로 호드의 침략군, 즉 전쟁노래 부족, 으스러진 손 부족, 천둥군주 부족, 웃는 해골 부족을 저주받은 땅으로 이끌었다. 고어핀드와 죽음의 기사도 함께했다. 오크들은 차원의 균열 주위에 물리적인 골격을 건설했고 지속적인 마력을 주입하지 않고도 영구적으로 유지되는 새로운 어둠의 문을 만들었다.

킬로그 데드아이와 피눈물 부족은 저주받은 땅을 감시하면서 호드가 돌아오는 징후를 살피고 있었다. 그들은 그롬마쉬와 죽음의 기사를 보았고 2차 대전쟁 이후 아제로스에서 일어난 일들을 알려주었다. 그것은 곧 일어날 일을 생각하면 매우 유용한 정보였다. 고어핀드는 킬로그와 피눈물 부족에게 드레노어로 돌아가라고 명령했다. 그들은 전쟁이 끝난 후에도 생존을 위해 싸웠으며 휴식할 자격이 충분했다.

다나스의 소규모 부대가 어둠의 문에 도착했을 때는 이미 호드의 많은 병사들이 아제로스에 도착해 있었다. 인간의 군대는 적의 대규모 병력을 상대할 수 없었다. 저주받은 땅 남부 곳곳에서 잔혹한 접전이 일었다.

인간의 진영에서 유일하게 다나스만이 살아서 전장을 빠져나왔다. 그는 주둔 병력을 활용할 생각으로 네더가드 요새로 후퇴했다. 다나스는 앞선 전투에서는 패배했지만 다른 얼라이언스 병력이 도착할 때까지 오크 군대를 그 지역에 붙잡아 둘 수 있을 것이라고 확신했다.

다나스의 생각은 틀리지 않았다. 오크는 본격적인 침공을 수행할 병력이 없었다. 그러나 오크의 이번 목표는 정복이 아니었다.

호드의 무시무시한 병사들은 마치 전면전을 준비하듯이 세를 과시했다. 한편 고어핀드와 죽음의 기사들은 소규모 추적대를 이끌고 저주받은 땅을 넘어 유물들을 찾아 나섰다. 죽음의 기사와 펜리스 부족장을 포함한 오크 부대였다. 그들의 모습을 목격한 얼라이언스 병사들은 극히 일부였으며 그들의 의도를 짐작한 이는 그중 아무도 없었다.

다만, 가로나는 그렇지 않았다. 가로나는 그들이 찾는 것을 확인하기 위해 뒤를 쫓기 시작했다.

다발 프레스톨 경

2차 대전쟁 이후 데스윙은 곧 자취를 감추었다. 그의 계획은 실패했다. 오크는 아제로스를 정복하지 못했다. 그러나 작은 승리도 있었다. 붉은용군단의 상당수는 그들의 지도자 알렉스트라자와 함께 아직도 용아귀 부족의 지배를 받고 있었다. 다른 위상들은 오크를 상대로 행동에 나서지 않았다. 대부분의 용들은 알렉스트라자처럼 악마의 영혼에 희생될 것을 두려워했다. 인간 왕국들도 엄청난 피해를 입었고 복구할 시간이 필요했다.

데스윙은 드레노어의 균열이 확장하는 것을 감지했다. 그는 오크가 어려운 상황에서도 병력을 확충하여 또 다른 전면전을 준비하는 것인지 궁금하게 생각했다. 그러나 곧 '침공'은 속임수임이 분명해졌다. 그들의 목적은 정복이 아니었다.

그러나 데스윙은 흥미를 느꼈다. 그는 다시 인간의 형상을 취하고 호드에 대한 얼라이언스의 반응에 영향력을 행사하기로 결정했다. 1차 대전쟁 당시 그 전술은 매우 유효했다. 또 다른 정치적인 위기가 발생하고 있었다. 얼라이언스는 알터랙의 배신에 분노했고 알터랙 왕국을 어떻게 처벌할지, 심지어 알터랙 왕국을 존속시킬 가치가 있는지를 두고 많은 논쟁이 벌어졌다.

로데론은 이러한 논쟁이 벌어지는 장소였다. 데스윙은 새로운 인간의 모습을 취하고 로데론으로 돌아가 자신을 페레놀드 왕의 먼 친척이자 하급 귀족인 다발 프레스톨 경이라고 소개했다. 알터랙 왕족과의 분명한 관계는 그의 말에 무게를 더했다.

프레스톨은 로데론의 테레나스 왕에게 왕위 승계가 이루어질 때까지 알터랙에 계엄령을 선포하라고 조언했다. 얼라이언스 군대의 주의를 분산시키고 호드의 새로운 침공에 대한 대응을 약화하기 위함이었다. 인간의 지도자들은 프레스톨이 매력적이고 뛰어날 뿐만 아니라 놀랍도록 실용적인 인물이라고 생각했다. 그는 '자신의 백성'의 자부심을 운운하며 까다롭게 굴지 않았으며 얼라이언스의 이익을 최우선으로 여기는 듯했다.

데스윙은 얼라이언스를 불필요한 혼란에 빠뜨려 검은용군단의 과거의 힘과 영광을 되찾으려는 자신의 계획을 마무리하고자 했다. 인간 왕국들은 호드의 침공으로 큰 고통을 겪지 않을 것으로 보였으므로 아제로스에서 그의 계획을 진행하기가 어려웠다. 검은용군단을 재건하려는 시도는 얼라이언스의 주의를 끌 수 있었고 더욱 심각한 문제는 다른 용의 위상의 주의를 끌 수 있다는 것이었다.

어쩌면 그 문제의 해결책은 아제로스가 아닌 곳에 있는지도 몰랐다. 오크의 고향 행성, 드레노어라면… 그곳에서라면 다른 용군단도 데스윙을 위협할 수 없었.

그 세계가 황폐화되었다는 것은 문제가 되지 않았다. 용들은 필멸자들처럼 땅에서 삶을 일구지 않았다.

데스윙은 다시 호드를 만나기 위해 움직였다.

메디브의 책

저주받은 땅이 전투에 휩싸이자 고어핀드는 호드의 비밀 부대를 이끌고 북쪽으로 향했다. 그는 세 유물 중에서 유일하게 메디브의 책이 있는 위치를 알고 있었다. 어둠의 문에서 멀리 떨어진 알터랙 왕국이었다.

고어핀드의 추적대는 조용히 검은바위 첨탑으로 이동하여 블랙핸드의 아들인 달렌드와 메임을 만났다. 그림 바톨의 용아귀 부족과 연합한 그들은 붉은용들을 거느리고 있었다. 고어핀드는 알터랙까지의 여정을 단축하기 위해 절실하게 용이 필요했다.

만남은 끔찍했다. 달렌드는 자신을 '진정한 호드'의 대족장이라고 밝혔다. 그는 넬쥴을 겁쟁이이자 반역자라고 생각했고 그의 계획을 도울 생각이 없었다.

고어핀드는 그곳에서 빈손으로 떠나야 했다. 그러나 곧 데스윙을 만났다. 데스윙은 고어핀드와 동료에게 거래를 제안했다. 그는 검은용을 빌려주고 원하는 물건을 찾도록 도와주겠다고 말하면서, 호드에게 '귀한 물건들'을 드레노어로 옮겨 달라고 요구했다. 그리고 신뢰의 증명으로 데스윙은 고어핀드에게 다른 두 개의 유물이 있는 자세한 위치와 그것을 찾는 동안 겪을 수 있는 위험에 대해 알려 주었다. 하나는 달라란에, 다른 하나는 살게라스의 무덤 깊은 곳에 있었다.

고어핀드는 데스윙의 제안을 거절할 처지가 아니었다. 그는 부대를 나누어 세 개의 습격대를 꾸렸다. 그들은 검은용을 타고 즉시 유물을 찾아 떠났다.

고어핀드는 세 가지 유물 중에서 메디브의 책이 가장 찾기 어려울 것이라 생각하고 직접 그것을 찾기 위해 나섰다. 그는 데스윙에게서 알터랙에 계엄령이 내려졌다는 경고를 듣고서 거센 저항을 예상했다. 도시를 장악한 얼라이언스 군대는 용과 죽음의 기사에 전혀 대비가 되어 있지 않았다. 호드의 습격대가 도착했을 때 대부분의 병사는 공포에 질려 도망쳤다.

고어핀드는 성에 잠입하여 페레놀드 왕을 발견했다. 그는 변덕스러웠고 요란했으며 까다로웠다. 사실 그는 이성을 잃은 상태였다. 로데론에서 자신이 저지른 거짓말이 탄로 나지 않도록, 데스윙이 그의 '먼 친척'을 실성하게 만들었기 때문이다. 고어핀드는 얼마간 페레놀드에게 장단을 맞춰준 다음, 유물을 넘겨준다면 얼라이언스 점령군을 일소해 주겠다고 말했다. 인간들 사이에 혼란을 유발하여 주의를 분산시키는 한편 임무를 수행할 시간을 벌기 위함이었다.

고어핀드 무리는 메디브의 책을 손에 넣은 다음 실성한 왕을 살려둔 채 도시에서 퇴각했다. 고어핀드는 약속을 지켰다. 알터랙에 주둔하던 얼라이언스 병사들은 별다른 저항도 하지 못한 채 검은용의 무자비한 공격에 쓰러졌고 주둔지는 초토화되고 말았다.

폭로

고어핀드의 병력이 알터랙을 공격하는 동안 네더가드 요새의 전투는 처절한 교착 상태에 접어들었다. 투랄리온은 얼라이언스 지원군과 함께 도착했다. 그들은 카드가와 다나스의 군대와 함께 호드를 봉쇄했다. 그러나 인간들은 호드가 아직 전면전을 감행하지 않고 있다는 의심을 떨칠 수 없었다. 얼라이언스 정찰병들은 경계 태세를 취하며 만일의 상황을 대비했으나 아무런 조짐도 없었다. 호드는 매일 네더가드의 방어를 시험하는 것에 만족하는 듯했고 요새를 정복하려 들지 않았다.

시간이 지나면서 더욱 많은 얼라이언스 지원군이 네더가드 요새에 도착하여 요새의 방어는 물론 호드에 반격을 시도할 규모가 되었다. 오크 군대는 결국 아무것도 없는 저주받은 땅의 벌판으로 물러났다.

그것으로 침략도 끝이 나야 했다… 그러나 아니었다. 오크는 계속 싸웠다. 분명한 이유도 없이 접전을 벌이며 전선을 유지했다. 그들은 쓸모도 없는 땅을 되찾거나 지키기 위해 전사들을 희생했다.

카드가의 의심은 불안한 가설로 발전했다. 호드는 다른 목적을 위해 시간을 벌고 있었다. 침공은 주의를 끌기 위한 책략에 불과했다.

얼라이언스 군대는 답을 찾기 위해 포로를 잡아들였다. 그리고 요새로 데려와 포로를 심문했다. 심문을 맡은 투랄리온은 성스러운 빛을 이용하여 오크에게서 정보를 얻어냈.

포로는 결국 입을 열었고 카드가의 두려움을 확인시켜 주었다. 호드의 새로운 지도자 넬줄은 정복에 관심이 없었다. 소규모 습격대가 얼라이언스의 눈앞에서 아제로스 곳곳으로 퍼져 나가 강력한 유물을 찾고 있었다. 그들이 어디로 갔는지, 정확하게 무엇을 찾고 있는지 알 방법은 없었다.

달라란의 눈

저주받은 땅 북쪽의 고어핀드는 시간이 부족했다. 그는 다른 두 부대가 이미 유물을 획득했기를 바랐다. 그러나 아직 아니었다. 그는 달라란으로 나선 추적대와 합류했고 그들이 달라란의 눈을 감지할 수 없었다는 것을 알고서 격노했다. 데스윙이 그 이유를 알려 주었다. 달라란의 키린 토 마법사들이 외부에서 유물을 감지하지 못하도록 걸어둔 수호 마법 때문이었다.

호드에게는 다행히도, 키린 토는 그들의 활동을 알지 못했다. 그들은 어리석은 누군가가 달라란의 눈을 훔칠 것이라고 생각해서가 아니라 단지 그것이 귀한 유물이었기 때문에 마법을 걸어 두었다.

고어핀드의 부대는 유물의 정확한 위치를 감지할 수 없었지만 데스윙의 감각은 훨씬 뛰어났다. 그는 사냥꾼들에게 유물의 위치를 알려 주었다. 그런 다음 검은용을 모아서 고어핀드와 소규모 죽음의 기사 무리가 달라란에 잠입할 수 있도록 달라란의 외곽을 공격하며 적들을 혼란에 빠뜨렸다.

마법사들이 용들에게서 자신의 도시를 방어하기 위해 움직이는 동안 고어핀드와 부하들은 달라란의 거리로 기어들어 갔다. 그들은 곧 마력 깃든 석실에 보관되어 있는 달라란의 눈을 발견했다. 고어핀드는 유물을 감싸는 보호의 마법을 파괴했다.

동시에 불필요한 주의를 끌고 말았다. 키린 토의 강력한 지도자인 대마법사 안토니다스가 즉시 그 소란의 원인을 확인하기 위해 달려왔다. 안토니다스와 마법사들은 석실에서 죽음의 기사들과 전투를 벌였다. 그러나 호드는 기습의 효과를 보았다. 고어핀드와 죽음의 기사는 마법사 한 명을 쓰러뜨린 다음 유물을 획득하여 그곳에서 탈출했다.

안토니다스는 있는 힘껏 뒤쫓았으나 사냥꾼들은 검은용에 올라타고 하늘로 사라져 버렸다. 이제 안토니다스가 할 수 있는 일은 카드가에게 경고를 전하는 것뿐이었다.

살게라스의 홀

세번째 추적대는 검은용을 타고 살게라스의 무덤까지 이동할 수 없었다. 너무도 먼 거리였고 도중에 용이 착륙하여 쉴 만한 섬도 없었다. 데스윙의 강력한 하수인조차 감당할 수 없는 여정이었다. 사냥꾼들은 살게라스의 무덤까지 이동할 다른 방법이 필요했다.

그들은 대족장 둠해머가 호드 함대의 건설을 감독했던 그 항구에서 배를 훔치기로 결정했다. 그곳은 얼라이언스의 항구가 되었고 로데론 왕을 기려 메네실 항구라는 이름으로 개명되었다. 그곳에는 많은 배가 있었으나 그중 다수가 댈린 프라우드무어의 함선이었다.

위험하긴 했지만 사냥꾼들은 배를 빼앗을 수밖에 없었다. 그들이 유리한 점은 기습으로 허점을 노린다는 것뿐이었다. 그들은 얼라이언스 해군이 검은용과 호드의 공격을 예상하지 못했을 것이라고 확신했다.

그것은 잘못된 생각이었다.

고어핀드가 여행을 시작했을 때 가로나는 멀리에서 그들을 뒤쫓으며 데스윙과 서약을 맺는 것을 지켜보았다. 추적대가 세 방향으로 갈라졌을 때 가로나는 선택을 내려야 했다. 그리고 메네실 항구로 향한 이들을 뒤쫓았다. 그들이 살게라스의 무덤을 찾고 있다고 생각했기 때문이다.

추적대가 메네실 항구 습격을 계획하는 동안 가로나는 일을 꾸몄다. 그녀는 인간에게 직접 경고를 전할 수 없었다. 인간들이 오크의 말에 귀를 기울일 리가 없었다. 그러나 가로나는 인간의 언어를 잘 알고 있었다. 그녀는 쪽지에 곧 닥칠 위험에 대해 적고 얼라이언스 병사들이 찾을 수 있도록 했다. 그것은 매우 간단했다. 그녀는 항구의 경비병들 앞에 모습을 드러낸 다음 그들이 쫓아오자 밀서를 떨어뜨리고 도망쳤다.

그 사건은 즉시 사람들의 주의를 끌었다. 오크 침입자가 쪽지를 떨어뜨리는 것은 흔한 일이 아니었다. 게다가 그 정보는 믿기 어려운 내용이었다.

그러나 몇 시간 후 검은용들이 하늘에서 내려왔을 때 인간들은 무방비한 상태가 아니었다. 메네실 항구에서 격렬한 전투가 벌어졌고 추적대는 간신히 느린 함선 몇 척을 빼돌리는 데 그쳤다. 그들은 서둘러 배를 몰아 대해로 나아갔고 검은용들은 뒤쫓는 함선들을 불태웠다. 가로나는 뒤따를 수 없었다. 그녀는 서둘러 저주받은 땅으로 돌아와 카드가에게 그간 일어난 일들을 전했다.

대해의 항해에 부적합한 배를 타고서 살게라스의 무덤을 향해 나아가는 여정은 느리고 끔찍했다. 목적지에 도착한 추적대는 굴단을 쓰러뜨린 악마 무리들과 싸우며 전진했고 그러면서 엄청난 타격을 입었다.

살게라스의 홀은 정말로 무덤 안에 있었다. 그리고 추적대는 그것을 차지했다. 그것은 여행의 노고를 보상하고도 남았다. 현실의 조직에 균열을 내는 유물의 능력은 드레노어에 있는 넬쥴의 작업에 필수적인 역할을 수행할 수 있었다.

추적대 중에서 동부 왕국에 되돌아온 이는 극소수에 불과했다.

추적자들은 마침내 어둠의 문에서 고어핀드와 합류하여 드레노어로 귀환을 준비했다. 데스윙은 그의 '귀중한 화물'을 실은 거대한 수레를 가져다 놓았다. 수레는 크고 무거웠으며 마력이 깃들어 있었다. 그 조악한 상자의 내용물은 필멸자에게 보이지 않았고 마법의 에너지도 그들에게 아무런 효과가 없는 듯했다. 고어핀드는 상자의 내용물에 별로 신경을 쓰지 않았다. 그는 임무를 끝내기만을 원했다.

데스윙은 호드가 다수의 검은용 알을 드레노어까지 옮겨 주는 것이 만족스러웠다. 이제 오크 무리에 합류하여 용군단의 부활을 이끌 때였다.

로서의 후예들

고어핀드는 호드의 마지막 아제로스 공격 이후 얼라이언스가 드레노어를 공격할 가능성이 있다고 생각했다. 그리고 그런 일을 막기 위해 많은 병력을 남겼다. 헬스크림의 전쟁노래 부족이 그 군대의 주력이었고 모크나탈인 렉사르도 함께했다. 고어핀드는 그 소규모 부대를 배치하고서 호드의 잔여 인원과 함께 드레노어로 돌아갔다.

얼라이언스는 그들이 떠나는 모습을 보았다. 그것은 좋은 징조가 아니었다. 카드가는 대마법사 안토니다스와 가로나에게서 입수한 정보를 바탕으로 호드의 목적을 분석하기 시작했다. 어떤 부분은 이해할 수 없었다. 카드가는 용을 잘 알았지만 데스윙은 대부분의 필멸자가 알고 있는 그 생명체가 아니었다. 모든 것이 본질적으로 사악하게 느껴졌다.

카드가는 죽음의 기사를 포로로 잡은 후에야 호드가 계획하는 진정한 의도를 이해할 수 있었다. 대마법사 카드가는 비전 마법으로 포로를 심문하여 넬쥴의 의도에 관해 아는 것을 모두 실토하게 만들었다. 마침내, 모든 것이 분명해졌다. 넬쥴과 호드는 죽어가는 행성에서 새로운 차원문을 열고 탈출을 시도할 계획이었고 그러기 위해서는 훔친 유물들이 필요했다.

카드가는 그 사실을 투랄리온에게 전했다. 두 사람은 호드가 또 다른 세계를 침공하도록 허락할 수 없다고 의견을 모았다. 그 어떤 곳도 아제로스가 겪은 고통을 겪어서는 안 되었다.

그러나 얼라이언스의 다른 영웅들은 생각이 다를 수 있었다. 드레노어에 전쟁을 일으키려면 군대가 필요했다. 또한, 많은 사상자가 발생할 수 있었다. 투랄리온과 카드가는 이미 병사들이 수년 동안 아제로스를 지키기 위해 호드와 전투를 치렀기 때문에 전투에 대한 열망이 크지 않을 것이라고 생각했다.

그것을 확인할 시간이었다. 투랄리온은 깃발을 들고서 원정대, '로서의 후예들'을 이끌고 오크의 고향 행성에 쳐들어간 다음 호드를 영원히 끝장내겠다고 선포했다.

모두는 아니지만 대부분의 얼라이언스 전사들이 그의 부름에 응했다. 알레리아 윈드러너, 다나스 트롤베인, 쿠르드란 와일드해머 등 2차 대전쟁에서의 활약으로 존경을 받았던 거의 모든 영웅들이 네더가드 요새로 병력을 이끌고 전쟁을 준비했다.

가로나는 비밀리에라도 원정대에 합류하기를 원했다. 카드가는 드레노어에 대한 그녀의 지식이 유용할 수 있다고 생각하면서도 가로나에게 다른 임무를 주었다. 둘은 모두 아제로스에 아직 어둠의 의회의 일원이 살아 있다는 것을 알았다. 카드가는 가로나에게 아제로스에 남아서 어둠의 의회를 추적하고 처치하라며 가로나를 설득했다.

로서의 후예들은 헬스크림의 부대를 공격하여 저주받은 땅 구석구석으로 흩어 놓았다. 길을 정리한 얼라이언스 원정대는 어둠의 문을 통과했고 처음으로 드레노어 세계를 목격했다. 그것은 충격적인 광경이었다. 그들은 한때 타나안 밀림이었던 곳에 서 있었다. 그곳은 이제 붉은 땅만이 끝없이 펼쳐지는 불모의 황무지였고 지옥불 반도라는 이름으로 불렸다.

로서의 후예들은 첫 며칠 동안 제대로 된 저항을 받지 않았다. 오크의 군대는 드레노어에서 얼라이언스에게 쫓길 것이라고 상상조차 하지 못하고 있었다. 그러나 침공에 관한 소식은 곧 호드 전체에 전해졌다.

용과의 거래

고어핀드는 넬쥴이 기다리는 지옥불 반도로 모든 짐을 가져왔다. 호드는 이미 얼라이언스 군대가 어둠의 문을 통해 쏟아져 들어온다는 소식을 접한 상태였다. 그들은 시간에 쫓기고 있었고 넬쥴은 일이 지연되는 것을 걱정하고 있었다.

그러나 넬쥴은 고어핀드가 가져온 물건을 모두 살펴보고서 놀라지 않을 수 없었다. 고어핀드는 세 개의 유물은 물론 수많은 수상한 수레를 함께 가져왔다. 그 물건들은 뜻밖의 손님, 데스윙의 것이라고 했다. 데스윙과 검은용들은 다른 이들의 의심을 피하고자 오크로 위장한 채 어둠의 문을 지나 드레노어에 와 있었다.

넬쥴은 처음부터 데스윙을 두려워했다. 비록 데스윙이 위장한 채 모습을 숨기고 있었지만 그는 엄청난 마력을 내뿜었다. 데스윙은 넬쥴에게서 강력한 마력이 깃든 굴단의 해골을 감지하고 그것을 요구했다. 넬쥴은 그의 요청에 머뭇거렸으나 잠시뿐이었다. 그는 데스윙과 같은 존재에 저항할 수 없었고 굴단의 해골도 더는 필요하지 않았다. 그것의 용도는 어둠의 문을 다시 여는 것으로 충분했다.

데스윙은 굴단의 해골에 깃든 에너지로 검은용군단을 강화하고 알과 새끼용의 성장을 촉진할 계획이었다. 그는 '우정'의 징표로 호드에게 얼라이언스의 침공에 맞설 검은용을 일부 남겨 두었다.

데스윙은 굴단의 해골을 들고 지옥불 반도를 떠났다. 그는 적당한 장소로 고르그론드를 선택하고 검은용 알을 숨겼다.

한편 넬쥴은 자신의 계획을 실행에 옮겼다. 수집한 유물은 다른 세계로 차원문을 열 수 있는 충분한 마력을 제공해 주었다. 그러나 의식을 시작할 장소를 찾아야 했다. 마법의 지맥이 교차하는 지점에 세워진 어둠의 문은 지금 얼라이언스가 장악하고 있었다.

넬쥴은 지맥의 교차점을 한 군데 더 알고 있었다. 바로 검은 사원이 자리한 곳이었다. 그는 다수의 호드를 이끌고 그곳으로 이동했다. 그리고 카르가스 블레이드피스트와 으스러진 손 부족에게 지옥불 반도에 남아 얼라이언스 병력을 저지하는 임무를 맡겼다.

지옥불 성채 공격

카드가와 투랄리온은 넬쥴을 막는 것이 최우선 과제라는 데 의견을 모았다. 만약 넬쥴이 실패한다면 다른 행성으로 탈출하려는 호드의 계획도 무너지는 셈이었다. 로서의 후예들은 넬쥴이 아직 지옥불 성채에 있다고 생각하고서 전면 공격을 감행했다.

블레이드피스트 부족장과 으스러진 손 부족은 공성전에 대비하여 성채 깊숙이 숨어들었다. 오크는 일주일 정도 얼라이언스를 막을 수 있기를 바랐다. 오크의 방어는 하루를 버티지 못하고 무너졌다. 카르가스는 검은용의 지원을 받았으나 하늘의 드워프 그리핀 기수와 지상 병력의 협공을 막을 방법이 없었다. 카드가와 마법사들이 가세하자 카르가스는 성채를 등지고 황무지 속으로 도망쳤다.

로서의 후예들은 승리했으나 쉬거나 기뻐할 시간이 없었다. 지옥불 반도에 검은용이 등장한 것은 불길한 징조였다. 게다가 카드가는 넬쥴이 강력한 유물을 들고서 나머지 호드와 함께 남서쪽으로 이동했다는 사실을 확인했다. 이상한 사실은 굴단의 해골은 그들과 함께 움직이지 않았다는 것이었다. 카드가는 북쪽의 어느 지점에서 굴단의 해골의 존재를 느꼈다.

카드가는 넬쥴에게만 신경을 쓸 수 없었다. 드레노어에서 어둠의 문을 파괴하려면 굴단의 해골이 필요했다. 많은 논의 끝에 투랄리온은 병력을 분리하기로 했다. 반은 굴단의 해골을 추적하고 반은 넬쥴과 그의 손에 있는 유물을 찾는 방안이었다.

카드가와 투랄리온, 알레리아 윈드러너는 북쪽으로 병력을 이끌고 굴단의 해골을 찾아 나섰다. 다나스 트롤베인과 쿠르드란 와일드해머는 남쪽으로 넬쥴을 뒤쫓았다.

곧 양편 모두를 집어삼킬 혼란스러운 전투가 다가오고 있었다.

아킨둔 전투

넬쥴의 오크는 지옥불 성채가 순식간에 함락되었다는 사실을 접하고 실망을 감출 수 없었다. 그러나 그들은 이미 얼라이언스보다 한참이나 앞선 상태였다. 호드는 드레노어의 땅에 익숙했고 빠르게 움직였다. 적들이 따라잡을 가능성은 희박했다.

넬쥴의 예상과는 달리 쿠르드란 와일드해머와 그리핀 기수들은 더 멀리까지 정찰을 수행하기로 결정했다. 그들은 어둠달 골짜기의 서쪽, 해골 무덤 가장자리에서 넬쥴과 그의 소규모 군대를 발견했다. 드워프는 오크를 덮쳤고 안전한 공중에서 공격을 퍼부었다. 넬쥴과 오크는 검은 사원까지 안전한 경로를 찾지 못한다면 곧 절멸할 위기에 처했다.

그런 가까운 길이 한 군데 있었다. 드레나이의 무덤 도시 아킨둔을 통하는 것이었다. 그 신성한 장소는 상당 부분 폐허가 되었으나 다수의 지하 무덤과 굴이 온전히 남아 있었다. 고어핀드는 드레나이와의 전쟁을 통해서 아킨둔에 대해 많은 것을 알게 되었다. 그는 잘 쓰이지는 않지만 어둠달 골짜기까지 통하는 길도 알고 있었다. 그 길을 이용한다면 넬쥴과 그의 군대는 로서의 후예들을 따돌리고 목적지에 가까이 다가갈 수 있었다.

아킨둔은 유령이 출몰하는 뒤틀린 장소였고 안전하지도 않았지만 넬쥴은 다른 방법이 없었다.

넬쥴이 아킨둔으로 병력을 이끄는 동안 그리핀 기수들은 과감한, 그러나 곧 후회할 공격을 시도했다. 쿠르드란이 탈것에서 떨어져 호드에게 붙잡히고 말았다. 드워프들이 그를 구하기 위해 나섰으나 쿠르드란은 이미 아킨둔의 어두운 복도로 사라진 후였다. 킬로그 데드아이는 얼라이언스 병력의 규모를 알아내기 위해 쿠르드란을 심문했다. 쿠르드란은 말할 수 없는 고통 속에서도 입을 열지 않았다.

다나스 트롤베인의 지상군도 멀리 있지 않았다. 그들이 아킨둔에 도착했을 때 몇몇 그리핀 기수가 상황을 전했다. 쿠르드란의 구출은 매우 위험한 일이었다. 아킨둔의 공간은 비좁았고 그곳에서 대규모 병력은 소규모 병력보다 그다지 나을 것이 없었다. 그리고 오크는 그 지형에 익숙했다. 다나스가 아무리 많은 병력을 동원하더라도 오크에게 당할 가능성이 높았다.

예상치 못한 도움의 손길이 등장했다. 그리직이라는 이름의 아라코아 추방자였다. 그는 로서의 후예들이 남쪽으로 호드를 쫓기 시작했을 때부터 그들을 쫓아왔다. 그는 호드를 증오했다. 오래전 오크 부족장 카르가스는 고위 아라코아의 수도 하늘탑을 무너뜨렸다. 그의 오크는 하늘탑의 아라코아들을 궤멸시켰고 고위 아라코아를 붙잡아 저주받은 세데크 골짜기로 집어 던졌다. 그리직은 그 불행한 포로 중 하나였다. 그는 세데크 골짜기에서 어두운 에너지에 비뚤어지고 뒤틀린 채 추방자가 됐다. 그리직은 복수를 갈망하며 얼라이언스에게 아킨둔의 길을 안내하겠다고 제안했다.

다나스의 부대는 아라코아의 안내에 따라 무덤 도시에 진입했다. 그들은 호드의 매복을 피해 조심스럽고 신중하게 아킨둔을 조사했다. 이윽고 그들은 쿠르드란을 구출했다.

그러나 넬쥴은 보이지 않았다. 킬로그와 피눈물 부족 오크들만이 아킨둔을 지키고 있었다. 피눈물 부족은 자진하여 호드가 검은 사원으로 이동하는 동안 얼라이언스를 상대하겠다고 나섰다. 킬로그의 희생적인 행동은 단순한 고귀함에서 비롯된 것이 아니었다. 킬로그는 수년 전 계시를 통해서 자신의 죽음을 접했고 이제 아킨둔이 마지막 숨을 거둘 장소라고 생각했다.

피눈물 부족이 얼라이언스 군대를 덮쳤다. 아킨둔 곳곳에서 피가 흩뿌려졌고 다나스는 킬로그와 대적했다. 두 전사가 매서운 결투를 벌이면서 무덤의 도시에 전투의 굉음이 울려 퍼졌다. 결국 다나스가 검을 내리쳐 오크의 목을 갈랐다. 피눈물 부족은 족장을 잃고서 흩어졌고 일부는 항복했다.

킬로그의 희생은 헛되지 않았다. 그는 넬쥴이 남은 호드를 이끌고 안전하게 검은 사원에 도착할 시간을 벌어 주었다.

용 학살자 그룰

척박한 땅 고르그론드는 데스윙이 날지 못하는 존재에게서 몸을 피할 은신처로 아주 이상적인 장소였다. 데스윙과 검은용은 일제히 산에서 내려와 알들을 부화할 안전한 장소를 찾았다.

비록 불모지이긴 했으나 그곳에도 사는 이들이 있었다. 고르그론드는 서서히 쇠퇴하는 드레노어의 환경에서 살아남은 그론의 고향이었다. 그중에서도 가장 강력한 거인은 그룰이라는 이름의 그론이었다. 그는 수많은 오우거와 하급 그론을 거느리고 산속에서 생활했다. 그룰의 종족은 서로 가까이에서 살지 않았고 매우 넓은 지역을 자신의 세력권으로 삼았다. 그러나 드레노어에 닥친 재앙은 그것마저 바꾸어 놓았다. 그론은 이제 살아남기 위해 힘을 합쳤다.

그룰과 그론들은 자신의 땅을 정복하려는 침입자를 그냥 두지 않았다. 그들은 놀랄 만큼 사납게 용들에게 맞서 싸웠다.

데스윙은 그론을 벌레 취급하면서 무시했다. 그는 다른 검은용들이 토착 생명체인 그론과 싸우는 동안 알을 부화시킬 여러 은신처를 찾는 데 집중했다.

데스윙의 오만함은 계획을 망치고 말았다. 데스윙이 정신이 팔린 동안 로서의 후예들이 굴단의 해골을 찾아 고르그론드에 도착했다. 얼라이언스 병사들은 눈 앞에 펼쳐진 광경에 크게 동요했다. 검은용과 그론의 전투는 많은 희생자를 낳았다. 그룰과 그의 부하들은 쓰러진 용의 시체를 창에 꽂아서 무용을 과시했다.

그들은 로서의 후예들까지 공격할 뻔했으나 카드가와 투랄리온이 재빨리 나서서 얼라이언스는 검은용군단의 적이라는 사실을 알렸다. 그들은 그룰과 간단한 거래를 맺었다. 그룰이 고르그론드에서 안전한 통행을 보장한다면 데스윙과의 싸움을 돕겠다는 것이었다.

그론과 얼라이언스는 고르그론드의 황량한 골짜기에 위치한 데스윙의 가장 큰 부화장에 습격을 준비했다. 로서의 후예들은 조금의 시간도 낭비하지 않았다. 그들은 무방비 상태의 알을 최대한 파괴하면서 데스윙을 유인했다.

그들의 행동을 본 데스윙과 검은용 무리가 하늘에 모습을 드러냈고 침입자에게 타오르는 분노를 터뜨렸다. 그룰은 바로 그때를 노리고 있었다. 고르그론드의 산조차 작아 보이게 만드는 거대한 그룰이 맨손으로 데스윙을 공격하고 나섰다.

한편 카드가는 검은용의 위상 데스윙에게 비전 마력을 퍼부어 그의 척추에 박힌 금속판을 찢어 냈다. 데스윙의 몸이 분리되기 시작했다. 그의 부서진 몸에서 들끓는 용암이 터지며 고르그론드 곳곳에 불덩이와 마그마를 쏟았다. 데스윙은 엄청난 고통에 괴로워하다가 굴단의 해골을 떨어뜨렸다. 상처를 조금만 더 입었더라면 데스윙은 그날 드레노어에서 죽음을 맞이했을지도 몰랐다. 대신 데스윙은 계획을 포기하고서, 기겁한 수많은 얼라이언스 병사의 머리 위를 지나 어둠의 문을 통해 곧장 아제로스로 되돌아왔다.

데스윙은 그날 겪은 일을 절대로 잊을 수 없었다. 그는 자신을 공격한 이들, 특히 카드가에게 복수를 맹세했다.

그론과 검은용의 전투가 계속되는 가운데 카드가는 로서의 후예들과 함께 굴단의 해골을 입수했다. 그런 다음 그룰이 용들을 물리친 후 자신들을 공격할 수도 있다고 생각하여 서둘러 자리를 떴다.

고르그론드의 전투 이후 대부분의 검은용들은 죽거나 죽어 갔다. 그룰은 그 땅의 지배권을 분명히 했다. 그룰은 데스윙과의 전투로 부하들에게서 새롭게 존경을 받았고 용 학살자라는 이름으로 알려지게 되었다.

데스윙을 상대하는 그룰

검은 사원

굴단의 해골을 손에 넣은 투랄리온은 군대를 남쪽으로 이끌었다. 어둠달 골짜기는 멀었으나 그에게는 여행 시간을 단축할 수 있는 마법이 있었다. 카드가와 마법사들은 로서의 후예들이 드레노어 남쪽으로 이동할 수 있도록 일련의 차원문을 열었다.

검은 사원 바깥에서 얼라이언스의 두 병력이 재결합했다. 그러나 넬쥴을 막기에는 늦은 시점이었다. 게다가 호드는 그들의 도착에 대비하고 있었다. 잔여 오크 부대가 검은 사원 주위의 땅을 파내어 로서의 후예들의 접근을 방해했다.

카드가는 검은 사원의 꼭대기에서 강력한 에너지가 발산되는 것을 느끼고서 경악했다. 넬쥴과 추종자들이 새로운 차원문을 열기 위한 의식을 준비하고 있었다. 단계적으로 사원을 함락시키거나 그곳의 경비병들을 우회할 방법을 찾을 시간이 없었다.

로서의 후예들은 검은 사원에 몸을 던지고 정면으로 적과 맞붙었다. 전투가 벌어지는 동안 카드가와 마법사들은 넬쥴을 찾아 나섰다. 그의 주문 시전을 막기 위해서였다.

그들은 성공을 요원했다.

넬쥴은 검은 사원의 가장 높은 탑 위에서 주문 시전을 돕고 얼라이언스를 방어할 몇몇 죽음의 기사와 다수의 어둠달 부족 오크를 불러 모았다. 넬쥴과 부하들은 달라란의 눈, 메디브의 책, 살게라스의 홀의 마력을 이용했다. 넬쥴은 검은 사원 지하의 지맥이 연결되는 곳에서 마력을 끌어냈으나 의식에 필요한 기술에는 충분한 준비가 되어 있지 않았다. 그는 절실하게 성공을 원했다. 그의 무모한 시도에 에너지가 소용돌이치며 그의 통제를 벗어났다. 계획대로 넬쥴은 현실의 조직에 여러 개의 구멍을 뚫었다. 그러나 다른 것들이 뒤따랐다. 아주 많은 것들이.

넬쥴이 사용한 마법은 드레노어의 지맥을 와해시켰다. 상상할 수 없는 힘이 드레노어 곳곳에서 균열을 만들었다. 매 순간 드레노어는 엄청난 격변 속에서 신음을 터뜨렸다. 대지와 바다 곳곳이 갈라졌다.

그 연쇄 반응이 펼쳐지고 있을 때 카드가와 다른 마법사들이 도착했다. 그들은 달라란의 눈과 메디브의 책을 간신히 되찾았으나 살게라스의 홀은 손에 넣지 못했다. 넬쥴은 살게라스의 홀을 손에 든 채 몇 명의 부하를 이끌고 근처 차원문으로 탈출했다.

넬쥴은 목숨을 구했지만 자신의 세계에 파멸을 불러왔다.

드레노어의 파괴

카드가는 오크가 훔친 유물을 거의 되찾았으나 드레노어는 이미 피해를 입고 말았다. 대지 곳곳에 발생한 불안정한 균열은 곧 드레노어를 부수고 모든 생명을 죽일 것이 거의 확실했다. 게다가 그 파괴적인 에너지는 어둠의 문을 통해서 아제로스까지 전해질 수 있었다.

카드가는 투랄리온과 상의하여 대처할 방법을 결정했다. 로서의 후예들은 어둠의 문을 파괴하여 아제로스를 보호하기로 했다. 그리고 그것은 드레노어 쪽에서 이루어져야 했다. 사방에서 혼돈이 몰아치는 상황에서 아제로스로 건너가 그곳에서 과업을 수행할 시간은 없었다. 그것은 자살과도 같은 임무였지만 누구도 망설이지 않았다.

드레노어를 무너뜨리는 에너지는 카드가의 마법까지 방해했다. 카드가는 지옥불 반도로 차원문을

드레노어 너머로 수많은 차원문을 여는 넬줄

열 수 없었다. 카드가와 동료들은 그리핀을 타고 어둠의 문까지 이동해야 했다. 카드가와 투랄리온, 알레리아, 쿠르드란, 다나스, 그리고 다른 수많은 원정대원이 여정을 함께했다.

지옥불 성채에 배치되었던 대부분의 얼라이언스 병사들은 이미 아제로스로 돌아갔다. 이제 호드의 남은 구성원들도 황급히 어둠의 문으로 뛰어가고 있었다.

그리고 오크들은 유일한 탈출 수단을 폐쇄하려는 인물의 등장이 전혀 반갑지 않았다.

무심히 입을 벌린 차원문 앞에서, 두 진영은 파국을 면하기 위해 필사적으로 싸웠다. 격렬한 전투가 이어지는 가운데 카드가와 마법사들은 굴단의 해골에서 최대한 지옥 마력을 피하면서 그것에 깃든 원초적인 마력을 내보냈다. 투랄리온의 병사들이 마술사들을 둘러싸고서, 겁에 질린 채 드레노어에서 탈출하려는 오크 무리의 공격을 막았다.

카드가의 주문은 엄청난 폭발을 일으켜 어둠의 문의 석조 골격을 파괴했고 아제로스와 드레노어 사이의 연결을 무너뜨렸다. 그러나 승리를 기뻐할 시간은 없었다.

넬쥴의 주문으로 발생한 마법의 압력이 드레노어 전체로 퍼지며 점차 파괴력이 증폭되어 갔다. 거센 지진이 대지와 대륙을 무너뜨렸고 카드가와 로서의 후예들은 근처의 열린 균열로 뛰어들었다. 어디인지도, 살아남을 수 있을지도 알지 못했다. 그리고 잠시 후 세계가 조각났다.

아그라마르의 손이 닿은 세계, 원시생물과 파괴자에 의해 빚어진 세계, 영광스러운 에펙시스 문명과 신비로운 오크 부족의 세계인 드레노어는 이제 존재하지 않았다.

호드의 생존자

어둠의 문이 닫히기 전 탈출에 성공한 오크들은 아제로스의 호드에게 암울한 소식을 전했다. 그들의 고향 행성은 사라졌다. 넬쥴은 자신과 소수의 충성스러운 부하를 살리기 위해 모두를 희생했다. 누구도 드레노어의 파괴에서 살아남기는 불가능해 보였다.

부족장 그롬마쉬에게 그것은 끔찍한 소식이었다. 그에게 남은 유일한 가족, 가로쉬가 아직 드레노어의 마그하르 야영지에 있었기 때문이다. 그롬마쉬는 슬픔을 뒤로 한 채 전쟁노래 부족을 이끌고서 북쪽의 외딴 슬픔의 늪에 자리를 잡았다. 그는 포기하지 않았다. 그는 그저 전열을 가다듬고 있었다. 그롬마쉬는 오크와 인간 사이에 평화는 없을 것이라고 생각했다. 그는 자신의 전사들이 전투에 준비되어 있기를 원했다.

'진정한 호드'의 구성원들은 드레노어의 소식을, 자신들이 블랙핸드 대족장의 정당한 후계자임을 확인해 주는 것이라고 받아들였다. 그리고 수년 동안 달렌드와 메임은 그들의 군대를 강화했다.

그림 바톨의 용아귀 부족도 크게 다르지 않았다. 줄루헤드와 부족원 다수는 2차 대전쟁 후반에 드레노어로 돌아갔다. 용아귀 부족은 고향 행성이 파괴되었다는 소식을 듣고서 자신들의 지도자도 죽었으리라 생각했다. 네크로스가 부족을 맡았다. 그는 부족을 이끌고 그림 바톨에서 계속 알렉스트라자와 붉은용을 지배했다.

호드의 다른 구성원들은 얼라이언스와의 전투를 지속할 이유가 없었다. 고귀한 모크나탈 렉사르는 드레노어에 있는 자신의 동족이 모두 죽음을 맞이했을 것이라고 생각했다. 그는 최근의 모든 사태가 혐오스럽게 느껴졌다. 그의 충성심은 이제 먼지가 되었다. 렉사르는 아제로스의 자연으로 들어가 홀로 세계를 방황했다.

알터랙 산맥에 자리를 잡은 드렉타르와 서리늑대 부족은 새로운 터전을 일구었다. 그들은 얼라이언스의 분노를 피하기 위해 오크에게서 떨어져 지냈다. 알터랙 산맥의 환경은 가혹하고 쓸쓸했으나 좋은 점도 있었다. 드렉타르는 정령과의 유대를 되살렸고 그것을 이용하여 종족을 안전하게 지켰다.

동부 왕국에서 멀리 떨어져 있었던 초갈과 황혼의 망치 부족은 드레노어의 운명에 대해 아무것도 알지 못했다. 만약 알았다고 해도 개의치 않았을 것이다. 고대 신의 속삭임이 그들을 부르고 있었기 때문이다. 초갈과 부하들은 어둠의 주인을 찾기 위해, 그리고 주인을 도와 황혼의 시간을 맞이하기 위해 머나먼 칼림도어 대륙으로 항해에 나섰다.

그들은 추적당하고 있다는 사실을 알지 못했다. 가로나는 어둠의 의회의 일원이었던 초갈의 흔적을 찾았고 신비로운 칼림도어 대륙까지 그를 추적했다.

영웅의 계곡

드레노어를 탈출한 다수의 오크는 저주받은 땅에서 즉시 얼라이언스에게 항복했다. 그들은 로데론 주위에 생겨난 포로수용소로 옮겨졌다. 얼라이언스 왕국들은 포로를 처리할 방법을 두고 계속해서 격한 논쟁을 벌였다.

그러나 대부분의 얼라이언스 구성원의 관심은 오크가 아니라 어둠의 문에 쏠려 있었다. 얼라이언스의 몇몇 위대한 지도자와 영웅이 아직 원정에서 돌아오지 않고 있었다. 로서의 후예들 중에서 소수의 귀환자가 전하는 설명은 암울한 전망을 드리웠다. 그러나 어느 날이 되면 투랄리온과 카드가, 알레리아, 쿠르드란, 다나스가 병사들을 이끌고 귀환할 것이라는 희망이 아직은 남아있었다.

며칠이 지나고 몇 주가 지나고 몇 달이 지났다. 그리고 몇 년이 지나면서 희망은 사라져 갔다. 행방불명된 병사들은 죽은 것으로 여겨졌다. 스톰윈드 입구에는 원정대 지도자들의 조각상이 세워졌다. 궁극의 희생을 통해 세계를 구한 이들을 매일 기억하기 위함이었다. 친구와 동료와 사랑하는 사람들의 추도문을 담은 명패가 조각상에 붙여졌다.

아제로스가 그들에게 일어난 일을 알기까지는 수십 년의 시간이 지나야 했다.

한편, 동부 왕국의 주민들은 새로운 삶을 일구었다. 1차 대전쟁과 2차 대전쟁의 여파는 동부 왕국에서 힘의 균형을 바꾸어 놓았다. 티리스팔 의회는 사라졌고 한 명의 수호자에게 막대한 힘을 부여하는 개념도 폐기되었다. 아제로스에는 새로운 수호자가 나타났다. 가장 유망한 것은 얼라이언스였다. 호드는 패배했지만 얼라이언스의 구성원들은 연합을 해체할 이유가 없었다. 그들은 아제로스를 지키기 위해서 관계를 유지했고 자원과 군사력을 공유했다.

은빛 성기사단도 헌신적으로 아제로스를 보호했다. 드레노어로 여행을 떠난 이는 투랄리온뿐이었다. 그는 동료들에게 아제로스에 남아 달라고 요청했다. 성기사들은 자신의 방식으로 곧 새로운 성기사들을 육성했고 정의로운 성기사단의 규모는 커져 갔다.

또 다른 곳에서는, 달라란의 키린 토가 수감된 오크와 그들의 마법을 연구하고 있었다. 마법사들은 동부 왕국 곳곳에 호드의 세력이 아직 숨어 있다는 것을 알고 있었다. 그들은 또 다른 전쟁이 발발할 경우를 대비하여 적을 최대한 파악하고자 했다.

원시 드레노어 그리고 우주에 존재하는 수많은 행성에서와 마찬가지로, 분쟁은 아제로스와 그 주민들을 영원히 바꾸어 놓았다. 그러나 더 많은 혼란이 다가오고 있었다. 이제 아제로스의 존속은 얼라이언스와 다른 수호자들의 손에 달려 있었다.

계속…

드레노어로 떠난 얼라이언스 원정대의 실종된 영웅을 기리는 스톰윈드 조각상

색인

아보리우스, 16, 69
루크마르의 신봉자, 45-46
애델라스 블랙무어, 129, 178
에이그윈, 104-105, 111-113, 115, 117-118, 120, 134, 169
맹금의 봉우리, 161, 166
아그라마르, 11, 13-14, 17-18, 37, 46, 127, 197
아이덴 페레놀드, 142, 152, 161, 165, 167-168, 186-187
아카마, 53, 56, 75, 92, 96
알렉스트라자, 139-141, 155-158, 171, 185, 197
알레리아 윈드러너, 157, 158, 164, 176-177, 190-191, 197-198
알론서스 파올, 154
폭풍의 제단, 163
알터랙, 108, 128, 142, 152, 158, 161, 165-168, 176, 186-187, 197
아마니, 106, 108, 126, 146, 151, 156, 160, 162-165, 168, 173
아나스테리안 선스트라이더, 156, 164-165, 173
안두인 로서, 105-107, 109, 111, 119, 121, 124, 129, 131-134, 136-137, 142, 152, 154, 156-158, 161, 171, 173-174, 176
안하르 단, 25-26, 28-29, 32-33, 44-45
안토니다스, 142, 188-189
안주, 21-25, 32, 44-46
에펙시스, 24-26, 28-33, 36-38, 42, 44-46, 49, 98, 197
아라코아, 12, 24-26, 28-29, 32, 36-38, 44-46, 49, 64, 98-99, 192
아키몬드, 50
아르거스, 50, 53, 62-63
기술병, 53-54, 75, 87, 96
아카나이, 54
아킨둔, 54, 93-96, 99, 192
반디노리엘, 162
바라덴 린, 106-107, 109, 111, 124
검은늪, 116-121, 123, 128, 130, 174, 178, 184
검은 사원, 87-88, 191-192, 195
검은니 웃음, 82, 116, 123, 168-169, 171-172, 175
블랙핸드, 64-65, 73-74, 77-79, 81-85, 87-89, 91, 97-100, 114-116, 119, 123-125, 127-129, 131-132, 135, 140, 146-147, 151, 162, 169, 175, 186, 197
검은바위, 39-41, 58, 64, 74, 77, 79, 81-83, 89, 123, 128, 140, 146, 149, 151, 160, 162, 175
검은바위 산, 130-132, 138, 166

검은바위 첨탑, 132, 138, 171-175, 186
칼날첨탑, 38, 40-41, 50, 66-67, 94-95
칼바람, 39-41, 57, 71-75, 78
저주받은 땅, 184-190, 198
피눈물, 39-41, 64, 66, 82, 97, 116, 123, 125, 132, 150, 171, 175, 185, 192
핏빛갈기, 44-45
해골 무덤, 93, 192
해골이빨, 39-41, 82, 100, 123, 138
메디브의 책, 114, 182, 186-187, 195
보탄, 14, 16-21, 25-26
신록지기, 20-21, 25-29, 64, 97
루크마르의 숨결, 28-29, 32
밝은나무 숲, 124, 130, 134
뒤틀린 드레나이, 96
브론즈비어드, 149-150, 171
불타는 칼날, 39-41, 98, 123
불타는 성전, 11-12, 18, 62
불타는 군단, 6, 12, 18, 50-51, 62-63, 68, 70, 75, 79, 81, 84, 87-89, 92, 96, 99, 104, 106, 111, 113-114, 117, 119, 131-132, 134, 139-140, 147, 162, 168, 182-183
불타는 평원, 130, 172-173
수도, 142, 146, 158, 160-161, 164-168
초갈, 78-79, 84, 97, 127-128, 131-132, 138, 148-149, 163, 169, 198
성스러운 빛의 교단, 125-126, 154, 177
성채, 82, 87-89, 94-95, 99-100
거대괴수, 16-20
총독의 의회, 53-54, 75
일곱 왕국의 의회, 142, 152-154
티리스팔 의회, 104, 107, 111-112, 115, 120, 131, 177, 198
사이루크, 85
도레, 50-51, 53-55
댈린 프라우드무어, 142, 157-158, 172, 188
달렌드, 78, 169, 172, 175, 186, 197
달라란, 106, 108, 112, 142, 166, 177, 182, 186, 188, 195, 198
다나스 트롤베인, 177-178, 184-185, 187, 190-192, 197-198
어둠의 문, 94-95, 115-119, 123, 128, 130, 133, 139, 166, 174-178, 183-186, 189-191, 193, 195, 197-198
검은 별, 54, 87-88
다발 프레스톨, 185-186
다우가르, 12
죽음의 기사, 148-149, 158-160, 162-165, 167, 174, 175, 182-183, 185, 187-189, 195
데스윙, 127, 139-142, 155-156, 185-190, 193-194

악마의 영혼, 139, 140, 146, 155-156, 185
둠해머, 74, 135, 173
용의 위상, 127, 139-140, 155, 186, 193
용의 영혼, 139-141
용아귀, 39-42, 82, 98-99, 123, 140, 146, 155-157, 164-165, 167-168, 171, 175, 185-186, 197
드라카, 73, 123, 128-129, 138
공포의 군주. 제이나 프라우드무어 참조
드렉타르, 73-74, 81, 123, 128, 197-198
던홀드 요새, 129, 160, 166, 178
듀로탄, 58, 66-67, 69, 73-74, 79, 81-83, 89, 91, 116, 123, 128-129, 138
그늘숲, 134
동부 왕국, 105, 108, 171-172, 176-178, 189, 198
동쪽 숲, 126
아이트리그, 83, 138, 162, 175-176
엘윈 숲, 130, 132
에메랄드의 꿈, 6, 106, 139
이블리나
영원성장, 12-14, 17-21, 25-26, 29, 36, 125
총독, 53-54, 57, 71, 75, 84, 87, 92-93, 96
달라란의 눈, 182, 188, 195
파랄론, 19, 21, 30-31, 97
펜리스, 66-67, 73, 97-98, 183, 185
1차 대전쟁, 104-143, 146-148, 154, 175, 177-178, 183, 186
서리불꽃 마루, 21, 30-31, 38-39, 58, 66-67, 123
서리늑대, 39-41, 58, 64, 66-67, 69, 73, 79, 81-83, 89, 97, 116, 123, 128-129, 197
격노, 16, 69
가나르, 66-67
가라드, 66-67, 69
가라다르, 69, 91
가로나, 78-79, 93, 118-119, 121, 133-134, 136, 138, 162, 175, 183-185, 188-190, 198
가로쉬, 91, 197
잔혹한 가빈라드, 124, 134, 136, 154
제네다르, 50-55, 63, 71
제네사우루스, 16-20, 25-26, 29, 64, 97
겐 그레이메인, 142, 152
길니아스, 108, 142, 152, 177
옹이진 나무정령, 26, 29
나알가르, 25-26, 28-29
놀 전쟁, 125
놈리건, 108, 150, 166, 171
고엘, 128-129, 178

그론사냥꾼 고그, 37-38
고르다우그, 16, 69
고르그론드, 21, 24, 30-31, 36, 39, 42, 58, 64, 67-69, 83, 98, 190, 193
고리아, 38, 40-41, 47, 49-50, 53, 56
고리안 제국, 37-39, 42, 46-47, 50, 56, 66, 73
대해, 119
그림 바톨, 155-156, 158, 166, 171-172, 175, 186, 197
그리직, 99, 192
그롬마쉬 헬스크림, 64, 73-74, 77, 89-91, 97, 183, 185, 189-190, 197
그론드, 13-18, 20-21, 36-37, 42, 44, 46
그론, 19-21, 36-39, 66, 97-98, 193
그룰, 98, 193-194
티리스팔의 수호자, 133
굴단, 68-74, 76-82, 84-95, 99-100, 114-116, 118-119, 123, 128-129, 131-136, 138, 140, 146-149, 151, 162-163, 165, 167-171, 175, 182-185, 189-191, 193, 195, 197
구루바시, 106-111, 121, 125, 131
영혼약탈자 학카르, 107
굴단의 손아귀, 85, 94-95
하타루, 53
지옥불 성채, 99-100, 191-192, 197
지옥불 반도, 99-100, 115, 123, 190-191, 195
고위 아라코아, 44-46, 98-99, 192
높은망치, 38, 40-41, 50, 56-58, 64, 78-79, 94-95, 97, 163
언덕마루, 146, 158, 160-161
언덕마루 구릉지, 152, 157-161, 165-168, 176, 178
동부 내륙지, 156, 160-162, 165, 167-168, 171
호크론, 56
신성한 빛. 빛 참조
북녘골 성직자회, 125
황혼의 시간, 84, 127-128, 198
일리단 스톰레이지, 63
인시네라투스, 16, 69
아이언포지, 108, 150, 166, 171
조크논, 107, 109
주파
거함, 151
크아라, 50-51, 53-54, 87
크우레, 50-51, 55, 84
칼란드리오스, 16, 69
칼림도어, 106, 198
카라보르, 54, 75, 85, 87, 88, 91-92, 94-95, 131
카라쉬, 45

카라잔, 106, 111-112, 115-122, 130, 133-136
카르가스 블레이드피스트, 64, 66, 73-74, 98, 183, 191-192
켈그로크, 66-67
카드가, 120-121, 133-134, 136, 142, 158, 174-175, 178, 183-185, 187-191, 193, 195, 197-198
카즈 모단, 149-152, 155, 166, 168, 171-172
킬제덴, 50, 63, 68-70, 73, 75-77, 79, 81, 84, 88, 91-95, 99, 114, 128, 147-148, 175
킬로그 데드아이, 64, 66, 73, 97, 125, 132, 171, 175, 185, 192
키린 토, 112, 115, 120, 142, 177, 182, 188, 198
코쉬하그, 44, 47, 57-58, 69
쿨 티라스, 108, 142, 157
쿠르드란 와일드해머, 161, 190-192, 197, 198
호숫골, 131
웃는 해골, 39-41, 100, 138, 185
군단. 불타는 군단 참조
레오록스, 67, 97
레란, 71
빛, 6, 10, 21, 24-25, 33, 50-51, 53-57, 87, 93, 96, 124-126, 154, 160, 173, 187
희망의 빛 예배당, 126
번개칼날, 39-41, 100
리디크, 45
레인 린, 105-107, 109, 111, 119, 124, 133-134 136, 138, 184
로어
모단 호수, 128, 130
로데인, 126
잃어버린 드레나이, 96
마그하르, 91, 197
마그나론, 18-20, 66, 97
메임, 78, 169, 172, 175, 186, 197
막고라, 135, 175
말라다르, 54, 93
말리고스, 139
만노로스, 88-89, 91, 116
마르고크, 97
마라아드, 56, 71-72, 92-93, 96
메디브, 100, 104-121, 125, 131, 133-136, 163, 169, 182-183, 186-187, 195
메네실 항구, 188-189
메렐다르, 126
모드구드, 156
모크나탈, 66-67, 83, 97, 189, 197
몰로크, 46-47, 49
모로스, 112, 118
울림, 93
나누, 14, 16

나루, 6, 50-55, 63, 84, 87, 93
나그란드, 16, 21, 30-31, 38-39, 42-44, 55, 57, 64-69, 84
나이엘, 53
네크로스 스컬크러셔, 140, 146, 155-158, 171-172, 197
넬가름, 47, 49
넬고르, 42, 140
넬고르쇼마쉬, 42
넬타리온, 139
넬쥴, 66, 69-70, 73-77, 80, 88-89, 182-183, 185-187, 189-192, 195-197
황천. 뒤틀린 황천 참조
네더가드 요새, 178, 183-185, 187, 190
마력의 탑, 139
니엘라스 아란, 104-105
노분도, 56, 92, 96
놀드랏실, 63
노스렌드, 104, 117
북녘골 수도원, 125
노즈도르무, 139
오그론, 19-21, 36-39, 97
고대 신, 127-128, 131-132, 138-140, 198
오라스트라자, 140-141
은빛 성기사단, 152-154, 177, 198
오그림 둠해머, 58, 73, 83, 89, 91, 128-129, 135-136, 138-140, 146-149, 151, 157-158, 160-165, 167-168, 171-173, 175, 188
오슈군, 55, 73, 76, 81, 84, 94-95
오타르, 53
추방자, 44-46, 98
성기사, 154, 158-160, 171, 173-174, 177, 198
창백한 오크, 55, 84, 128
판테온, 11, 18, 50
원시생물, 19-21, 25-26, 28-31, 36, 39, 54, 97, 197
쿠엘탈라스, 108, 156-157, 160, 162-168, 172-173, 176
라그나로스, 131-132, 138
라크샤, 12
랑가리, 51, 53-54, 56-58, 71, 75, 87, 93
붉은 천연두, 49, 69, 71, 73-74, 91-92, 96
붉은마루 산맥, 124, 130-132, 139-141
붉은걸음, 39-41, 100
레스탈란, 58
렉사르, 97, 189, 197
루크마르, 21-22, 24-25, 28-29, 32-33, 44-46
룰칸, 70, 73-76
마법석, 162, 163

라일라크, 42, 99, 140, 156
서슬니, 44-45
사이단 다스로한, 154
살라바스, 32
살게라스, 11-12, 18, 50, 62-63, 99-100, 104-105, 112-114, 117-118, 132, 134, 147, 168-169
살게라스의 홀, 182, 188-189, 195
2차 대전쟁, 146-179, 182, 184-185, 190, 197-198
셰드, 21-24, 44, 49
세데크 골짜기, 22, 25, 44-45, 98-99, 192
샤타리, 54-55
어둠의 의회, 78-82, 85, 87-89, 92-93, 114, 118, 128-129, 131-133, 135, 138, 140, 147-149, 162, 183-184, 190, 198
어둠달, 40-42, 44, 47, 54, 64, 66, 70-71, 73, 76-78, 82, 87, 195
어둠달 골짜기, 21, 30-31, 42, 51, 54, 66, 71, 76, 85, 87, 182, 192, 195
으스러진 손, 64, 82, 98, 100, 123, 136, 138, 182-183, 185, 191
샤트라스, 53, 56-57, 71, 75, 85, 87-89, 92-95, 97, 99, 131
실버문, 164-166
스칼락스 단, 25-26, 28-29, 32, 37-38
스케티스, 45
굴단의 해골, 169, 183, 185, 190-191, 193, 197
하늘탑, 40-41, 45, 94-95, 98-99, 192
로서의 후예들, 189-193, 195, 197-198
아라크 첨탑, 24, 32, 44-45, 64, 98
생명의 정기, 12, 19, 21, 25-26
스포어링, 20
포자더미, 12-17, 19-21, 25-28
스팀휘들 무역회사, 108, 151
폭풍약탈자, 148, 151, 163, 165, 167, 169
스톰윈드, 105-110, 118-121, 123-125, 129-138, 140, 142, 146-148, 151-152, 154, 166, 172-173, 176-177, 184, 198-199
가시덤불 골짜기, 106-107, 109, 125, 130
스트라솔름, 126, 154, 166
스트롬가드, 108, 142, 177
태양샘, 164, 166
슬픔의 늪, 184, 197
타알라, 26, 28-29
탈라도르, 21, 25-26, 28-29, 30-31, 37, 39
탈가스, 63-64, 66, 68
갈퀴사제, 45-46
타나안 밀림, 14, 21, 30-31, 39, 64, 69, 82, 99, 190
타리아 린, 136
텔모어, 58, 94-95
텔레도르, 92, 96
카라보르 사원. 카라보르 참조
테레나스 메네실 2세, 142, 167, 176, 186
테로크, 44-46
테로카르 숲, 45, 54, 56-58, 69, 71, 78, 98
테론 고어핀드, 148, 174-175, 182-183, 185-190, 192
테론고르, 76, 78, 93, 148
탄돌 교각, 151, 157, 166, 171
소라딘, 152, 156
토라스 트롤베인, 142
킬제덴의 옥좌, 91-92, 94-95, 128
정령의 옥좌, 16, 40-44, 46-47, 49, 66, 68-69, 94-95
천둥군주, 39-41, 64, 66-67, 82, 97-98, 100, 138, 183, 185
티리온 폴드링, 154
티리스팔 숲, 167
티리스가드, 104
살게라스의 무덤, 105, 115, 119, 134-135, 147-148, 163, 166, 168-171, 186, 188-189
투랄리온, 152-154, 160-161, 164, 167, 171, 173-174, 176-177, 184, 187, 189-191, 193, 195, 197-198
황혼의 찬가, 127-128
황혼의 망치, 84, 97, 123, 127-128, 132, 138, 163, 167-169, 198
뒤틀린 황천, 10-11, 50, 62-63, 113, 134
티르의 손, 126
빛의 수호자 우서, 154, 160
바리안 린, 136, 152, 176-177
바로크 사울팽, 83, 160
벨렌, 50-51, 53-54, 56-58, 63, 71, 74-76, 84, 87-88, 92-93, 96
벨트리크, 32
구원자, 53-54, 56-57, 71, 75, 87, 92-93, 96
공허, 10-11, 13, 21, 25, 44, 51, 53-55, 84, 87, 97, 127-128, 132
공허의 군주, 10-11, 55, 62, 127
브리쿨, 126
고대의 전쟁, 62, 106, 113, 139-141, 162
전쟁노래, 39-42, 64, 66, 82, 89, 97, 99-100, 123, 136, 138, 182-183, 185, 189, 197
영원의 샘, 62-63
서부 몰락지대, 107, 124, 130, 132
저습지, 130, 151-152, 155, 171
흰발톱, 39-41, 67, 74, 79, 81, 97, 100
와일드해머, 108, 155-156, 160-161, 172, 190-192
천둥매, 21-22, 44
세계혼, 10-13, 62, 127
온지, 37-38
이세라, 139
자그렐, 74, 79, 81
잔논, 109
장, 14, 16
장가르 해, 14, 21, 30-31, 92
장가르 습지대, 96
줄아만, 162, 166
줄다레, 157, 161, 172
줄진, 146-147, 160, 162, 165
줄루헤드, 140, 146, 171, 197

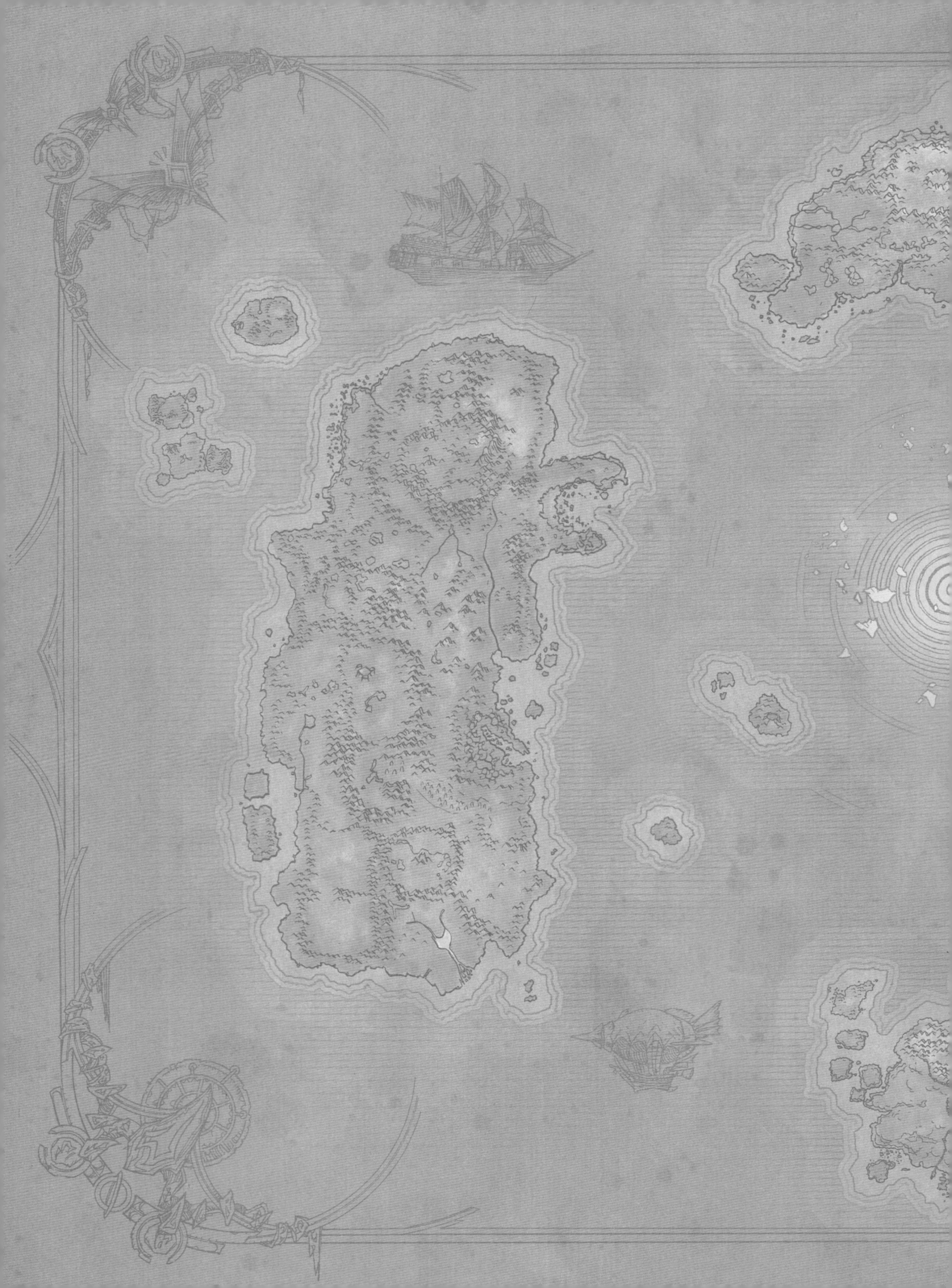